LA ROSA BLANCA

IÑAKI BIGGI

LA ROSA BLANCA

PLAZA & JANÉS

Papel certificado por el Forest Stewardship Council®

Primera edición: marzo de 2025

© 2025, Iñaki Biggi
Los derechos sobre la obra han sido cedidos a través de Bookbank Agencia Literaria
© 2025, Penguin Random House Grupo Editorial, S. A. U.
Travessera de Gràcia, 47-49. 08021 Barcelona

Penguin Random House Grupo Editorial apoya la protección de la propiedad intelectual. La propiedad intelectual estimula la creatividad, defiende la diversidad en el ámbito de las ideas y el conocimiento, promueve la libre expresión y favorece una cultura viva. Gracias por comprar una edición autorizada de este libro y por respetar las leyes de propiedad intelectual al no reproducir ni distribuir ninguna parte de esta obra por ningún medio sin permiso. Al hacerlo está respaldando a los autores y permitiendo que PRHGE continúe publicando libros para todos los lectores. De conformidad con lo dispuesto en el artículo 67.3 del Real Decreto Ley 24/2021, de 2 de noviembre, PRHGE se reserva expresamente los derechos de reproducción y de uso de esta obra y de todos sus elementos mediante medios de lectura mecánica y otros medios adecuados a tal fin. Diríjase a CEDRO (Centro Español de Derechos Reprográficos, http://www.cedro.org) si necesita reproducir algún fragmento de esta obra.
En caso de necesidad, contacte con: seguridadproductos@penguinrandomhouse.com

Printed in Spain – Impreso en España

ISBN: 978-84-01-03119-9
Depósito legal: B-545-2025

Compuesto en Mirakel Studio, S. L. U.

Impreso en Rotoprint by Domingo, S. L.
Castellar del Vallès (Barcelona)

L03119A

*Para Rebeca, que sigue aquí
después de un montón de años.*

Para Luca, que es nuestra luz.

*Y para Blue, que me obliga
a caminar cada día*

Prólogo

Viernes, 26 de agosto de 1977.
Estadio Luis Rodríguez de Miguel.
Leganés

—¡Uyyy!

Los aficionados bramaron con alborozo. No había sido una gran ocasión de gol, pero cualquier motivo para el jolgorio era bien recibido. Un defensa del Alcorcón acababa de despejar con fuerza un balón que le llegaba cerca del área al delantero del Leganés. Alertado por los gritos de su cancerbero, el defensa le había sacudido un puntapié tremendo a la pelota y la había mandado a la banda, donde se levantaban las gradas del Luis Rodríguez de Miguel, el campo de los pepineros.

En el concurrido graderío, los lugareños, ociosos, andaban deseosos de ver cómo se presentaba la temporada. En la tercera fila, entre el resto de los ciudadanos, estaba el Cojo, a quien el balón no había alcanzado por muy poco.

Las chanzas de sus vecinos no eran algo nuevo para José Ramón Ríos Soria. Llevaba toda su vida recibiéndolas. Su pierna derecha, varios centímetros más corta y delgada que la izquierda a causa de la poliomielitis, lo obligaba a balancearse al caminar, a pesar de que utilizaba un zapato con un alza gruesa para igualar la diferencia.

José Ramón sonrió ante la jarana de la parroquia fingiendo no darle importancia al peligro corrido. Lo cierto era que el balón había pasado muy cerca. El defensa le había atizado con toda su alma sin darle tiempo de apartarse de la trayectoria, aun en el caso de no encontrarse medio dormido.

Se maldecía por adormecerse. Su nieto de siete años, que correteaba por la banda con sus amiguitos del colegio, se avergonzaba cada vez que él se ponía a echar cabezadas. Ya bastante malo debía de parecerle ir acompañado de un viejo que andaba como un pato como para que encima se durmiera en cualquier lugar.

Imposible mantenerse despierto. El calor sofocante y la hora, las cinco de la tarde, invitaban a echarse una siestecita a la fresca, y no a estar sentado en una incómoda grada viendo el partido amistoso entre los dos equipos vecinos.

Sin embargo, el pequeño había insistido, y él había tenido que aceptar acompañarlo al campo para evitar otra crisis más en casa de su hijo, Alfredo, y de su nuera. Moncho, al que no le habían puesto el nombre en su honor, sino en el de su consuegro, por supuesto, que ya era mala suerte que se llamara igual que él, se salía siempre con la suya.

Así se había visto José Ramón en su jubilación. Convertido en niñero de un crío mimado que sentía grima por el zapato de alza de su abuelo, trabajando en la carpintería que ahora llevaba Alfredo y aportando con su pensión a la economía familiar.

—¡Uyyy! —coreó el público de nuevo, sacando a José Ramón de su sopor.

En esa ocasión, el motivo había sido un disparo certero a puerta por parte del delantero del Leganés, un muchacho espigado del que se esperaban muchos goles aquella temporada y que había propinado un tiro a la escuadra rival según le había llegado el esférico, y este había impactado contra el larguero, que aún temblaba.

José Ramón se giró para comentar con algún vecino de grada la ocasión fallida, pero nadie le hizo caso. Ni siquiera tuvieron el detalle de pasarle una bota a la que todos daban tientos. Sin dejar entrever cómo le afectaba ser ninguneado, volvió a concentrarse en el partido mientras sus ásperas manos tallaban un caballo de madera para un ajedrez.

El juego se había detenido. Uno de los jugadores del Leganés estaba en el suelo doliéndose de una patada recibida, y sus compañeros se enzarzaban con los del Alcorcón entre el griterío de los asistentes, al que se sumaba el Cojo desde la tibieza que le conferían su cobardía y escaso interés por el fútbol.

El partido se reanudó. No quedaba mucho para el final. El grupo de mujeres al que se había agregado su insoportable nuera, cansado de los piropos, del polvo del campo y del calor, decidió que debía marcharse a merendar con sus retoños. A gritos fueron nombrando a todos los infantes para que las acompañaran. Por supuesto, a José Ramón no lo avisaron de que su nieto se iba, ni Moncho se despidió de quien lo había traído al campo. Era un cero a la izquierda, un simple criado.

—¿Cojo, quieres el *Marca*?

El que había gritado le tiró un ejemplar del periódico deportivo, entre risas. José Ramón se giró y, con una sonrisa que aparentaba complicidad, agradeció el detalle, callando por la desconsideración con la que había sido tratado, como si el mote fuera producto de la confianza y no de la mofa.

Echó un vistazo al periódico, más por ocultar su vergüenza entre las páginas que por enterarse de la actualidad deportiva. En primera página aparecía Santillana, el goleador del Real Madrid. A José Ramón le gustaba su remate de cabeza, que veía en la tele cuando televisaban algún partido y no echaban la novela o los payasos Gabi, Fofó y Miliki.

Por fin, con el pitido del árbitro, el partido terminó. Los jugadores de ambos bandos se retiraron al vestuario mientras los espectadores se ponían en pie para marcharse entre comentarios especulativos sobre cómo se presentaba la temporada. El Leganés había ascendido aquel año a tercera división, y el objetivo era conservar la categoría recién estrenada.

El calor era tremendo. Jugadores y espectadores estaban sudorosos y sofocados. José Ramón también se puso en pie, se recolocó el sombrero de paja que lo protegía y buscó despedirse de algún convecino, pero ninguno lo miró, ni siquiera el que le había arrojado el periódico.

Se guardó en el bolsillo la figurita del caballo aún sin terminar junto con la navaja con la que lo tallaba y aguardó pacientemente a que todos se retiraran. No quería tener testigos incómodos cuando bajara por la inestable grada anadeando, para evitar la rechifla. Cuando, minutos después, el horizonte se despejó, sin moros en la costa, se aventuró a iniciar el dificultoso descenso.

«¡Dios mío, qué calor!», se dijo una vez más. José Ramón de siempre había tenido la tensión baja y los calorazos los llevaba muy mal. Un escalón más y por fin terminó de bajar la empinada grada sin incidentes. Abandonó el campo de fútbol. Fuera no quedaba ni un alma. ¿Quién iba a estar tostándose en mitad de la nada? Los pocos coches aparcados junto a la tapia se habían marchado, y solo quedaba un camión con los cristales opacos del polvo acumulado. En él, alguien había escrito con el dedo: LÁBALO GUARRO QUE NO ENCOGE.

Con su vaivén se encaminó hacia la sombra que proyectaba el esqueleto de unas viviendas de cinco plantas que estaban construyendo. Uno de los bajos, que servía de oficina, tenía la pared acristalada, y esta le devolvió su imagen. Penosa. Un viejo enclenque, con grandes manos callosas, la cadera desalineada por aquella maldita pierna, algo de tripa, una cara vulgar y la escasez de pelo cubierta con un gorro de paja. Normal que su nieto se avergonzara de él y prefiriera al otro abuelo Ramón, el padre de su nuera, que le hacía magníficos regalos.

Pero ¿cómo podía hacer tanto calor? Estaba terminando agosto, por el amor de Dios. Se enjugó el sudor de la frente con un pañuelo lleno de serrín y manchas de barniz resecas, imposibles de quitar, y continuó el largo paseo que le quedaba hasta su casa. Por un momento había dudado si pasarse por el taller para coger algún tarugo de madera con el que fabricar el par de peones que le faltaban para completar el juego, pero corría el riesgo de que Alfredo le pusiera una lija entre las manos y le dieran las tantas.

Tenía que cruzar al otro lado. Se arrimó a la orilla de la acera y miró a ambos lados. Carecía de agilidad, así que convenía cerciorarse a pesar de que por allí no se movía ni Dios. Un coche de color claro circulaba en su misma dirección, pero aún estaba lo suficientemente lejos como para poder pasar con tranquilidad. Deseando llegar a la siguiente sombra, José Ramón bajó a la calzada y con su movimiento pendular comenzó a cruzar.

El impacto debió de ser terrible pese a que él casi ni lo sintiera. Estaba caminando por el paso de cebra y de pronto sus pies sobrevolaban por encima de su cabeza muy lentamente, hasta que esta golpeó con violencia en la luna del coche y entonces todo se apagó.

Cuando se espabiló no era capaz de recordar nada. Desconocía si habían pasado minutos o semanas. Solo había dolor. Sobre él, tendido boca arriba en el suelo, se proyectaban contra el sol las siluetas de un par de mujeres. Parecían decirle algo, aunque él no lograra oírlas. Poco a poco, el pitido que escuchaba en su cabeza fue remitiendo y empezó a entender lo que le decían.

—¿Cómo se encuentra? ¿Está usted bien?
—¡Santo Dios! Lo ha matado.
—Atrás. Déjenlo respirar. Hay que aflojarle la camisa.
—No está muerto. Ha abierto los ojos.
—Hay que levantarle las piernas...

Más figuras se sumaban a las ya arremolinadas a su alrededor. Una de ellas no paraba de gritar: «¡Que alguien llame a una ambulancia!». José Ramón, en shock, era incapaz de mover un dedo y solo desviaba los ojos de una figura a otra, sin lograr comprender que las preguntas de aquellos desconocidos eran para él.

Mientras volvía a perder el conocimiento, le pareció escuchar una sirena ululando a lo lejos.

El conductor del vehículo se detuvo unas calles más adelante. «¿Estaría muerto el viejo?», se preguntó. El golpe había sido descomunal. Aún le parecía ver el cuerpo inerte volando por el aire, como el de un pelele, después de un chasquido seco al impactar su cabeza contra la luna delantera del vehículo.

Se había dado a la fuga. ¿Lo habría visto alguien? Por la calle no había ni un alma, pero siempre cabía la posibilidad de que alguien en un balcón estuviera mirando la calle o echando un cigarro. ¿Lo había matado? Tal vez solo estuviera herido, aunque, a juzgar por el escalofriante impacto, resultaba difícil imaginar que pudiera haber sobrevivido.

Aparcó el coche al lado de unas obras, lejos de miradas indiscretas. Se bajó del vehículo y revisó los daños. El frontal estaba bien. El parachoques, la primera pieza del vehículo que había golpeado al viejo, no presentaba ningún desperfecto. El capó delantero apenas tenía un pequeño bollo, casi imperceptible. El viejo lo había golpeado antes de estrellarse contra la luna, donde se apreciaban rastros de piel, sangre y pelo.

Abrió el capó, se enjugó el sudor del rostro con un pañuelo y después lo empapó en el depósito del agua del limpiaparabrisas. Escurrió un poco la tela sobre la mancha y frotó. Salía con facilidad. En unos instantes dejó el cristal sin rastros de sangre, lo que no se podía decir del arruinado cuadrado de tela. Tenía que deshacerse de él. Miró alrededor y encontró un montón de bolsas de basura en una esquina, donde los vecinos las depositaban para que fueran recogidas por la noche.

Una de ellas estaba mal cerrada y la apertura había sido ensanchada por un gato o, tal vez, un perro callejero. En el hueco, con cuidado de no mancharse, metió el pañuelo y cerró la bolsa. Allí no lo encontraría nadie. Volvió al coche, sacó una gorra de la guantera y se la encasquetó en la cabeza. Se miró en el espejo retrovisor. Entre la gorra y las gafas de sol, resultaba imposible que alguien pudiera llegar a identificarlo.

Cerró el coche y dirigió los pasos hacia donde había quedado tirada su víctima. Debía comprobar si había muerto. Si sobrevivía y lo había visto, lo denunciaría. Así que desanduvo el trayecto. Allí estaba. Un grupo de media docena de personas en un apretado círculo sobre lo que parecía un cuerpo inmóvil. Ya se escuchaba una sirena a lo lejos.

Un par de vehículos se habían detenido y sus conductores estaban enzarzados en una discusión sobre la conveniencia de trasladar al moribundo sin perder el tiempo. Uno de ellos, el conductor de un Seat 600, abogaba por no demorarse más, a sabiendas de que su pequeño coche no sería un transporte apropiado, mientras que el otro, un hombre grandote, conductor de un Citroën GS, mucho más amplio y, por ende, idóneo para hacer las veces de improvisada ambulancia, se mostraba reacio, tal vez pensando en las manchas de sangre que podrían quedar en la tapicería.

El hombre se acercó al grupo.

—¿Qué ha sucedido?

—Un bestia ha atropellado a este pobre abuelo y se ha largado —respondió una de las mujeres erigiéndose en portavoz—. El malnacido ni siquiera ha parado a ver qué es lo que ha hecho.

—Si es que van como locos —apuntó su comadre agarrándose la cabeza con las manos.

—No hay que perder más tiempo —adujo el conductor del seiscientos—. Para cuando llegue la ambulancia, la ha palmado.

—Es muy peligroso —repuso un recién llegado a bordo de un ciclomotor Mobylette—. Sé de lo que hablo. Soy celador en La Paz. Es mejor no moverlo y esperar a la ambulancia. No puede tardar en llegar.

El hombre no hizo caso de la discusión. Examinaba el cuerpo tendido tratando de no llamar la atención. El golpe en la cabeza era fuerte, pero, sorprendentemente, no parecía letal. La sangre se estaba restañando. El ulular de la sirena se hacía cada vez más fuerte y, ahora sí, parecía que había dado con la dirección correcta.

Con disimulo preparó la retirada. Al fondo de la calle ya asomaba el vehículo patrulla del cuartelillo que la Benemérita disponía en Leganés. Con la gorra bien calada y las grandes gafas sobre el puente de la nariz, se encaminó hacia donde había estacionado su coche.

El viejo no había fallecido. A buen seguro, sería trasladado a la Ciudad Sanitaria 1º de Octubre. ¿Moriría en el trayecto? Parecía un tipo frágil, pero nunca se sabía. Al fin y al cabo, continuaba con vida a pesar del terrible atropello. Tal vez sobreviviera, se dijo, quizá nadie identificara el coche huido y todo quedara en otro accidente de tráfico sin resolver.

—¿Alguien ha visto algo? —interrogó a los presentes un guardia civil tocado con su tricornio.

—Yo he oído un golpe. Estaba en el portal haciendo calceta con esta —dijo una de las mujeres señalando a su comadre—, y se ha escuchado un ¡pum! Lo he oído yo, porque ella no oye nada. El caso es que hemos visto al pobre abuelo por el aire y al bestia ese que se largaba a todo correr con el coche. Ni parar ni nada.

—Si es que van como locos —repitió la otra mujer meneando la cabeza de lado a lado. Dura de oído, no había conseguido escuchar nada de la versión de su compañera de cotilleos, pero se sentía en la obligación de apoyarla, así que continuó con su cantinela.

—¿Han podido ver la matrícula?

—No, señor. Estábamos sentadas allí —dijo la primera señora señalando la entrada al portal de unas casas cercanas a la carretera—. Lo único que hemos visto es el cuerpo del pobre hombre volando. Aquí los coches van a todo correr. Siempre he dicho que algún día iba a ocurrir una desgracia.

—¿Y el modelo del coche?

—Uy, yo de eso no sé nada.

—¿Color?

—Blanco.

—Crema —apuntó la sorda haciendo bocina con la mano en su oreja.

—¿En qué quedamos? —preguntó el guardia civil haciendo un alto con el lápiz sobre la agenda—. ¿Blanco o crema?

Las mujeres no se ponían de acuerdo. Un hombre con un perro creía haber visto acercarse un coche a lo lejos cuando entraba en su portal, instantes previos a oír el golpe. Dado que la calle estaba desierta, era muy probable que se tratara del vehículo causante del atropello. Claro que en ese momento no sabía qué era lo ocurrido, se excusó, de lo contrario hubiese memorizado la matrícula. Era un coche de color claro. Posiblemente un Renault 5 de esos que se veían tanto.

El hombre del perro no podía aportar más detalles. Ni cuántos ocupantes iban en el interior ni la dirección tomada, más allá de un vago «Hacia allá». El guardia civil pasó a ocuparse de la víctima. En cuanto la autoridad dio orden de que el cuerpo no se tocara, el propietario del Seat 600, firme en su opinión sobre la necesidad de un traslado inmediato, optó por marcharse del lugar con un gesto que decía bien a las claras: «Si la palma a mí no me digáis nada, que ya os he avisado».

Diez minutos después, por fin se volvió a escuchar otra sirena a lo lejos. En esta ocasión se trataba de la ambulancia, un Seat 1500 familiar que paró junto al cuerpo. El sanitario ignoró la cháchara del celador de La Paz, que se negaba a perder su transcendencia en el caso, sacó la camilla de la parte trasera con ayuda del guardia civil y los voluntarios presentes, acomodó el cuerpo sobre ella y, tras cargarlo en su vehículo, volvió a encender la sirena y pisó el acelerador.

El culpable oyó una sirena. Circulaba todo lo rápido que podía sin cometer ninguna infracción que pudiera llamar la atención de la Guardia Civil. No le quedaba demasiado para llegar al hospital cuando fue adelantado por la ambulancia. Por supuesto, no podía estar seguro de que fuera la que trasladaba al viejo, pero parecía probable, así que se orilló para dejarla pasar y después aprovechó cuanto pudo el hueco que dejaba tras de sí para seguirla.

Aparcó en un lateral de la Ciudad Sanitaria 1.º de Octubre. Pensó en hacerlo más lejos, pero no convenía volverse paranoico. Era imposible que alguien pudiera relacionarlo con el atropello. Aun así, debía saber cuanto antes cómo se encontraba el viejo. Si sobrevivía, la Guardia Civil no insistiría demasiado. Si moría, sería otra cosa.

Se detuvo ante la puerta de Urgencias, donde, en ese momento, bajaban de otra ambulancia a una mujer con mascarilla sobre la boca. Observó cómo los sanitarios se apresuraban a meterla en el edificio. «El secreto es la confianza», se recordó. Que no lo vieran dudar. Calma y decisión. Como si su presencia allí estuviera plenamente justificada.

El anciano recobró la consciencia. Se encontraba en una cama de hospital rodeado por unas cortinas verdes a través de las cuales le llegaban los sonidos del ajetreo entre médicos y enfermeras. Una de ellas había repetido un par de veces que aquel día estaba resultando una locura, a lo que otra le había contestado que no sería nada comparado con la noche, ya que era luna llena y ya se sabía lo que solía suceder.

Un médico lo había auscultado y le había examinado los ojos con una linterna, haciéndole un montón de preguntas sobre su nombre, domicilio, el día que era, si recordaba lo que le había ocurrido... A José Ramón le molestaba el interrogatorio, y así se lo había soltado. Algo extraño en él, acostumbrado a inclinar la cerviz, sobre todo cuando quien se dirigía a él era una autoridad. «Debe de ser cosa del golpe», pensó, dolorido y asustado.

A las preguntas y el reconocimiento les habían seguido unas radiografías, la toma de temperatura, una vía con suero y otras pruebas realizadas de manera rutinaria antes de ser aislado entre cortinas. Ni siquiera sabía si había conseguido responder correctamente a las preguntas que se le habían formulado. ¿Habrían avisado a Alfredo de lo ocurrido? Seguro que tanto él como su nuera darían por hecho que el accidente había sido culpa suya.

En ese momento, una de las cortinas se movió y un rostro apareció por el hueco. Se trataba de un hombre. No parecía el médico que lo había atendido. En cualquier caso, tal vez pudiera aclararle si habían conseguido contactar con su hijo. A pesar de que temía la reacción de Alfredo, necesitaba ver una cara conocida.

El hombre se asomó. Ahí estaba el viejo, en la cama. Y, al parecer, había recobrado el conocimiento, pues lo miraba. Le habían limpiado y vendado la herida, que se estaba hinchando, tenía una pierna en alto, una vía en el brazo y una especie de collarín que le inmovilizaba el cuello. Su color de piel era un tanto ceniciento. Tal vez las lesiones internas fueran más graves.

—Hola —saludó, escurriéndose dentro del reservado y cerrando bien la cortina a sus espaldas—. ¿Qué tal se encuentra?

Corría un gran peligro. En cualquier momento podía venir una enfermera a cambiar el suero o cualquier otra cosa. Entonces se vería en un brete para justificar su presencia en un área de aislamiento.

El viejo contestó algo que no entendió. Daba igual. Lo importante era que parecía sentir su presencia allí.

—¿Es usted José Ramón Ríos?

El anciano asintió con la mirada y trató de hablar, pero solo le salía un murmullo inaudible.

—Soy el conductor que le ha atropellado —dijo el hombre en voz baja acercándose a la cama.

Se agachó para observar bien aquel cuerpo roto por el impacto. No podía saber si sobreviviría. En cualquier caso, las heridas debían de ser graves. Acercó su rostro al de Ríos.

—¿Sabes quién soy?

Ríos no parecía haberlo oído. Su atención saltaba de un ojo al otro de aquel que lo había lanzado por los aires con su vehículo.

—¿Sabes quién soy? —repitió el hombre murmurando con más fuerza en el oído de Ríos.

Por fin el anciano pareció reaccionar y fijó su mirada en la de aquel desconocido. Frunció el ceño tratando de sondear su memoria para encontrar aquel rostro. ¿Lo conocía?

El hombre se separó un poco para que Ríos pudiera contemplarlo. Sin embargo, este parecía incapaz de reconocerlo y volvía a farfullar palabras sin sentido.

Bajó la cabeza hasta rozar con la nariz la almohada del encamado y susurró un nombre.

1

Lunes, 24 de octubre de 1977.
Gran Vía.
Madrid

El subinspector Pablo Herrero aguardó pacientemente a que se abrieran las puertas del vagón y se apeó, encaminándose sin prisa hacia la salida.

Como tenía por costumbre, había salido de casa con tiempo de sobra para acudir a su puesto de trabajo en la comisaría de Gran Vía, oficialmente avenida José Antonio. Era su primer día en la Brigada de Investigación Criminal, Grupo de Homicidios del sector Centro. Tras su paso por la Escuela de Policía, y a pesar de su naturaleza flemática, no podía dejar de sentirse un poco nervioso.

Balanceando la cartera de cuero, subió las escaleras que daban a la plaza del Callao, sin molestarse por los empujones de quienes no habían sido tan previsores y llegaban apurados a sus citas.

A pesar de no haber alcanzado aún la treintena, a Herrero ya le empezaba a clarear el cuero cabelludo. Iba vestido formalmente. Traje gris jaspeado, camisa blanca, corbata oscura y recios zapatos marrones. Doblado con cuidado en el brazo, portaba un abrigo también gris, un par de tonos más claro que el traje, que su esposa, Amelia, había insistido en que llevara «porque el tiempo está muy cambiante».

Aquella mañana se había afeitado con la misma meticulosidad de siempre. De rostro ancho, tenía una barba oscura y muy cerrada que lo obligaba a rasurarse dos veces al día las mejillas, y el poblado mostacho se lo recortaba con unas tijeritas.

Llegó a lo alto de las escaleras y embocó a la salida, junto a decenas de otros pasajeros provenientes de todos los rincones de la capital española. Hombres trajeados como él, la mayoría con el pelo engominado; mujeres con bolsas para la compra y carritos de niños; infantes con pantalones cortos y jóvenes con melena y barba frondosa luciendo pantalones de campana y jerséis informales.

Salió a la calle y respiró profundamente. Agradeció el aire limpio en contraste con la atmosfera cargada que repartía la ventilación del metro. Ante él, las puertas del Cine Callao se encontraban cerradas aguardando que diera comienzo la primera sesión.

Observó a su alrededor. Le gustaba ver cómo la vida discurría. La gente se apresuraba de un lado para otro, como hacendosas hormiguitas, aunque también había cigarras, claro. Algún mendigo con un platillo donde recoger las monedas que arrojaban los piadosos transeúntes y dos tipos que se movían sin rumbo, disimulando. Tal vez carteristas en busca de «primos» a los que desplumar.

Un limpiabotas ocioso sentado en el bordillo del cine le hizo un gesto elocuente. Herrero lo desechó amablemente. Aquella misma mañana había sacado lustre a sus zapatos y lucían espléndidos.

Tomó rumbo hacia la Gran Vía. A esa hora había bastante circulación. Taxis negros con su franja roja, furgonetas de reparto y coches particulares se abrían paso utilizando el claxon a destajo, sin que sus conductores se ahorraran las gesticulaciones.

Dejó a su izquierda el edificio Carrión, con su famoso anuncio luminoso de la bebida Schweppes, que se ha convertido en todo un símbolo de la ciudad, y se dirigió hacia el número treinta y uno de la calle, pasando por delante del Cine Avenida, también cerrado en ese momento. Herrero conocía bien aquellos cines que llenaban la calle. A Amelia le encantaban las películas y casi todas las semanas acudían a ver alguna.

Se fijó en los jirones de viejos carteles encolados en las fachadas. Eran restos de publicidad electoral. A pesar de que ya habían pasado cuatro meses desde la primera llamada a las urnas de la democracia, con gran expectación y participación entre los españoles, aún no habían sido retirados y colgaban olvidados.

Tras caminar dos manzanas repletas de bares y tiendas, muy animados tanto los unos como las otras, llegó a su destino. Echó un vistazo a su reloj. Aún quedaban quince minutos para las nueve, hora a la que había sido citado. Decidió aprovechar para estudiar la fachada, rindiendo honores a su formación en Arquitectura.

Como otros de la zona, se trataba de un edificio con planta, entreplanta y ocho pisos. A ras de calle, haciendo esquina, una amplia cafetería con un flamante cartel anunciaba su exótico nombre: Zahara. Café, platos combinados y menú. Adosado a la cafetería, un despacho de lotería, la célebre Doña Manolita, que, según aparecía todas las Navidades en la televisión, solía tener una larguísima cola de ilusionados compradores ocupando la manzana entera.

Herrero, hombre de lógica y pies en el suelo, no era aficionado a rifas ni sorteos, pero Amelia siempre le hacía comprar un par de décimos, uno de ellos para regalar a sus padres, quienes les habían cedido el piso de Carabanchel donde vivían el subinspector con su esposa. Al menos no tendría que ir muy lejos para hacerse con los boletos, pensó. Y nada menos que de Doña Manolita.

Lindante a la administración de lotería, un elegante portal con filigranas de forjado cuya primera planta ocupaban la comisaría y una joyería. En la esquina con la calle Chinchilla, una tienda de ropa femenina, Modas Carmelo.

Herrero observó con atención el primer piso bajo la balconada, justo encima de la entreplanta que poseían los comercios. Las oficinas de la Brigada de Investigación Criminal. Desde la calle, nadie podría llegar a adivinar qué labor se llevaba a cabo tras aquellas ventanas.

Sin dejar de mirar la fachada, le vino a la cabeza el duro camino recorrido para llegar hasta allí.

Las oposiciones para entrar al Cuerpo General de Policía le habían resultado particularmente difíciles. Los tiempos en que, por la apremiante necesidad de personal, casi se regalaban los puestos dentro del cuerpo sin oposiciones previas quedaban lejos. Ya no bastaba con demostrar afinidad al anterior régimen para ingresar en él. Sin duda, ser hijo de militar o policía o tener contactos dentro del departamento o en el Ministerio de Interior facilitaba las cosas. No obstante, ese no era el caso de Herrero.

Una vez superadas las pruebas, los aspirantes seleccionados entraron en la Escuela de Policía. Durante largos y extenuantes meses, habían tenido que estudiar y examinarse de Técnica policial, Redacción de documentos, Gimnasia, Armas y explosivos, Psicología y Fotografía, así como llevar a cabo prácticas de tiro, en las que habían sufrido más de un susto.

Superada la academia, a los nuevos oficiales se les había hecho entrega de una placa, que debían llevar sobre el lado izquierdo del pecho, prendida al chaleco o debajo de la solapa de la americana, su carné acreditativo correspondiente y un revólver Astra con cañón de dos pulgadas y cachas de madera, que se portaba a la cintura en una funda de cuero ceñida al cinturón.

Tras la ceremonia de graduación, celebrada la primera semana de octubre y a la que habían asistido diversas autoridades, se habían leído los destinos y, por fin, los nuevos subinspectores habían dispuesto de dos semanas para descansar, hacerse a la idea de lo que les aguardaba y lamentar o celebrar, según el caso, el destino que les había tocado en suerte.

Herrero aceptó de buen grado el suyo. No se lo había confesado a nadie, pero su único deseo había sido no ser destinado a la Brigada Político-Social, la temida policía secreta encargada de la represión de los movimientos de la oposición, algo que era fácil de eludir, ya que era un puesto deseado por los alumnos más cerriles y afines al anterior régimen, que no escaseaban.

Una vez eliminada esta posibilidad, quedaban otras cinco brigadas como destinos posibles, a saber: Orden Público, Investigación Criminal, Información, Documentos Nacionales y Fronteras. Herrero había sido asignado a la Brigada de Investigación Criminal, la llamada BIC, y, más concretamente, al Grupo de Homicidios, una buena alternativa para él.

El BIC de Madrid, por problemas de espacio, tenía tres sedes que dividían por sectores la capital: Norte, Centro y Sur. Y era la del sector Centro frente a la que Herrero se encontraba en ese momento, observando los alrededores de lo que se convertiría en su segunda casa con sus ojos castaños, apenas visibles bajo unos párpados abultados que le daban aspecto de encontrarse medio dormido.

Aquella mirada apacible, el rostro un tanto relleno y su actitud tranquila y metódica llevaban a quienes no lo conocían bien a cometer el error de infravalorar su capacidad, algo que a Herrero le convenía.

Las nueve menos diez. Del portal no paraba de salir y entrar gente. Herrero echó un último vistazo al quiosco de prensa situado frente a la joyería, con su colorido escaparate de revistas y periódicos, y se acercó al portal.

En el interior, al lado de la portería donde atendía un celoso portero, una de las paredes tenía un gran espejo que él aprovechó para ajustarse el nudo de la corbata y volver a comprobar que todo estaba en su sitio.

Se aseguró de que el botón de la americana estuviera bien abrochado y se encaminó hacia las escaleras después de mostrar su reluciente placa de subinspector al portero, que lo observaba con curiosidad.

En el descansillo del primer piso se topó con una recia puerta de madera con una sencilla placa de bronce que anunciaba Brigada de Investigación Criminal | Sector Centro. Empujó la puerta y accedió al interior.

Tuvo que mostrar su carné profesional al policía de recepción, que lo estudió de arriba abajo, comparando el rostro de Herrero con el de la foto.

Metro setenta y cuatro, hombros anchos, cuello corto y mandíbula cuadrada, herencia de su abuelo, un curtido minero de León del que también había recibido el nombre. No obstante, el cabello fino y los ojos, bajo párpados hinchados, que le daban aspecto de perro pachón, le conferían más años de los que tenía y le restaban esa apariencia intimidatoria que poseían algunos de sus compañeros.

No obstante, bajo aquella fachada de serenidad, de hombre que rara vez perdía los nervios, se ocultaba un cerebro agudo, una mente reflexiva a la que no le gustaba actuar impulsivamente y una perseverancia, alguno diría «tozudez», más allá de lo razonable.

El policía pareció conformarse con el escrutinio y, tras apuntar algo en un listado que tenía sobre la mesita, le mostró la dirección para llegar a las oficinas que ocupaba su grupo.

Herrero recorrió un largo pasillo flanqueado por puertas acristaladas, todas iguales, pertenecientes a los distintos grupos de las diversas brigadas, hasta encontrar una en la que se podía leer Brigada de Investigación Criminal, Grupo de Homicidios. Con suavidad, golpeó con los nudillos en el cristal esmerilado de la puerta, giró la manija y accedió al interior.

Nadie pareció enterarse de su presencia. Cada uno a lo suyo, el personal escribía a máquina, revisaba expedientes o hablaba por teléfono. Herrero optó por aguardar a que alguien tuviera a bien interesarse por él y aprovechó para echar un vistazo a su alrededor.

El despacho era una sala rectangular amplia, con varias mesas agrupadas en parejas formando islas en torno a un ancho pasillo central. En cada mesa, un teléfono, útiles de escritorio, varias bandejas con hojas timbradas, calcos negros y diversas carpetas apiladas. Al costado de cada islote, un pesado carro de metal soportando una máquina de escribir.

Frente a la entrada, una ventana con cristales pulidos. A la derecha, una fotografía enmarcada del rey Juan Carlos I y un reloj y, debajo, una fila de archivadores metálicos de color gris. En la otra pared, un corcho de buen tamaño, con fotografías de individuos, gráficos, recortes de periódico, informes y notas oficiales.

Sujeta con chinchetas, entre un calendario de la Unión Explosivos Río Tinto, S. A. con numerosas anotaciones y uno laboral con las guardias de los inspectores del Grupo de Homicidios, había una ampliación de una foto en la que aparecía gente posando en camaradería. Herrero reconoció en ella varios rostros de los presentes en la oficina.

Las mesas más cercanas a la entrada estaban ocupadas por cinco hombres y una sexta solo tenía el teléfono y bandejas vacías. Las restantes estaban invadidas por torres de carpetas, algunas de ellas ya amarillentas.

Herrero supuso que la mesa vacía, pareada con otra ocupada por un tipo que no se había molestado en levantar la mirada a su entrada, sería la suya. El hombre, mayor, robusto, repeinado y con un bigote frondoso, no parecía estar agobiado de trabajo y fumaba con tranquilidad un Ducados, dejando que la ceniza cayera sobre el periódico *ABC*, abierto por la sección de inmobiliarias, mientras en su máquina de escribir languidecía un informe sin concluir.

En otra de las isletas, dos jóvenes oficiales se afanaban tecleando en sus Olivetti, golpeando con fuerza para que las teclas imprimieran tres copias a través del papel de calco. Ajenos a ese alboroto, en la otra pareja de mesas, dos cincuentones tomaban notas distraídamente y atendían el teléfono mientras estudiaban unos gruesos legajos.

En el enrarecido ambiente, una mezcla de lociones de afeitar, colonias diversas y humo de tabaco formaba una densa niebla que no terminaba de ocultar los olores corporales.

—¿Quería algo? —le preguntó uno de los cincuentones, percatándose de su presencia y dejando en el aire el lápiz con el que se golpeaba rítmicamente los dientes.

—Soy el subinspector Herrero, asignado al Grupo de Homicidios —se presentó el recién llegado, haciendo gala de su carácter tranquilo—. Pregunto por el inspector jefe Dávila.

El policía que leía las páginas de venta de pisos levantó los ojos del periódico y le lanzó una mirada desagradable llena de desconfianza antes de retomar su lectura sin articular palabra. Los de la mesa del fondo ni siquiera alzaron la vista de sus atormentadas máquinas de escribir. Solo el que había preguntado y su compañero dejaron los informes que revisaban y se lo quedaron mirando con curiosidad.

—Ese es su despacho. Llama. Te está esperando.

Herrero le dio las gracias, se acercó hasta la puerta señalada y golpeó con suavidad en el cristal.

—¡Aguarde! —contestó una voz.

Pasaron cinco minutos, que Herrero empleó para estudiar de refilón a sus nuevos compañeros, antes de que la misma voz ordenara:

—¡Adelante!

Estirando un poco la espalda, Herrero abrió la puerta y entró en el despacho. Un fuerte y desagradable olor le golpeó en el rostro, pero se abstuvo de hacer cualquier comentario. Se fijó en que la ventana del despacho, que daba a un patio interior, estaba abierta de par en par, ventilando la estancia.

El hombre sentado tras el escritorio, sin duda el responsable de aquel tufo que enmascaraba con una generosa aplicación de Varón Dandy, continuó su lectura con las gafas caladas sin levantar la mirada de la carpeta. Era un tipo serio, de tez pálida y cabello negro bien engominado y repeinado, con un perfecto y delgadísimo bigote.

Herrero, viendo que no era invitado a sentarse, se mantuvo firme delante del escritorio y, echando un vistazo al despacho, aguardó a que el oficial rompiera el silencio.

No había mucho que ver. Un escritorio despejado, con un aparato de teléfono, un flexo y un lapicero con varios bolígrafos. En la pared, otro retrato del rey y otro reloj. Por mobiliario, además de la mesa y la silla con ruedas que ocupaba el inspector jefe, había otras dos sillas delante del escritorio, un perchero de madera de donde colgaba un abrigo y un archivador metálico gris con cinco cajones.

El inspector jefe se tomó sus buenos minutos para examinar el contenido de la carpeta que tenía entre las manos, asintiendo de vez en cuando con gesto de gravedad.

—Pablo Herrero Fernández.

—Sí, señor.

Al subinspector le pareció poca información para tan larga lectura, pero permaneció en silencio, observando por la ventana cómo al otro lado del patio una mujer tendía la colada en el tenderete de su casa.

—Veo que ha obtenido muy buenas calificaciones en la Escuela de Policía —dijo el inspector jefe con la vista fija en la carpeta.

—Sí, señor.

—No tardará en darse cuenta de que esto no es la Escuela de Policía.

Herrero no supo interpretar el comentario y optó por seguir callado, mientras que el inspector jefe continuó el estudio del expediente con el ceño fruncido.

—Veintiséis años. De Madrid. Con domicilio en Carabanchel.

—Sí, señor.

—Estudió en los salesianos —añadió el inspector jefe—. Universitario.

Esto último sonó como una sentencia. Daba a entender que a su superior no le parecía necesario que sus agentes tuvieran unos estudios superiores. Que fuera requisito necesario para optar al puesto parecía carecer de importancia.

—Casado. ¿Tiene hijos?

—No, señor.

—¿Tiene pensado tenerlos?

—Tenemos esa intención, señor —repuso pacientemente Herrero, un tanto confuso por no entender el sentido de la pregunta.

—Yo no los tengo, subinspector. En mi opinión, los hijos suponen una fuente de distracción para los policías. Desde luego, España necesita sangre nueva que la fortalezca, pero nuestro trabajo es fundamental y precisa de todos nuestros sentidos. Un miembro de la Brigada de Inspección Criminal debe vivir por y para el trabajo. Nunca deja de estar de servicio, y en sus ratos de asueto su deber es descansar y mejorar su preparación.

—Entiendo, señor.

Lo cierto era que no había entendido muy bien qué quería decir su superior con aquella perorata. Los policías debían informar sobre los planes de matrimonio y sobre la futura esposa, pero en ningún sitio se decía que necesitaran permiso para tener descendencia.

—Soy el inspector jefe Dávila —anunció el oficial dejando las gafas sobre el secante del escritorio, recto en su silla, y apoyando los antebrazos sobre el borde de la mesa—, y dirijo el Grupo de Homicidios de la Brigada de Investigación Criminal. No creo necesario explicarle que, además de un honor, supone para mí una enorme responsabilidad. El trabajo que se lleva a cabo entre estas paredes es fundamental para el mantenimiento del orden y la paz en nuestra sociedad.

—Desde luego, señor.

—Quiero llamar su atención sobre algo muy importante —continuó con su letanía el inspector jefe—. Como he dicho, y habrá tenido la oportunidad de leer en la puerta de entrada, este es el Grupo de Homicidios. La palabra clave es «grupo».

—Entiendo, señor.

—Últimamente —dijo el oficial juntando las yemas de los dedos y tratando de adoptar un gesto didáctico—, se ven en la televisión muchas películas de esas americanas sobre detectives que investigan asesinatos.

Dávila hizo una pausa para ver la reacción de su subordinado, pero Herrero se mostró impávido.

—Esas películas —continuó, imprimiendo una nota de gran desprecio en la palabra «películas»—, donde atractivos detectives de ficción se rodean de bellas señoritas, trabajan solos y encuentran enseguida al criminal, son fantasías. Esto es la vida real. Aquí no trabajamos solos y los criminales no caen del cielo en nuestras manos. Aquí trabajamos en grupo y con dedicación. ¿Entiende lo que quiero decir?

—Sí, señor.

—Me alegro de que nos entendamos. Dígame. ¿Es usted aficionado al fútbol?

—No mucho, señor.

—Como sabrá —explicó Dávila ignorando la respuesta—, en el fútbol compiten once jugadores y hay un entrenador que los dirige. Los hombres del Grupo de Homicidios forman un equipo y yo soy su entrenador. Espero que eso le quede claro. Yo soy el que da las órdenes y ustedes quienes las ejecutan. Entre todos. No me gustan las primadonas. ¿Soy suficientemente claro?

—Desde luego, señor.

—Esa imagen frívola del detective que flirtea con señoritas jóvenes mientras reúne pistas absurdas y elabora teorías descabelladas hasta atrapar a un criminal que se desmorona es totalmente falsa —insistió Dávila—. Es más, resulta peligrosa. Daña nuestra imagen y despierta ilusiones tontas. Ya hemos tenido malas experiencias con algún agente que llegaba con la cabeza llena de pájaros. Espero que este no sea su caso.

—No, señor.

—Dígame. ¿Por qué quiere usted ser policía? —preguntó el inspector jefe mientras se calaba de nuevo las gafas y abría el expediente de Herrero en busca de alguna información que se le hubiera escapado—. Ha estudiado usted Arquitectura técnica en la Universidad de Burgos. ¿Por qué decidió presentarse a las oposiciones para el Cuerpo General de Policía?

—Cuando acabé los estudios, tuve la oportunidad de comenzar a trabajar en un proyecto —explicó Herrero, que se temía la pregunta—. Descubrí que no era lo mío. Siempre me ha llamado la atención la labor de la Policía. Impedir que los criminales salgan indemnes. Contribuir a formar una sociedad más justa.

—Bien —dijo Dávila, no muy convencido—. Traje de chaqueta y corbata, incluso en verano. Como habrá visto, casi todos lucimos bigote. En cualquier caso, mejillas bien rasuradas a diario. La presencia tiene extrema importancia. Somos la imagen de la justicia. Nada de pantalones vaqueros, ni ropa informal, patillas pobladas o barba descuidada. La primera impresión es la que cuenta, y el ciudadano debe saber que ante él se encuentra un agente de la justicia. Nuestro aspecto debe causar respeto y, por qué no decirlo, cierto temor. Quien no tenga nada que temer nos verá como lo que somos: servidores y garantes del orden y la paz. Quienes ocultan algo deben saber que nunca nos rendiremos hasta llevarlos ante el juez.

—Sí, señor.

—Doy la máxima importancia a las formas. Respeto para con los compañeros y aún más hacia los superiores. Obediencia y acatamiento de las órdenes con estricta disciplina. Con el ciudadano, impecable decoro y corrección. Disposición para el trabajo, siempre presto para ayudar a los compañeros.
—Sí, señor.
—Exquisita puntualidad —dijo Dávila echando un significativo vistazo al reloj situado sobre la puerta de su despacho—. Se entra a trabajar a las ocho.
—Entendido, señor —repuso Herrero. Las órdenes recibidas habían sido presentarse a las nueve en punto, algo de lo que el inspector jefe debía, o no, estar al tanto.
—No sé qué clase de ideas les habrán inculcado en la Escuela de Policía, pero le voy a decir la única receta para triunfar en la Brigada de Investigación Criminal: aprender rápido, trabajar más que nadie, no quejarse nunca y estar dispuesto a dejarse la piel. No busque otra fórmula. ¿Está claro?
—Desde luego, señor.
—El trabajo del buen policía —continuó el inspector jefe, cerrando las patillas de sus gafas y dejándolas en el secante— no son las persecuciones de coches por medio de la ciudad detrás de los criminales ni correr por los tejados. Tampoco es disparar decenas de balas. Eso lo dejamos para las películas. Lo que prima aquí es el tesón. El trabajo rutinario y, a decir de algunos, aburrido. Tomar declaraciones a testigos y sospechosos, contrastar esas declaraciones, redactar y releer una y mil veces los informes. Interrogatorios. Es así como llegamos hasta el culpable.
—Entiendo, señor.
Dávila tomó el teléfono que había sobre su mesa, marcó un número y dijo con voz seca:
—Que se presente Montes.
Un instante después se escucharon unos discretos golpecitos en la puerta, se abrió y entró el policía a quien Herrero había visto leyendo la sección de inmobiliarias.

—Le presento al inspector Pascual Montes, que a partir de este mismo instante será su compañero. Montes es un veterano baqueteado en mil batallas. Trabajarán codo con codo y espero que sepa aprovechar su enorme experiencia. Al inspector aún le quedan dos años de buen servicio, tiempo suficiente para que usted se curta. Él será el responsable y usted obedecerá sus órdenes como si yo mismo las hubiera impartido. ¿Estamos?

—Sí, señor.

—Montes —continuó Dávila, dirigiéndose al recién llegado—. Le presento al subinspector Pablo Herrero, recién salido de la Escuela de Policía. Lo dejo en sus manos para que haga de él un buen profesional. Transmítale todo su conocimiento y experiencia. Sé que no me defraudará. Como he dicho, será usted responsable y responderá por los actos de ambos. No me cabe la menor duda de que su veteranía le será de gran ayuda a su nuevo compañero.

—Gracias, señor —repuso Montes, que no había mirado ni un solo momento a Herrero—. Haré cuanto sea posible.

—Dígame, ¿en qué están ahora? —preguntó Dávila, dando por terminado el tiempo para las presentaciones y urgiéndolos a entrar en materia.

—Con el caso de la joyera, la señora Torrecilla.

—¡Ah, sí! Un feo asunto —dijo el inspector jefe asintiendo con la cabeza—. Este caso se está demorando más de lo preciso. Confío en que, ahora que, de nuevo, tiene un compañero, puedan cerrarlo pronto. La mezcla de veteranía y el ímpetu propio de la juventud puede ser una buena combinación. Ponga al subinspector Herrero al corriente de todo y al tajo.

—Sí, señor —respondió Montes sin entusiasmo.

—Mi puerta está abierta para mis hombres —declaró Dávila a modo de colofón, dirigiéndose de nuevo a Herrero—. Cualquier duda que tenga puede consultármela, pero déjese orientar previamente por Montes. Verá que en este trabajo la experiencia es más que un grado. Pueden retirarse.

Herrero salió del despacho detrás de su nuevo compañero, observando cómo el jefe del Grupo de Homicidios al que ahora pertenecía apuntaba algo en su expediente y lo guardaba en el archivador metálico.

En la oficina, los dos miembros más jóvenes habían salido y solo quedaba la pareja veterana.

Montes se acercó a su escritorio mientras señalaba el de Herrero con la mano, cogió una carpeta de cartón y, tras comprobar que era la correcta, la arrojó sobre la mesa pareada donde su nuevo compañero ya había dejado su elegante cartera de cuero marrón con hebillas doradas. La cartera era, junto a un aparato de teléfono de color crema y un bolígrafo Bic sin capuchón, mordido y en apariencia ya seco, lo único que ocupaba el tablero.

—Este es el expediente —se limitó a informar Montes, encendiendo otro Ducados—. Ahí está cuanto tenemos. Míratelo, que yo tengo que ir a hacer una cosa.

Sin más palabras, cogió su periódico, se lo puso bajo el brazo y se dirigió hacia la puerta de la oficina, dejando atrás a Herrero y a la pareja de veteranos, y sin despedirse de nadie.

El joven tomó asiento, abrió su cartera y extrajo dos bolígrafos sin estrenar, dos lápices, una goma de borrar y un sacapuntas. Los dispuso sobre la mesa y tomó nota mental de agenciarse un bote para tenerlos recogidos. Dejó la cartera a los pies del escritorio, abrió la carpeta que le había arrojado Montes y se dispuso a leer el expediente del caso.

Se trataba de un crimen espantoso. Alguien había asesinado de una manera brutal a una pobre mujer de sesenta años, viuda de un joyero, en su propio domicilio.

Dentro de la carpeta había un montón de hojas: informes de la autopsia, planos de la casa y del edificio, copias de los interrogatorios a vecinos, esquemas sobre cómo habían encontrado el cuerpo, fotografías de la casa y del cadáver, informes médicos de la mujer, documentación oficial sobre los bienes que poseía, incluso una copia del testamento y fichas de las personas que más se beneficiaban con la desaparición de la viuda.

Estaban también las tomas de declaración de la hija de la finada y del yerno, al parecer la única familia con la que contaba Dolores Torrecilla, y una pormenorizada relación de objetos que se habían sustraído, en especial joyas, que la viuda guardaba en una caja fuerte violentada: diamantes, colecciones exclusivas de anillos, pulseras y relojes, algo de dinero en metálico y alhajas de menor valor que la mujer portaba a diario, como la alianza de oro de casada, pendientes de perlas y una cadena de plata con una cruz.

—Mucho papeleo.

—¿Perdón? —preguntó Herrero, distraído.

Una mirada al reloj de pared le reveló que llevaba más de dos horas revisando el expediente sobre el asesinato de la joyera. El tiempo se le había pasado volando. Sumido en la lectura, se había olvidado de sus compañeros de la mesa de enfrente.

Ambos veteranos lo miraban. El que le había hablado a su llegada lo hacía con una sonrisa que Herrero no supo decir si era irónica o amigable. Era el prototipo de policía. Robusto, de manos fuertes, rostro curtido y anguloso con cejas pobladas y abundante cabello crespo y canoso. Herrero calculó que andaría por los cincuenta y cinco.

Su compañero parecía la antítesis. Apenas le quedaba algo de pelo en los laterales de su enorme cabeza. Su rostro era vulgar y blando, con unos ojillos saltones tras las gafas graduadas. Lo que el primero tenía de robusto, este lo tenía de fofo, con unas manos pequeñas y flojas, en consonancia con el resto de su físico, lo que le hacía aparentar más edad que su compañero.

—Preguntaba que si hay mucho papeleo —repitió el más robusto, guardando un sobado librito que había estado leyendo en uno de los cajones de su escritorio.

—Un poco —respondió Herrero—. Claro que tampoco sé muy bien cuánto suele ser lo habitual.

—Yo diría que el expediente aún no ha engordado del todo. ¿Tú qué crees, viejo?

—Te recuerdo que solo soy dieciséis días mayor que tú.

Herrero se dio cuenta de que se trataba de una broma entre ellos. El calvo de cabeza grande y ojos saltones se reía de la guasa mientras protestaba.

—Yo soy Francisco Pineda —se presentó el que parecía llevar la voz cantante. Sonreía con franqueza—. Y mi colega, Martín Romero. Por cierto, el tuyo se llama Pascual Montes. Imagino que no habrá tenido tiempo de presentarse.

—Eso parece —contestó Herrero con tono neutro.

—No te preocupes, no tiene nada contra ti —intervino Romero quitándose las gafas—. Fermín, su antiguo compañero, al que tu sustituyes, se ha jubilado hace poco. Eran muy amigos. Llevaban muchos años trabajando juntos.

—A Pascual tampoco le queda mucho para jubilarse —apuntó Pineda—. Demasiado viejo para comenzar de nuevo con un colega tan joven.

—Podrías ser su hijo —añadió Romero riéndose.

Herrero se sumó a las risas con discreción.

—¿Es el expediente de la joyera? —preguntó Romero señalando la carpeta con las gafas que sostenía en la mano.

—Sí, ¿lo conocen?

—Un asunto feo —respondió Romero, utilizando las mismas palabras que el inspector jefe mientras su compañero asentía alzando las cejas—. Una pobre mujer asesinada en su casa de semejante forma. Confío en que logréis atrapar a ese malnacido.

—Yo también.

—Bueno —dijo Pineda levantándose para ponerse la chaqueta, colgada en el respaldo de la silla—. Creo que es la hora de almorzar. ¿Te vienes?

—Creo que me quedaré repasando el expediente. Pero gracias de todos modos.

—No hay de qué, chico —contestó Pineda pasándose la mano por el hirsuto cabello en un vano intento de darle forma—. Tómatelo con calma. Este trabajo es de mucha constancia. No es bueno que te desfondes nada más comenzar. Yo que tú me iría a almorzar. No creo que tu compañero vuelva hoy.

—Ni nosotros —añadió Romero al punto, abrochándose el abrigo—. Después de almorzar tenemos que ir a interrogar a un tipo y para cuando terminemos será tarde. Bueno, colega. Bienvenido.

Herrero agradeció la amabilidad de los dos veteranos y volvió a sumergirse en el informe, tan concentrado que no se percató de la salida del inspector jefe Dávila, que se marchó sin despedirse, dejando tras de sí un leve rastro de su problema aerofágico.

Al terminar de leer todo el expediente por segunda vez, tomó algunas notas con puntillosa letra en una pequeña libreta, sintió hambre y miró su reloj de pulsera, regalo de sus suegros por el día de su boda, un Omega de esfera redonda y correa de cuero marrón oscuro.

¡Casi eran las tres de la tarde! Se había pasado toda la mañana en el estudio de aquel expediente en el que, a grandes rasgos, no había nada que ofreciera la más remota pista de quién o quiénes habían sido los desalmados que habían asesinado a la pobre viuda.

Decidió ir a comer y releer todo desde el principio a la vuelta. Ya había visto alguna cosa que le había llamado la atención, y algún hilo del que tirar, pero quería volver a estudiarlo a fondo antes de comentárselo a Montes. Había pasado más de un mes desde el asesinato y seguramente todas las vías de investigación que se le ocurrieran a él ya estarían agotadas.

Con tranquilidad, se puso el abrigo, se ajustó el nudo de la corbata, cerró el expediente y lo dispuso sobre el escritorio a la vista por si Montes volvía antes que él y le daba por buscarlo.

Bajó a la Gran Vía y se detuvo pensativo delante del quiosco de prensa. A pesar de encontrarse en el mismo centro de Madrid, no tenía ni idea de dónde podía comer. Pensando que tan bueno era un sitio como otro, y que debería buscar referencias para el futuro acerca de locales en los que almorzar bien sin que el precio se disparara, decidió entrar en la cafetería de la esquina.

El local se encontraba bastante lleno. Había gente consumiendo en la barra de mármol y latón bruñido, mientras que otros comensales ocupaban las mesas preparadas para el almuerzo. Solo quedaban un par de ellas libres. Herrero se sentó en una tras pedir permiso al encargado, un tipo bajito vestido con camisa blanca, chaleco negro y una pajarita encarnada.

Se decantó por el cocido madrileño y aguardó a que alguno de los numerosos camareros, que se desplazaban veloces de una mesa a otra, todos uniformados igual que el encargado salvo por la pajarita, negra en vez de encarnada, se acercara a la suya.

—El menú —pidió Herrero, entregando la carta a una camarera bajita con el pelo teñido de rubio sujeto en una tensa coleta.

La mujer retiró uno de los servicios en silencio y dejó una cesta de mimbre con un par de trozos de pan.

Herrero tenía hambre y le apetecía hincarle el diente al currusco, pero se contuvo hasta que llegara la comida. Entretanto, se distrajo echando un vistazo a la clientela formada casi por entero de hombres. En las mesas, alguna pareja de turistas con la cámara al cuello y grupos de oficinistas o comensales solitarios como él.

En la televisión que colgaba de la pared de enfrente estaba el telediario. Lo tenían sin sonido, algo sin importancia, puesto que, entre conversaciones y jaleo de platos y vasos, no se hubiera podido escuchar.

No obstante, Herrero imaginó el contenido de la noticia por las imágenes. En ellas aparecía el presidente del Gobierno, Adolfo Suárez, felicitando a su homónimo de la Generalitat, Josep Tarradellas, que había tomado posesión del cargo aquella misma mañana. La presencia de Suárez había levantado ampollas entre los sectores más reaccionarios de la política española, que no veían con buenos ojos el regreso del político catalán a Barcelona tras casi cuatro décadas en el exilio.

La camarera apareció con el puchero y sirvió la sopa. De otra mesa alguien le pidió la cuenta y la mujer, con la atención dividida, golpeó con el cazo el canto del plato hondo, arrojando parte de su contenido al pantalón de Herrero.

—¡Ay, perdón! —exclamó alarmada la mujer—. Pero qué torpe soy. Ahora mismo le traigo algo para limpiar.

—No se preocupe, no pasa nada —contestó Herrero secándose con la servilleta la indiscreta mancha que había quedado en su entrepierna.

La mujer salió corriendo y volvió al instante con un bote de polvos blancos que se empeñó en echar sobre la mancha. Aguardó a que el producto actuara entre un mar de lamentos y disculpas. Cuando se formó un cerco en el pantalón, procedió a frotarlo enérgicamente con un cepillo.

—Creo que será mejor que lo haga yo —dijo Herrero, tomando el cepillo ante el azoramiento de la mujer.

—Mil perdones, caballero. Mándeme la factura de la tintorería y yo se la abono.

—No pasa nada, mujer. Son cosas que suceden.

La camarera se alejó con más lamentos y disculpas y se acercó a la mesa donde aguardaba el cliente que había pedido la cuenta, causa del desafortunado accidente.

Mientras Herrero se tomaba la sopa, demasiado salada para su gusto, se dio cuenta de que el hombre se volvía un instante la solapa izquierda del traje. No pudo comprobar qué era lo que habría podido ver la mujer en ella, pero se lo imaginó. Debía de pertenecer al Cuerpo General de Policía y había mostrado su placa.

Cuando terminó la comida, Herrero alzó la mano para llamar la atención del elegante camarero y que le trajera la cuenta. Se había dado cuenta de que otros clientes, también pertenecientes al cuerpo, habían obtenido descuento sobre el menú, pero desechó la idea de hacer lo mismo. Sin embargo, el encargado debía de tener buen ojo para detectar a los policías y le aplicó el precio especial.

Recogió el cambio, dejó unas monedas de propina y se dirigió hacia la puerta mientras la camarera seguía deshaciéndose en disculpas.

—Hombre, Pablo.

Herrero se giró al reconocer la voz del inspector Pineda.

—Vaya. No sabía que tenías tanto éxito con las mujeres —dijo el veterano con una sonrisa socarrona y mirando a la camarera, que continuaba disculpándose desde la puerta—. ¿Has comido aquí? ¿Hoy también tenían cocido? Creo que tendré que enseñarte un par de sitios donde se come bien y más barato. Ven, vamos a echar un café.

Por un instante, el subinspector pensó en rechazar el ofrecimiento. Quería ponerse cuanto antes con el expediente. Además, quedarse podría atraer a la camarera y sus amargos lamentos. Pero estrechar los lazos con veteranos del Grupo de Homicidios y, tal vez, escuchar algún buen consejo no le vendría nada mal, así que volvió a entrar en la cafetería.

—Bueno, dime —dijo Pineda acodado en la barra del Zahara. Removía su carajillo de pacharán bien cargado, al que había añadido dos terrones de azúcar—. ¿Qué tal va tu primer día? ¿Ha sido como imaginabas?

—La verdad es que no tenía una idea preconcebida —confesó Herrero, que había pedido un descafeinado de sobre y lo vertía sobre la leche—. No sabía qué me podía encontrar.

—¿Y qué te ha parecido el inspector jefe? —preguntó Pineda con curiosidad.

—Solo he tenido la oportunidad de hablar unos minutos con él —repuso Herrero, tanteando el terreno para no dar ningún paso en falso. Pineda parecía un tipo agradable, pero nunca se podía fiar uno de las apariencias.

—Buena respuesta —repuso Pineda, y sopló en la superficie de su taza—. En boca cerrada no entran moscas, ¿eh? Sí, la discreción es una virtud realmente importante en este trabajo. Nunca sabes con quién estás tratando, ¿verdad?

Herrero no pudo sino estar de acuerdo con su colega.

—¿Cómo decidiste ser policía? Si no te molesta que te lo pregunte, claro —inquirió entonces Pineda.

—En absoluto. No tiene mucho misterio. Estudié Arquitectura porque me gustaba, pero enseguida me di cuenta de que aquello no era lo mío. Trabajé en un estudio como delineante casi un año. Luego me casé y comprobé que con aquel sueldo no iba a llegar lejos.

—Y decidiste ser policía —concluyó su superior, dando una amistosa palmada en el hombro del subinspector—. Te advierto que nuestro sueldo tampoco es para echar cohetes.

—Ya imagino, pero está bien. Además, me gusta este trabajo. O eso creo, ya que mi experiencia se limita a unas pocas horas.

—Te gustará, ya lo verás. Enseguida te atrapará.

—¿Y usted?

—¿Por qué me hice policía? —dudó—. Bueno, en mi caso la historia es un poco más complicada. Yo estudié en un internado en Irún, en la frontera con Francia. Cuando cumplí los dieciocho, allá por principios de los cuarenta, fui llamado a filas. Me destinaron a Zaragoza. Acababa de terminar la Guerra Civil, no eran tiempos para andarse con tonterías. Había que estar atento.

Herrero asentía.

—Un día —continuó Pineda tras tomar un sorbo de café—, me llegó un soplo. Iban a visitarnos reclutadores para una división que partiría hacia Alemania, donde se integraría en el ejército nazi para luchar contra los rusos. La División Azul, ¿te suena?

Herrero volvió a asentir.

—El caso es que, a pesar de lo que decía la prensa del régimen, no existían hordas de entusiastas voluntarios dispuestos a alistarse, y eso, en el ejército, ya sabes lo que supone. Voluntarios forzosos.

Pineda suspiró por los recuerdos.

—Como suele ser habitual, aquella semana vinieron instructores de la Guardia Civil, de los paracaidistas, de la Legión y de unidades especiales del ejército en busca de reclutas que quisieran hacer carrera. No tenía previsto presentarme voluntario, pero temía que la alternativa fuera ocupar un vagón atestado rumbo a las estepas siberianas, así que me apunté a la Guardia Civil.

Pineda se palpó los bolsillos como buscando algo.

—Lo cierto es que acerté. Días después llegaron los reclutadores para la División Azul. Recitaron su discurso enalteciendo al glorioso ejército alemán, que luchaba heroicamente contra el peligro del comunismo y, al finalizar, pidieron voluntarios. Como te puedes imaginar, nadie se ofreció. Así que empezaron a contar. «Uno, dos, tres; usted, voluntario. Cuatro, cinco, seis; usted, voluntario...».

Herrero ya había escuchado rumores sobre el enrolamiento forzoso en la famosa división, pero no de primera mano.

—Los que nos habíamos alistado en otros cuerpos fuimos excluidos, para envidia de quienes tuvieron que hacer el petate —concluyó el veterano dándose prisa por resumir el resto—.

Así que acabé en la academia de la Guardia Civil y de allí, mediante un contacto que hice, en la del Cuerpo General de Policía.

Herrero se dio cuenta de que los recuerdos eran dolorosos para Pineda. Un velo oscuro había caído sobre sus ojos.

—¿Usted conoce el caso de la viuda asesinada? —preguntó el joven cambiando de tema—. ¿Qué opinión le merece?

—No estamos en la oficina ni delante de Dávila, así que trátame de tú —contestó Pineda dejando la taza sobre el platillo, agradecido por hablar de otra cosa—. Sí, conozco el caso. Desagradable, no hay duda. Una muerte realmente horrible. El caso no avanza y desde arriba hay presiones para que se cierre de una vez.

—¿Cerrar?

—Bueno. Las pistas indican que el motivo del asesinato es el robo. La mujer guardaba joyas de gran valor en su domicilio. La caja de seguridad que poseía estaba abierta y solo ella conocía la combinación. No parece que haya nada extraño. Solo un robo de joyas. No obstante, la opinión pública se escandaliza con una barbaridad de este tipo y quiere detenidos.

—Ha pasado un mes desde entonces. ¿No es mucho tiempo? —tanteó.

Pineda se encogió de hombros.

—A veces es cuestión de suerte. Los ladrones tendrán que deshacerse del botín en algún punto. Lo malvenderán a algún perista y, en un momento u otro, lo más probable es que salga a la luz. Entonces se podrá tirar del hilo y llegar hasta el asesino o los asesinos.

—Tengo intención de volver a hablar con los vecinos. Tal vez hayan pasado algo por alto en la primera declaración.

—Puede ser —repuso Pineda no muy convencido—. Pero te aconsejo que previamente lo hables con Montes. No es mal tipo, pero ha vivido tiempos mejores. Lleva mal haberse quedado solo y tener que compartir sus últimos años con un novato, no te ofendas. Si Montes piensa que pasas por encima de él o lo ignoras se lo tomará a mal y se quejará a Dávila. Al jefe no le gusta nada la falta de compañerismo, o que un subalterno puentee a un veterano.

—He leído el expediente —dijo Herrero pasando por alto las posibles consecuencias de que Dávila recibiera quejas sobre su labor—. No he profundizado suficientemente aún, pero no he conseguido encontrar ninguna vía de investigación.

—Es posible que no la haya —admitió Pineda volviendo a alzar los hombros—. Creo que Montes espera a que el ladrón o los ladrones vayan a un perista a vender las joyas. Mientras, se limita a engordar el expediente para tranquilizar a Dávila.

—¿Y si los culpables las venden en otra ciudad o las sacan del país?

—Todo es posible —concedió Pineda apurando el carajillo—. Sin embargo, no lo veo probable. Este tipo de desgraciados guardan un tiempo el botín para que se calmen las cosas. Cuando se creen a salvo y se ven apremiados, intentan sacárselo de encima y no suelen ser muy espabilados. No será el primero que intenta vendérselas al mismo al que se las ha robado.

El veterano inspector se bajó de la banqueta en la que se encontraba sentado. Rebuscó en el bolsillo unas monedas para pagar los cafés, pero Herrero le hizo un gesto de que ya estaba hecho.

—Gracias, Pablo. Otro día correrá de mi cuenta —dijo Pineda estirándose la chaqueta del traje—. Bueno, creo que será mejor que subamos a la oficina. En cualquier caso, cuida de no indisponerte con Montes. «Un compañero ofendido es el más encarnizado enemigo».

2

Domingo, 11 de septiembre de 1977.
Barrio del Pilar.
Madrid

Antes de abrir la puerta, la anciana se asomó por la mirilla encastrada en la recia puerta de roble, demasiado alta para otear con comodidad. Era una sana costumbre que no se debía perder, nunca se sabía quién podía aguardar al otro lado y más aún desde la muerte del generalísimo, que Dios guardara en su gloria.

En este caso, quien se encontraba tras la puerta era el portero de la finca. Y traía un ramo de flores…

Un tanto sorprendida, la anciana descorrió los dos cerrojos y entreabrió la puerta. El portero, con una sonrisa obsequiosa, inclinó levemente la cabeza mientras extendía su único brazo, que sujetaba unas rosas.

—Un repartidor las ha dejado para usted, doña Dolores.

Sin dar las gracias, la anciana cogió el ramo y cerró la puerta mirando las flores. Eran preciosas, recién cortadas. Aún tenían gotas de humedad en sus pétalos. Rojas como la sangre salvo una, que destacaba sobre las demás por ser blanca.

A pesar de resultar maravillosas, no cabía duda de que se trataba de un presente fuera de lugar. ¿Quién se las había mandado? Además, no habría elegido rosas rojo pasión, obviamente, en todo caso unas bonitas orquídeas o unas elegantes lilas.

Extrañada, buscó un florero, lo llenó de agua y dispuso las flores con gracia, dejando en el centro del ramo la rosa blanca. Por más que la miraba no podía dejar de sentir una extraña inquietud. ¿Qué significaba esa flor dispar?

El papel celofán que envolvía el ramo tenía un refinado sobre color crema prendido con un alfiler. Con los dedos artríticos extrajo una tarjeta de su interior confiando en encontrar la explicación al misterio. Pero la tarjeta estaba en blanco.

Con mezcla de extrañeza y desagrado, dio vueltas a la tarjeta. Examinó con detenimiento el pequeño sobre por si hubiera algo más en el envoltorio o entre las rosas, pero no encontró nada.

Un escalofrío le recorrió la espalda. Aquellas flores ya no le gustaban. La frialdad de la rosa blanca rodeada por sus hermanas de un rojo intenso le resultaba tan incómoda como el anonimato del remitente.

Sonó de nuevo el telefonillo. Sin poder disimular la desazón, la mujer respondió. Era el portero manco de nuevo. Al parecer, mientras subía el ramo a su domicilio, alguien había introducido un sobre en el buzón de la portería.

Dando su consentimiento para que el portero volviera a subir, la mujer aguardó impaciente. Sin duda los dos hechos tenían que guardar relación, y seguramente en el sobre llegaría la explicación a tan extraño presente.

Esta vez abrió la puerta sin tomar las precauciones habituales, tan agitada como estaba. No se dejó engatusar por la hipócrita sonrisa del portero y le dio con la puerta en las narices nada más coger el sobre que este le tendía.

Era de papel barato, y dentro había una simple hoja con unas líneas. La anciana buscó sus gafas de leer y, tras deshacer el enredo de la cuerda, se las puso.

Con un suspiro de fastidio dejó sobre y hoja en la repisa de la chimenea. No tenía nada que ver con el ramo de flores. Era del inútil de su yerno, Raimundo, avisándola de que aquella tarde le llevarían a la niña, su nieta, y que la recogerían al día siguiente.

Dolores nunca había dado su visto bueno a aquel matrimonio, aunque ella también se había casado sin el beneplácito de sus padres. Su marido, el difunto Miguel Andueza, había sido un hombre muy guapo al que rondaban todas las chicas. Dolores sabía que en cuestión de belleza no podía competir con aquellas pelanduscas, pero desde que puso los ojos en aquel chico decidió que se casaría con él.

No resultó fácil. Tuvo que discutir con sus padres, contrarios al enlace, alejar a las furcias que se abrazaban a su galán con total descaro, algo que, a Miguel, mujeriego empedernido, no le disgustaba en absoluto, y convencerlo de que, a su lado, nada habría de faltarle.

No, no fue fácil. Sin embargo, siempre había sido una mujer de fuerte carácter, acostumbrada a impartir órdenes y a que los demás las cumplieran. Cuando ella hablaba, el resto callaba. No solía ocurrir que alguien osara llevarle la contraria.

Para que su marido tuviera un buen trabajo, ella se sacrificó. Con grandes esfuerzos y cobrando no pocos favores, consiguió abrir una joyería cerca de la calle Serrano, donde se movían las familias pudientes. Gracias a su tesón y a la sonrisa de su marido, no tardaron en irles bien las cosas. Después llegó su díscola hija. Para entonces, ya se habían mudado al piso que ocupaba ahora, y los vecinos les saludaban con respeto por la calle.

Luego vino la terrible adolescencia de María Pilar, la caída de pelo de su marido, al que tenía sometido y que se había revelado poco hombre para ella, y la tan temida rutina. El negocio marchaba bien, pero era lo único en su vida que lo hacía. Ya no soportaba a su esposo, que una mañana tuvo el detalle de no volver a despertar. La muerte de su marido agravó aún más la relación madre-hija, que terminó de romperse cuando esta le presentó a su novio.

No supo ver llegar el desastre. Si la hubiera animado en esa relación, María Pilar no habría tardado en aburrirse y desprenderse de él. Pero su desagradable carácter se impuso. Le ordenó que no volviera a ver a aquel inútil y, cuando su hija se le enfrentó, le gritó y la echó de casa.

Hacía años que no había vuelto a saber de ellos. Un buen día, María Pilar, con su marido Raimundo unos metros más atrás, la había abordado en la calle y mostrado una preciosidad de bebé arrebujado en un carrito.

A la viuda se le había derretido el corazón de piedra nada más verla. La niña gorgoteaba en su cochecito y miraba a su abuela, porque sabía que Dolores era su abuela, de eso ella estaba segura, con aquellos inmensos ojos azules, herencia de su padre Raimundo, en un rostro regordete enmarcado por unos rizos castaños.

María Pilar había tratado de fingir, pero a Dolores Torrecilla no se la pegaban. De un solo vistazo había visto que, como había predicho, el matrimonio no había llegado a ninguna parte. Aquel encuentro, en absoluto fortuito, debía de haber supuesto un mazazo para el orgullo de María Pilar. Por fortuna, la viuda había tenido por una vez el sentido común de no hurgar en la herida.

Permitió al matrimonio participar en el negocio de la joyería, que ella regentaba sola desde la muerte de su marido, y pronto, con lo que sacaban de allí, pudieron levantar cabeza. Ella, entretanto, disfrutaba de la vida de abuela. Sacaba a pasear a su nieta, le compraba ropitas, le contaba cuentos…

Pero a su hija nunca le había perdonado el desaire, y de su yerno no quería saber nada. Y, por supuesto, nunca les había cedido el negocio.

Ahora, aquel matrimonio hacía aguas. María Pilar estaba permanentemente de mal humor, algo que se agravaba cuando estaban juntas. Su hija se negaba a aceptar que Dolores había tenido razón al negarse a esa boda. Los esposos ya no coincidían ni en la joyería ni prácticamente en la casa, que seguían compartiendo para guardar las apariencias. Cada uno hacía vida por su cuenta, y si por alguien lo sentía Dolores era por la cría, con la que pasaba cada vez más tiempo.

De nuevo, aquella tarde los padres de la criatura harían planes por su cuenta. Ella se marcharía de cena con su «amiguito» y él visitaría algún burdel, algo que a la viuda le daba igual. Solo importaba la niña y, mientras estuviera con su abuela, todo iría bien.

Incluso se olvidó del ramo de flores.

El hombre vio a través de la cristalera del portal cómo el portero decía algo por el telefonillo, cogía el sobre que él había metido en el buzón de la portería en su ausencia y volvía a subir en el ascensor.

Miró el reloj. Las doce del mediodía. Aún no había comido, pero no tenía hambre. Se tomaría un café con una copa de sol y sombra para el dolor en su tasca favorita y jugaría unas partidas de tute hasta que fuese la hora.

Separándose de la fachada donde se encontraba apoyado como con descuido, caminó tres manzanas, doblando en cada esquina hasta el lugar donde tenía estacionado el coche. Arrancó, encendió la radio para escuchar el carrusel deportivo y, girando el volante, se adentró en el tráfico, que a esa hora no era muy concurrido.

Tras el atropello del viejo, había comprobado de nuevo el estado del coche. Allí estaba el pequeño bollo en el capó donde el cuerpo había impactado contra su vehículo. Tal vez no merecía la pena ni arreglarlo, se había dicho.

Sin embargo, dos días después decidió que la marca debía desaparecer. No hacía más que rondarle por la cabeza y ya se imaginaba a la Guardia Civil tocando a su puerta y preguntándole por el origen de aquella abolladura.

Al final decidió llamar a un tipo que conocía, Juanito el Gallina, un gitano al que le gustaba conducir los potentes coches de su padre, el patriarca don Ceferino, a toda velocidad y sin carné.

Juanito le debía un par de favores, así que le pediría que se encargara de llevar el coche a algún taller discreto por Guadalajara, donde residía el gitano. La Guardia Civil investigaría los talleres cercanos a Leganés, pero dudaba que extendiera la búsqueda más allá de la provincia, así que no debería temer nada.

Por si acaso, se había tomado la molestia de cambiar las placas de matrícula y le contó a Juanito que, noches atrás, un tanto bebido, había tenido un accidente, sin entrar en más detalles. El gitano, deseoso de quedar en paz, no preguntó y le aseguró que en el taller de su primo lo dejarían como nuevo y a muy buen precio.

Quedó con Juanito para entregarle el coche más un pequeño anticipo. Le preguntó una vez más si su primo era de fiar. Ante todo, discreción. No creía que fuese necesario sustituir ninguna pieza, pero, si lo fuera, preferiría que las obtuvieran en un desguace, por aquello de economizar, y deberían deshacerse de las que fueran reemplazadas.

El hombre sabía que, por la cuenta que le traía, Juanito le echaría un cable. A buen seguro se imaginaría que el golpe era resultado de algún accidente del que se había desentendido y no mostraría mayor interés. No podía imaginar que la marca del capó había sido causada por un viejo volando por los aires.

Una semana después, Juanito lo llamó. El coche estaba a punto. Quedaron para hacer el intercambio: la llave por el dinero para pagar la reparación, más una buena comisión. Sin duda, el gitano ya se había llevado algo más que su parte, pero a él eso le traía sin cuidado. Lo importante era que no quedaba rastro del accidente en su vehículo y que al primo en cuestión, sin duda tan trapichero como su compadre, no le interesaría colaborar con la policía en caso de que esta fuera a visitarlo a su taller.

Matar al viejo había resultado mucho más sencillo de lo esperado. La Guardia Civil había achacado el atropello a un accidente de tráfico desafortunado, con el desconocido conductor del coche en fuga, huido. Aunque las indagaciones continuarían y se alargarían en el tiempo, en algún momento, a falta de resultados, se cerraría el caso.

Tampoco parecía que la muerte del viejo en el hospital encendiera ninguna alarma. Después de asfixiarlo con la almohada, había salido de la habitación caminando despacio, con naturalidad, y, dejando atrás el servicio de urgencias, había alcanzado la calle. Sin correr, se dirigió hacia donde tenía estacionado el coche, cruzando un pequeño parque donde un par de parejas mayores sesteaban y aprovechaban los cada vez más tímidos rayos de sol.

Al sentarse tras el volante, se felicitó por haberse cobrado la primera de una serie de viejas facturas pendientes. Aún quedaban otras, algunas de ellas de mayor entidad, pero la primera era la más difícil. Con las siguientes no habría tantas dudas. No ahora. Ya no quedaba mucho tiempo.

La que se cobraría esta tarde sería más considerable. Una persona sin alma ni conciencia. Una persona que no debería haber nacido. Le mostraría lo que era el dolor. Le dejaría saborearlo para que comprendiera qué era el sufrimiento. Y después acabaría con ella.

En la radio estaban dando los resultados de la jornada del sábado:

«Real Madrid, tres; Sevilla, cero. Goles de...».

Quizá debería comer algo. Hacía un tiempo que comía muy poco y los pantalones le colgaban. Necesitaba estar en condiciones para llevar a cabo su misión. Tal vez le pidiera a Facundo un bocadillo de sardinas mientras esperaba su turno en el tute.

Se miró en el espejo retrovisor del coche. Unas ojeras de un tono ligeramente violáceo en un rostro demasiado pálido para ser verano. De seguir así, pronto comenzarían las preguntas, algo que no se podía permitir. Se prometió a sí mismo que atacaría ese bocadillo y luego, a media tarde, echaría una siesta para recuperar fuerzas.

«… Cádiz, cero; Real Sociedad de San Sebastián, cuatro; Atlético de Madrid, uno…».

La anciana comprobó de nuevo que todo estuviera listo. Había preparado la mesa del salón con mimo. Un plato con un sándwich de jamón de York y queso, cortado en triángulos y sin la corteza, como a la niña le gustaba; unas aceitunas para picar, sin hueso, por supuesto; y de postre, unas naranjas peladas, sin piel ni semillas, con azúcar espolvoreada. De beber, un batido de cacao bien fresquito.

Llevaba toda la tarde sentada frente al televisor, dominada por una inquietud extraña, como si algo no marchara bien. Un par de veces había mirado el ramo de rosas anónimo y había retirado la vista rápidamente. No entendía por qué no se había deshecho de ellas, pero el caso es que allí seguían, en el jarrón de agua. ¿Cómo podían unas flores tan elegantes alterarla de semejante manera? No era capaz de encontrar una respuesta.

En la tele habían echado *La casa de la pradera*, y después la película *Atraco a las tres*, una comedia que Torrecilla había visto varias veces y que siempre la hacía reír. Menos ese domingo.

Incapaz de concentrarse, había apagado el televisor y cogido el *ABC*, buscando leer alguna noticia interesante. Pero su mirada vagaba por las páginas sin conseguir entender lo que leía.

Levantó de nuevo la mirada y la fijó en el carillón: las ocho menos cinco. Pero ¿dónde se habían metido? Qué falta de consideración. Primero la avisaban el mismo día y mediante una triste nota dejada en la portería en la que no tenían ni el detalle de añadir la hora a la que llevarían a la cría y, después, la desfachatez de tenerla aguardando toda la tarde.

Cada vez más enfadada, miró el silencioso teléfono. Trató de llamar a su hija, pero no había línea. Se quejó al portero; no obstante, el pobre inútil no pudo hacer otra cosa que constatar que la línea estaba muerta. Y la impertinente señorita del servicio de averías aseguraba que hasta el día siguiente, lunes, no enviarían a un operario a examinarla.

Esto es lo que traía la tan ansiada democracia. Un país que se movía a la velocidad de su presidente, un hombre tibio, sin sangre. Ahora todo eran derechos y pocas ganas de trabajar. Eso era en lo que habían convertido el legado del generalísimo. Un país sin fuste.

El timbre de la puerta cobró vida, rompiendo la cadena de pensamientos que la estaba sulfurando cada vez más. La anciana miró el carillón: las ocho y cuarto. Esta vez su hija la iba a escuchar pero bien.

Se acercó a la puerta de la entrada y, de puntillas, echó un vistazo por la mirilla.

¡Vaya, tampoco funcionaba la luz del descansillo! Estaba visto que aquel domingo no podía ir a peor. Impaciente, pulsó dos veces más el interruptor que tenía al lado de la puerta para encender la luz de la escalera, sin resultado. El portero también iba a escucharla al día siguiente. Se avecinaba un lunes movidito.

No podía ser otra que su hija, María Pilar, trayendo a su nieta, y tampoco era cuestión de ponerse a gritar a través de la puerta, como si fuese una verdulera, para comprobar que fuese ella. A esas horas, ¿quién iba a ser si no? El conserje tenía fiesta los domingos por la tarde y cerraba la puerta con llave antes de dar por concluida la jornada. Quienquiera que fuese tenía llave del portal.

El hombre miraba por la ventanilla del autobús urbano que lo acercaba a su destino.

La tarde había transcurrido tranquila, como preludio de lo que estaba a punto de comenzar. Tal y como había planeado, había comido en Casa Facundo un bocadillo de sardinas acompañado de una caña, y después se había atrevido, junto a otro parroquiano con el que solía coincidir a veces, a desafiar a la pareja de campeones del momento.

A media tarde cogió el coche y se dirigió a una zona fuera del barrio adonde antes solía ir a tomar unas copas. Entró en un local, mostrando un equilibrio algo precario y una locuacidad que no era propia de él. El camarero pronto se dio cuenta de que el cliente ya estaba suficientemente perjudicado y, para evitar problemas, le sugirió que se marchara, preferiblemente para regresar a su casa y dormir lo que restaba de domingo.

De vuelta al barrio, dio un par de vueltas con el coche hasta encontrar lo que buscaba: un vecino de su portal caminando de vuelta para su piso, que aún se encontraba a un par de manzanas. Rápidamente aceleró para llegar antes que él. Frente al portal había sitio de sobra para estacionar, pero, a pesar de ello, comenzó una serie de torpes maniobras que concluyeron con la rueda de atrás sobre la acera y el automóvil cruzado.

Con aire de no saber muy bien lo que estaba ocurriendo, había salido del coche y había tratado de acertar con la llave en la cerradura, momento en que el vecino se puso a la vista. El hombre saludó con voz confusa y el vecino no tardó en hacerse cargo de la situación, ofreciéndose para dejar el coche bien estacionado y acompañarlo hasta su puerta entre profusas muestras de agradecimiento: «Nada, caballero, nada. Todos tenemos un mal día... No se merecen, hoy por ti mañana por mí... Eso es, acuéstese y descanse hasta mañana... En absoluto, no ha sido ninguna molestia».

Ya tenía su coartada.

Esperó media hora para asegurarse de que el buen samaritano acabara de comentar lo sucedido con su esposa. Se cambió de camisa, cogió un macuto y metió una muda limpia, una gorra, unos guantes, las gafas de sol y unas cuantas cosas más. Cerrando con sigilo la puerta de su casa, se asomó al hueco de la escalera para comprobar que estuviera desierta y salió del portal. A buen paso, recorrió varias calles hasta llegar a una parada de autobús.

Sabía que tantas medidas eran innecesarias. Era prácticamente imposible que lo pudieran relacionar con los crímenes. Si algo salía mal, sería durante la comisión de los asesinatos o la inmediata huida. Esos eran los momentos delicados de verdad, pero bueno, costaba lo mismo hacer las cosas bien que mal. Además, un hombre prevenido vale por dos.

Llegó al portal y se quedó en el mismo lugar que por la mañana, donde nadie pudiera verlo desde el interior del edificio. Tocaba esperar. Eran las siete y media. Tampoco podía estar allí indefinidamente. Cuanto más rato permaneciera apoyado fingiendo aguardar la llegada de alguien, más llamaría la atención.

Había estudiado la rutina de los vecinos de aquel portal. En su mayoría, se trataba de gente mayor que se quedaba en casa los domingos por la tarde. El portero tenía fiesta, pero sobre las ocho sacaba los cubos con las malolientes bolsas de basura y recorría un centenar de metros con ellos hasta la esquina para que el camión los recogiera.

Cuando anduviera ocupado arrastrando los pesados cubos sería el momento de colarse en el edificio y subir las escaleras, sin hacer uso del ascensor.

Por fin, pasadas las ocho, el individuo asomó por la entrada empujando uno de los carros lleno de bolsas con su único brazo. Para que la puerta no se cerrase le metió una cuña de madera que guardaba en su garita. El hombre esperó en tensión en su escondite hasta que el tipo se hubo alejado lo suficiente y, con cautela, se deslizó dentro del edificio.

De dos en dos, tratando de ser lo más silencioso posible, subió los escalones. Cada piso tenía dos puertas. La vieja vivía en el sexto derecha. Enfrente, lo había comprobado, vivía una pareja también mayor; él, militar retirado y ella, una cotilla que convenía mantener al margen. Por fortuna, el piso debajo del de la vieja a la que iba a «visitar» estaba vacío, lo cual era un golpe de suerte y simplificaría el asunto en el caso de que no pudiera evitar hacer algo de ruido.

Sin encender la luz del descansillo, a oscuras, se aproximó a la lámpara y, con las manos enguantadas, aflojó la bombilla. A buen seguro, la mujer echaría un vistazo por la mirilla y, si lo veía, no abriría. Tal vez tampoco lo hiciera de no ver de quién se trataba, pero se tenía que arriesgar. Se había asegurado de que estuviera aguardando la llegada de su nieta y confiaba en que eso le hiciera relajar las precauciones.

Comprobó que la luz no se encendía y sonrió satisfecho. Se acercó a la puerta y, tras respirar hondo un par de veces, tocó el timbre.

El impacto fue brutal. La mujer no sabía qué había sucedido. Nada más abrir la puerta, algo la había golpeado en el rostro, fracturándole el pómulo.

Trastabilló y cayó al suelo. No había perdido el conocimiento pese a la violencia del golpe, y, para sorpresa de su agresor, ya trataba de ponerse en pie furiosa.

Con la sangre recorriéndole el rostro, no pudo evitar que su atacante cerrara la puerta y corriera los pestillos. Trató de arañarle la cara, pero el hombre se limitó a empujarla hacia atrás mientras la miraba con ojos helados. Dolores no se engañó a sí misma. Aquella mirada prometía mucho sufrimiento.

El asaltante corrió los cerrojos y observó a la anciana tirada en el suelo. Debía de reconocer que aquella bastarda tenía valor. A pesar del dolor que sin duda tenía que estar padeciendo, no se mostraba amilanada. Al contrario, trataba de ponerse en pie mientras le lanzaba improperios y lo atravesaba con una mirada desafiante.

Bien, eso facilitaría las cosas. Los últimos días había estado dándole vueltas a la cabeza para convencerse a sí mismo de que aquella vieja indefensa no siempre había sido así y de que, si le daba por echarse a llorar e implorar, él debería hacer lo imposible para que no le afectara.

Con calma, sacó de su macuto un rollo de cinta adhesiva de los que se utilizan para embalar cajas y procedió a amordazar a la vieja, que se revolvía en un vano intento de oponer resistencia, dada la diferencia de fuerza. Antes de poder cerrarle la boca, aún pudo preguntar con soberbia:

—¿Quién coño eres tú?

El hombre no contestó. A su debido momento se lo diría, claro que sí. No podía dejar que aquella hija de puta se fuera al otro barrio sin saber quién la había matado. Pero aún no. Había unos flecos que debía considerar primero.

—¿Dónde está la caja fuerte?

Como había previsto, la vieja no respondió.

El hombre levantó el puño enguantado, lo descargó sobre aquel odiado rostro e impactó en la órbita del ojo derecho. La vieja se retorció de dolor.

Debía andar con cuidado. El tormento le podía provocar arcadas, y, si la mujer vomitaba, amordazada como estaba, se ahogaría y entonces su venganza quedaría incompleta.

—¿Dónde está la caja fuerte? —repitió.

Con el ojo derecho cerrado, la anciana dudó. Aquel cabrón no tendría reparos en seguir torturándola el tiempo que hiciera falta. Ahora ya sabía que su nieta no iba a venir, así que su atacante tenía toda la noche por delante para atormentarla y nadie se iba a enterar.

Sin embargo, quizá se había equivocado con aquel hijo de perra. Había dado por descontado que se trataba de alguien del pasado, y tal vez fuese simplemente un vulgar ratero.

Queriendo abrazar tal posibilidad, Dolores cobró nuevos ánimos. Si le daba lo que pedía igual se marchaba y la dejaba con vida. Luego ya tendría tiempo de rendir cuentas. Tocaría los contactos necesarios para que aquel hijo de puta no pudiera volver a atacar a nadie. Pero en ese momento lo más importante era salir viva.

El hombre intuyó lo que estaba pensando la vieja. No era adivino, pero conocía la naturaleza humana. Precisamente por tal motivo había comenzado por la cuestión de la caja fuerte. Estaba al tanto de que la mujer poseía una. De lo que no tenía ni idea era de en qué lugar de la casa se encontraba ni cuál era la combinación.

La mujer, que ahora se aferraba a la idea de estar viviendo solo un desagradable atraco, ignoraba que a él el contenido de la caja fuerte le traía sin cuidado. No estaba allí para robar nada. Solo necesitaba que aquello pareciera un simple robo. Así que no quiso desengañar a su víctima e hizo todo lo posible por mostrar interés en el tema.

—Te quitaré la cinta, pero si gritas te mato —la avisó.

Con firmeza, la anciana asintió. Cada vez estaba más segura de que no había llegado su hora. Aquel imbécil estaba dispuesto a quitarle la mordaza. Por supuesto que no sería tan tonta de empezar a chillar. Al fin y al cabo, ¿quién iba a socorrerla? ¿La cotilla de al lado? Para cuando quisiera dar la alarma ella ya estaría muerta.

No, era mejor hacerse de rogar. Que aquel bestia pensara que había sido muy hábil con su plan. No lo confesaría todo de inmediato, ¡claro que no! Aún tendría que sufrir algún golpe, pero era necesario. Si de buenas a primeras revelaba dónde estaba la caja y la combinación, el cabrón pensaría que le ocultaba algo y continuaría maltratándola.

Le arrancó bruscamente la cinta que le tapaba la boca. La mujer se quejó con voz queda. Un desvalido y fingido lamento. No podía sino sentir cierta admiración por ella. Aun en la situación desesperada en que se encontraba era capaz de calibrar los daños. Ahora se resistiría un poco tratando de desgastar a su oponente. No había problema. Lo que él buscaba lo tenía ya entre las manos. Mientras tanto, cuanto más colaborara ella en preparar la escena del crimen, mucho mejor.

—No tengo caja fuerte.

Lo dijo con voz quejumbrosa, sin esperar que él la creyera. El juego iba a durar un rato. Aquella noche aquel bastardo tenía todas las cartas ganadoras y a ella no le quedaba otra posibilidad que mantenerse con vida. Pero la próxima partida no sería igual. Entonces sería Dolores Torrecilla la que se llevaría la mano, como que había un Dios.

El golpe no por esperado dolió menos. Justo sobre el pómulo roto. Esta vez a la anciana no le hizo falta exagerar el dolor, que la puso al borde de la inconsciencia. Hizo un esfuerzo para evitar chillar y con voz entrecortada pidió que no le pegara más. El martirio era atroz. Había sobrevalorado su propia resistencia. Tal vez antaño hubiera conseguido soportarlo, pero ya no era joven y ahora se veía incapaz de resistir más sufrimiento. Derrotada, confesó.

La caja fuerte se encontraba empotrada tras la biblioteca del salón. Había que retirar una fila de libros simulada, hecha con los lomos de una enciclopedia de joyería inglesa pegados en una plancha de chapa de ocume.

Para cuando su atacante vio la blindada puerta de acero con una cerradura de combinación y preguntó la clave, cualquier propósito de ofrecer cierta resistencia se había esfumado. El dolor que irradiaba el pómulo se le extendía en oleadas por todo el cuerpo. Solo de pensar en que volvería a golpearla, le aflojó el esfínter y por su vestido comenzó a extenderse una humillante mancha de humedad.

El asaltante contempló como la orina se extendía sobre la alfombra. La arpía yacía a sus pies, entregada. Había luchado con fiereza y había perdido.

La caja era bastante grande y estaba llena. Colecciones de joyas, anillos con ricas piedras, relojes de oro, gargantillas y pendientes a juego, dinero en efectivo y carpetas de cartón repletas de documentos valiosos. No tenía ni idea de cuánto podría llegar a valer todo aquello.

Desvalijó la caja y metió su contenido en la bolsa que llevaba. No podía dejar nada olvidado. ¿Qué ladrón se dejaba joyas sin robar?

Tal vez la vieja tuviera una segunda caja de caudales en algún otro lado, no lo podía descartar. La gente avariciosa era capaz de eso y de mucho más. Pero le daba igual. Dejaría la caja abierta y vacía y revolvería el resto de la casa para que la policía no tuviera duda de qué había sucedido.

Con cuidado de no hacer ruido, obligó a su víctima a tumbarse sobre la alfombra. Cogió el rollo de cinta de embalar y volvió a amordazarla. Se percató del brillo de esperanza en su ojo bueno. La vieja estaba convencida de que la tortura estaba llegando a su fin. Confiaba en que entonces, con la bolsa llena, él se limitaría a amordazarla para asegurar su huida y después solo tendría que aguardar a que llegara alguien a socorrerla.

Ese brillo de esperanza era lo que estaba deseando. Era el momento preciso. Le había hecho hincar la rodilla, luego le había permitido creer que se podría levantar y ahora la destrozaría.

—¿Sabes quién soy? —preguntó sin poder reprimir una torva sonrisa.

Dejando que la vieja se orientara sobre el nuevo sesgo que tomaba la situación, el hombre se aseguró de que la mordaza estaba bien sujeta y, con el rollo de cinta, le inmovilizó los brazos y las piernas.

«¿Sabes quién soy?». Las palabras retumbaban en la cabeza de Dolores. Por un momento, la mujer volvió a concentrarse en el rostro de su atacante. No lo había visto jamás. Pero una alarma comenzó a sonar en su mente. Aquel tipo creía conocerla y sospechaba que ella lo reconocería. ¿Quién diablos era? Demasiado joven para venir del pasado. ¿Y por qué no había ocultado su rostro?

Hasta el momento no había caído en ese detalle. La alarma interior subía de volumen a cada instante. Su agresor no tenía miedo de que ella pudiera identificarlo y si no tenía miedo eso significaba...

—Veo que por fin has comprendido cómo va a acabar todo esto.

El hombre sacó una cuerda de su macuto. Con tranquilidad, la desenrolló y la extendió a un costado de la vieja, permitiendo que ella siguiera todos sus movimientos. Bruscamente, le desgarró la recatada camisa y, de un tirón, arrancó la cadena con una crucecita que colgaba de su cuello. Después la despojó de la alianza de oro que su marido le regaló el día de su boda, un par de anillos, uno de ellos con un grueso rubí, y un par de pulseras, todo ello de oro.

Después la hizo acostarse boca abajo, ignorando las protestas de la mujer, ahogadas por la cinta, y, con calma, mientras ataba uno de los cabos de la cuerda a uno de los tobillos de su víctima, el hombre comenzó a contar su historia.

A cada palabra, los ojos de la vieja, incluido el que había recibido el golpe y se encontraba tumefacto, se abrían más y más. Gruesas lágrimas corrían por aquellas acartonadas mejillas. Él sabía que no eran lágrimas de arrepentimiento, sino de reconocimiento de su suerte. Torrecilla trató de oponer resistencia, pero no era rival para su atacante.

Por fin cobraban sentido aquel ramo de rosas recibido aquella misma mañana, que tanto la había alterado, y la noticia que había leído en el periódico dos meses atrás, que alguien se había tomado la molestia de remarcar en rojo. Todo había sido obra de aquel demonio. Y alguien que se tomaba tantas molestias para avisar de su funesta llegada, a Torrecilla no le cabía duda, no dejaría cabos sueltos.

Mientras su víctima llegaba a esas conclusiones, el hombre puso una rodilla sobre la espalda de la vieja para evitar que se diera la vuelta, le pasó la cuerda por el cuello, la tensó un poco, no demasiado, no debía asfixiarse antes de tiempo, y la ató al otro tobillo. La mujer tenía las rodillas flexionadas, con los talones hacia las nalgas y la espalda un poco arqueada, dejando la cabeza en el aire, dolorosamente.

El hombre examinó su obra. La postura de Torrecilla, arqueada y con la cuerda tensa, recordaba a un arco.

Estaba seguro de que su víctima ya había visto aquello antes. Su mirada la delataba. El hombre observó cómo aquel odiado rostro iba poniéndose rojo por el esfuerzo. Era inútil. En algún momento la musculatura cedería.

No quería perderse el final, que se presumía rápido, pero tenía que preparar el escenario. Comenzó a abrir cajones y armarios y arrojó su contenido al suelo. Revolvió todo el apartamento. Ropa, enseres, papeles, fotografías. Daba igual, nada de aquello le interesaba.

Le llevó diez minutos poner a punto la escena del crimen. Para cuando la descubrieran, ella estaría muerta y él muy lejos. Tal vez una persona joven hubiera podido aguantar más rato la tensión de las piernas flexionadas. Resulta sorprendente la resistencia del cuerpo humano cuando se lleva al límite. Pero aquel despojo consumido ya no conservaba ni un mínimo de musculatura. La presión en la espalda y las piernas le tenía que estar causando un dolor indescriptible en su esfuerzo por no aflojar los músculos.

Sin embargo, poco a poco, y siempre bajo la implacable mirada del hombre, las piernas fueron cayendo por su propio peso, tensando la cuerda alrededor del cuello, y Dolores Torrecilla se estranguló a sí misma.

3

Martes, 25 de octubre de 1977.
Barrio del Pilar.
Madrid

El subinspector Herrero miró su agenda para comprobar que se encontraba en el lugar adecuado. Avenida de El Ferrol dieciocho. El edificio donde un mes antes había aparecido brutalmente asesinada en su domicilio la viuda del joyero, crimen cuya investigación aún no había podido arrojar ningún sospechoso.

Había llegado hasta allí alternando metro y autobús. No sabía si contaba con permiso para solicitar un vehículo oficial, pero, en cualquier caso, prefería moverse por libre, tomando el pulso a la ciudad. El trayecto le había llevado hora y media. Tal vez fuera más prudente coger un taxi para la vuelta.

La finca donde había tenido lugar el asesinato estaba formada por tres torres iguales rodeadas de aparcamientos y jardines, todo vallado, y estaba diseñada para tener un solo acceso, que en la actualidad carecía de vigilancia, pero que en otros tiempos había contado con ella, como delataba la presencia de una garita abandonada.

La garita y el perímetro vallado tenían un buen motivo. El terreno era propiedad del Ministerio de Defensa, y sobre él se levantaban las torres, donde oficiales de graduación media tenían su domicilio. En otros tiempos, para acceder a la finca, un soldado armado con su Cetme reglamentario lo habría identificado correctamente y, desde luego, no habría permitido el paso a cualquiera.

El subinspector llevaba un buen rato en torno al edificio, examinándolo con atención, y había sacado algunas conclusiones. Por ejemplo, que los asesinos habrían tenido que ingresar por el portal, ya que no existía ningún tipo de entrada trasera. Los garajes no estaban comunicados con las escaleras, lo que descartaba esa vía de acceso.

Para entrar, necesariamente se debía pasar por delante de la portería, una garita acristalada donde el portero montaba celosa vigilancia, a tenor de las miradas que le había dirigido cada vez que lo había tenido a la vista.

La construcción era sólida, de ladrillo caravista, con balcones difíciles de acceder, incluso los de los pisos bajos. La torre tenía catorce plantas y la viuda vivía en la sexta. Eso quería decir que había vecinos encima y debajo, además del que ocupaba la mano izquierda de la misma planta.

Debería andarse con ojo. Como había sospechado el inspector Pineda, a su compañero Montes no le había hecho ninguna gracia su idea de volver a interrogar a los vecinos del inmueble.

La tarde anterior, Herrero, después de leerse de nuevo todo el expediente sobre el caso y comprobar que Montes no aparecería por la oficina, había regresado a casa, donde Amelia lo esperaba con una cena fría: ensaladilla rusa con guarnición de lechuga, bastante aguada, que fue tomando mientras conversaban sobre un tema que tenía al matrimonio bastante preocupado.

El problema era que Amelia no conseguía quedarse encinta. Habían acudido a un reputado ginecólogo y este había solicitado un examen de semen. Los resultados eran buenos.

Entre un mar de parámetros como concentraciones, viscosidad y movilidad, el especialista había concluido que él no tenía ningún impedimento para tener descendencia.

Lo que apuntaba a Amelia como origen del problema. La esposa de Herrero no lograba pensar en otra cosa. Estaban pendientes de recibir los resultados de las pruebas a las que ella se había sometido y su ánimo no podía estar más bajo.

Así, la mañana de su segundo día de trabajo, Herrero había llegado a la oficina sin haber podido descansar bien. Aún no había aparecido nadie, y el subinspector se había sumido en una nueva lectura del expediente, a la espera de que su compañero hiciese acto de presencia.

Cuando Montes se dignó a aparecer, se sentó en su escritorio y, sin articular palabra, encendió un Ducados de un paquete aplastado que llevaba en el bolsillo y se enfrascó de nuevo en las páginas de inmobiliarias del periódico. Herrero esperó un buen rato. Media hora y otro cigarro después, Montes cerró el periódico, aplastó la colilla contra el cenicero que tenía sobre la mesa y cogió una copia del expediente de la viuda, en el que se sumió en absoluto silencio.

Herrero soportó con su proverbial paciencia el desplante de su colega y volvió a su propia lectura, a la espera de que Montes diera signos de vida. Pero este continuaba taciturno, sumido en las diligencias que simulaba estudiar, como si estuviera a punto de dar con la solución del caso.

Finalmente, Herrero decidió que no podía seguir perdiendo más tiempo y abrió fuego:

—Quería comentarle, inspector, que tal vez resultaría interesante volver a interrogar a los testigos.

—¿Y eso por qué? —preguntó Montes pasando una hoja del expediente sin levantar la cabeza.

—Quizá, ahora que ha pasado un tiempo, alguien haya recordado algún detalle que no recordara anteriormente. Algo que, en ese momento, le pareciera intrascendente.

—¿A qué se refiere con que «ha pasado algún tiempo»? —preguntó Montes levantando la mirada por primera vez—. ¿Tal vez encuentra alguna negligencia en la investigación?

—En absoluto —contestó Herrero, que ya intuía por dónde quería ir su compañero—. Solo pensaba que tal vez un enfoque distinto ayude a desenredar el caso.

—«Un enfoque distinto» —repitió con sorna Montes—. Para llevar un solo día en el Grupo de Homicidios, parece demasiada arrogancia —añadió mirando al resto de los presentes en busca de aliados—. ¿Y a quién tenía pensado interrogar?

—Principalmente a los vecinos y al portero de la finca.

—¡Eso ni pensarlo! —repuso Montes levantando la voz, molesto—. Ya lo hicimos y quedó claro que nadie se enteró de nada. Los vecinos están fuera de toda sospecha y lo mismo se puede decir del portero, al que he investigado personalmente. Nadie vio ni oyó nada.

—Sí, lo sé. Pero con el paso de los días le habrán ido dando vueltas a la cabeza y quién sabe si alguno ha podido recordar algo a lo que en un primer momento no dio importancia. Una cara, un ruido, un golpe, no sé.

Montes se echó para atrás en su silla y meditó un poco esas palabras.

—¿Pretende hacerlo solo? —preguntó entrecerrando los ojos.

—Había pensado que lo haríamos juntos, por supuesto —respondió Herrero un tanto extrañado por la pregunta—. Pero como usted disponga, desde luego.

—Tengo otra vía de investigación abierta —repuso Montes sin especificar a cuál se refería. Ahora su tono era más cordial, como si hubiera comprendido la sensatez de la propuesta—. Si desea volver a interrogar a los vecinos, usted verá. Pero le advierto que, si me llega una sola queja, tendrá que dar explicaciones al inspector jefe, ¿queda claro?

—Desde luego. No habrá ninguna queja, descuide.

—Tengo que hablar con un confidente. Le iba a pedir que me acompañara, pero, si quiere llevar a cabo esos interrogatorios, será mejor que empiece cuanto antes.

Montes se levantó, se puso la americana y se marchó sin añadir nada mientras encendía un nuevo Ducados, dejando perplejo a Herrero.

Después de ver cómo su colega desaparecía por la puerta, se dio cuenta de que Pineda y Romero lo estaban observando con el rostro serio. Herrero era incapaz de adivinar qué estaba ocurriendo.

—Te ha echado a los leones —le dijo Romero, el inspector calvo de gran cabeza, mientras su compañero Pineda asentía con gesto preocupado.

—¿A los leones? —preguntó Herrero sin comprender.

—El edificio donde asesinaron a esa viuda pertenece al ejército. Son casas para oficiales de graduación media. Capitanes, tenientes, comandantes. Todos muy acostumbrados a mandar y poco dispuestos a contestar las preguntas de la policía.

—Es un caso de asesinato —alegó Herrero.

—La víctima no era viuda de militar. No estaba bajo la protección del ejército. Sin embargo, cuando tomamos declaración la primera vez, algunos oficiales se quejaron por nimiedades sobre el trato recibido y Dávila sufrió un tirón de orejas.

—Y no querrán hablar de nuevo conmigo...

—No solamente no querrán hablar contigo —confirmó Pineda muy serio—, sino que, hagas lo que hagas, llamarán para quejarse.

—Y Montes le dirá a Dávila que fue idea tuya —remató Romero con cara de pesar—. Deberías reconsiderar tus planes.

Herrero se quedó pensativo. No se le había ocurrido que Montes fuera a prepararle una jugarreta tan mala. Pero sentía que era su deber llevar a cabo esos interrogatorios. Que fueran militares o no era algo que no debía tenerse en cuenta.

Y en ese momento se encontraba en la calle, frente a la portería, quieto, sin hacer nada. Llevaba veinte minutos por allí en los que había dado dos vueltas al edificio con paso lento, fijándose en cuantos detalles le rodeaban. En la finca había solo unos pocos vehículos, buenos modelos, aunque ya con años.

Un coche entraba por el acceso principal a la altura de la garita. Se trataba de un Seat 124 familiar, pintado por entero de blanco y con la palabra Policía de color azul en los costados. En el interior del Z, como eran conocidos los coches patrulla de la Policía Armada, dos agentes lo miraban con cara de pocos amigos.

—Buenos días —saludó formalmente uno de ellos bajando del vehículo y llevándose la mano a la gorra—. Documentación.

—Brigada de Investigación Criminal —dijo Herrero mostrando la insignia prendida en la parte interna de la chaqueta.

—Lo siento, señor —contestó el cabo poniéndose firme—. No sabíamos...

—No se preocupe, cabo. Solo dígame: ¿qué aviso han recibido?

—La central nos ha comunicado que un individuo con una descripción coincidente con la suya se encontraba merodeando por el interior de la finca, señor.

—¿Y les han dicho quién era la persona requirente?

—El portero del portal dieciocho, señor.

—Muchas gracias. No les entretengo más. Que tengan buen servicio.

—Igualmente, señor. Para lo que usted necesite.

Herrero vio cómo el Z desaparecía por el camino de entrada y se dirigió tranquilamente hacia la portería.

—Buenos días —saludó amablemente al entrar al portal.

—Buenos días —respondió el portero abandonando inquieto su garita. Había visto cómo los agentes de la policía armada se cuadraban ante el desconocido—. ¿Qué se le ofrece?

Era un hombre de mediana edad muy celoso de su puesto, aseado y con el uniforme impecable. Llevaba la manga del brazo derecho vacía, plegada y sujeta con un alfiler de corbata al hombro. Por lo visto, no era de los que dudaban a la hora de llamar a la policía al ver a un desconocido merodeando por los alrededores.

—Brigada de Investigación Criminal. Querría hablar un momento con usted, si eso fuera posible. Su nombre es Julián Gallego y vive usted en este edificio, ¿cierto?

Le preguntó qué había hecho el domingo por la tarde y Gallego, visiblemente nervioso, contestó que había permanecido en casa hasta las siete, hora en que debía recoger la basura de los vecinos.

El portero le explicó que la comunidad la componían militares retirados, aunque el joyero Miguel Andueza no había tenido relación con el ejército. Gallego ignoraba el motivo por el que le habían concedido una vivienda en el bloque.

Sí, conocía a todos los vecinos. Los domingos no solía haber mucho movimiento, ya que, como eran mayores, acostumbraban a quedarse en casa por la tarde. De vez en cuando recibían visitas, claro, casi siempre de sus hijos y nietos, a los que Gallego también conocía. Y ese domingo por la tarde no había visto a ningún extraño por la finca.

No obtuvo más información del inquieto portero, salvo que en la puerta de al lado de la malograda viuda Torrecilla vivía una mujer con fama de chismosa, viuda de militar: María Eugenia Duval. Herrero pensó que sería buena idea hacerle una visita.

La puerta del sexto derecha estaba entreabierta cuando llegó. Alguien lo observaba a través de la rendija.

—¿Señora Duval? —preguntó Herrero mostrando su placa—. Pertenezco a la Brigada de Investigación Criminal, Grupo de Homicidios.

—Imagino que viene por el caso de la viuda de Andueza, que en paz descanse —supuso la mujer abriendo la puerta un par de palmos.

—Así es, señora Duval.

—Me llamo María Eugenia y no tengo nada que ver con esa tal Norma Duval —explicó ella poniendo gesto de desagrado al mencionar a la famosa cabaretera.

—Por supuesto, ni por un momento lo he puesto en duda.

Bajita, regordeta y con un rostro vulgar, no corría riesgo alguno de que la confundieran con la famosa vedete.

—Tal vez sería mejor que pasáramos dentro. Aquí fuera cualquiera puede oírnos y no me gusta tener la puerta abierta.

Herrero siguió a la señora Duval hasta la cocina, donde olía a coliflor.

—¿Le apetece una taza de café?

—Por favor.

Duval desenroscó la cafetera italiana, la rellenó de agua y de un polvo marrón que no parecía ser café, la volvió a montar y la colocó sobre el fuego sin dejar de hablar sobre el horrible suceso y el miedo que tenían todos los vecinos. Un asesinato, ¡dónde iban a ir a parar!

—Me ha dicho el portero que usted conocía bien a la difunta —comenzó Herrero.

—Bien bien tampoco —contestó Duval disponiendo un par de tazas sobre la mesa—. Hoy en día los vecinos apenas se conocen, ¿verdad? No es como antes. Yo nací en un pequeño pueblo cerca de Teruel. Allí todos nos conocíamos y los niños íbamos de una casa a otra. No se cerraban las puertas ni de noche…

—¿Recuerda si en las últimas semanas sucedió algo raro que le llamara la atención? —preguntó Herrero con suavidad, tratando de centrar la conversación.

—¿Algo raro? Bueno, no soy de esas personas a las que les gusta fisgar en la vida de los demás, pero lo cierto es que, ahora que lo pregunta, sí que sucedió algo extraño. A buen seguro no será importante, y se lo hubiera contado a aquel inspector insolente que vino a interrogarme si no me hubiera tratado como a una entrometida.

—¿Y qué fue eso que le pareció extraño? —preguntó Herrero evitando ahondar en la indignación de la mujer.

—En realidad fueron dos cosas. La primera ocurrió tres o cuatro semanas antes del espantoso crimen. La señora Torrecilla recibió la visita de un hombre.

Duval enfatizó la primicia alzando las cejas significativamente.

—Tiene que comprender que a mí no me gusta meterme en la vida de los demás, pero lo recuerdo porque aquella visita trastornó a la pobre viuda. Era un hombre de unos sesenta años. Un donnadie, si me permite decirlo. Uno de esos jubilados que pierden el tiempo dando de comer a las palomas en el parque o mirando obras, ¿entiende lo que quiero decir?

Herrero asintió aguardando a que la señora Duval continuara.

—Como es normal, ella no le dejó entrar en su domicilio. Era muy suya para esas cosas y por nada del mundo hubiera permitido un escándalo. Pero el hombre se mostró insistente y no quería marcharse. Discutieron. Yo no tenía ninguna intención de escuchar, válgame Dios, pero entienda que levantaron la voz y ya se sabe que las paredes de hoy en día parecen de papel y se oye todo.

Herrero dudaba que las paredes de aquel edificio fueran tan finas, pero sonrió a la señora Duval para que prosiguiera.

—El caso es que, como le he dicho, discutieron. Ese hombre empezó a levantar la voz exigiendo algo que la señora Torrecilla le negaba, y no permitía que ella cerrara la puerta.

—¿Sabe qué es lo que le exigía a la señora Torrecilla?

—No estoy segura —respondió la mujer bajando la voz para dar un toque conspirativo—. Imagino que se trataba de dinero.

—¿Y qué paso?

—Ella amenazó con llamar a la policía y eso pareció amedrentar al hombre, que a buen seguro tenía alguna causa pendiente. Ya sabe, el que algo teme algo debe. Yo misma estuve a punto de avisar a las autoridades, pero finalmente el hombre se marchó.

—¿Sabe si volvió por aquí?

—No, nunca —respondió categórica la mujer, antes de añadir apresuradamente—. Bueno, no que yo sepa. Como comprenderá, no estoy todo el día fisgando a ver qué hacen los demás.

—Por supuesto. ¿Y me ha dicho que hubo otro suceso extraño?

—Así es. Un día, la señora Torrecilla se encontraba leyendo la prensa en la terraza, como acostumbraba. Yo estaba en el balcón regando mis plantas cuando, de pronto, ella ahogó un grito y se puso de pie con rostro de espanto, mirando algo que venía en el periódico.

Herrero adoptó el gesto de sorpresa que se esperaba de él.

—La pobre señora Torrecilla abandonó el diario sobre la silla y se metió en casa, muy turbada. Estuve a punto de llamar a su puerta para ver si se encontraba bien, pero, como le digo, era muy suya y me contuve.

—¿Recuerda cuándo fue esto?

—Pues sí. El sábado veintisiete de agosto. Lo recuerdo porque yo estaba esperando a la modista, que me suele venir los sábados por la mañana a coser, y la muy desconsiderada me había llamado por teléfono para decirme que su hijo tenía fiebre y que no podría venir, lo que me molestó mucho, ya que no era la primera vez. Hace unos meses, también...

—Es sorprendente la buena memoria que tiene usted —cortó Herrero con suavidad—. Tal vez sería mucho pedir que recordara de qué periódico se trataba, o si pudo ver alguna página en concreto.

—El *ABC*, por supuesto —contestó Duval, como si no pudiera caber duda alguna al respecto—. Ya le he dicho que no me gusta meterme en la vida de los demás, pero la pobre mujer pareció muy afectada, así que eché un vistazo por si podía ver qué la había trastornado tanto. Se trataba de la página de sucesos. Algo relativo a un accidente, si no vi mal.

—¿Un accidente de tráfico?

—Seguramente. Pero lo más extraño es que el titular de la noticia estaba rodeado por un gran círculo rojo. Como si alguien lo hubiera marcado con un rotulador.

A Herrero se le comenzaron a abrir todo tipo de interrogantes en la cabeza. ¿De qué trataba la noticia? ¿Por qué le había afectado tanto a la señora Torrecilla? ¿Quién había señalado con rotulador rojo la noticia? ¿Tenía algo que ver con su muerte?

Debería hacerse con un ejemplar de aquel periódico.

—Hay otro detalle extraño —aventuró Duval viendo que su visitante no le prestaba la atención requerida—. Algo que sucedió el mismo día que esos salvajes asesinaron a la pobre señora Torrecilla.

—¿Y de qué se trata? Tengo entendido que usted no se encontraba en casa.

—Los domingos acostumbramos a merendar con un matrimonio amigo. Solemos ir a tomar un riquísimo chocolate con churros que sirven con bolados en una chocolatería de la calle…

—¿Y qué es eso que sucedió? —preguntó Herrero armándose de paciencia.

—Bueno, fue por la mañana —respondió la mujer un tanto molesta por que la hubieran interrumpido—. El portero le subió a la señora Torrecilla un ramo de rosas.

—¿Un ramo de rosas? —se extrañó Herrero. En el informe policial no se mencionaba nada de eso.

—Eso es. El portero subió y tocó el timbre. Como me encontraba cerca de la puerta, me asomé, por si fuera para mí. Ya sabe que a veces la gente se confunde de piso. La señora Torrecilla abrió y cogió el ramo de manos del portero y, debo añadir, lo hizo con cara de sorpresa, como si no fuera del todo de su agrado. Claro que un ramo de rosas puede llevar a conjeturas de todo tipo, ¿no le parece? Peonías, gerberas o claveles son admisibles. ¿Pero rosas rojas? No es lo más indicado para una mujer viuda respetable, ¿no cree?
—Desde luego.
—Y había un detalle que me sorprendió en ese ramo...
—Ah, ¿sí? —Herrero se incorporó.
—Sí. Una de las rosas era blanca.
—¿Cómo dice?
—Que una de las rosas era de color blanco —repitió la mujer asintiendo—. Justo la que estaba en medio del ramo.
—Sí que es extraño —coincidió Herrero alzando las cejas.
—Al rato el portero volvió a subir, y en esa ocasión traía un sobre. Pensé que seguramente acompañaba al ramo y al bobalicón se le había caído. No le puedo decir qué más sucedió porque después de eso serví la comida en la mesa.

Así que el portero había subido el mismo día del crimen un extraño ramo de flores y, posteriormente, un sobre, reflexionó Herrero. Nada de aquello se reflejaba ni en su declaración, que figuraba en el atestado, ni en la conversación que habían mantenido antes en el portal.

¿Por qué no había mencionado ni el ramo ni el sobre? ¿Por eso se mostraba tan nervioso? Herrero tendría que volver a hablar con el portero. Y, en esa ocasión, debería mostrarse un poco más firme.

4

Miércoles, 26 de octubre de 1977.
Oficinas de la Brigada de Investigación Criminal.
Madrid

—Empiece desde el principio —ordenó el inspector jefe Dávila con talante descontento.

Herrero miró de reojo a su veterano compañero, que aguardaba de pie a su lado con el semblante rojo como la grana.

Aquella mañana, Herrero había llegado a la oficina del BIC convencido de que por fin tenían una pista prometedora en el caso de la viuda del joyero. Sin embargo, el inspector no se mostró contento con los avances y echó por tierra su trabajo de malas maneras, con una voz tan áspera que llamó la atención del inspector jefe.

Herrero no perdió la calma mientras Montes pintaba una escena de mal compañerismo, arribismo, ideas absurdas, pérdida de tiempo, molestias a la ciudadanía y falta de respeto a un veterano, entre otras acusaciones.

—¿Qué tiene que decir usted sobre este tema, subinspector? —interpeló Dávila.

—Después de estudiar el informe sobre el asesinato de la señora Torrecilla —se defendió Herrero, sin mencionar que la visita tenía el beneplácito de su compañero—, quise investigar *in situ* la escena del crimen, y por ese motivo me trasladé hasta el lugar.

—¿Qué pretendía encontrar? —cortó el inspector jefe para remarcar que no se iba a dejar embaucar por la palabrería—. El piso está cerrado y no tiene usted las llaves.

—Cierto, señor, pero quería hacerme una idea del lugar para comprender cómo podrían haber accedido al edificio los autores del crimen.

—¿En serio? ¿Y logró adivinarlo solo con examinar la fachada?

—Inspector Montes —amonestó el superior, recto en su asiento con gesto circunspecto—. Deje que sea yo quien formule las preguntas, si no le molesta.

—Sí, señor —obedeció Montes tratando de disimular la rabia.

—La finca la componen tres torres de catorce plantas, con dos puertas por planta —continuó Herrero a un gesto del inspector jefe, sin entrar en las provocaciones de su compañero—. Está rodeada por arbustos y una valla metálica, y tiene una entrada para el paso de vehículos y peatones y una cancela abierta en la parte de atrás solo para viandantes.

—Continúe.

—Los tres edificios cuentan con un portero, y desde sus garitas tienen una visión despejada del acceso principal a la finca. De un simple vistazo pueden advertir la llegada de un extraño, sea vehículo o peatón.

—Así que los culpables tuvieron que acceder por allí o por esa cancela trasera que ha mencionado —concluyó Dávila.

—Creo que accedieron por la entrada principal —dijo Herrero—. El acceso trasero está muy descuidado y se diría que la puerta no ha sido abierta en mucho tiempo.

—De acuerdo.

—Mientras revisaba la finca en busca de otras entradas o lugares donde esconderse, noté que el portero se había percatado de mi presencia. A los pocos minutos un Z entraba por el camino para identificarme.

—Una demostración de celo profesional —asintió satisfecho el inspector jefe.

—Desde luego, señor. Esa era mi intención: comprobar hasta qué punto era difícil entrar sin ser detectado ni despertar sospechas.

—Como si las patrullas no tuvieran otra cosa que hacer que prestarse a sus jueguecitos.

El inspector jefe volvió a dirigir una mirada reprobatoria a Montes.

—Primero hablé con el portero, pero no me dijo nada diferente a lo que consta en su declaración.

—Se lo podría haber dicho yo sin que tuviera que ir hasta allí.

—¡Montes! Ahórrese los comentarios —exclamó Dávila.

—Si me lo permite, señor, el subinspector se tomó unas libertades que no debería. Yo mismo interrogué al portero, el señor Julián Gallego, y le tomé declaración, y aquí el recién llegado ha cuestionado mi labor.

—Permítame que sea yo quien juzgue si su compañero debe ser reprendido, si no le importa.

Montes hizo un gesto despectivo al escuchar la palabra «compañero».

—Después de hablar con el portero —continuó Herrero sin inmutarse—, subí al piso de la finada, llamé al sexto izquierda donde reside un capitán retirado del Ejército de Tierra y hablé con su esposa, la señora María Eugenia Duval.

Herrero hizo un breve resumen de la extenuante conversación mantenida con la vecina cotilla, haciendo hincapié en el misterioso hombre que había abordado a la viuda asesinada en su domicilio, y en la noticia del periódico que alguien había subrayado en rojo y que tanto parecía haberla alterado.

—Según la señora Duval, la viuda recibió un ramo de rosas el día de su asesinato, todas rojas menos una blanca.

Herrero se lo había intentado contar a Montes, pero este no había querido escucharlo y ahora se estaba poniendo rojo al sentirse pillado en falso.

—Tráigame ahora mismo el expediente —ordenó seco Dávila.

Herrero fue en busca de la carpeta a su mesa, pero pudo oír perfectamente cómo Dávila, enfadado, le echaba la bronca a Montes.

—¿Se puede saber quién interrogó a esa vecina?

—Fermín, señor.

Herrero se preguntó si Montes, aprovechando la jubilación de su compañero, no se estaría quitando la responsabilidad de encima, pero se limitó a entregar en silencio la carpeta a Dávila.

—Veo que no hay ninguna referencia a ese ramo de flores en la diligencia que los compañeros de oculares redactaron.

—Cierto, señor. Esta mañana he hablado personalmente con los agentes que la instruyeron y no recuerdan nada de ellas, aunque sí un florero lleno hasta la mitad de agua clara.

—¿Insinúa que los culpables se llevaron las flores?

—No se me ocurre ninguna otra explicación.

—Unos ladrones románticos —intervino sarcástico Montes.

—Tal vez ambas cosas estén relacionadas, señor.

—¿Acaso piensa que fueron los asesinos quienes mandaron las flores? —preguntó sorprendido Dávila.

—No lo sé, señor. Pero tal vez convendría tenerlo en cuenta. En cualquier caso, el portero asegura que se las encontró en la garita, aunque no sabe quién podría ser el remitente.

—Mire, subinspector Herrero —dijo el inspector jefe jugueteando con las gafas entre las manos—. Puede que en esas películas de detectives los asesinos manden ramos de rosas a sus víctimas. Pero esto es la vida real. Los criminales asaltan casas y matan a la gente de bien para robarle, no se molestan en gastarse un montón de pesetas en mandarle un bonito ramo.

Herrero mantuvo la compostura mientras Montes sonreía entre dientes. El inspector continuó:

—Se me ocurren varias cosas que podrían haber pasado con ese ramo. Por ejemplo, que el mismo portero se las hubiera quedado.

Herrero había descartado tal posibilidad. Al día siguiente del crimen, la hija de la asesinada, María Pilar Andueza, alarmada al no tener noticias de su madre, había pedido al conserje que hiciera uso de las llaves depositadas en la portería para acceder al domicilio, tras tocar insistentemente el timbre y llamar varias veces por teléfono.

Horrorizados, se habían encontrado todo revuelto y a la pobre anciana muerta, tirada en el suelo con el rostro desfigurado, la lengua asomando por los labios y atada como un vulgar embutido.

No parecía el mejor escenario para hacerse con un ramo de flores.

—Creo recordar que el lunes mismo le expliqué cómo funcionan aquí las cosas —continuó Dávila fingiendo armarse de paciencia ante un alumno torpe—. La señora Torrecilla fue, a buen seguro, atacada por una banda de desalmados, malnacidos en busca de las joyas que la pobre mujer guardaba en su caja fuerte. Es evidente que la torturaron para que confesara la combinación y después la asesinaron.

Herrero escuchaba imperturbable, sin molestarse por la mirada de regocijo que le dirigía su compañero.

—Ese es nuestro trabajo, subinspector —prosiguió Dávila—: encontrar a esos degenerados, y por la santa Virgen María que daremos con ellos y que pagarán por sus barbaridades. Pero para encontrarlos no podemos perder el tiempo detrás de conspiraciones ideadas por vecinas mal atendidas por sus maridos a quienes les gusta inventar tramas fabulosas, ni seguir el rastro de ramos de flores bucólicos supuestamente enviados a la víctima por sus asaltantes. ¿Me explico?

—Sí, señor.
—La labor de este departamento es perquirir —sentenció el inspector jefe, muy ufano de utilizar un término tan culto—, no dispersarse por cuestiones que poco o nada tienen que ver con los hechos. Imagino que su compañero Montes se lo habrá explicado, ¿verdad?
—Ya le dije que no perdiera el tiempo con esos interrogatorios, inspector. Y lo advertí sobre molestar innecesariamente a la gente. Esa vecina no se encontraba en su casa la tarde del crimen.
—Comprendo que es un fallo achacable a la juventud, al ímpetu y las ganas de demostrar. Salen ustedes de la Escuela Superior de Policía con la cabeza llena de pájaros. Es normal. Pero confío en que esto le sirva de lección. Ya lo dice, y muy acertadamente, el refranero español. «Más sabe el diablo por viejo que por diablo». Haga caso a la voz de la experiencia, subinspector. Montes lleva muchos años en esto. Aprovéchese de ello. ¿Me ha comprendido?
—Sí, señor.
—El inspector Montes es quien debe llevar la voz cantante. Observe cómo se maneja un veterano. —Y, dirigiéndose jovialmente al mencionado, añadió—: Lo dejo en sus manos, Pascual. Un arbolillo maleable. Conviértalo en un roble.

Dávila extendió la carpeta con el expediente a Montes, dando por finalizada la reunión. El veterano, seguido por Herrero, abandonó en silencio el despacho y se dirigió directamente a su escritorio. La tensión en el ambiente se cortaba con un cuchillo.

Herrero tomó asiento ante su mesa. Flemático, no tardó en comprobar que a su compañero no se le iba a pasar fácilmente el cabreo. Captó la mirada de Pineda de soslayo, que lo observaba con una sonrisa, mientras ojeaba su manoseado librito. Los dos veteranos habían llegado cuando la reprimenda estaba terminando, pero no era necesaria mucha imaginación para adivinar lo ocurrido. Desde luego, aquel no era el comienzo soñado en el Grupo de Homicidios.

Se centró en el caso. Todavía quería interrogar de nuevo al yerno y a la hija de la viuda. El primero parecía contar con una coartada sólida, pero la hija, María Pilar Andueza, no. En su declaración no quedaba del todo claro qué era lo que había estado haciendo el domingo mientras su madre agonizaba.

Según constaba en el expediente, la situación económica de la señora Andueza era holgada y, al parecer, no tenía deudas. La casa donde vivía con su marido era de alquiler y carecía de préstamos o hipotecas que satisfacer. No obstante, la relación madre-hija no era demasiado buena, y el botín, en forma de herencia, resultaba un buen motivo para deshacerse de ella.

En el caso del yerno, Raimundo Martínez, el trato con su suegra era prácticamente inexistente. La viuda no parecía tenerlo en gran consideración y aprovechaba cualquier excusa para despotricar contra él. La relación de Martínez con su propia esposa era similar. Según algunos testigos, el matrimonio se mantenía unido por motivos económicos y por el qué dirán. No obstante, cada uno hacía vida por su cuenta y el único vínculo era la joyería.

Montes y su antiguo compañero, Fermín Caballero, habían investigado al yerno a fondo. Al menos era lo único que parecían haber hecho a conciencia, tal vez esperando terminar pronto con el caso, convencidos de su culpabilidad. No obstante, Martínez contaba con una sólida coartada y, por el momento, no había indicios que apuntaran en su contra ni parecía que fuera a beneficiarse con la muerte de su suegra más allá de los artículos robados, en caso de haber sido él quien hubiera llevado a cabo el asalto al domicilio de la viuda.

La mañana transcurrió con una nueva y metódica revisión del expediente. A mediodía Dávila se marchó manifestando que no regresaría por la tarde, y diez minutos después el resto del grupo desapareció por la puerta.

Herrero intuyó que Montes tampoco volvería después del almuerzo y decidió continuar la jornada por su cuenta.

Lo primero sería hacerse con un ejemplar de la entrega del periódico *ABC* que tanto había alarmado aquel sábado a la viuda del joyero. Si carecía de importancia o no guardaba relación con el crimen, ya tendría tiempo para descartarlo.

También quería visitar unas cuantas floristerías con la intención de encontrar la procedencia de aquel ramo de rosas y estudiar la posibilidad de que algún empleado consiguiera recordar a la persona que las había encargado. Aquella rosa blanca debía de tener algo que ver con lo ocurrido.

Con parsimonia, se puso la chaqueta y el abrigo, recogió la libreta y el lápiz y guardó una guía telefónica en su cartera de cuero antes de abandonar el despacho.

Necesitaba encontrar una oficina del diario *ABC*. Mientras bajaba por las escaleras hasta el portal, pensó por un momento en llamar a su esposa desde una cabina telefónica, pero recordó que aquella mañana Amelia le había comentado su intención de almorzar en casa de sus padres, así que lo dejó correr.

Se detuvo frente al quiosco delante del portal. El quiosquero estaba cerrando, lo había pillado de milagro. Respondió a su pregunta con una serie de indicaciones para llegar a la oficina del periódico. No estaba lejos, al lado de la plaza Mayor. Apenas un paseo. Aprovecharía para tomar un poco el aire, que no le vendría nada mal.

En el trayecto, cruzó el callejón de San Ginés y se quedó mirando la célebre chocolatería de la que hablaba Valle-Inclán en su obra *Luces de bohemia*. A Amelia le encantaba el chocolate a la taza, no tanto el escritor pontevedrés. Tenía que traerla un día.

Minutos más tarde se hallaba frente a un empleado del diario *ABC*. Herrero le mostró la placa y observó cómo, inconscientemente, el empleado se envaraba. La gente siempre se ponía nerviosa ante la presencia de los policías, y más aún cuando trabajaban de paisano.

—Busco un ejemplar atrasado de su periódico —dijo con buenas maneras, sin el tono autoritario que tanto gustaba a algunos de sus compañeros—. El del día veintisiete de agosto de este año, si es tan amable.

El empleado le entregó lo que pedía a cambio de complementar un formulario con sus datos. En la casilla donde debía poner el motivo por el que solicitaba el ejemplar, escribió: «Investigación en curso».

De nuevo en la calle, entró en una cafetería para examinar el periódico con calma. La primera página venía ocupada por la foto del terrible accidente que había tenido lugar meses atrás en el aeropuerto de Tenerife, cuando dos Boeing 747 colisionaron y casi seiscientas personas perdieron la vida. El titular rezaba: Polémica sobre el uranio de los jumbo. La presencia de material radioactivo en la bodega de unos aviones comerciales estaba encendiendo todo tipo de alarmas.

La señora Duval había dicho que la página en cuestión era la de sucesos. Un accidente, había asegurado, en una columna de la derecha a mitad de página.

Columna de la derecha a mitad de página. Allí estaba. Atropello mortal en Leganés. El artículo, de apenas unas líneas, mencionaba a un vecino de Leganés, José Ramón Ríos Soria, arrollado por un vehículo que se había dado a la fuga tras el accidente. Según la breve reseña, a pesar de que el infortunado había sobrevivido al brutal atropello, había fallecido horas después en la Ciudad Sanitaria 1º de Octubre, adonde había sido trasladado. La Guardia Civil buscaba testigos.

¿Qué relación podía guardar aquel atropello con la viuda? ¿Quizá esta conociera al fallecido? ¿Y el subrayado en rojo? Alguien quería que ella supiera lo que había sucedido. ¿Era la muerte del tal Ríos lo que la había alterado? ¿Estaría relacionada con su propia muerte?

No había un vehículo identificado ni se explicaba la causa de lo ocurrido. El conductor se había dado a la fuga. Esto no era algo de por sí demasiado extraño. Quizá el conductor carecía de carné de conducir, fuera borracho o sin seguro. El coche podía ser robado. Tal vez se tratase de un chaval que había cogido el vehículo de su padre… Había muchas justificaciones para que alguien se diera a la fuga, pero no dejaba de ser extraño.

Salió de la cafetería y tomó la calle Mayor sin apresurarse, disfrutando del paseo. Amelia estaría todavía en casa de sus padres. Volvió a valorar la idea de llamarla, pero la desechó. Mejor dejarla tranquila. Además, a su suegro le gustaba echar una buena siesta después de comer.

Una hora después llegaba a Leganés y preguntaba a un ocioso vecino, que parecía dormitar sentado en un banco, por el cuartel de la Guardia Civil. El cuartelillo resultó ser un pequeño edificio de una sola planta, con las ventanas enrejadas y un letrero que rezaba: Casa Cuartel de la Guardia Civil y, debajo, la leyenda: Todo por la Patria. Un Seat 124 verde con las puertas blancas aguardaba en la puerta.

—¿Qué desea?

Herrero se identificó con su carné ante el agente de la Benemérita que estaba en la entrada.

—Soy el subinspector Pablo Herrero, de la Brigada de Investigación Criminal de Madrid, Grupo de Homicidios. Quería preguntar por un accidente que tuvo lugar en el pueblo hace dos meses.

—Si espera un segundo, enseguida aviso al cabo —contestó el guardia civil.

—No se preocupe. Espero.

El agente desapareció por la puerta y no tardó más que un par de minutos en regresar escoltado por un compañero al que los galones señalaban como cabo primero.

—Buenas tardes —saludó llevándose la mano a la frente militarmente. A pesar de pertenecer a distintos cuerpos, un subinspector estaba muy por encima de un cabo primero—. Cabo Enrique Bejarano, para servirle.

—Buenas tardes, subinspector Pablo Herrero, de la Brigada de Investigación Criminal de Madrid, Grupo de Homicidios —repitió Herrero tendiendo la mano para estrechar la del cabo—. Como le he dicho a su compañero, buscaba información sobre un accidente. Un atropello, en concreto.

—¿El de José Ramón Ríos Soria?

—En efecto.

—Aquí no abundan los atropellos —explicó el cabo, dando una orden para que el agente trajera el expediente del atropello—. Discúlpeme, pero ¿podría saber el motivo por el que le interesa? No hemos atrapado al conductor. ¿Tienen ustedes alguna información al respecto?

—No, lo lamento. Investigo la muerte violenta de una mujer. Es un caso que se nos está complicando. No sé si el atropello de ese hombre podría tener algo que ver, pero ha aparecido en el transcurso de la investigación y, la verdad, ya no nos quedan muchos hilos de los que tirar.

—¿Dando palos de ciego? —preguntó el cabo, tentando a la suerte ante un superior en rango que parecía más accesible de lo habitual.

—Podríamos llamarlo así.

En ese momento apareció el agente con la carpeta del atestado.

—Aquí está —dijo el cabo Bejarano señalando el contenido—. No es que haya demasiado. Alguna foto y declaraciones de los testigos, muy imprecisas e incoherentes en algunos casos. Poco más.

Herrero cogió las fotografías que le ofrecían. Estaban tomadas en el lugar del atropello y solo mostraban algunas huellas de sangre. Ni rastro de la persona atropellada. Ríos Soria estaba aún con vida y había sido trasladado al hospital, por lo que en las instantáneas no quedaba mucho que ver, salvo una carretera polvorienta con algunas casas bastante dispersas a los lados.

—¿Las fotos fueron sacadas justo después del accidente?

—En lo que tardó la unidad que se encarga de los atestados en los casos de heridos graves. También hay alguna obtenida por algún periodista, pero no aporta nada nuevo.

—No hay huellas de frenada —comentó Herrero estudiando las fotografías.

—No las había. —El cabo de la guardia civil asintió—. El conductor no frenó. En ocasiones se debe a una mala conducción, falta de atención o a que algo se haya interpuesto en su campo de visión. Esas eran nuestras primeras hipótesis. Hasta ahora, que usted se ha interesado por este atropello. ¿Cree que hay motivos para pensar que se trató de algo intencionado?

—No tengo indicios que lo sugieran, pero creo que tiene algún tipo de conexión con un crimen ocurrido hace unas semanas, así que tampoco podríamos descartarlo. ¿Saben algo sobre el vehículo que se dio a la fuga?

—Bueno, tampoco hay mucho —confesó el cabo con cara de circunstancias—. Se interrogó a los presentes, algunos de ellos testigos; otros, metomentodos de los que buscan popularidad, ya sabe cómo son estas cosas.

—¿Pudieron sacar algo en claro?

—El vehículo podía ser de tamaño mediano, de color claro, tal vez blanco, amarillo, beige o crema. Como no han quedado restos del coche, tampoco podemos saber a ciencia cierta qué modelo era. Como puede imaginar, un vehículo lanzado sobre un objeto blando, como una persona, difícilmente sufre daños que le hagan perder alguna pieza o fragmento. Lo más probable es que tuviera el capó delantero abollado, algunas manchas de sangre, tal vez la luna rota y poco más.

—¿Nadie pudo aportar ningún dato concreto? —se extrañó Herrero.

—No mucho. No es algo raro. Todo sucede muy rápido y la gente se pone nerviosa. Lo único que saben decir es lo clásico: «Van como locos, esto tenía que pasar algún día, el Ayuntamiento nos tiene abandonados»… Ese estilo de cosas, pero nada que nos ayude en la investigación.

—Así que no hay dónde buscar.

—Uno de los presentes, el que más credibilidad nos transmitió, afirma que se dirigía a su casa y que vio venir un coche de color claro y a la víctima andando por la acera. Nada sospechoso. Pero, de pronto, cuando estaba ya en el portal, escuchó el golpe. Cuando se acercó, se encontró el cuerpo tirado y ni rastro del vehículo.

—Así que no vio el accidente.

—No, pero jura que no había ningún otro coche por las proximidades y que desde que lo vio hasta que escuchó el golpe no pasaron más de unos segundos.

—¿Proporcionó algún dato relevante? —se interesó Herrero.

—El sol le daba de frente y no se atrevía a asegurar el color, solo que era claro. —El agente dudó—. Pero estaba bastante convencido de que se trataba de un Renault 5. Algún otro testigo también coincide en que era de esa marca, aunque no podía especificar el modelo.

—Bueno, algo es algo.

—Visitamos los talleres de Leganés y de otros municipios colindantes por si alguno había arreglado un coche de esas características con un golpe frontal, pero no ha habido suerte.

—¿Y qué puede contarme de la víctima? —preguntó Herrero, aún con la carpeta en las manos—. José Ramón Ríos.

—Viudo, vivía con su hijo, su nuera y un nieto pequeño. Precisamente había asistido con el pequeño a un partido de fútbol. Al término del partido, el señor Ríos volvía a casa. Caminaba con dificultad. En su niñez padeció poliomielitis y tenía una pierna más corta que la otra, lo que le hacía caminar con una cojera muy pronunciada y le restaba agilidad. Es posible que esa fuera la causa de que no pudiera apartarse cuando el vehículo se le echó encima.

—¿Y el nieto?

—Según nos contó su madre, ella también asistió al partido junto a otras mujeres del pueblo. Terciado el encuentro, decidieron marcharse con los pequeños a merendar y dejó a su suegro en el campo viendo terminar el partido.

—Así que volvía solo y no había nadie por la calle.

—En efecto. Era un día extremadamente caluroso. En cuanto el partido finalizó, los espectadores corrieron a ponerse a resguardo del sol. El señor Ríos Soria, a causa de su cojera, se rezagó, y seguramente cuando abandonó el campo ya no quedaba nadie por los alrededores.

—¿Por qué eligió ese punto?

—Es el camino más lógico para llegar a su casa —dijo el cabo señalando el croquis del lugar del atropello—. Podría haber cruzado antes, pero seguramente trataba de aprovechar hasta el último momento la sombra de los edificios.

—Un hombre con una grave cojera que cruza la carretera y es alcanzado por un coche que llega muy rápido —repasó Herrero imaginando la situación—. Visto así, parece un accidente fortuito.

—Esa es la hipótesis que barajamos desde el principio. No había motivos para sospechar que pudiera no serlo. El fallecido llevaba toda la vida viviendo en Leganés. —El agente continuó explicando—: Era carpintero, como su hijo, el que ahora lleva el negocio familiar. A pesar de estar jubilado, aún iba diariamente a la carpintería a echar una mano o hacer sus chapuzas. En sus últimos días, tal vez influenciado por su nieto, se había aficionado al fútbol y acudía con regularidad a ver al Leganés, que esta temporada ha subido a tercera división.

Herrero asintió comprensivamente, pero, en realidad, no tenía ni idea de qué significaba ese ascenso. Lo poco que sabía el subinspector de fútbol era por el bombardeo de noticias deportivas con el que los telediarios cerraban cada edición.

—¿Pudo aportar algún dato la familia?

—No. Si quiere que le diga la verdad, no se mostraron especialmente afligidos. Ríos no tenía más familia que la de su hijo. Su nuera trabaja como costurera para redondear los ingresos de la carpintería, y por eso la víctima acostumbraba a hacerse cargo de su nieto.

Herrero se quedó pensativo un momento. Nada parecía indicar que fuera algo distinto a un desafortunado accidente, salvo el hecho de que aún no hubieran dado con el conductor y que la noticia hubiera aparecido remarcada en rojo en el periódico de la viuda asesinada.

Sopesó por un momento la posibilidad de hablar con el hijo carpintero, pero le llevaría un tiempo precioso del cual no disponía. Quizá fuera mejor avanzar un poco más en la investigación y dejar la entrevista para cuando supiera seguro que el accidente mantenía relación con el crimen de la señora Torrecilla.

—¿A dónde trasladaron a la víctima?

—A la Ciudad Sanitaria 1º de Octubre —respondió Bejarano, aguardando en silencio mientras Herrero reflexionaba sobre sus próximos pasos.

—¿Hay algún autobús que pueda tomar para llegar hasta allí?

—Claro, aunque no tiene salidas muy frecuentes —repuso solícito el cabo de la Guardia Civil, a quien le había caído en gracia el subinspector de la Brigada de Investigación Criminal—. Si espera un momento, yo mismo lo llevaré.

—No quisiera ocasionar ninguna molestia...

—Descuide, no es ninguna molestia —aseguró el cabo, yendo en busca de las llaves del Seat 124 aparcado en la puerta mientras impartía algunas órdenes para que fueran cumplidas por los agentes en su ausencia—. Para mí será un placer colaborar en cualquier cosa que nos permita dar con ese desgraciado que abandonó tirado como un perro al pobre hombre.

Herrero se montó en el coche patrulla y, gustándole tan poco como le gustaban los automóviles, se agarró al tirador colocado sobre la puerta para mantener el equilibrio mientras el cabo apretaba el acelerador y llegaba a poner la sirena en las ocasiones en que pillaban algún pequeño atasco.

Media hora después, el cabo estacionaba su vehículo en el reservado de las ambulancias del hospital y acompañaba al servicio de urgencias a un subinspector todavía un tanto alterado por la velocidad a la que habían circulado.

—¿Deseaban algo?

—El pasado viernes veintiséis de agosto trajeron de Leganés a una persona que había sufrido un atropello —dijo Herrero mostrando su placa—. El nombre era José Ramón Ríos Soria.

—Un momento, por favor.

La recepcionista se acercó a un enorme archivador metálico y empezó a buscar.

—José Ramón Ríos Soria —leyó al encontrar la carpeta correspondiente—. Llegó en una ambulancia y falleció poco después. ¿Qué buscaban?

—Nos gustaría hablar con el médico que lo atendió, si es posible.

—Según el informe —dijo la recepcionista revisando la carpeta—, el señor Ríos fue atendido por el doctor Aspiazu, que hoy libra.

—¿Y podría facilitarnos su teléfono? Es importante.

Diez minutos después abandonaban el servicio de urgencias con la dirección del domicilio del galeno, al que la recepcionista había llamado por teléfono para que diera su autorización.

Con Bejarano al volante, llegaron a la calle Melilla poco después de las cuatro y buscaron el portal doce, que resultó ser un moderno edificio de ladrillo caravista.

—¿Doctor Aspiazu? —preguntó Herrero por el interfono del portal cuando tocó al cuarto derecha.

—Suban, suban —contestó una voz metálica—. Les estaba esperando.

Tomaron el ascensor, y en un minuto estaban confortablemente sentados en un sofá que el médico puso a su disposición, mientras que él elegía un elegante sillón de orejas.

Aspiazu era un hombre al que no le iban los preámbulos, calvo, con barba larga, robusto, de manos anchas, con unas gafas de gruesos cristales y unos movimientos pausados.

—Ustedes dirán —dijo una vez hubo refrescado la memoria leyendo el informe médico, el acta de defunción y la autopsia del fallecido, que había extraído del sobre que la recepcionista del hospital le había entregado bien cerrado, por supuesto, a Herrero.

—¿Recuerda haber atendido al señor José Ramón Ríos Soria? —preguntó con amabilidad Herrero.

—Algo recuerdo. Entiendan que en urgencias atendemos a muchos pacientes a lo largo de la jornada. Es difícil acordarse de todos, y más después de dos meses.

—Lo comprendo, doctor. Estamos investigando este caso por si hubiera algo que indicara una muerte no accidental. El señor Ríos fue atropellado en Leganés por un vehículo que se dio a la fuga y que aún no hemos logrado encontrar. Me preguntaba si alguien del equipo médico habría encontrado algo que pudiera permitirnos seguir una pista.

—Entiendo. Les contaré lo que yo sé. El hombre entró en urgencias inconsciente, con politraumatismo. Siguiendo los protocolos, se le estabilizó y fue llevado a la sala de rayos para hacerle unas placas que confirmaron la rotura de varios huesos y costillas. Comenzó con el tratamiento y se dispuso que permaneciera las siguientes veinticuatro horas en observación, por si se sumaban complicaciones a la ya de por sí larga lista de lesiones que presentaba.

—¿Entonces no encontraron nada extraño? —preguntó Herrero temiendo que no iba a sacar nada en limpio.

—No —contestó el médico estirando un poco las piernas y entrecruzando los dedos de las manos—. Salvo que murió.

—¿Cómo dice?

—Entiéndanme. El golpe recibido fue brutal. El hombre tenía un pulmón perforado, costillas y huesos rotos. Era de esperar que se presentaran complicaciones en las siguientes horas, incluso días. Su diagnóstico era grave. No obstante, su vida no parecía correr peligro.

—Su vida no corría peligro —repitió Herrero asintiendo con la cabeza.

—Esa fue mi impresión. Vuelvo a repetir que el diagnóstico de estos casos no es, ni mucho menos, una ciencia exacta. Aun así, debo confesar que su fallecimiento me cogió por sorpresa. No se encontró una herida mortal de necesidad, aunque, por supuesto, no podíamos descartar un coágulo intracraneal.

—¿No le realizaron un escáner?

Por primera vez el doctor Aspiazu se revolvió en su sillón. Herrero, desde que había estrechado la mano del médico al entrar en aquel domicilio, tenía la sensación de que algo le inquietaba.

—La tomografía computarizada es un método de exploración que estamos comenzando a utilizar y a entender —explicó Aspiazu frotándose el dorso de una mano con la palma de la otra—. Por el momento no tiene demasiadas indicaciones de uso, aunque, sin duda, con el tiempo llegará a ser una herramienta asombrosa. Y resulta cara, muy cara.

—¿Eso quiere decir que al señor Ríos no se le hizo?

—Exactamente —repuso Aspiazu manteniéndole la mirada al subinspector—. En ese momento, no nos pareció indicado. Y su muerte no tuvo nada que ver con una embolia craneal.

—Entiendo —dijo Herrero sin querer presionar al doctor—. ¿Y cuál fue la causa de la muerte?

—Según figura en el informe redactado por el médico que me relevó, ya que la muerte tuvo lugar cuando había finalizado mi servicio, una insuficiencia cardiorrespiratoria.

Herrero, sentado en un extremo del sofá, aguardó. Estaba claro que se estaban acercando a aquello que parecía inquietar al médico.

—¿Qué dictaminó la autopsia? —preguntó Herrero viendo que Aspiazu no continuaba.

—Lo mismo. Insuficiencia cardiorrespiratoria.

—Entiendo —repuso Herrero asintiendo—. Sin embargo, usted cree que hay algo más, ¿no es cierto?

El estado de nerviosismo de Aspiazu se intensificó. Cruzaba y descruzaba las piernas y se tiraba de la pernera del pantalón, como si le molestara. Parecía librar una lucha interna.

—Subinspector Herrero, es así, ¿verdad? Bien. Si he aceptado recibirlos es por un solo motivo. Creo que las cosas en el caso del señor Ríos no se hicieron del todo correctamente. Si desea que continuemos esta conversación, debe darme su palabra de que nada de esto saldrá de aquí.

—Por supuesto —contestó Herrero alzando las manos en son de paz.

—De acuerdo, tengo su palabra —dijo el médico aflojándose la corbata como si de pronto le apretara—. Como he dicho, la muerte del señor Ríos tuvo lugar fuera de mi turno. No obstante, al día siguiente, cuando volví a entrar de servicio, fui informado de su fallecimiento. Sorprendido, bajé al depósito a ver el cadáver.

—Y vio algo que le llamó la atención… —apuntó Herrero. Por momentos parecía que la decisión del médico de abrir su alma flaqueaba.

—El señor Ríos presentaba una cianosis generalizada y petequias conjuntivales —reveló Aspiazu con tono grave.

Herrero levantó las cejas sin decir nada. El cabo Bejarano, que no había entendido, lo miró aguardando algún tipo de explicación.

—Como imagino que sabrá, las petequias son marcas de sangre puntiformes causadas por microrroturas de pequeños vasos sanguíneos. Pueden aparecer en párpados, piel, esclera o superficie interna de la boca. En el caso del señor Ríos, presentaba petequias al bajar el párpado y en la esclerótica.

Aspiazu se recolocó de nuevo en el sillón antes de continuar.

—En cuanto a la cianosis, se refiere a la tonalidad azulada que adopta la piel ante la falta de oxígeno.

—Usted cree que murió asfixiado —concluyó Herrero.

Por sus recientes estudios en la Escuela de Policía, el subinspector conocía de primera mano los síntomas de la asfixia. Aquellas manchas de sangre bajo los ojos enrojecidos y en la piel y el color azulado de esta podían ser causados por otras lesiones o enfermedades. La asfixia por sofocación, sin trauma torácico, resultaba difícil de determinar.

—Sí, así lo creo.

Minutos después salían a la calle de nuevo. Bejarano guardaba silencio respetando el del subinspector de homicidios, inmerso en sus pensamientos.

Herrero no había conseguido más información del doctor Aspiazu, que, tras su explosiva revelación, se había cerrado como la concha de una ostra, seguramente lamentando haber dicho tanto.

El policía le había vuelto a prometer que su nombre no se mencionaría a lo largo de la investigación y, después de agradecerle por haberlos recibido, abandonó la casa y se montó en el coche patrulla que los había traído.

Bejarano insistió en llevarlo hasta donde fuera que se dirigiera y Herrero le dio la dirección del barrio del Pilar, donde tenía previsto comenzar las pesquisas entre las floristerías.

Concentrado en sus pensamientos, el subinspector ni siquiera fue consciente de la velocidad suicida a la que el cabo de la Guardia Civil ponía el coche patrulla por la M-30, la flamante vía inaugurada tres años atrás.

Lo que el doctor Aspiazu había callado y Herrero intuido era la sospecha de que el señor Ríos había sido asfixiado con una almohada o el propio colchón, algo que no dejó huellas. Que la autopsia no mencionara las petequias conjuntivales y la cianosis podía deberse a un intento de proteger el hospital de una denuncia por mala praxis. Ríos era una persona mayor, estaba malherido y había fallecido. Punto final. Una investigación por negligencia, no digamos ya por asesinato, resultaría muy perjudicial para el centro. ¿Quién podría querer irrumpir en el servicio de urgencias para acabar con un viejo?

En el barrio del Pilar, Herrero bajó del vehículo, agradeció al émulo de Emerson Fittipaldi que lo acercara hasta allí y le prometió tenerlo al tanto de las novedades que surgieran en torno a la investigación del difunto señor Ríos. Bejarano, a su vez, le aseguró que volvería a reactivar el atestado y la búsqueda del vehículo fugado.

En la acera, abrió su cartera de cuero y examinó el plano donde había marcado las floristerías que tenía pensado visitar. Solamente en el primer círculo concéntrico había cinco, y se encontraban desperdigadas. Tendría que andar ligero si pretendía inspeccionarlas todas antes de la hora de cierre. Sería una buena caminata.

«Esto empieza a oler mal», pensó mientras echaba a andar. Las muertes de Ríos y de la señora Torrecilla parecían estar relacionadas. El atropello del anciano en Leganés había sido intencionado y, si las sospechas del doctor Aspiazu eran ciertas, alguien lo había rematado en la sala de urgencias del hospital.

Tras esas muertes había una mano responsable. Una mano que, tal vez, había enviado rosas a una de sus víctimas.

5

Viernes, 28 de octubre de 1977.
Oficinas de la Brigada de Investigación Criminal.
Madrid

En la soledad de la oficina, el subinspector Herrero se dispuso a dar un cuidadoso mordisco a su sándwich de jamón de York y queso. Con la lengua se pasó el bolo al lado izquierdo y masticó despacio. Aún tenía lágrimas del anterior bocado, cuando, a causa de la lectura, se había despistado y mordido con la muela rota.

Se la había partido el día anterior durante el almuerzo. En el menú que le había preparado Amelia, además de un bocadillo de filete empanado, había metido un par de onzas de chocolate Pedro Mayo, que ella prefería comer a trozos y no a la taza.

El resultado de masticar la onza dura y harinosa le había provocado una sensación extraña, seguida por un latigazo inmovilizador al romperse la pieza y quedar el nervio expuesto.

La tarde, recluido en la asfixiante oficina, había sido un suplicio, aunque no peor que la noche, a pesar de las aspirinas y nolotiles. Para colmo de males, el dentista no podría verlo hasta el miércoles, ya que el martes era la festividad de Todos los Santos y el lunes hacían puente. Iba a ser un fin de semana muy largo. Y doloroso.

Sobre su escritorio se apilaban una serie de carpetas sacadas de su cartera aprovechando que el resto del Grupo de Homicidios se había marchado a almorzar. Estaban llenas de expedientes recopilados por Herrero el día anterior en el Instituto Anatómico Forense, todos sobre muertes extrañas que habían tenido lugar en la capital en los últimos meses.

Curiosamente había sido el propio Montes el que había abierto esa vía de investigación al mandarlo al Instituto Forense a recoger los resultados de unas pruebas periciales de un caso que también se estaba prolongando en el tiempo.

Allí, mientras aguardaba las pruebas que había ido a buscar, había pegado la hebra con el descontento personal de la institución, que no había tardado en comenzar a recitar una inacabable lista de quejas sobre las condiciones de abandono de sus instalaciones.

Realmente, el edificio y sus dependencias daban lástima. Durante el periodo de academia, Herrero había tenido que acudir al centro con el resto de los aspirantes al Cuerpo General de Policía para asistir a las autopsias programadas como prácticas dentro del curso policial, y ya se había dado cuenta de que las instalaciones estaban obsoletas.

Su construcción databa del siglo XVIII y servía, además de para atender a los fallecidos y a sus deudos, para impartir clases de anatomía forense a futuros especialistas y, con el tiempo, como había sido el caso, también a policías.

El tejado, muy descompuesto, contaba con abundantes goteras. Las salas en las que se practicaban las autopsias eran escasas, inadecuadas, poco iluminadas y peor ventiladas. Las mesas, provistas de desagües para evacuar los fluidos corporales, eran viejas e incómodas, al igual que las lámparas que colgaban sobre ellas y el material diverso y las herramientas propias de la profesión.

El mismo director del instituto era el primero en admitir que el centro no reunía las condiciones apropiadas y se lamentaba particularmente de las cámaras frigoríficas, donde debían conservar los cadáveres para retrasar su descomposición. Para conseguirlo, era necesario almacenarlos a temperaturas por debajo de cero grados centígrados, algo imposible de conseguir para los viejos motores de la veintena de cámaras. Esto ocasionaba que, cuando los entierros se retrasaban, los cuerpos se descompusieran, generando un hedor insoportable.

Incluso las capillas donde se depositaban los cadáveres unas horas antes del entierro para que los desconsolados familiares y amigos pudieran velarlos se encontraban en penosas condiciones, lo que no era óbice para que se continuara cobrando ochocientas pesetas por su alquiler.

Herrero, con las pruebas ya en su poder, tuvo que aguantar con estoicismo el coro de lamentos, pero, al menos, su paciencia había obtenido premio.

La corriente de empatía que se había generado en torno al mostrador había vuelto locuaces a los empleados de la morgue, que atendieron encantados al interés de aquel subinspector tan simpático y educado, que deseaba información sobre recientes autopsias en las que se hubieran encontrado indicios inesperados.

Ciertamente, carecía de motivos para suponer que, además de las muertes del señor Ríos y la señora Torrecilla, hubiera otras igualmente sospechosas. No obstante, algo en la brutalidad sufrida por la viuda del joyero y la mera posibilidad de que el atropellado hubiera sido rematado en el hospital, sumado a la extraña presencia de un fugaz ramo de rosas, daba a entender un plan premeditado.

Sin embargo, Herrero no disponía de medios ni tiempo para revisar aquella montaña de informes. Por suerte, aquella mañana, Dávila había telefoneado para avisar de que no pasaría por la oficina ya que tenía una reunión importante. El teléfono lo había atendido Pineda, amable y educado como de costumbre. «Descuide, José Antonio, no hay problema. Cada uno sabe lo que tiene que hacer. No se preocupe... Claro, nos vemos mañana. Descuide, se lo diré... Hasta mañana».

Pineda había dejado caer en la oficina la noticia de que aquel día el jefe no se personaría. Como era de esperar, Montes no había tardado en salir por la puerta, ante la indiferencia general, aunque a Herrero no se le pasó por alto el fugaz gesto de reprobación de Pineda, rápidamente contenido.

En el mismo momento en que su compañero cruzó la puerta, Herrero arrinconó a un lado la manoseada carpeta donde guardaba el expediente del asesinato de la viuda. En su lugar, dispuso otra más gruesa, en la que se agolpaban las numerosas copias obtenidas en el Instituto Anatómico, con casos que por algún motivo habían llamado la atención de los forenses, se habían puesto en conocimiento de la policía y habían sido descartados tras unas breves indagaciones.

Meticuloso como era, necesitó darle muchas vueltas a la cabeza para disponer un sistema que le permitiera discriminar entre la vasta documentación. ¿Cómo estudiar todas las autopsias? ¿Y hasta cuándo retrotraerse? Eso descartando aquellas muertes que, por parecer evidente que no habían sido traumáticas, no habían llegado a la mesa del Instituto Forense.

Era necesario acotar la búsqueda, y la primera medida que había tomado se refería a la fecha a partir de la cual buscaría. Por supuesto, era dar palos de ciego, pero el atropello de Ríos Soria tal vez se tratara del primero de una hipotética serie.

Desde luego, todo aquello se basaba en conjeturas con muy poco fundamento. No obstante, un pálpito le decía a Herrero que acertaba. Tenía la firme sospecha de que la muerte de Ríos no había sido en absoluto accidental.

No tenía muchos indicios. Una noticia de un atropello en el diario *ABC* que alguien había subrayado, destinada a una mujer asesinada. Atropello cometido por un conductor desconocido que no había frenado, a pesar de encontrarse en una recta con buena visibilidad, y que se había dado a la fuga, y la posterior muerte del atropellado en el hospital, para sorpresa del médico que lo atendía.

Suponiendo que la muerte de Ríos no fuera consecuencia del atropello sufrido, su asesinato había sido una chapuza. De hecho, el pobre desgraciado no había fallecido en el acto y, si eran ciertas sus sospechas, alguien se había encargado de que no saliera vivo del hospital, lo que suponía acceder al servicio de urgencias en el que estaba siendo atendido, corriendo el grave riesgo de ser sorprendido.

Esto sugería improvisación. Un asesino curtido jamás hubiera utilizado el atropello como sistema para acabar con su víctima. Muchos atropellados sobreviven. Era un sistema poco eficaz. Tal vez, se dijo Herrero, al asesino se le había presentado la ocasión y la había aprovechado.

Si esto era así, cabía la posibilidad de considerar la muerte de Ríos como el primero de los crímenes. Desde luego, el asesinato de la viuda joyera había sido mucho más elaborado y planificado.

Así que, con la disconformidad de su mente analítica, Herrero consideró la muerte de Ríos Soria como la primera, lo cual le permitió reducir en gran medida los expedientes pendientes.

Seguía tratándose de una ingente tarea. La provincia de Madrid contaba con algo menos de cuatro millones y medio de habitantes y una tasa de mortalidad ligeramente superior al seis por ciento anual, lo que venía a promediar casi treinta mil fallecimientos al año, unos ochenta al día. Teniendo en cuenta que la autopsia médico-forense se reservaba para quienes habían muerto en la calle, en accidente de trabajo o coche, o para quienes se sospechaba que podían haber sido asesinados, el resultado era de entre cuatro y cinco autopsias al día.

Ríos Soria había sido atropellado el veintiséis de agosto, hacía dos meses. A una media de cuatro o cinco autopsias al día, daba una cifra de unos trescientos expedientes por revisar. Y eso dejando al margen a quienes habían muerto en la cama o fuera de la provincia o antes de esa fecha o a quienes habían desaparecido o...

Demasiados imponderables, pero no podía hacer nada al respecto. Incluso aquellos trescientos expedientes que habían superado la criba suponían un esfuerzo imposible de asumir. Eso lo obligaba a tomar otros parámetros que le ayudaran a acotar la búsqueda.

Descartó aquellos que habían muerto atropellados o por lesiones producidas a consecuencia de un atropello. Era de imaginar que el asesino hubiera escarmentado con el homicidio de Ríos Soria y no le hubieran quedado ganas de volver a cometer una chapuza parecida. No, el asesinato de la señora Torrecilla sugería una mente cuidadosa. No volvería a arriesgarse de nuevo a que alguien lo detuviera, encontrarse con la policía o que la víctima no muriera al instante y lo obligara a acceder a un centro hospitalario para rematarla.

Con esta medida no eran muchos los expedientes retirados, así que tuvo que rendirse y segregar, a regañadientes, por edad. El atropellado Ríos Soria tenía setenta y dos años en el momento de su muerte, y sesenta y seis la señora Torrecilla. De nuevo, nada indicaba que las víctimas necesariamente fueran de edad avanzada, pero por algo debía comenzar para que la montaña de expedientes no amenazara con hundir la mesa de su escritorio.

Estableció al azar una edad mínima de sesenta años, lo que se llevó por delante a unos cuantos de los perecidos en accidentes laborales. Tras revisar las circunstancias del resto de los expedientes por fallecimiento en el puesto de trabajo, los había descartado todos, ya que presentaban un porcentaje excesivamente alto de casualidades y fatalidades como para ser sospechosos de considerarse asesinatos.

Treinta y dos. Ese era el número de expedientes que habían sobrevivido a la última criba y que se apilaban sobre su mesa. Un número relativamente alto, pero que, al menos, resultaba manejable. Su lectura le había ocupado toda la tarde y gran parte de la noche anterior, aprovechando que el dolor de muelas no le dejaba dormir.

Había conseguido leer atentamente todos los informes. Cualquiera de ellos resultaba merecedor de comprobaciones adicionales. Un vistazo a la declaración sobre el atropellado y a la investigación del crimen de la señora Torrecilla dejaba a las claras que las diligencias realizadas no podían considerarse definitivas para descartar ninguna muerte. A pesar de ello, terminó por separar seis, que le resultaron más prometedores.

Se llevó la mano a la cara, dolorido. Había vuelto a masticar con el lado derecho sin querer. Echó la cabeza hacia atrás con los ojos cerrados, esperando a que el espasmo de dolor remitiera, momento que el inspector Pineda escogió para entrar en el despacho.

—¿Estás bien, Pablo? —preguntó desde la puerta, alarmado por el rostro descompuesto y pálido del subinspector.

—Sí, sí. No es nada. Estoy bien —contestó Herrero forzando una sonrisa—. Sigo con la muela fastidiada y he mordido mal.

—¿Has comido aquí? —se sorprendió Pineda señalando los restos del sándwich.

Herrero observó cómo el veterano colgaba su chaqueta en el respaldo de su silla y la alisaba con un par de toques con el dorso de la mano. A pesar de su corpulencia, el inspector tenía unos movimientos delicados y precisos, que contrastaban con la brusquedad de otros compañeros.

—Quería revisar unas cosas.

—Sin Montes, quieres decir.

—Pensé que sería más fácil concentrarme a solas.

—Si quieres un consejo, tómatelo con calma —dijo el veterano tomando asiento—. Te queda toda una vida entre estas paredes. Más vale que no te quemes antes de tiempo. ¿No has ido al dentista?

—He llamado, pero con el puente a la vuelta de la esquina no me ha dado hora hasta el miércoles —repuso Herrero con resignación.

—¿Has probado a hacer gárgaras de agua con sal? —preguntó Pineda tomando asiento y mirándolo preocupado—. Chico, tienes mala cara. ¿Por qué no te vas a casa? Dávila no vendrá hoy y, si llama, ya le diré yo cualquier cosa.

—No hace falta, gracias. Estoy bien, de verdad.

—Hay que cuidar la salud, Pablo. *Mens sana in corpore sano*. Ahora mismo estás hecho un trapo. Hazme caso. Vete a casa y haz gárgaras con sal. Ya verás como mejoras un montón.

—Dentro de un rato. Quiero terminar esto antes.

Pineda se encogió de hombros con un gesto de «Como quieras, es a ti al que le duele», y se enfrascó en su faena, olvidando enseguida al nuevo recluta, lo que este agradeció.

Cada uno a lo suyo, la tarde fue pasando sin que nada ni nadie alterara el ambiente de trabajo monacal que se había instalado en la oficina. Pineda había hecho varias llamadas telefónicas relacionadas con sus investigaciones, a las que Herrero no había prestado atención, y, salvo una breve salida del inspector veterano, seguramente al baño, la puerta de la brigada de homicidios permaneció cerrada.

Pasadas las cinco y media de la tarde sonó el timbre del teléfono en el escritorio de Pineda y, a pesar de no prestar atención, algunas respuestas sueltas del inspector desvelaron a Herrero que el que llamaba era el inspector jefe Dávila preguntando por las novedades y a buen seguro alegrándose de que no las hubiera.

Pineda despachó la llamada con su habitual amabilidad y, desperezándose, echó un vistazo a su reloj de pulsera.

—Bueno, Pablo. Casi las seis. A menos que pretendas dormir aquí también, me parece que ya va siendo hora de marcharse, ¿no crees? —preguntó el inspector guardando en un cajón su manoseado librito, que Herrero le había visto leyendo relajadamente en sus momentos de descanso—. Yo al menos sí que me voy a ir.

El veterano acompañó las palabras con la acción levantándose de su silla, cogiendo su chaqueta y sacudiéndola para quitarle las arrugas.

—Sí, creo que tiene razón —concedió Herrero con un leve gesto de fastidio.

Se le había pasado la jornada y aún no tenía ningún hilo del que tirar para confirmar su teoría del asesino múltiple. Cualquiera de los expedientes se prestaba a ser considerado sospechoso, igual que lo habrían hecho muchos de los ya descartados con su plan de discriminación. Era incapaz de rechazar ninguno de los treinta y dos candidatos.

Al menos el dolor de muelas había remitido.

—¿Te han echado de casa? —preguntó con humor Pineda frente a su escritorio, viendo que el novato no se decidía a dar por terminada la jornada.

—No, no es eso —respondió con una sonrisa—. Es que tengo la sensación de no haber avanzado nada y no sé si voy a tener tiempo de hacerlo.

—Te refieres a mañana, cuando vengan Montes y Dávila.

No valía la pena negar la evidencia y Herrero se encogió de hombros. Si Pineda se iba de la lengua con el tipo de investigación que estaba llevando a cabo, estaba bien jodido.

—Sé que cuesta creerlo, pero Montes no es mal tipo. Está chapado a la antigua y lleva muy mal la jubilación de su compañero. Eran uña y carne. Han pasado un montón de años juntos y eso siempre marca. Ahora le han puesto un novato, recién salido de la academia, al corriente de las nuevas técnicas policiales, con ilusión y con ganas de comerse el mundo, y eso lo deja a él como un dinosaurio al borde de la extinción.

Herrero, que había pillado la mirada desaprobadora de Pineda cuando Montes se había largado aprovechando la ausencia de Dávila, guardó silencio. Ciertamente, podía entender que su compañero se sintiera cuestionado por alguien que iba a poner en evidencia sus arcaicas dotes policiales. No obstante, se preguntaba si aquella era en realidad la opinión de Pineda o simple corporativismo.

Montes pertenecía a la vieja escuela, la de los investigadores que utilizaban métodos expeditivos. A pesar de la recientemente estrenada democracia, aún se utilizaban los procedimientos violentos del anterior régimen en las comisarías. Por suerte, comenzaban a soplar vientos de cambio. Sin embargo, los nuevos sistemas de obtención de respuestas eran rechazados por los más veteranos, convencidos de que los derechos de los malhechores les permitían reírse de la policía y salir del talego más rápido de lo que habían tardado en entrar.

Pineda, algo más joven que Montes, también había aprendido de aquellos veteranos las virtudes de un buen interrogatorio, en el que los detenidos tenían el derecho a permanecer con todos los dientes en su sitio siempre que al interrogador le pareciera bien. En esos tiempos nadie osaba reírse de la policía, y el simple hecho de ser conducido a una de aquellas oscuras y siniestras salas ya los ablandaba lo suficiente como para que en muchas ocasiones resultaran innecesarios los sopapos, algo que se propinaba de manera preventiva, en cualquier caso.

—A Montes no le queda mucho tiempo —recordó Pineda, colgándose la chaqueta del antebrazo—. No tardará en jubilarse. De hecho, ya está revisando la documentación para poder hacerlo. Si le sabes llevar y no lo comprometes, te dejará en paz. Lleva tiempo con Dávila y al jefe no le gustan los líos entre compañeros. Si te indispones con Montes, se quejará al inspector y tendrás dificultades.

Herrero asintió con la cabeza en silencio.

—Déjate llevar. Tampoco te van a exigir demasiado. Haz lo que te piden. Quién sabe, tal vez hasta aprendas algo.

El subinspector sonrió abiertamente ante la ironía del veterano y volvió a asentir.

—Aunque tal vez te sorprenda, hay compañeros y jefes peores que los que te han tocado —continuó Pineda, retomando la seriedad con el tono de un viejo profesor—. En los últimos años ha habido grandes cambios en la policía para adecuarse a los nuevos tiempos de la democracia. Y hay quien lo lleva mejor y quien lo lleva peor. Dávila y Montes lo sobrellevan como pueden, tratando de no perder el tren.

Herrero sospechaba que los dos habían perdido hacía tiempo el citado tren.

—*Festina lente*. Apresurarse lentamente —citó Pineda imitando el énfasis doctoral—. ¿Conoces la expresión? En castellano castizo: «Vísteme despacio que tengo prisa». Bueno, ellos no tienen demasiada prisa. Se lo toman con calma. No errar, no alterar el orden, no hostigar a las personas equivocadas... Evitar ser reprendidos, ¿comprendes?

Claro que Herrero lo comprendía, pero no compartía el objetivo.

—Veo que no te convence lo que digo. Tranquilo, Pablo. Ya te llegará tu momento. Aprovecha mientras puedas. Si no le das quebraderos de cabeza, Dávila te dejará en paz. Podrás practicar y coger experiencia. Cuando Montes se jubile te pondrán un novato con el que hacer una pareja de sangre nueva.

—Tiene razón —convino Herrero cerrando la carpeta.

—Claro. Hazme caso. Vete a casa y descansa. Un investigador tiene que tener la mente fresca para poder ver las cosas con claridad y en su justa dimensión. No conviene obcecarse, porque se pierde la perspectiva.

Herrero tenía que admitir que algo de eso le estaba sucediendo. Tan empecinado como estaba en su teoría del asesino múltiple, casi había descartado la línea que había seguido el equipo investigador hasta su llegada.

—¿No estáis con lo de la viuda del joyero a la que mataron en su domicilio? —preguntó Pineda extrañado ante el número de expedientes amontonados en la mesa de Herrero.

—Sí, pero hay algunos cabos sueltos que no terminan de convencerme.

—¿Cabos sueltos? —repitió el veterano inspector alzando las cejas—. Leí el informe policial y el resultado de la autopsia. La hipótesis de un asalto a la casa de la viuda para robarle las joyas me pareció acertada.

—Seguramente así será —repuso Herrero sin querer mostrar a las claras su disconformidad—. Pero hay algunos detalles que dan que pensar.

—¿Algo en lo que te pueda ayudar? —preguntó Pineda activando su instinto policial.

—Tal vez me pudiera dar su opinión —repuso Herrero tanteando el terreno. Pineda parecía legal, pero, en realidad, no lo conocía.

Así pues, lo puso al corriente de sus sospechas. Le contó cómo había ido a entrevistarse con los vecinos de la mujer brutalmente asesinada. La conversación con el portero y sus lagunas de memoria. El testimonio de la vecina que vivía en la puerta contigua a la de la finada, al que el compañero de Montes, cuya firma constaba al pie de la declaración, había interrogado con escasa diligencia y al que la mujer había tildado de «muy desagradable».

Le habló del misteriosamente desaparecido ramo de rosas rojas con una blanca que había recibido ese mismo día la viuda del joyero; de cómo, a pesar de sus pesquisas, no había conseguido hallar desde qué floristería se habían remitido; de la visita de un desconocido que, al decir de la entrometida vecina, alteró a la viuda…

También le habló del artículo en la sección de sucesos del periódico que, según la misma vecina, había alarmado a la viuda asesinada. Le contó la noticia de la muerte de un anciano atropellado que, a pesar de sus graves heridas, y según el médico que lo había atendido, no debería haber fallecido.

Mientras escuchaba sin perder detalle, Pineda tanteó a sus espaldas hasta encontrar una silla en la que sentarse. Con el ceño fruncido por la concentración, el veterano fue absorbiendo como una esponja los detalles que desgranaba Herrero, asintiendo de vez en cuando con la cabeza y, en otras ocasiones, alzando sus tupidas cejas en gesto de incredulidad.

—Me dejas anonadado —confesó Pineda cuando Herrero hizo una pausa temiendo haber hablado demasiado.

El teléfono sobre la mesa del inspector llevaba un buen rato sonando sin que ninguno de los investigadores le prestase atención.

—¿Y dices que ninguna floristería envió ese ramo? Tiene que haber un montón en todo Madrid.

—Las rosas son caras. He encontrado algunos envíos de ramos de rosas que se hicieron ese día y los he comprobado, pero ninguno es el que recibió la señora Torrecilla.

Pineda trataba de ordenar todo lo escuchado en su cerebro y asentía distraídamente con la cabeza.

—¿Tienes alguna idea de quién podría ser ese hombre que visitó a la viuda del joyero y que tanto la alteró?

—No tengo ni la menor idea.

—¿Ese cabo de la Guardia Civil lleva la investigación del anciano atropellado?

—Sí. El caso estaba cerrado, pero ante mis sospechas ha accedido a reabrirlo y a efectuar algunas diligencias para ver si pudiera encontrar algo. En su momento visitó algunos talleres y carrocerías por si el conductor hubiera llevado a arreglar posibles desperfectos, pero sin resultado. Me ha prometido que va a volver a insistir y que ampliará el radio en torno a la zona del accidente para revisar más talleres. Claro que quizá el coche no haya sufrido daños.

—Y tú crees que ambas muertes están relacionadas…

—Esa es mi hipótesis. Quienquiera que matara a esa pobre mujer lo hizo con saña. La torturó salvajemente.

—Tal vez hasta que confesó dónde estaban las joyas y la clave de la caja fuerte —objetó el inspector.

—Aprovechando mi presencia en el Anatómico Forense —dijo Herrero con un gesto de duda—, comenté el caso con un par de médicos. Según ellos, la mitad del dolor que le infligieron hubiera sido suficiente para que confesara en cuanto se le preguntara. Sospecho que el objetivo del asesino, o asesinos, era la mujer, no las joyas. De otra manera se hubieran contentado con torturarla hasta abrir la caja. ¿Para qué continuar atormentándola, corriendo el riesgo de ser sorprendidos? El tiempo corría en su contra. Hubiera resultado más fácil abrir la caja, matarla de una manera menos rebuscada y largarse.

Pineda seguía asintiendo, concentrado. A través de los cristales esmerilados se veían las siluetas del personal, que daban por terminada la jornada y enfilaban hacia la salida.

—¿Y has encontrado algún motivo para que alguien quisiera matar a la viuda de un joyero, que no sea el botín obtenido?

—Aún no —tuvo que confesar Herrero—. Pero tiene que haber alguna conexión entre las dos muertes. Y alguien tuvo que enviar aquellas flores.

—¿Y cómo tienes previsto encontrar esa supuesta conexión? —preguntó Pineda con el escepticismo flotando en sus palabras—. Por lo que me dices, nada relaciona al atropellado con la viuda, ¿no? Solo tienes la palabra de esa cotilla que tal vez se aburre demasiado.

—Es posible. No lo sé —reconoció Herrero chasqueando la lengua—. Pero si esas dos muertes están conectadas, tal vez no sean las únicas.

—¿Cómo? —exclamó el inspector echando el cuerpo hacia delante.

—Si las dos muertes han sido causadas por la misma mano —explicó Herrero golpeando con un bolígrafo las carpetas con los informes del Instituto Anatómico—, su ejecución no ha podido ser más diferente. En una, el asesino improvisó. Vio la ocasión y pisó el acelerador. Cuando comprobó que la víctima no había fallecido, de alguna forma se aseguró de que

Ríos no saliera con vida del hospital y no nos pudiera contar lo sucedido.

—¿Por qué estás tan seguro de que fue algo personal? Tal vez, como dices, se le presentó la oportunidad de matar a alguien y ese hombre tuvo la mala fortuna de encontrarse en el momento y sitio menos adecuados.

—Si hubiera sido así, no se habría tomado la molestia de averiguar a qué hospital lo habían trasladado, ir hasta allí y rematarlo en un servicio de urgencias atestado de personal, arriesgándose a que alguien lo descubriera in fraganti. Yo creo que lo conocía y quería asegurarse de que estaba muerto.

—Das por supuesto, sin ninguna evidencia, que el presunto homicida entró en el hospital para acabar con él —resumió Pineda, que no terminaba de verlo claro.

—El asesino, si mi teoría no es errónea, conocía la relación del atropellado con la viuda. Creo que el periódico con la noticia del atropello subrayada en rojo que me puso sobre la pista de la muerte del señor Ríos fue enviado a la viuda para amedrentarla.

—El misterioso visitante tendrá algo que ver, imagino.

—Tal vez —concedió Herrero sin mostrarse muy convencido—. Según la descripción de la vecina era un pobre hombre, «de esos que dan de comer a las palomas en el parque». No imagino a una persona así torturando a una mujer, pero todo puede ser. Tendré que dar con él e interrogarlo.

—Vale —dijo Pineda golpeándose con las palmas de las manos en los muslos—. Suponiendo, que ya es mucho suponer, que a las dos víctimas las ha matado la misma persona. ¿Qué te lleva a pensar que no son las únicas?

—Pero es que el segundo crimen, el de la viuda, está ejecutado al detalle y con gran frialdad. Creo que el asesino ha evolucionado. Mató a su primera víctima aprovechando la ocasión, y a la segunda, tras planearlo cuidadosamente. Tal vez entre ambas ha habido otra.

—Deberías tener en cuenta que, si a Torrecilla la hubiera asesinado de una manera menos brutal, ni siquiera tú habrías sospechado algo distinto a un robo. ¿Crees que eso es *planearlo cuidadosamente*?

—Tal vez se le fue la mano.

—Entiendo tu razonamiento, pero todo son especulaciones —opinó Pineda resoplando—. No quiero ni pensar qué diría Dávila si llegara a escuchar todo esto.

Herrero también prefería no pensarlo.

—Así que es esto lo que has estado revisando —dijo el inspector señalando la torre de informes del Instituto Anatómico Forense—. Informes de otras muertes.

—De unas pocas —apuntó Herrero, resumiendo cómo había acotado la búsqueda según la edad, tipo de muerte y fecha del primer asesinato, y admitiendo que por el camino podrían haberse quedado otros informes sospechosos.

—¿Y has encontrado algo interesante? —preguntó Pineda, meneando incrédulo la cabeza.

—Resulta difícil seleccionarlos —reconoció Herrero escogiendo un informe entre el montón y tendiéndoselo a Pineda—. Leyendo las diligencias sobre la muerte de la señora Torrecilla o el atestado sobre el atropello a Ríos Soria, nadie sospecharía nada tampoco. Cualquiera podría ser o ninguno. Pero esto me ha llamado la atención.

El inspector tomó la carpeta que se le ofrecía y, con la práctica de miles de expedientes revisados, se sumió en una rápida lectura.

—¿Manuel Quesada? —exclamó el veterano sorprendido—. ¿Patones? Fue policía, aunque no lo llegué a conocer. No sabía que hubiera muerto.

—¿Lo llamaban Patones?

—Sí. Según parece nació en ese pueblo. ¿Lo conoces? Es un municipio, al norte de Madrid, dividido en dos partes: Patones de Arriba y Patones de Abajo. Quesada no era muy apreciado, y sus compañeros solían murmurar a sus espaldas que habría nacido en Patones de en Medio, porque ninguna de las dos partes del pueblo lo quería.

Herrero escuchó el chascarrillo sin hacer ningún comentario y volvió a lo que le preocupaba:

—Según el informe, cayó al suelo y se golpeó la cabeza. Motivo de la muerte: traumatismo craneoencefálico. Al parecer, en la caída arrastró la sartén en la que se estaba preparando la cena y el aceite lo abrasó.

—Sí, ya lo veo —dijo Pineda leyendo en voz alta—: «Huevos y patatas». No encuentro nada sospechoso. Estaría haciendo una tortilla o algo así. Se desmayaría y al caer se tiraría por encima la sartén con el aceite hirviendo que sujetaba en la mano. No sería la primera vez. Una desgracia, pero nada sospechoso. Son cosas que pasan.

—Lo sé —admitió Herrero mientras señalaba un párrafo del informe de la autopsia—. Sin embargo, el forense encontró algo extraño.

—¿Algo extraño?

—Como sabe, el aceite hirviendo en contacto con la piel provoca unos surcos de quemaduras, regueros por donde el aceite resbala hacia el suelo.

—Así es.

—Si la persona está tumbada en el suelo, por motivo de un desmayo, por ejemplo, y en su caída arrastra la sartén con el aceite, con la mala suerte de que se lo tira encima, el aceite se repartirá de una manera más o menos uniforme por la zona del cuerpo sobre la que haya impactado y empezará a escurrir hacia el suelo, causando unos surcos más o menos regulares en todas direcciones, ¿no le parece?

—Claro.

—Entonces, si ese aceite hubiera caído, digamos, en el rostro, los regueros hubieran ido del centro de la cara hacia los costados y hacia el cuello, formando una especie de estrella.

Pineda enarcó las cejas, sin tener claro a dónde quería llegar Herrero, pero asintió.

—Mire las fotos —dijo el subinspector tendiendo las instantáneas obtenidas en el escenario de la muerte a su compañero—. La mayoría de los regueros discurren desde el cuello hacia los pies. Incluso los surcos que se abren hacia los costados acaban orientándose hacia la parte baja del cuerpo. Como si el hombre hubiera estado de pie cuando le cayó el aceite encima.

Pineda revisó las fotografías, no muy convencido.

—Además —añadió Herrero, que notaba el escepticismo de su compañero—, el patólogo también encontró algunas quemaduras en la laringe y, posteriormente, cuando le abrió la caja torácica, observó unas pequeñas manchas en la tráquea y en los bronquios. Las examinó al microscopio y comprobó que se trataban de quemaduras.

—¿Y qué conclusión sacó de todo eso?

—Que el hombre estaba consciente cuando le cayó el aceite encima. Abrasado, gritaría de dolor, cogiendo bocanadas de aire y aspirando el aceite.

El inspector no dijo nada. Se frotaba la barbilla, pensativo.

—Si el hombre hubiera estado tumbado y con vida cuando le cayó la sartén —señaló Herrero, que veía como su compañero dudaba—, también podría haber aspirado el aceite, pero...

—Pero entonces no se hubiera partido la cabeza —terminó la frase Pineda.

—Exacto. Y si se rompió el cráneo en la caída, no pudo aspirar el aceite.

—Quizá sufrió un vahído leve —dijo Pineda separando las palabras y con los ojos semicerrados, reviviendo la escena—. Se agarra a lo primero que encuentra, la sartén, y se la tira por encima. El suplicio lo espabila. Coge aire para gritar de dolor y trata de ponerse en pie. Pero tiene el rostro abrasado y se revuelve por la cocina, enloquecido. El suelo está lleno de aceite. Se resbala y es en la caída cuando se parte el cráneo.

Ahora le tocaba a Herrero mostrarse escéptico. No veía cómo un anciano de setenta y tres años sería capaz de ponerse en pie tras sufrir un vahído y con su rostro consumiéndose.

—Tal vez le arrojaron el aceite hirviendo a la cara...

—O tal vez no —repuso Pineda alzando las cejas—. No digo que sea imposible, pero se me antoja un tanto traído por los pelos, ¿no crees?

Herrero se encogió de hombros en silencio.

—A veces vemos lo que queremos ver —continuó el veterano inspector—. «Cuando tu única herramienta es un martillo, todo te parece un clavo».

Herrero tensó la espalda. «Pensamiento desiderativo». El gran peligro para los inspectores de policía, tal y como le habían enseñado en la academia. Centrarse excesivamente en el resultado y no en el proceso, lo que impide ver las evidencias y los obstáculos. ¿Estaría él viendo solo clavos?

Pineda le devolvió la carpeta con gesto incrédulo. Parecía convencido de que el novato se había obsesionado con su propia teoría y veía una conspiración que no existía.

Herrero se consideraba un hombre de miras amplias; no obstante, reconocía que a veces se confunde tesón con tozudez, lo que le hizo dudar.

—Si quieres que te dé mi opinión —dijo el veterano devolviéndole el expediente—, la hipótesis del asesinato me resulta poco consistente. Nada coherente, de hecho. Según las diligencias, se examinó el apartamento y no se halló nada sospechoso. No se ha encontrado un móvil. Era un viejo, Pablo. Sus enemigos ya estarán muertos o serán demasiado mayores. La casa no estaba desordenada y todo lo que había en ella era tan viejo como él. No tenía nada de valor y no parecía que le hubieran robado, aunque no podemos estar seguros, claro.

Herrero no dijo nada, pero si Quesada había sido asesinado y el criminal era el mismo que había acabado con la señora Torrecilla y atropellado al señor Ríos, el móvil no había sido el robo.

—Mira, Pablo —dijo Pineda con tono paternal poniéndose en pie—. No sé cuánto de todo esto lo has hablado con tu compañero o con Dávila, pero, si no quieres tener problemas, te aconsejo que te lo pienses bien antes de decirles nada. Esto pone en tela de juicio la investigación de Montes y su antiguo compañero y, tenlo por seguro, no le hará ninguna gracia. Y lo mismo cuenta para Dávila. El inspector jefe no quiere ni oír hablar de asesinos múltiples.

Herrero asintió con la cabeza, pero no contestó.

—Dávila está chapado a la antigua. Si no tienes algo más firme que estas sospechas, yo que tú no le comentaría nada. Para él esos asesinos que se dedican a cargarse a la gente solo crecen en América y en las películas.

El subinspector no quiso demostrar su desacuerdo.

—Te dejo, Pablo —se despidió el inspector—. Ya vale por hoy. Mañana será otro día.

—Hasta mañana. Que descanse.

Herrero se quedó sentado observando cómo Pineda abandonaba el despacho. El teléfono volvió a sonar, pero no le hizo caso. Un inspector experimentado curtido en mil investigaciones pensaba que su corazonada se sustentaba sobre cimientos de arena. Las circunstancias en la muerte de Quesada, el policía jubilado, tampoco parecían haberle hecho sospechar nada extraño.

Echó un vistazo al reloj de la pared. ¡Las siete menos cuarto! Había prometido a Amelia que aquella tarde la acompañaría a la clínica a la consulta con el ginecólogo. Precisamente habían concertado la cita a última hora para que él pudiera acudir. Entre el dolor de muelas y la investigación se le había ido el santo al cielo.

Se levantó, recogió la fiambrera, limpió la mesa, se puso el abrigo y tomó la cartera, dispuesto a salir pitando mientras hacía unos cálculos mentales. La consulta estaba fijada para las siete y media. Teniendo en cuenta el retraso crónico del ginecólogo, era probable que no los atendieran antes de las ocho.

Pensó que aún disponía de margen. Descolgó el teléfono, que no había parado de sonar, y llamó a casa. Amelia lo cogió a la tercera llamada. No parecía muy contenta, pero Herrero la tranquilizó. Le pidió que tomara un taxi hasta la consulta y que se verían allí, calculando que llegaría un poco justo.

Colgó, apagó las luces y salió raudo de la oficina. Amelia no había dicho nada, pero él sabía que le convenía darse prisa. Había pensado en ir en metro. Solo tenía un transbordo. Pero era mejor no tentar la suerte. Cogería un taxi. Al fin y al cabo, se había ahorrado el almuerzo. Se podía permitir el dispendio por una vez.

Ya en la Gran Vía se acercó a la calzada y miró a ambos lados. Varios taxis negros, con su banda roja al costado y su letrero amarillo en el techo, circulaban veloces de un lado para otro. Herrero levantó la mano y logró parar uno. Dio la dirección al taxista y se montó detrás, aprovechando el trayecto para reflexionar.

«¿Estaré viendo clavos por todos lados?», se volvió a preguntar mirando distraídamente por la ventanilla. Desde luego, su colega no se había mostrado muy deslumbrado con su teoría conspirativa.

Y eso que aún no le había contado nada de sor Teresa.

6

Domingo, 4 de octubre de 1977.
Convento de Cubas de la Sagra.
Madrid

El hombre llegó hasta la tapia y suspiró. Venía andando los dos kilómetros que separaban el convento del municipio de Cubas de la Sagra, donde había estacionado el coche.

Con la mano con la que agarraba un par de libros apoyada en la tapia y con la otra sosteniendo el paraguas, tomó aire; también era mala suerte que se pusiera a llover precisamente ese día. Últimamente se fatigaba rápido.

Comprobó que el plástico en el que tenía envueltos los libros estaba bien cerrado. Uno de ellos era un breviario, y el otro, un ejemplar de *Las cantigas de santa Clara*. Cargar con ellos, apretados contra el pecho para protegerlos de la lluvia, el paraguas y la cuerda de cinco metros con el gancho de hierro adquirido en el Rastro de Madrid, salido de un stock del ejército, no había ayudado a mejorar su humor.

La cuerda y el gancho los había escondido entre los hierbajos veinte metros más atrás, en la linde del camino. Si las monjas lo veían con ellos, sin duda se preguntarían para qué los podía necesitar un cura.

No le gustaba la Sagra. En aquella comarca castellana la vista se perdía en el horizonte, en el que no se podía encontrar otra cosa que cultivos de cereal. El hombre no sabía si se trataba de avena, cebada o centeno, ni tenía el más mínimo interés en averiguarlo.

Los únicos perfiles que rompían aquella llanura infinita eran la tapia que rodeaba el convento, situado a medio camino entre Cubas de la Sagra y Casarrubuelos, y alguna encina solitaria.

Los domingos eran día de visita en el convento. Bien pronto, por la mañana, venía el sacerdote desde Cubas de la Sagra a oficiar misa y, sobre las diez y hasta el mediodía, el convento se abría para que los lugareños se acercaran en busca de las famosas rosquillas de anís que elaboraban allí.

No era la primera vez que visitaba el convento. La vez anterior, vestido de campesino en busca de los sabrosos dulces, había podido hacerse una idea del entorno y de las rutinas. También había observado con interés un pequeño cementerio al costado del edificio, con las lápidas resguardadas del sol por una frondosa encina pegada a la tapia.

Ahora, vestido de sacerdote, confiaba en que las monjas le permitieran acceder al interior, a pesar de ser más de las tres de la tarde. La sotana y el alzacuello que lucía deberían de abrirle aquellas puertas. La cuestión era qué iba a hacer una vez dentro. No sabía dónde se encontraba la habitación de la monja, ni cómo llegar hasta ella.

Había esperado demasiado, se volvió a reprochar. Dos años atrás, cuando sor Teresa aún dirigía con mano de hierro la tristemente conocida clínica San Ramón de Madrid, habría resultado mucho más sencillo. Entonces, la monja, embriagada de poder y creyéndose invulnerable, alternaba mucho de un lugar para otro y habría podido interceptarla fácilmente.

Por desgracia para el hombre, a sor Teresa la habían jubilado contra su voluntad e ingresado en aquel convento perdido de la mano de Dios. Con una falsa sonrisa, el arzobispo le había dicho que se tenía muy merecido un descanso por la gran labor cristiana que había llevado a cabo durante toda una vida dedicada a los demás.

En realidad, la habían retirado de la opinión pública. Los periodistas, acabado el régimen del caudillo, comenzaban a hacer preguntas. Unas preguntas incómodas para muchos políticos y altos cargos de la Iglesia, entre otros.

La decisión de encerrarla tras aquella tapia lo había complicado todo. Recluida en un olvidado convento, rodeado de campos eternos de cultivo y con tan solo la compañía de una docena de monjas y dos miserables pueblos de campesinos a media hora de camino, no iba a resultar tan sencillo llegar hasta ella.

Cualquier plan que trazara para acceder sin ser detectado estaba destinado al fracaso. Los dos únicos caminos, uno al norte, por el que había llegado, y el otro al sur, el de Casarrubuelos, cruzaban los dos pueblos. Un coche desconocido atravesando la localidad y adentrándose en uno de esos polvorientos caminos sería recordado.

Así que había optado por dejar el coche estacionado a la entrada al municipio de Cubas de la Sagra, confiando en que nadie lo hubiera visto apearse de él. Para evitar riesgos, el vehículo llevaba placas falsas, por si a algún curioso le daba por memorizar la matrícula.

En días previos había contemplado la posibilidad de escalar la tapia de noche, algo no del todo imposible, pero difícil, forzar algún acceso y buscar la habitación de la monja, tal vez previo corte de la línea telefónica en caso de ser descubierto.

Sin embargo, había tenido que descartar tan descabellado plan. ¿Cómo podría encontrar su habitación en medio de la noche? No podía entrar en la primera que viera y preguntar a la adormilada religiosa que lo ocupaba: «Disculpe, ¿la habitación de sor Teresa, por favor?».

Además, era preciso que la policía le diera carpetazo al caso rápidamente, y para ello los indicios debían apuntar claramente a un desafortunado accidente.

Debía reconocer el interior del convento antes de llevar a cabo sus planes. Y allí estaba entonces. Vestido de cura delante de la tapia. Solo quedaba llamar a la puerta.

Se encontraba nervioso. Aunque no fuera creyente, la educación recibida pesaba, y entrar en un recinto sagrado a cometer un crimen resultaba inquietante. Se preguntó si el castigo divino sería mayor por matar a una «esclava del Señor».

Miró el portón de rústicos tablones de madera. Había una argolla de hierro con una cadena. Tiró de ella y se escuchó una campanilla que rompió el penetrante silencio.

—¿Quién es? —contestó minutos más tarde una voz tímida y joven al otro lado de la tapia.

—El padre Javier, hermana. Venía a visitar a la hermana Teresa.

—¿Había solicitado la entrevista, padre Javier? —preguntó la voz con tono de sorpresa.

—No, lo lamento. Estaba de paso y no he tenido tiempo.

—Deberá esperar un momento, padre, mientras pregunto a la madre superiora.

—Claro, hija, claro. No faltaba más. Espero.

Tuvo que aguardar más de cinco minutos hasta que volvió a escuchar una voz. En esta ocasión no era la misma, sino la de una mujer de más edad y acostumbrada a mandar.

—Buenas tardes, padre Javier. Dígame, ¿qué desea?

—Quería ver a sor Teresa. He llegado hoy a Madrid, tengo que salir mañana de viaje y esperaba poder saludarla de parte de un amigo común antes de marcharme.

—¿Podría saber yo quién es ese amigo común, padre Javier?

—Por supuesto. El padre Eladio Vallejo. Coincidió con sor Teresa en la clínica San Ramón hace ya unos años. Me ha pedido que no me fuera de Madrid sin saludarla de su parte.

Al otro lado del muro se hizo un momento de silencio. El hombre contuvo el aliento.

Con un suspiro de alivio escuchó cómo la tranca del portón era retirada y asomaba una monja, seguramente una novicia, dada su juventud, que con una tímida sonrisa lo invitó a pasar. Supuso que debía de tratarse de la portera que lo había atendido a su llegada, y la saludó con gran amabilidad y un despliegue de humilde agradecimiento, como habría hecho cualquier cura provinciano.

Traspasó el portón y echó una ojeada a su alrededor. El patio y los campos que tenía a la vista estaban desiertos. Ni siquiera se encontraba la madre superiora con la que había hablado a través de la tapia. A buen seguro estaría bajo techo, al abrigo de la pertinaz lluvia.

Compartiendo el paraguas del falso sacerdote, llegaron hasta la fachada principal del edificio. El hombre respondía amablemente a la conversación insustancial de la hermana portera, pero no perdía detalle de la estructura del edificio.

Dos alturas, con ventanas estrechas y enrejadas. El edificio tenía diseño cuadrado. Una de las esquinas la formaba una pequeña iglesia con su campanario, cuyo repiqueteo se escuchaba desde los dos pueblos. En el centro, un claustro para que las monjas pasearan o descansaran y tomaran el aire. El refectorio, donde las religiosas tomaban sus comidas, se encontraba en la galería opuesta a la iglesia.

La entrada estaba guardada por una recia puerta de madera. Una de las hojas dobles se abrió en cuanto la alcanzaron, para permitirles el paso. En el dintel aguardaba otra monja más mayor y poco agraciada, con gafas y cuello de garza. La monja lo saludó sonriente y le pidió con amabilidad que restregara los zapatos en un felpudo áspero de cuerda trenzada, para no ensuciar el suelo con el barro.

Una vez satisfechas, las dos hermanas lo acompañaron por los pasillos en completo silencio. El hombre aprovechó para estudiar el interior del convento. No era un especialista en lugares sacros, pero había visto unos cuantos. Y aquel, desde luego, nunca llegaría a ocupar un alto puesto entre los más bellos. Los muros eran gruesos, pintados de blanco y con algunos desconchados que permitían apreciar el adobe.

En las paredes había, de tanto en tanto, una lámpara de aceite o parafina con la que ofrecer algo de iluminación por las noches. Cruzaron varias puertas cerradas y pasaron por delante de una capilla desierta. El hombre vio algo que le interesaba. Una escalera que subía a la planta superior. Los escalones, al igual que la barandilla, eran de madera y estaban desgastados. Mala noticia. Debían de chirriar de lo lindo en la quietud de la noche.

Un escalofrío recorrió el espinazo del falso cura. Nunca le habían gustado aquellos sitios tenebrosos, fríos, inhóspitos, con olor a incienso, a viejo y a naftalina. Conventos, monasterios, catedrales, iglesias... Aquellas paredes hablaban en susurros y contaban historias de sufrimiento, nada que ver con el júbilo que, se suponía, debía transmitir la presencia de Dios.

El despacho de la madre superiora no era más alegre. Una pequeña estancia hostil y desangelada de mobiliario escaso: una silla de madera labrada en la que se sentaba la religiosa, otra más incómoda al otro lado del pequeño escritorio que las separaba y dos cuadros, uno con una fotografía del rey don Juan Carlos y el otro una pintura de santa Clara. En la pared frente a la mesa, un crucifijo de madera oscura y un pequeño ventanuco por el que entraba la poca luz de la que disponían.

—Buenas tardes, padre Javier —saludó la monja sentada frente al escritorio—. Soy la madre superiora, sor Lucía.

—Muchas gracias, madre Lucía, por recibirme —repuso el asesino sin amilanarse por la fría acogida—. Es usted muy amable.

—Pero siéntese, por favor, padre. Está usted empapado. Le traeremos una toalla para que pueda secarse. ¿Querrá tomar alguna bebida para entonar el estómago? Me temo que aquí no tenemos café, aunque tal vez le apetezca una infusión de menta o hierbaluisa.

—Me encantaría. Una menta me vendría estupendamente.

La madre superiora hizo un gesto hacia la puerta y la monja portera abandonó la estancia en busca de lo que se le había pedido.

—¿Y bien? ¿A qué se debe este honor, padre? —preguntó sor Lucía cuando se quedaron a solas—. Debo reconocer que nos ha sorprendido.

—Lo entiendo perfectamente, madre Lucía. No es de buena educación presentarse sin avisar con antelación, pero realmente era muy difícil que pudiera venir, así que no quise molestar anticipando una visita que difícilmente iba a poder realizar.

—Es usted muy considerado, padre. Pero comprenderá que es algo inusual. No solemos recibir demasiadas visitas y, por lo general, suelen ser por la mañana. Este es un lugar de descanso y oración. Nuestra congregación no participa mucho en las convenciones sociales y nos gusta que sea así.

—Claro, claro. Por supuesto. Una vida de oración y recogimiento. No sabe cómo las envidio —contestó el hombre gesticulando con las manos y luciendo una gran sonrisa—. Le aseguro que lo comprendo. Nada más lejos de mi intención que alterar el estado de ánimo de su congregación, créame.

—¿Entiendo que es usted amigo de sor Teresa? —dijo la monja echando el cuerpo hacia delante y apoyando los antebrazos en la mesa.

—No, no tengo ese placer —repuso el hombre sin caer en la trampa—. Como le he dicho, vengo de parte de un muy buen amigo mío, el padre Eladio, que mantuvo mucha relación con la hermana Teresa hace unos años y que me insistió en que pasara a saludarla. Claro que no quisiera que mi presencia resultara inoportuna.

El hombre vio cómo la monja se preguntaba qué debía hacer. Estaba claro que la visita no le era grata de ninguna manera y que si había accedido a dejarlo entrar era porque el nombre de Teresa Redondo aún mantenía cierto peso.

—Bueno, madre Lucía —dijo cuando se abrió la puerta y apareció la monja portera. Llevaba una toalla colgando de un brazo y sostenía en equilibrio una bandeja con dos tazas y un pequeño tarro de miel—. No quisiera importunarla más. Me hago cargo de la situación. Lamentablemente, mañana tengo que viajar a Roma y he de coger un vuelo temprano. Me temo que no sé cuándo podré regresar.

Mientras decía esto se puso en pie.

—Si fuese tan amable de darle recuerdos de parte del padre Eladio, le quedaría enormemente agradecido.

—¿Pero se va ya? —preguntó la madre superiora. Aún no había tomado una decisión sobre qué hacer con el inoportuno visitante.

Sus instrucciones eran recluir a Teresa Redondo. Conocía de oídas a su compañera de congregación y la fama que arrastraba, así que no se había sentido particularmente contenta cuando el obispo la había llamado para comunicarle que en adelante residiría con su comunidad.

Sor Teresa llevaba dos años entre ellas. Más que suficiente para comprobar que jamás se adaptaría a la forma de vivir del convento. Desde el primer momento, la madre superiora, acostumbrada a llevar su propio paso al frente de la congregación, había intuido que aquella presencia no deseada iba a alterar el orden en su particular «charca de patos».

Teresa Redondo era una persona altanera, de trato desagradable, habituada a tratar con gente importante y a mandar. Todo se tenía que hacer como ella ordenaba y con celeridad. No era necesario ser muy listo para saber que las despreciaba a todas ellas y que había asumido de muy mal grado su forzosa reclusión.

De cualquier forma, debía tomar una decisión. Si bien ver partir a aquel cura la haría feliz, no podía saber las consecuencias que traería. No le habían dicho nada sobre posibles visitas. Tan solo que tratara de evitar su salida de aquellos muros, algo que sor Teresa parecía no tener ningún interés en hacer. Además, ¿a dónde iba a ir? El convento estaba en mitad de la nada, por algo la habían recluido en él.

Mientras trataba de convencer a su visitante de que aceptara la infusión, continuó barajando sus opciones. Si sor Teresa aceptaba la entrevista, ella podría escuchar lo que se dijera y tal vez lograra enterarse de por qué había caído en desgracia y quiénes eran sus enemigos. Por otro lado, tal vez aquella visita resultara beneficiosa para ella y se mostrara un poco más dócil en el futuro. En cualquier caso, no veía impedimento para autorizarla.

—Tome, tome, padre. Esta menta es de nuestro huerto. No encontrará otra mejor —dijo forzando una sonrisa, mientras le tendía una taza a su invitado—. Hermana Begoña, ¿sería tan amable de avisar a sor Teresa de que tiene visita? Acompáñela a la salita.

Se había retirado ante su órdago, pensó el falso cura. No obstante, no debía confiarse. Había leído en los ojos de la monja el deseo de saber qué estaba ocurriendo y su decisión de escuchar su conversación con Teresa Redondo. Tendría que cuidar sus palabras.

En su celda, sor Teresa estaba sentada frente a la pared. No miraba el crucifijo, tan solo dejaba vagar la vista mientras se consumía pensando, como siempre, en el agravio sufrido. Aquello era una ignominia. La habían encerrado en vida en un miserable convento que ni siquiera tenía electricidad, con un montón de estúpidas monjas como única compañía.

Sor Teresa había nacido en Salamanca, en el seno de una familia de campesinos que había visto en un convento cercano la forma de quitársela de encima. Sin embargo, aquella vida aburrida y sin sentido de oraciones y silencio que sor Teresa había llegado a odiar había sufrido un inesperado vuelco con la sangrienta Guerra Civil, la entrada del bando sublevado en Madrid y el final de la contienda.

Sorprendentemente, estos hechos le habían señalado su lugar en el mundo. Su carácter serio e inflexible, su ambición ilimitada de poder y su falta de piedad y escrúpulos la habían llevado a ser nombrada directora de una cárcel de mujeres en la que casi todas las reclusas eran republicanas, familiares de guerrilleros, integrantes de las Juventudes Socialistas y otras presas políticas enemigas del nuevo régimen.

Acostumbrada a imponer su voluntad y a dar órdenes, que no a acatarlas, había llevado la dirección del penal con mano de hierro durante años, antes de conseguir, en premio a su abnegada y leal labor, ser trasladada a la renombrada clínica madrileña de San Ramón. Allí, su total entrega para granjearse los favores de los poderosos le había proporcionado jugosos beneficios y sustanciosas relaciones con el Gobierno, la aristocracia y los nuevos ricos surgidos del régimen franquista.

Sin embargo, obnubilada por el poder, calculó mal el alcance de su propia importancia y se atrevió a indisponerse con algunas de las personas que le habían otorgado esa autoridad. Tampoco supo comprender, como sí lo hicieron otros más astutos, que la muerte del generalísimo no se dilataría en el tiempo ni que con ella llegaría una nueva época. Las ratas habían comenzado a abandonar el barco y ella todavía se obstinaba en empuñar el timón.

Sor Teresa, que se veía a sí misma como una nueva Juana de Arco, fue incapaz de ver cómo se desmoronaba todo a su alrededor y acogió con auténtica sorpresa e indignación el momento en que, convertida en un peligroso estorbo, decidieron deshacerse de ella.

De pronto, todo lo que ella había hecho por el bien de España y de la Iglesia ya no servía para nada. Nunca volvería a comer en la mesa de los más influyentes. Porque si algo tenía claro era que en el mundo había dos tipos de personas: quienes daban las órdenes y quienes las obedecían. Y para conseguir pertenecer al primer grupo solo había dos maneras: ser el más fuerte o convencer a los demás de que sabes qué nos espera después de la muerte, en cuyo caso los tontos te ofrecen su sumisión.

Ese era el poder de la Iglesia. Durante casi dos mil años había logrado convencer a los débiles de que sus dictados seguían la voluntad divina. ¡Cómo si Dios hubiera hablado con los curas! Pero a ella no pudieron engañarla. Nunca había creído en un Dios todopoderoso. Jamás lo había temido, como tampoco había temido a la muerte. Algún día, hiciera lo que hiciese, llegaría su hora.

La dirección de la clínica, donde había hecho y deshecho a su antojo, resultó ser su tumba. Durante años colmó de felicidad a multitud de familias adineradas y de buen linaje. La adoraban, la temían o la odiaban, pero todos la respetaban. No obstante, eso se había terminado.

Descubrir esta verdad supuso un duro golpe para ella. Su carácter frío y seco se había agriado aún más. Intentó revolverse ante la adversidad, reclamando antiguos favores. Tan solo consiguió asustar aún más a quienes tenían viejas deudas y se afanaban en limpiar su pasado. Se le cerraron todas las puertas y acabó repudiada.

Y en ese momento se encontraba prisionera de por vida en aquel asqueroso lugar. No le cabía la menor duda de que esos perros se cuidarían mucho de permitirle abandonar alguna vez aquellos muros, y su nombre, poco a poco, caería en el olvido, para que ellos pudieran volver a medrar en la nueva situación política mientras ella se consumía miserablemente.

Horas, días, semanas, meses reconcomiéndose por la injusticia de la que había sido víctima. Desterrada. Ignorada. Sentenciada. No le quedaba ni un amigo. Bien que habían huido aquellos cobardes a los que ella había socorrido durante años, y a los que había regado con los cuantiosos beneficios obtenidos, pues a sor Teresa no le obsesionaba el dinero. Para ella los billetes servían para comprar favores y voluntades. Con dinero se compraba poder.

A sus setenta y cuatro años y con una salud otrora de hierro, pero que comenzaba a fallar, sor Teresa no se encontraba con fuerzas suficientes para luchar contra aquella iniquidad. Aún mantenía su carácter áspero, pero sus dientes ya no estaban afilados y apenas mordían con sus invectivas a sus pusilánimes compañeras de congregación.

—Sor Teresa —llamó la hermana Begoña con voz acobardada—. La madre superiora pregunta por usted. Tiene visita.

El falso sacerdote, sentado sobre una incómoda silla en una salita pequeña equipada con muebles viejos y carcomidos, aguardaba la llegada de la monja. Hacía tiempo que no la veía y tenía curiosidad por saber cómo le había afectado su expulsión del paraíso de poder y el consiguiente encarcelamiento en aquel insignificante convento alejado del mundo.

Mientras la hermana Begoña había ido en busca de sor Teresa, el hombre se había interesado por la salud y estado de ánimo de aquella arpía. La madre superiora, con alusiones, había confirmado sus sospechas. Sor Teresa no se había integrado en la vida conventual.

Sin pretenderlo, sor Lucía le había facilitado las claves que necesitaba. Sor Teresa estaba alojada en el ala este y tomaba las comidas en su celda, apartada del resto de la congregación. En realidad, según la superiora, la rebelde monja apenas abandonaba su cuarto.

—Sor Teresa —dijo el falso cura poniéndose en pie con una sonrisa de oreja a oreja al ver entrar a la anciana monja—. Qué alegría me produce conocerla, hermana.

La desagradable monja fijó su acuosa mirada en aquel cura que le extendía la mano, tratando de ubicar su rostro en algún contexto del pasado. Había conocido mucha gente a lo largo de los años, pero estaba casi segura de no haberlo visto nunca antes.

—Soy el padre Javier —dijo el hombre derrochando amabilidad—. Creo que tenemos un amigo común, el padre Eladio. Me pidió encarecidamente que viniera a verla para saludarla.

—¿El padre Eladio? —contestó la monja, tomando asiento en la silla que quedaba libre—. ¿Se refiere al padre Eladio Vallejo?

El falso cura se sentó frente a ella sin cambiar de expresión. Debía tener cuidado. Aquella arpía parecía estar en guardia. No sería fácil de engatusar. Además, y eso podía ser peligroso, no daba la sensación de que el tal padre Eladio Vallejo, al que él no conocía de nada pero sobre el que había investigado para fingir su amistad, le fuese tan cercano como había supuesto.

Y no solo podía despertar las sospechas de la monja. Sin duda, la madre superiora no tenía pensado perderse ni una sílaba de cuanto se hablara allí.

—El mismo —dijo acomodándose la sotana—. Me ha hablado muchas veces de usted y siempre con gran afecto. De cuando coincidieron en la clínica San Ramón. Me decía que hizo usted un gran trabajo en una época muy difícil.

Sor Teresa mantenía silencio, sin dejar de escrutar al desconocido. En otros tiempos, aquella mirada despertaba temor en cuantos se atrevían a hablar con ella.

El padre Eladio. Lo recordaba. Un cura de pueblo que había halagado oídos hasta conseguir un buen puesto en una clínica con poco trabajo y pingües beneficios, que el hombre corría a dilapidar en casas de mala reputación, sobre las que ella no tenía ningún interés en conocer detalles.

Sin embargo, los largos meses de enclaustramiento habían bajado las defensas de sor Teresa. Sin visitas, aislada en aquel páramo y sin nadie con el que hablar más allá de aquellas vulgares mujeres entregadas a Dios, la monja anhelaba volver a escuchar una voz extraña, alguien que le trajera noticias de fuera.

—Sí, lo recuerdo —contestó sor Teresa modulando el tono para aparentar cierta simpatía—. ¿Y qué tal se encuentra el padre Eladio?

—Bien, bien. Con mucho trabajo, ya le conoce usted. Se ocupa de la diócesis mano a mano con el obispo. Cuando le comenté que vendría a Madrid, donde mañana tengo que coger un vuelo, me pidió que me pasara a verla. Mire, me entregó esta edición de *Las cantigas de santa Clara,* para que se la diera a usted con todo su cariño. Fíjese. Una verdadera joya.

Y, echando el cuerpo hacia delante y bajando un poco la voz a la vez que le hacía entrega del libro, añadió:

—Me confesó que han sido muy injustos con usted y temía que eso la hubiera lastimado. En realidad, me imploró que me interesara por su estado de salud. La aprecia mucho.

El falso cura sonrió para sus adentros. La monja había aceptado su falsa confidencia con una chispa de alegría. Alguien se interesaba por ella y reconocía que la habían tratado mal. Aunque solo se tratase de un simple cura de pueblo. «En tiempos de guerra, cualquier agujero es trinchera».

El hombre notó cómo la barrera caía definitivamente. Había dado con la tecla. La monja quería creer que él era realmente el padre Javier y que venía en representación de un viejo conocido que se preocupaba por ella. A partir de ese momento debía dejarla sentirse cómoda, que abriera su corazón putrefacto, sin levantar sospechas, esperando a que cayera la luz y entrara la noche.

Sin perder la sonrisa, escuchó la amarga diatriba de la monja, asintiendo de vez en cuando para animarla a seguir. Una parte importante de lo que la monja contaba ya la conocía. Sus años apoyando al régimen del generalísimo. Cómo había llevado la gestión de la institución penitenciaria, «de manera firme, pero justa», cómo después había aceptado dirigir la clínica donde había coincidido con don Eladio, «un sacerdote al que estimo mucho». La magnífica labor que habían llevado a cabo allí.

Una vez abierta la presa, el agua se desbordaba. Le habló de cómo en la clínica se había ocupado de las descarriadas que llegaban a dar a luz y cómo las ayudaba a encontrar una familia cristiana y decente que se pudiera hacer cargo de las pobres criaturas. Parecía olvidar cómo presionaban y engañaban a esas desgraciadas para quitarles a sus hijos, cuando no se los arrebataban directamente para venderlos a familias adineradas.

El falso cura no perdía la sonrisa, aunque ardía de ira por dentro. Era imposible sentir lástima alguna por aquella hija de perra. Merecía todo lo que le iba a pasar y mucho más. Pero él había tenido una idea sobre la marcha mientras era conducido por los pasillos del convento. En principio, el plan era sencillo. Aparentar que la muerte de la monja se había debido a una caída fatal. Ahora, y más aún tras haber escuchado la confesión de aquella vieja sin alma, había ideado otro plan, algo más sofisticado.

Casi parecía que la monja se había olvidado de su presencia. Hablaba en un intento de exorcizar aquello que la estaba consumiendo, como si se encontrara sola en aquella instancia. No miraba a su interlocutor y, aunque este hubiera intervenido, cosa que el hombre se cuidaba de hacer, la religiosa no habría podido escucharlo, ajena como se encontraba a cuanto la rodeaba.

Sor Teresa fue sacada bruscamente de su amargo relato por unos tímidos golpes en la puerta. Vieron a la novicia que atendía la portería y que se asomaba apurada.

—Disculpen —dijo con un hilo de voz—. Ya...

—¡Madre Santísima! —exclamó el falso cura poniéndose de pie de un salto—. ¡Qué desconsideración por mi parte! Charlando charlando se me ha ido el santo al cielo.

La monja portera sonrió amablemente sin atreverse a mirar a sor Teresa, que la observaba furibunda por la impertinente intromisión.

No obstante, el hombre ya había cumplido su objetivo. Conocía la distribución del edificio, al menos la parte que necesitaba, las rutinas que las monjas seguían hasta la hora de retirarse a dormir, la localización de la celda de la monja y cómo iba a conseguir colarse.

—Sor Teresa. Me alegra el corazón haberla conocido. El padre Eladio se alegrará de saber que sigue usted llena de energía. Confieso que se me ha pasado la tarde en un suspiro. Espero que no la haya fatigado en exceso, no me lo perdonaría.

Estrechó la mano de la religiosa poniendo la otra encima como lo haría un auténtico cura y, sin dejarle tiempo para responder, se dirigió hacia la puerta.

—Espero que pueda trasladar a la madre superiora mi pesar por haber abusado de su hospitalidad, hermana.

—No se preocupe, padre Javier —respondió la portera sonriendo ante aquel sacerdote tan amable—. Lamentablemente, la madre superiora no puede venir a despedirse. Está preparando el rezo.

—Claro, claro, desde luego —asintió el hombre con la cabeza mientras seguía por el largo pasillo a la monja—. Lo entiendo perfectamente. No sé qué me ha podido pasar. Cuánto lamento haber sido un incordio.

La monja portera quitó importancia al asunto sin aflojar el paso hacia la salida del convento. A buen seguro, la superiora le habría ordenado deshacerse con presteza de aquella inoportuna visita.

—Necesitará que le pida un taxi, ¿verdad, padre?

—No, no —contestó el falso cura sacudiendo la cabeza con energía—. No será necesario. Volveré como he venido, en el coche de San Fernando...

—Un ratito a pie y otro andando —acabó la novicia la famosa cantinela con una sonrisa—. Pero es tarde, padre, se le va a ir la luz y es peligroso recorrer esos caminos a oscuras.

—No tiene de qué preocuparse. En media horita me planto en Cubas de la Sagra, donde me espera el párroco para cenar.

—¿Ha venido al pueblo en autobús, padre? —preguntó la novicia, mostrándose amable.

—Esta mañana, hija mía. Por suerte, un amigo del párroco, que tiene coche, me llevará mañana al aeropuerto.

Entretanto habían llegado a la entrada, donde la novicia abrió una de las pesadas hojas del portón doble, permitiendo que fuera el invitado el que saliera primero.

—Mire, he tenido suerte. Ha parado de llover. Nada como un buen paseíto para abrir el apetito. Bueno, ha sido un placer conocerla.

Se encontraba ya a punto de traspasar la tapia cuando, de pronto, se llevó la mano a la frente.

—¡Mecachis en la mar! ¡Uy!, perdone, hermana. Me acabo de dar cuenta de que me he dejado el breviario en la salita.

La portera le aseguró que no suponía ningún fastidio ir a recogerlo y entró corriendo.

Sin perder un segundo, el hombre volvió sobre sus pasos. En el portón descorrió los pasadores que anclaban la hoja fija al marco superior y al suelo. La puerta ofrecía cierta resistencia a abrirse. Debía de estar agarrotada del poco uso. La volvió a cerrar y repitió el proceso un par de veces hasta asegurarse de que se movía con algo más de ligereza. Después, sacó un taco de papel que había estado doblando mientras duraba la entrevista y lo introdujo con fuerza entre el suelo y la hoja aflojada.

Se aseguró de que el taco hacía suficiente presión como para impedir que la hoja se moviera y, confiando en que la monja no se fijara en que los pasadores estaban descorridos cuando echara la llave, salió fuera a esperarla.

Instantes después llegó la novicia con la respiración agitada y el breviario entre las manos. El falso cura, tras volver a disculparse una vez más, lo cogió y le agradeció profusamente su gentileza. Sor Begoña lo acompañó hasta la puerta del recinto, abrió y esperó mientras el padre Javier le daba su bendición y se despedía, antes de cerrar y echar la tranca.

No perdió tiempo. Desanduvo el camino que lo había traído desde el pueblo y buscó entre los hierbajos el bulto escondido con la cuerda y el gancho. Los recogió y se acercó de nuevo a la tapia de la finca, esta vez al costado, donde la congregación había dispuesto su cementerio particular a la sombra de la enorme encina.

Soltó la cuerda. Tenía cinco metros, suficiente para enredar el gancho metálico atado a uno de los extremos en alguna de las ramas más gruesas del árbol. Hizo balancear el gancho y lo arrojó hacia arriba. El follaje impidió que se enganchara y la cuerda cayó al suelo. Lo intentó de nuevo. Nada.

Necesitó seis intentos para conseguirlo. Estaba sudando y alterado, pensando que tendría que abandonar. Dio un par de tirones. Ya estaba. El gancho se había fijado a una hermosa rama que no cedería.

Con gran esfuerzo, logró escalar el húmedo y rugoso tronco de la encina aferrado a la cuerda. Le costó mucho más de lo esperado. En la copa del árbol, forcejeó con el ramaje y las hojas hasta conseguir pasar al otro lado de la tapia, mojado y arañado. También pasó el extremo de la cuerda y se aseguró de que el gancho seguía firme en su sitio. Lo necesitaría cuando tuviera que marcharse.

Comenzaba a hacer frío. Se aproximó al edificio y se pegó a la fachada entre unos limoneros. Miró su reloj. Las siete y media. El sol no tardaría en ocultarse. Esperaría a que las religiosas terminaran sus rezos y comenzaran a cenar, a las ocho. Para entonces ya se habría hecho de noche.

Instantes antes de que el campanario del convento diera la hora, se puso en marcha. Aún se escuchaban los cantos de las religiosas, lo que le convenía para camuflar cualquier ruido que pudiera hacer.

Se acercó a las puertas dobles y, ejerciendo presión, comprobó que las hojas se movían. La portera no se había percatado de que los pasadores estaban fuera de su sitio. Aumentó la presión y entreabrió las hojas. Pasó dentro y, con cuidado, encajó el pestillo en el escudo y, empujando las dos hojas a la vez, volvió a cerrarlas.

Sin perder un instante, avanzó por el pasillo. Una de las puertas que había visto abierta antes era la de un almacén bastante amplio, donde una monja había estado trasteando. El hombre entró, echó un vistazo y no tardó demasiado en encontrar algo que podía servirle: un candil repleto de parafina, de los que las monjas utilizaban para alumbrarse.

Salió del almacén y aguzó el oído. Nada. Las monjas debían de estar ya cenando en el refectorio, al otro lado de donde se encontraba él. Con sigilo, se dirigió a las escaleras y subió los peldaños agarrándose al pasamanos, sin dejar de mirar a todos lados. Aquellas tablas gemían como una riña de gatos.

En la planta de arriba, otro pasillo se abría a derecha e izquierda. Paredes blancas, techo artesonado, ventanucos que asomaban al claustro interior y varias puertas. Se orientó y se dirigió al ala este. Había una docena de puertas. Una de ellas era la de sor Teresa, pero no sabía cuál. No quedaba más remedio que ir una a una.

Miró el reloj. Faltaban diez minutos para las ocho y media. El tiempo volaba. Las monjas aún estarían cenando en el refectorio y después tendrían su tiempo de descanso antes de los rezos de completas en la capilla.

Tenía tiempo. Sor Teresa le había confirmado que nunca cenaba en el refectorio con las demás. Acostumbraba a quedarse en su celda y esperar a que alguna de sus compañeras le subiera la cena. El hombre confiaba en que no hubiera más excepciones similares entre las religiosas.

Con cuidado, entreabrió la primera puerta. Una desierta celda estrecha, con un camastro con la ropa de cama perfectamente estirada, un crucifijo, una mesita con una silla, una balda con un par de libros, una imagen de un santo y una figura de la Virgen. Aquella no era la celda que buscaba.

Hizo lo mismo con la siguiente habitación. Todas eran iguales. Solo cambiaba, y no demasiado, el contenido de la balda sobre la mesita. Entreabrió la cuarta puerta. ¡Bingo! Sentada en la silla, de espaldas a la puerta, con el libro entre las manos, se encontraba sor Teresa.

La celda, de algo menos de cuatro metros por tres, era igual que las restantes. Solo un par de pasos lo separaban de la monja. Se quedó un momento quieto mirando aquel cuerpo encogido, tan poca cosa y que, sin embargo, tanto daño había causado.

Como si hubiese notado su presencia, sor Teresa se giró y miró hacia la puerta. Su rostro reflejaba sorpresa.

—¿Qué hace usted aquí?

Había un asomo de duda en su tono. Se había percatado de que el amable padre Javier había tornado su sonrisa en una mirada de profundo odio.

—Usted no es sacerdote.

De pronto cayó en la cuenta. Aquel intruso no había abierto prácticamente la boca en toda la visita. Se había limitado a darle cuerda para que fuera ella la que hablara.

Sor Teresa estaba furiosa consigo misma. Se había comportado como una vieja tonta, dejándose engañar por aquel hombre que había usado la adulación y una falsa compasión para que ella bajara sus defensas. ¿Quién era aquel impostor?

Había algo más. Algo que acababa de descubrir, casi por descuido, mientras ojeaba el libro que el falso sacerdote le había regalado. Era una cita del apóstol Mateo a modo de dedicatoria que decía: «... y los echarán en el horno de fuego, allí será el lloro y el crujir de dientes». Y, como rúbrica, el dibujo de una rosa.

—Es usted periodista, ¿verdad? —dijo con una mezcla de ira y temor, deseando que aquella fuera la explicación a la presencia de aquel extraño.

El hombre se rio por lo bajo.

—No, soy algo peor.

Ante la mirada atónita de la monja, avanzó dos pasos, dejó el candil que portaba sobre la mesa y pronunció unas pocas palabras. Para sor Teresa fueron suficientes.

7

Sábado, 29 de octubre de 1977.
Puerta del Sol.
Madrid

El subinspector Pablo Herrero abandonó la Real Casa de Correos e inspiró como si hubiera estado conteniendo la respiración largo rato, algo no muy lejos de la realidad.

El famoso edificio, el más antiguo de la Puerta del Sol, donde se daban las campanadas de Nochevieja retransmitidas por la televisión y que reunía a tanta gente para celebrar el Año Nuevo, era sede del Ministerio del Interior y, en su planta baja, acogía a la Dirección General de Seguridad, la temida Brigada Político-Social.

Aquella mañana, a punto de salir de casa, el inspector jefe Dávila lo había telefoneado para que se pasara por la secretaría del ministerio y recogiera un dosier que debía entregarle en mano.

A Herrero no le había hecho ninguna gracia el encargo. Aquellas tétricas estancias eran lugar de torturas que aún, a pesar de haber muerto ya Franco, se llevaban a cabo con sistemática impunidad. Pero, ya que era el último en llegar, era el chico para todo y no le quedó más remedio que acatar la orden.

En vez de la parada de Callao, se había apeado del metro en Sol, a escasos metros del siniestro edificio. Después de mostrar su carné profesional al policía de la entrada, se había dado prisa para acabar cuanto antes la gestión. Sin embargo, las cosas de palacio van despacio y, como era sábado, tuvo que aguardar un buen rato sentado en un largo banco de madera hasta ser atendido.

Ya en la calle y con el dosier en su poder, se encaminó hacia el despacho. En la plaza del Carmen, un empleado de la limpieza regaba la acera con una manguera y Herrero tuvo que apartarse para que la porquería proyectada no lo salpicara. No se molestó en recriminar su falta de delicadeza al hombre, un individuo con un cigarrillo a medio consumir entre los labios, con la pechera del abrigo llena de ceniza.

Miró el reloj. Faltaban más de diez minutos para las nueve y media, hora en la que abría sus puertas la Casa del Libro, en el edificio colindante con el de su despacho.

Decidió esperar. Quería consultar algo en la librería. Echó un vistazo a su alrededor y su mirada se topó con una cabina telefónica en la acera de enfrente.

Sospesó la posibilidad de llamar a su esposa para ver si estaba algo más animada, pero supuso que la respuesta no sería sincera. Lo cierto es que Amelia había estado dando muchas vueltas en la cama. Incluso cerca de la madrugada, Herrero la había oído llorar quedamente, vuelta hacia el lado contrario para no despertarlo. Herrero había juzgado conveniente fingir que no se daba cuenta, pero no había podido volver a conciliar el sueño.

La tarde anterior había resultado un desastre. Sin paliativos. Con el dolor de muelas reactivado, Herrero finalmente había llegado a tiempo a la Ciudad Sanitaria Francisco Franco, en la calle del Doctor Esquerdo, a la consulta del ginecólogo donde ya aguardaba ansiosa Amelia. Sentada en una silla en la sala de espera, retorcía un pañuelo entre las manos y no dejaba de comprobar el estado de su cabello ni el contenido de su bolso, como si en él fuera a encontrar respuesta a su inquietud.

El subinspector había hecho cuanto estaba en su mano para tratar de tranquilizarla. Frente a ellos, una pareja, ella encinta, fingía no darse cuenta del estado de agitación. Amelia no paraba de mirar a todos lados, tratando de concentrarse en las frases de su marido o en la decoración de la sala, pero su mirada siempre acababa en la redondeada barriga de la mujer.

La enfermera hizo pasar a la mujer embarazada y a su marido, dejando solos en la salita a Herrero y su esposa en un tenso silencio. El subinspector, solícito, se acercó a la recepcionista a pedirle un vaso de agua para Amelia, que tenía la boca seca, pero su esposa apenas mojó los labios.

Media hora más tarde, la puerta de la consulta se abrió de nuevo y apareció la pareja, todo sonrisas, acompañada por la enfermera. La mujer encinta sonrió a Amelia y, con los ojos brillantes, le deseó suerte.

Veinte minutos después eran ellos los que abandonaban la consulta del ginecólogo. Sin sonrisas. Amelia del brazo de su marido, conteniendo a duras penas las lágrimas. En la calle, Herrero paró un taxi, ayudó a su esposa a montar y dio la dirección de su domicilio. El conductor tuvo la suficiente perspicacia como para darse cuenta de que la cosa no estaba para fiestas y apagó la radio del coche, respetando el silencio del matrimonio sentado atrás y cogido de la mano.

En cuanto entraron por la puerta de casa, Amelia se hundió y desbordó la emoción contenida. Sentados en el sofá, Herrero trataba de consolarla acogiéndola entre sus brazos, acariciándole el cabello y limpiando las lágrimas que le corrían por las mejillas, sin saber qué palabras utilizar.

El ginecólogo, hombre capacitado, aunque poco empático, había llevado a cabo diversas pruebas. Finalmente, el matrimonio se había sentado frente al escritorio del médico y a conocer la sentencia. Había un porcentaje muy alto de probabilidades de que nunca pudieran tener hijos. Amelia tenía un problema de infertilidad. Por supuesto, las pruebas no eran concluyentes, pero era mejor que se fueran haciendo a la idea.

Herrero dejó de hacer caso a la explicación científica del médico y cogió la mano de su esposa. Amelia se mostraba absorta en la palabrería del ginecólogo, que apenas entendía:

—... para descartar algunas de las malformaciones más comunes se podría llevar a cabo una laparoscopia, intervención novedosa que yo, personalmente, no recomendaría, y también...

El subinspector apretó con fuerza la mano de su esposa. No conocía las técnicas y teorías que proponía el médico, pero solamente escucharlas ya resultaba desagradable. «Laparoscopia». Además, todas esas pruebas tendrían una finalidad meramente diagnóstica, ya que, según el especialista, tampoco existían tratamientos que pudieran ayudarlos.

Herrero, a pesar de su natural carácter flemático, acogió con tristeza la noticia. No le apasionaban los niños, pero sabía que tenerlos era la gran ilusión de su esposa. Él no tenía la culpa, nadie la tenía. No obstante, se sentía mal por no poder darle lo que ella más deseaba en el mundo.

El doctor había mencionado, sin gran convencimiento, pruebas adicionales y terapias novedosas que se comenzaban a aplicar en otros países pioneros en esos temas. También había comentado la posibilidad de una adopción.

Abrazado a su mujer en el sofá, compartiendo su pena, hasta el dolor de muelas le había dado un respiro. Sin embargo, el carácter sosegado de Herrero, una de las virtudes que la habían enamorado, de nada le servía en esta ocasión a Amelia para encontrar consuelo. Con la rabia propia de quien ve desvanecerse el sueño de su vida, sentía una necesidad irracional de que su marido mostrara una reacción más pasional.

Poco a poco dejó de llorar. Secándose las lágrimas y en un silencio funerario, se encaminó a la cocina para preparar la cena. Herrero puso la mesa y uno frente a otro cenaron, aunque apenas tocaron la comida.

Después de fregar y recoger los platos, Amelia parecía más entera. Incluso propuso salir para ir al cine, su gran pasión, como acostumbraban a hacer muchos viernes. Herrero acogió la propuesta con alegría, pensando que tal vez sirviera para animarla un poco, y la apremió para vestirse mientras él pedía un taxi y se ponía su mejor traje.

No obstante, los planes no salieron como esperaban. Ya en el trayecto en taxi hasta la plaza de Isabel II, más conocida como plaza de la Ópera, donde se encontraba el Real Cinema, Amelia miraba en silencio por la ventanilla del coche sin abrir la boca. De normal hubiera comentado lo bonito que era Madrid de noche, con la calle llena de vida, un tanto canallesca, lo que le encantaba, y habría dado su opinión sobre los atrevidos vestidos de algunas mujeres, acicaladas para la ocasión.

Había tenido que ser Herrero, oyente habitual, el que en esta ocasión se manifestara sobre lo bonitos y bien cuidados que estaban los jardines de la plaza de Oriente y las obras de la catedral de la Almudena.

La sesión de cine no había colaborado en mejorar los ánimos.

Para empezar, el NO-DO había tratado de la carrera del motociclista Ángel Nieto, recientemente proclamado campeón de España de nuevo. Otra de las noticias tenía que ver con un famoso torero, herido por asta de toro en la plaza de Zaragoza. Si al subinspector y a su mujer no les gustaba el motociclismo, las corridas de toros les provocaban abierta repulsión.

Terminado el noticiario, empezó la película. Aquella noche se proyectaba un film que pertenecía al género de la ciencia ficción, al que ninguno de ellos era aficionado. Herrero, resignado y entre miradas a su esposa y cariñosos achuchones en su brazo, no tardó en desconectar de la desconcertante trama.

Por lo poco que entendió, la película trataba de un joven granjero en un alejado planeta y de un malvado que hablaba de una manera angustiosa a través de una máscara y que vestía una especie de traje de samurái totalmente negro. Este antagonista asesinaba a toda la familia del granjero a bordo de una gigantesca nave. El chico, solo en su mundo, se juntaba con un anciano que, en una época de naves espaciales, luchaba con una antigua espada con una hoja de luz en vez de acero, y juntos combatían el mal contra una especie de planeta artificial al que llamaban «la Estrella de la Muerte».

Al final de la película, de nuevo en silencio, tomaron otro taxi que los dejó en casa y no tardaron en acostarse. Amelia, que no había abierto la boca en toda la tarde, apagó la luz y le dio la espalda. El subinspector se tomó el desplante con la calma y, después de darle un beso en la mejilla, se retiró al otro extremo del colchón para dejar que ella estuviera tranquila.

En aquel momento, Herrero miraba pensativo la cabina telefónica. ¿Era mejor llamarla e interesarse por ella o dejarla en paz? Aquella mañana se había levantado sigilosamente al comprobar que, por fin, su esposa había conseguido conciliar el sueño. Tras el aseo, y mientras desayunaba un vaso de leche templada con descafeinado, tuvo que salir corriendo para coger el teléfono antes de que el timbre la despertara. Con el encargo de Dávila para pasarse por el ministerio, abandonó el domicilio conyugal en silencio, dejando sobre su almohada un papelito con un corazón dibujado.

Decidió no molestarla. Un empleado de la Casa del Libro se disponía ya a abrir las puertas. Además, Amelia no era muy amante de hablar por teléfono. Sería mejor dejarla descansar y que fuera asimilando la situación. Al mediodía, cuando saliera de trabajar, la recogería y la llevaría a El Corte Inglés de la calle Preciados. Antes de entrar, almorzarían un cocido madrileño de los que tanto le gustaban en alguno de los bares de la zona y pasarían la tarde mirando ropa. Amelia le había dicho hacía ya tiempo que deseaba comprar una blusa que fuera a juego con una falda que le había regalado su madre. Tal vez aquello le levantara el ánimo.

Entró en la librería y se dirigió directamente a uno de los empleados, interesándose por un título. Al empleado no le sonaba de nada y preguntó al encargado, a quien el título tampoco le dijo nada. No obstante, prometió solicitar un ejemplar al almacén y, si el subinspector era tan amable de esperar un par de días, lo llamaría en cuanto le llegara. «¿Al teléfono del despacho? ¿Sí? Muy bien, a su cuenta».

Abandonó la librería, cruzó la calle, entró en el portal de la comisaría y saludó al portero, que ya se había quedado con su cara y no necesitaba identificación.

Subió a la primera planta por las escaleras, como siempre, ya que a los vecinos no les gustaba que los ajenos al edificio utilizaran el ascensor, algo a lo que los más veteranos hacían caso omiso, y caminó por los pasillos saludando a cuantos se cruzaban por delante.

Dentro de la oficina se escuchaban voces animadas y algunas risas. En el cristal de la puerta se recortaban varias siluetas, y se preguntó qué podría estar pasando. Abrió ligeramente la puerta y asomó la cabeza. En la oficina llena de humo había al menos una docena de hombres, la mitad de ellos fumando y la otra mitad encendiendo o apagando un cigarrillo. El subinspector reconoció en primer plano al comisario, don Santiago Avellán, al que el inspector jefe Dávila le reía las gracias. Repartida por la estancia se encontraba el resto de la brigada, incluido Montes, y también inspectores de otras brigadas, algunos de ellos que no conocía.

—¡Pablo! Pasa y acércate.

Herrero reconoció la voz del inspector veterano Pineda en medio de la humareda. Su tono distendido no tenía nada que ver con el de la tarde anterior, cuando habían comentado la supuesta relación entre el atropellado y la viuda asesinada.

Pineda se encontraba al lado de su escritorio. En una mano sostenía una taza, y en la otra, un marco de fotografía que mostraba orgulloso a otros dos tipos a los que Herrero había visto por comisaría, pero ignoraba a qué brigada pertenecían.

—Dime, Pablo —preguntó Pineda con alegría girando el cuadro para que pudiera ver la foto enmarcada—. Dime si has visto alguna vez una niña tan guapa.

Herrero echó un vistazo a la foto en blanco y negro. El busto de una niña con traje de comunión, la mirada angelical dirigida hacia el cielo, como si estuviera viendo a Dios en persona, las manos juntas en gesto de piadosa plegaria, el cabello recogido en una discreta trenza y una cadena al cuello con una cruz sobre el vestido blanco.

—Es igual que su yayo —comentó jocoso uno de los policías que acompañaban a Pineda.

—¡No me fastidies! —respondió el orgulloso abuelo fingiendo ofenderse y, girándose hacia Herrero, preguntó de nuevo—. ¿Es la niña más guapa del mundo o no?

—A mí me parece muy guapa —respondió el subinspector amablemente echando un vistazo a la fotografía.

En realidad, Herrero no le veía ningún tipo de atractivo. Le pareció una niña normal en la que no destacaba ningún rasgo especial.

—¿Y qué le regalaste? —preguntó el policía guasón.

—Una casita de muñecas y esa cadena que lleva en el cuello —respondió Pineda dejando la taza vacía sobre el escritorio—. Y la comilona corrió de mi cuenta, claro. Veinticinco invitados. Me he dejado las muelas.

—Todo sea por una nieta.

—Al menos mi hija Blanqui estaba de buen humor. ¡Que hay que ver el genio que gasta la madre de la criatura!

Herrero se sumó a las risas discretamente. Mientras disfrutaban, alegres, de la camaradería, los dos inspectores invitados vieron desfilar hacia la salida del despacho a su jefe y se apresuraron a dejar las tazas sobre el escritorio de Pineda y retirarse después de agradecer el ágape.

—¿A que es guapa? —volvió a preguntar Pineda encandilado y, dándose cuenta de la mirada que echaba Herrero en torno a la oficina, aclaró—. Es idea de Dávila. Un sábado al mes manda subir unos termos de café y unas porras de la cafetería de abajo e invita al resto del personal a cargo del erario público, aunque él intenta hacernos creer que sale de su peculio. Cree que este estilo de iniciativas mejora el ambiente entre compañeros.

Como si supiera que estaban hablando de él, Dávila, que hasta ese momento había estado departiendo con el comisario Avellán, quien ya se había retirado a su despacho, se les acercó.

—Enhorabuena, Paco. Una niña preciosa.

—Muchas gracias, José Antonio —respondió el experimentado inspector—. ¿Le ha gustado al comisario el café?

—¡Ya puede! —contestó Dávila resoplando—. Los de la cafetería me han dado un buen sablazo.

Pineda intercambió una mirada con Herrero mientras sonreía.

—Bueno, muchacho —dijo Dávila dirigiéndose al recién llegado y tomando el dosier recogido en el Ministerio del Interior que Herrero le tendía—. ¿Cómo lleva el aterrizaje en la brigada? ¿Aprendiendo mucho?

—Desde luego, señor.

—Va a ser un gran inspector, no lo dude —añadió Pineda dando una palmada amistosa en la espalda de Herrero—. Aún debe calmar ese ímpetu, pero llegará lejos.

—Debe estar orgulloso de que un ilustre veterano como Pineda hable en términos tan elogiosos de usted —aseguró el inspector jefe—. Por cierto, ¿dónde está su compañero, Montes? Estaba aquí hace un instante. Tengo interés en saber cómo va la investigación del caso de la señora Torrecilla.

En ese momento entró Montes, a quien el inspector jefe hizo un gesto para que lo acompañaran. Debía de venir del baño y aún se remetía la camisa dentro del pantalón. Arreglándose el nudo de la corbata, se dirigió hacia ellos sin poder esconder un gesto de desagrado al ver a Dávila acompañado de su joven compañero y en tan buenos términos.

—Voy a llamar a la cafetería para que retiren esto —dijo Pineda buscando una excusa para apartarse discretamente a su escritorio.

En la oficina ya se empezaba a dispersar el personal. Los inspectores de otras brigadas agradecían el desayuno y se disponían a regresar a sus despachos, dejando tazas y platos sobre una de las mesas vacías.

El inspector Martín Romero se sentó en su mesa y se concentró en sus informes, al margen de la conversación que mantenía Dávila con Herrero y Montes. Otro tanto hicieron Díaz y Garrido, la pareja joven de subinspectores, que habían intentado volverse invisibles ante la presencia del comisario Avellán.

—Le estaba preguntando a su compañero por el caso de la viuda del joyero —dijo Dávila fingiendo interés en el tema cuando se les unió Montes—. ¿Tenemos alguna novedad?

—Lo cierto es que sí —respondió este con una sonrisa de triunfo ignorando a Herrero—. Como sabe, Raimundo Martínez, el yerno de la víctima, siempre ha sido mi sospechoso principal. Bueno, pues he averiguado que el susodicho no tiene las manos tan limpias como asegura. No ha sido fácil, pero he conseguido descubrir que tiene problemas económicos y que, a espaldas de su difunta suegra, recepta joyas robadas que más tarde revende para cubrir los gastos de sus discretas visitas a pisos elegantes de alterne.

Herrero no dijo nada. Algo le decía que la información de Montes no dejaba de ser algún rumor pillado al vuelo, traído a colación para quedar bien ante el inspector jefe.

—Muy bien, Pascual. Parece una pista prometedora y que merece seguirse. ¿Cómo tienen pensado abordarla?

—Tenía intención de ir esta mañana a casa del matrimonio y hablar con él, a ver si consigo tirarle de la lengua.

—Me parece bien. Por ahora no tenemos demasiado, pero es posible que él mismo se delate y se ponga la soga en el cuello —dijo Dávila asintiendo como si ya viera el final del caso—. Llévese con usted al subinspector Herrero. Le vendrá bien ver en vivo cómo se aprieta a un sospechoso y se le saca la verdad. Buen trabajo, Pascual.

—Gracias, señor —respondió Montes, al que no le había hecho ninguna gracia la orden de hacerse acompañar por Herrero.

El subinspector no dijo nada y aceptó con estoicismo el oscuro horizonte que se abría ante él. Estaba convencido de que Montes había improvisado y que en realidad no tenía ninguna intención de ir a interrogar al yerno. Debía reconocer que le picaba la curiosidad por saber de dónde había obtenido su compañero la información, que, no cabía duda, de ser cierta, dejaba en mala situación al yerno de la víctima.

No obstante, esclavo de sus palabras, Montes se vería obligado a alterar sus planes sabáticos y visitar la casa de la hija de Torrecilla e interrogar a su sospechoso. Herrero dudaba mucho que de aquella entrevista saliera algo en claro.

Y, además, quedaba la visita por la tarde a El Corte Inglés. Aquel sábado no pintaba nada bien. Con calmada resignación, Herrero aceptó lo que le deparaba el destino, cogió su cartera de cuero y su abrigo y se dispuso a seguir a su antipático compañero.

A las once y veinte de la mañana, el inspector Pascual Montes y el subinspector Pablo Herrero estacionaban el Seat 124 de color azul oscuro sin distintivos frente al número seis de la calle Ibiza.

—Buenos días, caballeros —los saludó el portero, un tipo pequeño y enjuto al que le quedaba poco pelo para tapar el cráneo. Estaba enfrascado en el *Marca* del día anterior y se le veía ansioso por continuar la lectura y confirmar que las molestias que padecía el alemán Uli Stielike, al que él llamaba «Estilíque», no le impedirían jugar el siguiente partido—. ¿En qué puedo ayudarles?

—Brigada de Investigación Criminal —respondió en tono amenazador Montes, mostrando brevemente la placa oculta en la solapa de su chaqueta—. ¿El piso de los señores Martínez Andueza?

—Cuarto derecha —recitó de corrido el portero, firme al ver la placa de policía—. La señora está en casa. ¿Desean que la avise?

—No es necesario —contestó Montes dirigiéndose directamente hacia el ascensor, seguido por Herrero, que no había abierto la boca desde que salieron de la oficina.

Subieron hasta el cuarto mirando los dos al frente y, cuando se abrieron las puertas, Montes salió primero y tocó el timbre.

—¿Qué desean?

Herrero, detrás de su compañero, observó a la mujer que les había abierto la puerta: cerca de la cuarentena, alta y bien proporcionada. Tenía un rostro redondo, un tanto fofo, y los ojos castaños algo saltones. Iba sin maquillar y el cabello, cortado a media melena, lo llevaba suelto y sin arreglar. Vestía ropa cómoda y sostenía entre sus largos dedos un cigarrillo de rubio americano. No era guapa, pero sí una mujer de armas tomar.

—¿Señora Andueza? ¿María Pilar Andueza?

—Soy yo. ¿Qué desean? —repitió la mujer.

Se había dado cuenta enseguida de que aquellos dos hombres eran policías. La intempestiva visita un sábado sin avisar tal vez indicara algún resultado en la investigación del asesinato de su madre.

—¿Podríamos entrar? —inquirió Montes.

—Claro, disculpen —repuso la mujer permitiéndoles cruzar el umbral y cerrando la puerta, no sin antes echar un vistazo por si la vecina se asomaba. Con una escueta sonrisa los guio por un largo pasillo hasta la sala de estar.

—¿Está su marido en casa? —preguntó Montes aceptando el asiento que le ofrecían, una butaca de orejas tapizada con una tela estampada con flores. A Herrero le correspondió una esquina de un sofá de cuero marrón, poco mullido.

—Raimundo no está —explicó la señora Mariño, sentándose en otra butaca gemela—. Imagino que su visita estará relacionada con el asesinato de mi madre. ¿Hay noticias?

La mujer parecía más curiosa que angustiada o apenada. Tal vez la procesión fuera por dentro, pero aparentaba una calma que sorprendió un tanto a Herrero. El asesinato de su madre había sido de una crueldad inimaginable. No obstante, no daba la sensación de que le afectara en exceso.

El subinspector echó un vistazo a la estancia sobrecargada. Las paredes estaban cubiertas por lienzos con marcos pintados con pan de oro. Había varias butacas y otro sofá además del que ocupaban, una alargada mesa de madera labrada, barnizada en un tono oscuro con mantelillos de ganchillo, varios portafotos, algunas figurillas de porcelana y una alacena con puertas de cristal donde se exponía la vajilla.

La estancia estaba limpia y ordenada, pero daba la sensación de que nadie la usaba. Desde luego, hacía tiempo que nadie comía en aquella larga mesa.

La señora Andueza se integraba perfectamente entre aquellas paredes. Tanto su comportamiento como su vestido eran elegantes y ordenados, pero totalmente asépticos, desprovistos de cualquier particularidad. Quizá se tratase de una forma de autodefensa de una mujer que, por algún motivo, se mostraba recelosa y a la defensiva.

—Continuamos con la investigación —contestó Montes mostrándose evasivo—. Por eso queríamos hacerle unas preguntas a su marido.

—Está fuera —repuso la mujer apagando el cigarrillo en un cenicero de cristal que había cogido de la mesa. Reflejaba un malestar y tensión que desmentían sus movimientos educados y señoriales—. ¿Puedo ayudarles yo?

—¿Dónde se encuentra el señor Martínez?

—Se ha ido el puente a cazar a Huelva —explicó seca la señora Andueza, tratando un tema que claramente la incomodaba—. A un pueblo llamado Puebla de Guzmán. Unos amigos tienen allí una montería. ¿Hay algún problema?

Herrero se fijó en que la mujer no sabía qué hacer con las manos y, a falta del cigarrillo, apagado en el pesado cenicero lleno de colillas, optaba por frotarse una con el dorso de la otra, como si la estuviera limpiando de alguna mancha que solo ella veía.

—En absoluto —repuso Montes, dando a entender que sí que lo había—. Tan solo queríamos aclarar algunos detalles que nos permitan avanzar en la investigación.

—Pues si yo puedo hacerlo, estoy a disposición de ustedes —replicó Andueza quemando otro cigarrillo. La llama del elegante encendedor bailaba con el movimiento nervioso de su mano.

—¿Quién se encarga de hacer las compras en la joyería? —abrió fuego Montes, que esperaba encontrar con la guardia baja a la mujer para comprobar si estaba al tanto de la receptación de joyas robadas.

—Hasta ahora lo hacía mi madre —respondió la señora Andueza frunciendo el ceño ante la pregunta, pero sin mostrar

153

señales de alarma—. La joyería era de ella y, aunque ya estaba retirada, le gustaba tratar directamente con los proveedores. Conocía a la perfección el mercado y era muy respetada.

—¿Su marido, el señor Martínez, nunca ha comprado género? ¿O usted misma?

—Bueno, en los últimos tiempos hemos ampliado la oferta en el muestrario con bisutería, dado el bajón en ventas de joyas de alta gama —alegó Andueza cada vez más nerviosa, sin saber a qué venía la animosidad del policía—. Ese estilo de compras lo llevábamos a cabo nosotros, normalmente.

—¿Y siempre a los mismos proveedores?

—Casi siempre. Es un mundo en el que abundan los fraudes y hay que andar con mucho ojo. Se mueve mucho dinero.

—¿Y siempre lo hacen con facturas de por medio? ¿Alguna vez lo han hecho sin facturar?

—¡Desde luego que no! —se defendió la mujer, que se mostraba ofendida—. Disculpe, inspector, pero no entiendo a dónde quiere llegar.

El cigarrillo sujeto entre los dedos índice y corazón temblaba cada vez más. Herrero imaginó que, seguramente, Andueza mentía al decir que nunca compraba sin factura de por medio, pero eso no quería decir necesariamente que se hicieran con material producto de robo. Incluso podía resultar que, aunque fuera género robado, ellos no lo supieran.

—¿Quién lleva la contabilidad del negocio? —preguntó Montes ignorando las protestas.

—Hasta hace un tiempo lo hacía mi madre, pero últimamente me ocupaba yo.

—¿Su marido no tomaba parte? —preguntó Montes, sorprendido.

—Mire, inspector. La joyería era propiedad de mi madre. Ella nunca pudo ni ver a Raimundo. No es ningún secreto.

—¿No se fiaba de él?

La señora Andueza bufó sonoramente.

—Mi madre nunca se fio de nadie. Ni siquiera de su propio marido. Creen que la joyería era de mi padre y que ella siguió con el negocio a su muerte, ¿verdad? Pues no es cierto. Mi padre nunca tuvo ni idea de joyería ni le interesaba. Él ponía el nombre al frente del negocio. A mi madre nadie la hubiera respetado de saberse que ella era la propietaria.

—¿Tampoco se fiaba de usted? —preguntó Montes, frío ante la incomodidad de la señora Andueza.

—De nadie —repitió la mujer mientras apagaba el cigarrillo en el cenicero para rebuscar de nuevo en el paquete de tabaco, guardado en un bolsillo de su chaqueta.

—Así que entre su madre y el señor Martínez no había una buena relación —concluyó Montes echando el cuerpo hacia delante inquisitoriamente.

—Mi madre no tenía buena relación con nadie —respondió la mujer levantándose en busca de un paquete nuevo. Se encendió otro cigarrillo con manos temblorosas y añadió, dolida—: Todo lo contrario a mi marido. Él se lleva bien con todo el mundo —y repitió, tras dar una larga calada—. Con todo el mundo.

—¿Ha pensado usted, señora Andueza, en la posibilidad de que su marido esté de algún modo relacionado con lo ocurrido?

—¿Quién, Raimundo? —preguntó con una triste risotada y la mirada perdida más allá del ventanal—. No lo conocen, ¿verdad? Es un mindundi. No es lo suficientemente hombre para hacer nada parecido. Solo sabe derrochar el dinero con sus amigotes y sus amiguitas.

—¿Está al corriente de que su marido tiene problemas económicos?

—Claro que lo sé. Siempre ha sido un manirroto. ¿Por qué cree que son nuestras discusiones? Por el dinero. Siempre son por el maldito dinero. Llevamos una vida desahogada, pero no es suficiente para Raimundo. Nada le es suficiente.

El inspector Montes sonrió satisfecho, convencido de que, con aquellas declaraciones, la implicación del licencioso marido en el crimen quedaba meridianamente demostrada.

Herrero intuyó que su compañero se iba a dar por satisfecho con el resultado de la entrevista y que optaría por aguardar hasta el regreso del marido calavera para ajustarle las tuercas, así que se adelantó y preguntó con voz amable:

—¿Dónde está su hija, señora Andueza?

La mujer pareció despertar de un sueño, o tal vez de una pesadilla, y se volvió hacia el subinspector.

—¿Mi hija? En casa de sus abuelos, mis suegros. Los padres de Raimundo sienten pasión por la cría y suelen llevársela a la sierra algunos fines de semana.

Herrero asintió comprensivo, ignorando la mirada rabiosa de Montes que, como sospechaba, quería terminar y largarse.

—Permítame preguntarle. Cuando le tomaron declaración, usted hizo una relación detallada de los objetos que su madre guardaba en la caja fuerte.

—Así es.

—También ha comentado que no se fiaba de nadie. ¿Podría ser que en la lista de esos objetos que denunció hubiera otros de los que no tuviera usted conocimiento?

—No sé —respondió la mujer, confusa—. Tal vez. Mi madre era muy reservada con sus cosas.

—Claro —asintió Herrero, comprensivo, antes de cambiar de tema—. Una vecina de su madre, la señora Duval, nos contó que, unos días antes del crimen, su madre recibió la visita de un hombre mayor. ¿Tenía ella algún pariente o amigo?

—No, que yo sepa —repuso la mujer, calmándose con la voz balsámica de Herrero—. Sé que tenía alguna hermana, pero había roto las relaciones mucho antes de que yo naciera. Y dudo que tuviera algún amigo. Yo, al menos, nunca lo he conocido.

—¿No se relacionaba mucho?

—Ni mucho ni poco —contestó la señora Andueza agitando una mano en el aire—. Verá, mi madre era una mujer dura, ¿sabe? Realmente no sé mucho de su vida. Nunca me contó gran cosa, ni siquiera en vida de mi padre. Él era un hombre cariñoso, pero amedrentado por el carácter de su esposa. Creo que ni él llegó a conocerla.

La mujer hizo una breve pausa antes de lanzarse.

—¿Saben? Yo me casé con Raimundo solo para fastidiarla. Él era un joven muy apuesto y casquivano que tenía enamoradas a todas las chicas. Yo también estaba colada por sus huesos. Pero, si mi madre no lo hubiera despreciado tanto, creo que nunca me habría llegado a casar con él. Lástima no haberle hecho caso por una vez en mi vida.

Herrero esperó a que se asentara el poso de las indiscretas reflexiones personales antes de preguntar:

—¿Por qué vivían sus padres en un edificio destinado a oficiales del ejército?

—¿Cómo? —preguntó la mujer, que salió de su mundo ante la pregunta—. Sí, ya le he entendido. La respuesta es que no tengo ni idea. Nunca me he parado a pensarlo. Mi padre jamás perteneció al ejército. Tenía una afección respiratoria que no lo hacía apto para el servicio militar.

—Bueno, creo que eso es todo —intervino Montes cortando la conversación—. No se preocupe, señora. Daremos con los culpables de todo esto.

Sin esperar respuesta, el inspector se encaminó hacia la salida y abandonó la casa con un seco y policial «buenos días», seguido por Herrero, que se despidió de la mujer con una sonrisa amable.

Ya en la calle, Montes, rojo de ira, luchaba con la cerradura del Seat 124. Cuando consiguió abrirla, dijo por encima del techo del vehículo, mordiendo las palabras:

—Escucha, gilipollas. Que sea la última vez que te entrometes en mi trabajo. Soy yo el que lleva el interrogatorio, ¿te enteras?

—Pensé que ya había terminado y quería aclarar un par de cosas —respondió Herrero sin dejarse amilanar por la actitud agresiva de su compañero.

—Tú no tienes que aclarar nada, ¿estamos? ¿Qué te crees? ¿Sherlock Holmes? Ahora se agarrarán con uñas y dientes a ese tipo que según la cotilla de la vecina visitó a la vieja. Les has puesto un sospechoso en bandeja.

—Puede ser una pista interesante —repuso Herrero sin perder la calma.

—Mira, niñato —ladró Montes, a quien le salían perdigones de saliva con cada palabra—. Me paso tu academia de policía por el forro de los cojones. Como me vuelvas a tocar los huevos te garantizo que te vas a enterar.

Sin otra palabra, el furioso veterano se metió en el coche, arrancó y salió chirriando ruedas, dejando en la acera a Herrero con su cartera y el abrigo en el brazo. El subinspector, impasible, echó un vistazo a su reloj de pulsera. La una menos cinco. Ya no merecía la pena regresar a la oficina.

Sin inmutarse, echó a andar por Ibiza hacia el parque del Retiro, donde podría tomar el metro. Necesitaría estudiar el plano para saber qué combinaciones coger hasta su casa. A buen seguro tendría que hacer un par de transbordos antes de llegar a Carabanchel.

Llegó a casa pasadas las dos. Demasiado tarde para salir en busca de un restaurante. Además, Amelia, para estar ocupada en algo, había elaborado el menú habitual de los sábados: macarrones con chorizo, lengua en salsa y membrillo de postre. Con fingido ánimo sugirió que, con el dinero que se ahorrarían en el almuerzo, podría comprar un par de corbatas a su marido, que buena falta le hacían.

Herrero comió despacio, masticando con sumo cuidado para no despertar al monstruo agazapado en su boca. Incluso rebañó el plato entre calurosos elogios a la cocinera, a pesar de que la lengua en salsa no era de su agrado, ya que le disgustaba su textura.

Después de recoger la mesa tomaron asiento frente al televisor. Amelia, muy cansada, no tardó en cerrar los ojos, lo que el subinspector agradeció, ya que estaban emitiendo *Marco*, una lacrimógena serie de dibujos animados de un niño en busca de su madre. Con el estado de ánimo de Amelia, su reacción ante las penurias del pobre crío no habría sido muy feliz.

Tomó la carpeta con el expediente de la muerte de la monja y la dejó sobre la mesa, ya perfectamente limpia y con su mantelillo de ganchillo puesto. Antes de centrarse en su estudio decidió pasar por el baño.

Del armarito que colgaba sobre el lavabo cogió una bolsa con algodón en rama, desenrolló un poco y se lo llevó a la cocina, donde lo empapó en brandy, y se lo puso sobre la muela que lo atormentaba.

Confiando en que el licor actuaría pronto sobre el nervio, volvió al comedor, se sentó frente a la mesa, abrió la carpeta y se dispuso a estudiar una vez más el expediente relacionado con la violenta muerte de sor Teresa.

La instrucción era, cuando menos, extrañamente superficial. Unas pocas páginas donde se explicaba de forma enrevesada y confusa cómo podría haberse producido el incendio que había acabado con la vida de la monja, declaraciones tomadas a la madre superiora del convento y algunas otras monjas de la congregación, una inspección ocular escasamente detallada...

En realidad, lo único que parecía haberse llevado a cabo con profesionalidad era el informe de la autopsia, y eso era lo más llamativo, porque su lectura invitaba a pensar que las conclusiones del informe policial, basadas en el resto del expediente, eran erróneas.

En las diligencias se achacaba la muerte de la religiosa a un desafortunado accidente. En la reconstrucción de los hechos, se apuntaba a un descuidado manejo que la monja habría hecho del candil, a resultas del cual este se había caído al suelo, con la mala fortuna de empapar el hábito que sor Teresa vestía, convirtiéndola en una antorcha humana.

Por el contrario, la autopsia sugería que el fuego no había comenzado por las piernas, como debería de haber sido en el caso de que la parafina se hubiese desparramado al impactar el candil contra el suelo de la celda, sino posiblemente en la parte superior del torso de la monja. Así mismo, el grado de profundidad de las quemaduras y su gran extensión eran muy uniformes, algo extraño si las salpicaduras hubieran sido fortuitas, tal y como concluía la versión oficial.

En la lectura del informe forense, Herrero intuyó la sospecha del patólogo de que, en realidad, la monja había sido empapada con la parafina de arriba abajo de una forma intencionada, dejando en el aire si lo había hecho la propia religiosa o una tercera persona.

Había otros detalles poco claros como, por ejemplo, el de ese cura, el tal padre Javier, que había visitado a sor Teresa aquella misma tarde. ¿Quién era? ¿Por qué no estaba correctamente identificado? Nadie se había molestado en localizarlo e interrogarlo, un testimonio que para Herrero podría resultar clave.

Y qué decir de la declaración de la madre superiora de las clarisas, sor Lucía. Apenas unas líneas. Preguntas sin cuajo y respuestas escuetas, carentes del menor contenido. Según sor Lucía, la hermana fallecida había pasado un buen día, sin síntomas de fatiga especial o decaimiento. Al contrario, se había mostrado activa toda la jornada y, como ejemplo de ese ánimo, la superiora mencionaba la visita del sacerdote con el que sor Teresa compartía un amigo en común, del que había recibido un bonito libro, *Las cantigas de santa Clara*.

Habían encontrado el libro calcinado ¿A nadie le había llamado la atención su desaparición? ¿Por qué no lo habían encontrado? ¿Había ardido junto con la religiosa? Algo parecido había sucedido con el ramo de rosas que recibió la viuda del joyero, recordó.

La investigación de la muerte de sor Teresa correspondía al Grupo de Homicidios del sector Sur, no al de Herrero. No tenía ni idea de quién era el inspector Germán Melero, cuya firma rubricaba la instrucción, pero estaba claro que, por algún motivo, había tenido mucha prisa en cerrar el caso concluyendo que se trataba de «un desgraciado accidente».

Ríos Soria, Quesada Soria, sor Teresa... A Herrero se le antojaban demasiados accidentes inexplicables.

El subinspector tomó notas sobre algunas averiguaciones que podría llevar a cabo sin levantar demasiado revuelo, para tratar de arrojar un poco de luz a ese cúmulo de misteriosas muertes al que la propia policía parecía contribuir a echar tierra.

Pero no sería esa tarde. Amelia ya andaba por el piso y se estaba preparando. Con un suspiro de resignación, Herrero cerró la carpeta y se dispuso a vestirse. Le esperaba una aburrida tarde de compras.

O eso creía hasta que llegó al atestado centro comercial y escuchó el grito.

8

Sábado, 29 de octubre de 1977.
El Corte Inglés.
Madrid

—¡Pablito!

Herrero se giró en dirección a la animada voz. La había reconocido al instante. Proveniente de la quinta planta, bajaba por las novedosas escaleras mecánicas Antonio Oriol, compañero de Herrero en la Escuela de Policía.

Elegantemente vestido, como siempre, con el pelo cortado a la moda y su perenne sonrisa, lo saludaba de forma animada con la mano, sin importarle que la gente lo mirara con curiosidad. Oriol era consciente del magnetismo que ejercía sobre quienes lo rodeaban. Estaba dotado de una alta autoestima y destilaba seguridad en sí mismo por todos los poros. Nunca tenía problemas con ser el centro de atención, ni siquiera en unos grandes almacenes repletos de gente un sábado a la tarde.

A Herrero le caía bien su antiguo compañero. La verdad es que resultaba complicado no tomarle afecto, a pesar de aquella ruidosa jovialidad que le hacía sentirse a sus anchas entre la multitud, un tanto excesiva para Herrero, de naturaleza mucho más sosegada y discreta.

Aun teniéndole cariño, a Herrero le costaba confraternizar con Oriol y no solo por su exceso de sociabilidad. Su colega, además de alegre, desenfadado y buen compañero para las juergas, según aseguraban sus numerosos amigos, era un cotilla irrefrenable. Por si fuera poco, Antonio era hijo de Pedro María Oriol, un comisario provincial del Cuerpo General de Policía. Herrero intuía que el comisario era la fuente de la vastísima información que manejaba su hijo.

—Subinspector Herrero —saludó Oriol engolando la voz, sin importarle que la gente que atestaba los pasillos de la sección de confección femenina pudiera oírle.

—Hola, Antonio —devolvió el saludo Herrero en tono mucho más mesurado—. ¿Cómo estás?

—Bien, bien —contestó sonriendo y dando palmadas en la espalda de Herrero mientras miraba a la esposa de este.

—Mira, Amelia. Este es Antonio, compañero de promoción. Alguna vez te he hablado de él, ¿recuerdas?

Amelia sonrió e hizo un gesto como si lo recordara, aunque la verdad es que no estaba segura de haber oído hablar antes de él.

—A sus pies, señora —dijo Oriol con galantería—. Vaya, Pablo. No me habías dicho que tu esposa era tan guapa.

Amelia dio las gracias por la zalamería y enseguida se alejó para mirar una falda pantalón prendida en un colgador. La mirada de Oriol no le había gustado y prefería no ofrecerle mayor confianza.

—Bueno, Pablito, ¿qué tal te va en la brigada?

—Bien, no me puedo quejar. ¿Y a ti?

—Mucho trabajo —dijo Oriol, pese a que su bronceado lo desmentía. El hijo del comisario era conocido entre sus compañeros de promoción tanto por su afabilidad como por su escasa dedicación al trabajo—. Oye, he venido con mi señora de compras y ya me he aburrido. Le he dicho que me voy a tomar una caña. ¿Por qué no nos tomamos algo? Si esta preciosa dama no tiene nada que objetar, por supuesto.

La primera intención de Herrero fue la de rechazar el ofrecimiento. Había venido con Amelia para que se sintiera arropada y transmitirle que estaban juntos ante la mala noticia recibida. Por otra parte, la verborrea incorregible de su colega y su afición a saber cuanto sucedía a su alrededor quizá le pudiera ser de ayuda.

Amelia se percató de las dudas de su marido. Ella ya había decidido que ese conocido no iba a serle simpático. Además, quería probarse la falda pantalón y, como veía que había cola en los probadores, prefería quedarse un rato tranquila mirando ropa. Conociendo lo poco que le gustaban a su marido los bares, imaginó que su deseo de acompañar a aquel tipo impertinente tendría algo que ver con el trabajo.

—No os preocupéis por mí —dijo con una sonrisa, dando un beso a su marido—. Así aprovecho para ver alguna cosa.

Salieron a la calle y cruzaron por mitad de la plaza Callao, repleta de vehículos a esa hora, y recibieron bocinazos recriminatorios de varios. A Herrero, fiel cumplidor de las normas de tráfico y amante de semáforos y pasos de cebra, le disgustaban esas conductas, pero no dijo nada y fue tras Oriol, que caminaba con paso seguro hacia el callejón de Postigo de San Martín.

Tuvieron que abrirse paso entre la gente. Madrileños y visitantes aprovechaban el buen tiempo de finales de octubre para darse una vuelta y mirar escaparates.

—Venga, vamos a entrar aquí. Tienen unas tapas buenísimas.

Herrero siguió la estela de su compañero y entraron en la taberna. Camareros sudorosos atendían a la clientela que se agolpaba en la barra tratando de llamar su atención en mitad de una nube de humo. A Oriol, dotado de un don para aquellas artes, no le costó que uno de ellos lo atendiera, ante la indignación de otros clientes que llevaban rato aguardando su turno.

—Venga, vamos a sentarnos allí.

Herrero, sorprendido, se dio la vuelta. El local estaba lleno y todas las mesas ocupadas. Sin embargo, como si los estuvieran esperando, un matrimonio con un niño en brazos se levantó de una y ellos la ocuparon al instante.

Oriol extrajo un cigarrillo de un paquete, pellizcándolo con sus uñas impolutas, y lo encendió.

—Tú no fumabas, ¿no? No sabes lo que te pierdes. Estos son rubios americanos auténticos, traídos de estraperlo.

Mientras aguardaban a que el camarero les trajera las consumiciones, comenzaron a charlar, mentando a los compañeros de promoción. Como Herrero sospechaba, Oriol tenía información detallada de muchos de ellos y de sus destinos. Herrero no era curioso y las intimidades de los demás le traían sin cuidado, pero fingió prestar atención a los chismorreos.

El camarero apareció bandeja en ristre con una caña para Oriol, un descafeinado para Herrero, un cenicero sin colillas para llevarse el otro y una bayeta ya no demasiado limpia para repartir la suciedad por toda la mesa. A Herrero el denso humo del local le molestaba; en cambio, su compañero parecía encontrarse a sus anchas.

Oriol le habló de cómo le iba la vida. Estaba hasta las narices de su esposa y de buena gana la mandaría a paseo. De hecho, cada uno iba por su lado. La muy zorra tenía un amante, un profesor de gimnasia, actividad a la que se había aficionado, lo mismo que al que la impartía, aunque debía admitir que a él tampoco le faltaba donde «mojar el churro». Siguió casi diez minutos más desgranando su vida, hasta que de pronto cambió de tema y preguntó:

—Bueno, ¿y tú qué tal? ¿Has entrado con buen pie en la flamante Brigada de Investigación Criminal? ¿Cómo está el inspector jefe Dávila? ¿Le sigue perdiendo la fabada?

Oriol acompañó sus últimas palabras con una risotada.

Herrero no se extrañó de que Oriol estuviera al tanto de las intimidades de su grupo de homicidios. Al fin y al cabo, su padre, el comisario Oriol, había ocupado el cargo hasta la llegada de Avellán, el actual comisario. Ahora Oriol padre había ascendido y su querido hijo había sido destinado al Grupo de Robos, por supuesto en el sector Norte, el más solicitado.

—Imagino que ya habrás averiguado por qué lo llaman «Cuesco».

Herrero, que no conocía el apodo, se sintió incómodo con el rumbo escatológico que estaba tomando la conversación y forzó una sonrisa de circunstancias. Pero acababa de comprobar, en boca del irreverente Oriol, que los extraños efluvios que acompañaban al inspector jefe no eran algo ocasional.

—Dávila es un inútil —aseveró Oriol sin mostrar afectación por la evidente incomodidad de su colega—. Y no lo digo yo solo, ¿eh?

Herrero hizo un gesto que no le comprometía a nada. En realidad, él no conocía en absoluto a su superior y tenía curiosidad por saber qué opinión tenían de él en la jefatura.

—Un inútil, como te lo digo. Vamos, que si es inspector jefe no es porque sea buen mando, sino porque va chupando culos por ahí. Tu querido jefe es un incapaz, Pablo. ¿Sabes que en realidad no debía ser él quien dirigiera el Grupo de Homicidios, sino el inspector Francisco Pineda?

La noticia sorprendió a Herrero, algo que no se le escapó a Oriol.

—Como lo oyes. Pineda debería ser quien ocupara ese despacho. Imagino que ya lo habrás conocido, claro. Un gran investigador. Mi padre me ha hablado mucho de él. Tiene varias condecoraciones.

—Ah, ¿sí?

—La última se la dieron hace un par de años. Estaba fuera de servicio y vio entrar a un habitual en una farmacia con pinta de estar muy necesitado. Pineda se quedó al acecho a través del escaparate y vio cómo el yonqui sacaba un arma de la cintura. No lo dudó y entró en la farmacia pipa en mano. El tipo se giró empuñando su arma, una mierda de revólver.

Pum, pum. Dos disparos. Uno en el pecho y el otro en la frente.

—¿Dónde ocurrió?

—En Chueca. Menudo barrio. Allí se junta lo peor de cada casa. Marginales, bujarras, yonquis... A saber qué hacía Pineda por allí, pero el caso es que le salvó la vida a la farmacéutica, que aquel tipo estaba muy loco. Total, otra condecoración para tu compañero y una hoja de servicios para enmarcar.

Herrero se quedó en silencio asimilando la información. No se podía imaginar a su alegre compañero de trabajo pegando dos tiros a un delincuente. Entre tanto, Oriol aprovechaba para echar un buen vistazo a una atractiva joven que entraba en el local de la mano de su novio.

—¿Y por qué no ha ascendido?

—Falta de ambición —aseguró muy convencido Oriol, repitiendo sin duda la opinión de su padre, el comisario—. Está cómodo siendo inspector. Mira, cuando tuvo la oportunidad, todos daban por hecho que ocuparía la plaza que dejaba vacante el anterior inspector jefe de la brigada. Dávila se movió como una culebra y fue de despacho en despacho recordando cómo había servido al régimen, mientras que Pineda continuó en su escritorio ocupado en el trabajo de verdad, la dura y pura investigación.

Su antiguo compañero de promoción hablaba como si él fuera un dechado de virtudes y un amante del duro trabajo policial, pero a Herrero eso le traía sin cuidado.

—Al final, Dávila consiguió hacerse con el puesto y tuvo miedo de que algún día Pineda le pudiera echar en cara cómo había llegado a ocupar ese despacho, así que se lo intentó quitar de encima. Sin embargo, el comisario Avellán no lo permitió. Avellán tiene mucha confianza en Pineda y, si por él fuera, sería este quien se sentara en la silla de inspector jefe. Pero Pineda no se molestó ni porque le pisaran el ascenso ni porque Dávila se lo quisiera quitar de encima. Cuando Cuesco se dio cuenta de que Pineda no iba a ser un rival, y sabiendo que no iba a poder desembarazarse de él, decidió convertirlo en un aliado. Al fin y al cabo, Dávila no tiene un pelo de tonto y sabe que el trabajo de Pineda es el que da lustre a la brigada.

Herrero asentía mientras sujetaba en la mano la taza con el descafeinado.

—Por cierto, ¿qué tal se encuentra Pineda?

A Herrero la pregunta lo descolocó un tanto.

—Lo digo porque desde la muerte de su esposa ya no ha vuelto a ser el mismo.

Herrero confesó que desconocía que el inspector fuera viudo. En realidad, reflexionó, desconocía todo sobre él, a pesar de haber sido la persona con la que más había tratado de todo el grupo.

—Pues sí. Pineda antes era un tipo alegre, buen compañero. En su trabajo el mejor, eso es así. Pero cuando salía por la puerta, juerguista como el que más. Siempre dispuesto a tomar algo con los colegas, apuntarse a una cena y lo que se terciase.

Todo aquello no cuadraba con la imagen que Herrero se había forjado de él.

—Pero su mujer murió. De eso hace dos o tres años. Y lo que te digo: no ha vuelto a ser el mismo. Amable y buen policía, eso sí. Pero del hombre alegre y dispuesto a tomarse unas cañas a la salida del trabajo, ni rastro. Y es una pena, ¿eh? ¡Si oyeras las cosas que me ha contado mi padre de él! Lo tiene en gran estima. Ahora, ya lo ves. Una sombra de lo que fue —comentó.

—¿De qué murió su esposa?

Oriol suspiró, como si estuviera a punto de desvelar un gran secreto, y encendió otro cigarrillo.

—¿Quieres la versión oficial o la otra?

Herrero alzó las cejas sin entender a qué se refería su compañero.

—Según la versión oficial fue un cáncer lo que se la llevó por delante. Sin embargo, según las malas lenguas, se quitó la vida. Sobredosis de calmantes. Tal vez no podía más con los dolores o no soportó consumirse, quién sabe.

Oriol hizo un gesto de lástima y miró la punta de su cigarrillo.

—Al pobre hombre se le cayó el mundo. Encima, las relaciones con sus hijos se enturbiaron y ahora anda a palos con ellos. Lo que te digo, una auténtica pena.

—¿Tiene hijos? Sé que tiene una nieta, pero poco más.

—Pues sí, tuvo la parejita. Ella es enfermera y madre de una niña, la nieta a la que te refieres. El otro es Nacho, de la Policía Armada, que desde la muerte de su madre no se habla con Pineda. Y con su hija no anda mucho mejor. ¿Ves por qué no quiero tener hijos?

Herrero no dijo nada, pero la imagen de Amelia con los ojos llenos de lágrimas por no poder llevar a cabo la mayor ilusión de su vida se le apareció de golpe.

—Si es que son unos desagradecidos. ¿Sigue Pineda con Romero? Es un personaje curioso este. ¿Sabes que es ornitólogo? También tiene el título de abogado, pero nunca ha ejercido. Lo suyo son los pájaros. Quizá quería investigar los asesinatos cometidos por las palomas del parque del Retiro. —Oriol se rio de su propia gracia.

Continuó hablando del pausado inspector. Era un chorro de información, y en pocos minutos supo vida y milagros de Romero, con el que Herrero no había intercambiado muchas palabras, pero que al menos lo había tratado con amabilidad.

Después le tocó el turno a la pareja de jóvenes subinspectores, Díaz y Garrido, sobre los que confesó con gran pena no saber demasiado. Y para terminar con el apartado del personal del BIC, se refirió al compañero de Herrero, el inspector Montes.

—¿Y qué tal con Montes? No me lo digas. Fatal, ¿me equivoco? —Oriol hizo un gesto al camarero para que le trajera otra caña, tras echar un ojo al café casi sin tocar de Herrero—. ¿Sabes que Montes tiene una inmobiliaria?

Oriol disfrutó al ver la sorpresa reflejada en el rostro de su compañero de promoción.

—La tiene a nombre de su mujer, claro. Pero la lleva él. Su pobre esposa lo único que lleva son unos cuernos de tres pares de narices. El cabrón se tira a la secretaria. ¿Qué te parece? La empleada se acuesta con el marido de su jefa. Y ella lo sabe.

Sin salir de su sorpresa, Herrero se preguntó si esa información sería cierta y, de serlo, si sería conocida por su grupo de homicidios.

—En tu oficina lo sabe todo el mundo —afirmó Antonio, imaginando lo que cruzaba la mente de Herrero—. Pero, claro, nadie lo comenta. Montes es un tipo peligroso, ¿sabes? No conviene indisponerse con él. Aunque por la cara que pones me parece que tú ya lo has hecho. ¿Me equivoco?

Oriol se rio de buena gana y le dio un trago a su cerveza.

—Pues estate tranquilo. No lo verás mucho por la oficina. ¿Cuánto le queda para jubilarse? De cualquier manera, tiene un negocio muy lucrativo que atender. La venta de vivienda está creciendo como la espuma. El muy cabrón se está forrando.

—¿Lo sabe Dávila?

—¿Que si lo sabe? ¿Quién crees que le vendió el pedazo de piso que se gasta tu querido inspector jefe? También lo sabe el comisario Avellán. Pero nadie hará nada contra Montes. Le deben algunos favores. Ya sabes cómo funciona esto. Ahora todos esperan a que se jubile y santas pascuas.

—¿Conocías a Manuel Quesada? —preguntó Herrero cambiando de tema. No tenía pensado sacarlo, pero, viendo que Oriol sabía vida y milagros de mucha gente del cuerpo, quizá pudiera arrojar un poco de luz al motivo por el que no se había investigado a fondo la muerte del policía jubilado.

El gesto de rechazo que hizo Oriol mientras daba otro lingotazo a su consumición confirmó lo que había oído antes: el policía fallecido con el cráneo roto y abrasado con el aceite de la sartén no era muy apreciado.

—Un mal bicho, Pablo. Un mal bicho. Cobarde y rastrero. No lo conocía personalmente, pero mi padre lo tuvo a su cargo y no lo podía ni ver. No se ha perdido nada, créeme.

—¿Y el inspector que se encargó de la investigación sobre su muerte?

—Facundo Sanz. Lo conozco. Un buen policía. Trabajaba en tu brigada, ¿sabías? Cuando lo trasladaron al sector Sur, su lugar lo ocupó uno de tus nuevos compañeros. Ahora no recuerdo si Díaz o Garrido.

—Parece que se dieron mucha prisa en concluir que se había tratado de un accidente... —sospechó Herrero.

—¿Y qué otra cosa podría haber sido?

—¿Tenía enemigos?

—¿Patones? —exclamó Oriol sorprendido—. A patadas. Dentro y fuera del cuerpo. Muchos celebraron que la palmara. Pero tenía setenta y tres años. Nadie se iba a tomar la molestia de cargárselo, si es eso lo que piensas que pudo suceder. Era un tipo de esos que inspiran desprecio más que ganas de matarlo. ¡No me digas que lo estás investigando!

—He estado revisando ciertos casos que resultaban extraños —repuso Herrero sin entrar en detalles.

—¿Eso te ha encargado Dávila? —preguntó Oriol con ironía—. Pues olvídalo. ¡Joder! ¡Si ya son las siete! Mi mujer se va a cabrear. Tengo que irme, Pablito. Me he alegrado mucho de verte. Llámame un día de estos a la oficina y tomamos algo. Pero nada de esa porquería para enfermos que te has pedido, ¿eh? Venga, te dejo. Tengo que ir a pagar las compras de mi señora y llevarla a casa, que he quedado a las ocho y media con una chavala que conocí el otro día.

Herrero se despidió de su compañero, que ya salía por la puerta, se levantó de la mesa y se acercó a la barra para pagar las consumiciones. No había logrado averiguar mucho sobre el caso del policía jubilado fallecido. Tampoco había tenido tiempo de preguntar a Oriol si sabía algo sobre la investigación de la muerte de sor Teresa, carbonizada en el convento.

Pero al menos sabía un poco más quién era quién en su despacho.

Una inmobiliaria...

Domingo, 30 octubre de 1977

Sentado a la mesa del salón, de donde había retirado los adornos que tanto gustaban a Amelia y el mantel de ganchillo que protegía la madera de rayones, Herrero tenía ante sí, en cuidadoso orden, la serie de carpetas que se había traído del despacho en su cartera de cuero.

Acababan de llegar de misa de nueve. Amelia prefería ir pronto para que el día cundiera y le gustaba escuchar el sermón de don Pedro, el párroco de la iglesia de San Sebastián Mártir, en la plaza del antiguo ayuntamiento, a pesar del ceceo del cura.

Tras la misa habían vuelto a casa a desayunar. Luego saldrían a dar una vuelta por el parque de la Emperatriz María de Austria, el pulmón verde del barrio, y a tomar algo en una terraza, aprovechando que había quedado una buena mañana de domingo, algo fría, pero soleada. Mientras tanto, quería aprovechar para examinar la línea de investigación alternativa que se había marcado.

En una carpeta, las diligencias sobre el asesinato de la viuda del joyero, la señora Torrecilla; en realidad, el único caso que tenía asignado. En otra, el expediente del atropellado Ramón Ríos Soria, que, por el momento, y como hipótesis de trabajo, Herrero había establecido como primer asesinato de la serie.

Tenía pensado llamar al amable cabo de la Guardia Civil de Leganés, Enrique Bejarano, para preguntarle si disponían de novedades en la investigación del extraño accidente. Imaginaba que aún no habrían encontrado el vehículo ni el taller donde el conductor habría podido llevarlo para reparar los hipotéticos daños. El cabo le había asegurado que, de encontrar algo, Herrero sería el primero en saberlo.

También tenía el breve expediente de la extraña muerte en el convento de Santa Clara, donde, de manera inexplicable, sor Teresa había sufrido un accidente fatal al caérsele prendido el candil que estaba manipulando, algo que a Herrero le olía, precisamente, a chamusquina.

Decidió comenzar por el asunto del atropello. Descolgó el teléfono, marcó el número del cuartelillo de Leganés y preguntó por el cabo Enrique Bejarano. No estaba de suerte. El cabo entraría ese día a trabajar más tarde, pero accedieron a tomar encargo para que lo llamara a su casa a lo largo de la jornada.

Colgó y marcó otro número, en este caso el del domicilio del inspector Facundo Sanz, del Grupo de Homicidios de la sede Central.

Mientras hacía girar el dial marcando el número, Amelia hizo su entrada en el salón portando en una bandeja un tazón de café con leche y unas tostadas hechas con pan del día anterior pasado por la sartén, a las que había untado un poco de aceite y puesto unas lonchas de jamón, desayuno oficial de los días de fiesta.

A Herrero se le hacía la boca agua, pero aún estaba el tema de la muela. Con cuidado, dio un mordisco a una de las tostadas mientras aguardaba a que se estableciera la conexión.

—¿Quién es? —preguntó una voz femenina al otro lado de la línea.

—Buenos días. Soy el subinspector Herrero. Me gustaría hablar con el inspector Facundo Sanz, si fuese posible.

La mujer no contestó y pareció tapar el micrófono para gritar: «¡Facundo!». Enseguida, unos cuchicheos que Herrero no pudo descifrar, pero que parecían de extrañeza, antes de que una voz masculina se pusiera al aparato.

—¿Dígame?

—¿Inspector Sanz? Buenos días. Disculpe que le moles...

—¿Con quién hablo? —interrumpió.

—Soy el subinspector Pablo Herrero, del Grupo de Homicidios de la Brigada de Investi...

—¿Cómo ha conseguido este número?

La voz no se mostraba cordial en absoluto y amenazaba con pasar de la sorpresa por una inconveniente llamada al enfado por la intrusión en su vida privada, máxime en su día de fiesta.

Herrero tiró de toda su diplomacia para evitar que el airado inspector le colgara el teléfono y, después de volverse a disculpar, sacó el tema que le ocupaba: la muerte en extrañas circunstancias de Manuel Quesada, el policía jubilado que presuntamente había sufrido algún tipo de desvanecimiento y, en la caída, además de echarse por encima la sartén llena de aceite hirviendo con la que se estaba preparando la cena, se había golpeado la cabeza contra el suelo con fatales consecuencias.

—¿Quién ha dicho que es usted?

Herrero volvió a hacer uso de su flema para explicárselo de nuevo.

—¿Y qué es lo que quiere? —preguntó suspicaz el inspector, pensando que no podía existir un subinspector tan tonto como para molestar a un superior en su día de descanso, en su propio domicilio, con una investigación que ya estaba cerrada.

Por la mente de Facundo Sanz cruzaba el temor de que alguien con más rango hubiera ordenado a ese subinspector llamar a su casa por algún motivo desconocido.

—Verá, he estado leyendo las diligencias, inspector Sanz —explicó Herrero mirando con deseo las tostadas que se exhibían, tentadoras—, y quería preguntarle sobre unos detalles.

—¿Qué tipo de detalles?

—Según la versión oficial, la muerte de Quesada fue consecuencia de un desgraciado accidente doméstico —expuso.

—¿Y?

—Bien. Hace unos días estuve en el Instituto Anatómico Forense, adonde trasladaron el cadáver del señor Quesada, y allí me confiaron algunas dudas sobre si, tal vez, el accidente no se hubiera producido tal y como se había supuesto.

Al otro lado de la línea se hizo el silencio. Herrero se imaginaba al inspector Sanz a la defensiva ante la posibilidad de que se estuviera poniendo su investigación en entredicho. El que Sanz no hubiera terminado con la llamada ni mostrara curiosidad por lo que le tuviera que decir, sino tan solo una moderada alerta, le confirmó a Herrero que la investigación no había sido todo lo profunda que debería haber sido.

Herrero le habló de los surcos de quemadura provocados por el aceite hirviendo, cuya trayectoria, a su entender, parecía no coincidir con la que se podría esperar de haber caído la sartén sobre un cuerpo desplomado en el suelo.

—¿Puedo preguntarle qué pinta usted en este caso?

El tono de la pregunta era de clara irritación. Sanz aún no las tenía todas consigo sobre lo que se traía Herrero entre manos y quería asegurarse antes de mandarlo a paseo.

Herrero respondió con una versión no muy detallada sobre su interés en el caso antes de volver al tema de los surcos de aceite en la piel y en la ropa.

Señaló que la distribución de los citados regueros y la profundidad y gravedad de las quemaduras invitaban a pensar que, en realidad, el fallecido estaba de pie cuando le había caído el aceite hirviendo, lo que descartaría que la víctima se encontrara inconsciente, como apuntaba la versión oficial.

Sanz no se mostró demasiado interesado en la teoría. Adujo que la trayectoria de los regueros se dispersaba en diferentes direcciones y que no parecían orientarse hacia los pies, por lo que era perfectamente compatible con las conclusiones a las que había llegado la investigación.

—¿Sería posible, inspector, que alguien le hubiera arrojado la sartén a la cara? —preguntó Herrero sin ceder en su teoría.

—¿Cree que alguien le tiró el aceite? —preguntó Sanz, furioso, levantando la voz—. Eso es una estupidez. El piso estaba cerrado, no había indicios de que hubiera accedido nadie a la casa y todo indica que al desgraciado se le cayó la sartén encima cuando ya se encontraba en el suelo.

—Disculpe, inspector Sanz. Hay otro detalle que señala en otra dirección. En la autopsia que le realizaron al señor Quesada, el forense observó restos de aceite y pequeñas quemaduras en la laringe.

—Por supuesto —ladró Sanz indignado—. El aceite fue aspirado cuando se le cayó encima. Había perdido el conocimiento, pero seguía respirando. Es lo que ocurre en estos casos. Creo que debería saberlo. ¿O tal vez se perdió esa clase en la Escuela de Policía?

—Por supuesto que no, inspector. No obstante, resulta extraño que pudiera seguir respirando si con la caída se fracturó el cráneo, ¿no le parece?

Sanz no dijo nada y Herrero continuó.

—El caso, inspector, es que, cuando el forense le abrió la tráquea y los bronquios al cadáver, encontró unas pequeñas quemaduras que solo se podrían encontrar en esa zona si el sujeto respiraba agitadamente, como cuando una persona en estado consciente se abrasa con aceite hirviendo. Si el aceite se le hubiera caído encima estando ya muerto, no habrían encontrado señales de quemaduras en zonas tan profundas, ¿no lo cree así, inspector?

Ante el hosco silencio del otro lado de la línea, Herrero se apresuró a hacer algunas preguntas que aún tenía, temiendo que la conversación se acabara abruptamente.

—He examinado las fotos, pero no consigo apreciarlo con nitidez. ¿Las salpicaduras del aceite estaban dispersas por el suelo o en las paredes o concentradas sobre el cuerpo? ¿Y había marcas de resbalón en el suelo o aceite en las suelas de los zapatos?

—Escuche, no sé quién es usted ni qué es lo que pretende. Pero tenga por seguro que mañana mismo hablaré con su superior, el inspector jefe Dávila, al que conozco muy bien.

Herrero se tuvo que apartar el auricular del oído ante el golpe que el inspector, indignado, dio al colgar el aparato. Con un suspiro de resignación volvió a ocuparse de su desayuno abandonado. Las tostadas, ya frías, se habían empezado a endurecer. Magnífico para su muela. Dio un sorbo al café con leche. Afortunadamente, también se había templado un poco y pudo bebérselo sin ver las estrellas.

Terminado el almuerzo, Herrero presionó abstraído el dedo sobre las migas de pan tostado que quedaban en el plato y se las llevó a la boca. Por suerte, el lunes era puente y no tenía que volver a la oficina hasta el miércoles, pero que ese día Dávila le iba a echar una buena bronca quedaba fuera de toda duda.

Sin embargo, el subinspector era un tipo tenaz. Sabía que para hacer una tortilla era necesario romper unos cuantos huevos. Y, además, entre otras, poseía la virtud de centrarse en el presente, y la bronca pertenecía a un futuro incierto, así que no ocupaba lugar en su mente analítica.

La muerte de Quesada había sido atribuida a un accidente sin una investigación en profundidad. Lo mismo se podía decir de la muerte de sor Teresa, abrasada en el convento donde residía. A Ríos Soria, qué casualidad, lo había atropellado un vehículo que se había dado a la fuga, y falleció, sorprendentemente, en el hospital al que había sido trasladado.

¿Tenían alguna relación todas esas muertes? Al propio Herrero le parecía improbable. Pero lo cierto era que, cada vez que aparecía un nuevo indicio, apuntaba en el mismo sentido: alguien que asesinaba a ancianos y que lograba que sus muertes se archivaran tras una deficiente investigación, camuflándolas tras accidentes de tráfico, domésticos o atracos a domicilios.

Amelia se movía a su alrededor sin que el subinspector se diera cuenta, pasando una bayeta por los muebles. En los pies calzaba unas pantuflas de paño con las que, mediante enérgicos pisotones, iba sacando brillo al parqué del suelo. En la otra mano sujetaba un transistor donde escuchaba las noticias manteniendo el tono bajo para no desconcentrar a su marido. En ese momento, el comentarista estaba retransmitiendo lo que se sabía sobre el amotinamiento que la noche pasada había tenido lugar en la cárcel Modelo, en Barcelona. Al menos había una docena de presos heridos y dos centenares de celdas incendiadas.

Tras los datos sobre el motín llegaron otros sobre el número de personas que habían aprovechado el puente para desplazarse a lugares de descanso y el parte del tiempo, que repartía suerte diversa en los diferentes puntos del estado, junto a la actualidad deportiva.

El subinspector Herrero no prestaba atención a las noticias que llegaban de Barcelona ni a las concernientes al puente de Todos los Santos. Su cerebro cavilaba el siguiente paso que iba a dar. Le hubiera gustado acercarse al convento de Santa Clara para hablar con la madre superiora, pero, al ser domingo y carecer de coche propio, el desplazamiento con el servicio público le podía llevar todo el día, algo que a Amelia no le gustaría en absoluto.

Decidió probar suerte por teléfono. Tal vez resultara menos violento para la madre superiora hablar con él a través del aparato que cara a cara. En cualquier caso, era difícil que el resultado fuera peor que el obtenido con el inspector Facundo Sanz.

Dispuesto a afrontar el riesgo, levantó el auricular de nuevo y marcó el número de Información para que la operadora le facilitara el teléfono del convento. Dos minutos más tarde ya lo tenía apuntado a lápiz en su libreta. Descolgó de nuevo y giró el dial.

El aparato dio señal y Herrero dejó que sonara. Nadie contestó, y al final se cortó la llamada. Marcó el número otra vez. Sin suerte. Pensando que quizá a la tercera fuera la vencida, volvió a repetir el proceso y, como confirmando el dicho popular, en esta ocasión una voz contestó.

—Ave María Purísima.

—Sin pecado concebida. Buenos días, hermana. Desearía hablar con la madre superiora, si fuera posible.

—¿La madre superiora? —repitió la voz sorprendida. Sin duda no debían de tener muchas conversaciones telefónicas. Tal vez el aparato lo utilizaran exclusivamente para emergencias o asuntos de suma importancia para el convento—. ¿De parte de quién?

—Del subinspector Pablo Herrero, del Grupo de Homicidios de la Brigada de Investigación Criminal de Madrid.

—¿La policía? —preguntó la voz ya alarmada—. Espere un momentito.

Herrero se tomó la espera con calma. Esperar se le daba bien y, al contrario que a mucha gente, no le causaba ningún tipo de ansiedad. Ese don le había sido de utilidad en su día para conseguir que Amelia le concediera la primera cita.

—¿Quién es?

En esta ocasión la voz era de una mujer mayor y autoritaria.

—Buenos días, madre superiora —contestó Herrero con su tono más agradable—. Soy el subinspector Pablo Herrero y me gustaría hablar con usted, si pudiera concederme unos minutos, por supuesto.

—¿De qué quiere hablar?

—Es sobre la trágica muerte de sor Teresa...

—¿Cómo ha dicho que se llama?

—Subinspector Pablo Herrero. Pertenezco al Grupo de Homi...

—No sé si es consciente de que está perturbando la paz de un convento. Ya dijimos todo lo que teníamos que decir a la policía. El arzobispado se encarga de todo lo relativo a este desgraciado accidente. Somos monjas dedicadas al trabajo y la meditación. Le agradeceré que no vuelva a molestar.

De nuevo, el subinspector se tuvo que apartar bruscamente el auricular de la oreja por el golpe en la línea, ahora muerta. Aun siendo extremadamente difícil, aquella conversación había tenido todavía menos sustancia que la mantenida con el inspector Facundo Sanz.

Sin embargo, había notado que la llamada la había tomado por sorpresa, como si tuviera la firme certeza de que nadie iba a molestarla preguntando por el supuesto accidente. Y se había alarmado. ¿A qué se había referido la superiora al decir que el arzobispado se encargaba de todo lo relacionado con la muerte de sor Teresa?

Picado por la curiosidad, volvió a marcar el número del convento. Como había imaginado, comunicaba. ¿Estaba la buena madre superiora hablando con alguien sobre la inesperada llamada del subinspector Herrero? Recordando lo que le había costado a él establecer conversación con la congregación, parecía muy probable que así fuera. Algo le decía que, en una escala de broncas, el nivel de la que le aguardaba tras el puente había crecido exponencialmente.

Reflexionando sobre los motivos que podía tener la madre superiora para alterarse tanto por una simple llamada, se sorprendió mucho al escuchar el timbre del teléfono. ¿Era posible que las quejas ya hubieran llegado a oídos del inspector jefe Dávila?

Levantó el auricular aún caliente, expectante.

—¿Dígame? —contestó, intrigado.

—¿Subinspector Herrero?

—El mismo. ¿Quién es?

—Soy Enrique Bejarano, cabo de la Guardia Civil de Leganés.

—Buenos días, Enrique —dijo Herrero. Se había olvidado del cabo—. ¿Qué tal se encuentra?

—Bien, bien. Fastidiado por tener que trabajar en domingo, pero así es la vida. Le he telefoneado varias veces, pero comunicaba. Me han dicho que me ha llamado.

—Así es. Solo quería preguntarle si tenía alguna novedad sobre el coche que atropelló al señor Ríos Soria o sobre el taller adonde pudieron llevarlo a reparar.

—No he tenido suerte, subinspector. —La voz del guardia civil denotaba pesar—. Claro que el coche pudo ir a cualquier taller fuera de Leganés. He llamado a talleres de la provincia. Como puede imaginar, muchos Renault 5 han sido reparados. Algunos eran de color claro. Pero ninguno por daños compatibles con los que pudieran ser causados al atropellar a una persona. Me temo que va a ser como buscar una aguja en un pajar. Y eso dando por sentado que el coche tuviera daños. Tal vez no los tuvo, o no fueron significativos.

—Tal vez —repitió Herrero sin demostrar decepción. Sabía de antemano que resultaría complicado encontrar el coche con tan pocos datos—. Bueno, tendremos que buscar por otro lado. Le agradezco mucho su ayuda, cabo.

—Aguarde un instante, subinspector. No sé si le será de ayuda. El jueves pasado, al día siguiente de estar con usted, me acerqué a la Ciudad Sanitaria 1º de Octubre. Es una tontería, lo sé, pero quería averiguar si resultaría sencillo entrar en el servicio de urgencias y deambular por los pasillos.

—Gran idea —repuso Herrero, molesto por no haber pensado en ello—. ¿Y sacó alguna conclusión?

—Como le digo, pensé que era una tontería. Por supuesto, no es la primera vez que tengo que visitar el servicio de urgencias de un hospital por motivos de trabajo, pero siempre he ido de uniforme. En esta ocasión lo hice de paisano, y la verdad es que tenía la idea preconcebida de que sería sumamente fácil acceder y moverme por dentro sin despertar sospechas.

—¿Y no fue así?

—Pues no. Nada más entrar ya me interceptaron preguntándome a dónde iba. Contesté que acompañaba a un paciente, pero me obligaron a ir a recepción sin permitirme el paso. Pensé que la persona que usted busca tal vez tuvo suerte y pasó de alguna forma al interior, así que me identifiqué y me permitieron pasar. Sin embargo, una vez dentro, mientras me movía por los pasillos, volvieron a interceptarme y decirme que estaba prohibido andar por allí.

—Veo que son muy cautos —dijo Herrero reflexionando sobre las implicaciones de lo que acababa de oír.

—Eso mismo pensé yo, así que pregunté. Me contestaron que llevan tiempo sufriendo robos de material en la planta: jeringuillas, medicamentos y esas cosas. También ha habido robos en los vestuarios del personal, carteras, dinero, alguna joya de las enfermeras. Ya sabe, subinspector, los yonquis necesitan abastecerse.

—Claro.

—Pregunté si seguían produciéndose robos y la respuesta fue afirmativa. Se han reducido mucho, eso sí. Pero aún roban de vez en cuando.

—Así que todavía se les cuela gente. A menos que los ladrones trabajen en el propio hospital

—Así es, pero el personal con el que hablé me dijo que se trata de personas ajenas al centro sanitario, y que en alguna ocasión los han pillado cuando salían del vestuario o de una sala con material robado. Si ese tipo al que usted persigue existe, tal vez tuvo suerte y consiguió entrar. Supongo que mi pequeño experimento no es definitivo.

—Me temo que no. No obstante, ha hecho usted un gran trabajo. Si alguien accedió al servicio de urgencias, se arriesgó mucho. Por lo que usted me dice, o tuvo una gran suerte o...

—... algún medio para acceder sin despertar sospechas.

—Así es. Enrique, no sé cómo agradecérselo.

—Cuando todo esto acabe confío en que me pueda aclarar lo sucedido, subinspector.

—Pierda cuidado. Y muchas gracias de nuevo.

Herrero colgó el auricular, pensativo. ¿Cómo se entra en una sala de urgencias de un hospital sin levantar sospechas? ¿Trabajaba allí el asesino? ¿O simplemente conocía las rutinas y tenía una forma de justificar su presencia en aquel lugar?

Rematar a un anciano herido en la cama de un hospital, rodeado de personal que iba y venía. Un enorme riesgo, sin duda. Y eso significaba que el criminal no cejaría ante ninguna dificultad.

9

Lunes, 31 de octubre de 1977.
Oficinas de la Brigada de Investigación Criminal.
Madrid

—Ya está aquí —se limitó a decir Pineda, y colgó el teléfono.

Dos minutos después, la puerta de la oficina se abría bruscamente y el inspector jefe Dávila la cruzaba como un miura, sin molestarse en saludar.

—¡A mi despacho!

Herrero, que había proferido un educado «buenos días», se levantó. Montes, muy cabreado, fue detrás. Por culpa de aquel niñato se había quedado sin el puente de Todos los Santos. Pineda, con el que no iba la fiesta, también pasó al despacho.

—Inspector Montes —explotó Dávila con el rostro encendido—. ¿Me puede decir qué cojones está pasando?

—Señor, mi compañero no tiene culpa alg... —empezó a decir Herrero.

—¡Cállese! —rugió Dávila.

—Yo no tenía ni idea —dijo Montes encogiendo los hombros.

—Es cierto, señor. Yo...

—¡Le he dicho que guarde silencio! —gritó de nuevo Dávila dando un violento golpe con la mano abierta sobre su escritorio.

Herrero cerró la boca.

—Corríjame si me equivoco, inspector Montes —dijo Dávila tratando de contenerse—. Cuando se jubiló el inspector Caballero, usted y yo mantuvimos una conversación en este mismo despacho. ¿Recuerda lo que le dije?

—Sí, señ...

—Le dije que a usted le quedaba también poco para jubilarse, ¿no es cierto? Un final digno para una buena carrera policial. Un descanso merecido. Pero también le dije lo que esperaba de usted hasta entonces, ¿lo recuerda?

Montes se abstuvo de tratar de contestar al ver que no serviría para nada, se limitó a lanzar una mirada de odio a Herrero. Aquel cabrón se iba a enterar.

—Le avisé de que tendría que ocuparse de un inexperto subinspector recién salido de la academia. ¿Recuerda cuál fue su respuesta?

—Le dije que me haría cargo.

—Me *prometió* que se haría cargo —corrigió Dávila—. «No se preocupe, José Antonio. Le quitaré la tontería de la cabeza y lo convertiré en un buen policía». Esas fueron sus palabras.

Pineda, a un costado de la mesa, trató de reprimir una sonrisa.

—Dígame, inspector Montes: ¿diría usted que su compañero se está convirtiendo en un buen policía?

—No es mi culpa, señor. Le he dicho mil veces lo que debe y no debe hacer. Pero él hace lo que le viene en gana. Es un prepotente y se cree que lo sabe todo.

Herrero no se alteró y siguió en silencio.

—Su joven compañero ha molestado a muchas personas. Personas muy influyentes. Personas que tienen cosas más importantes que hacer que andar respondiendo a los desagradables interrogatorios de un subinspector, ¿no le parece?

—Desde luego, señor.

—¿Y qué ha hecho usted al respecto, inspector Montes?

—Desconocía sus actividades, señor. Le dejé bien claro cuál era su labor.

—Se suponía que usted debía encargarse de supervisar la marcha de la investigación sobre el asesinato de la señora Torrecilla —recordó, crispado.

—En eso estaba.

—Ah, ¿sí? ¿Y cómo ha podido ocurrir que su compañero haya estado molestando un domingo a personas distinguidas y cuestionando la labor de inspectores reputados sin que usted se enterase?

—Llevaba el hilo de la investigación confiando en que mi compañero se aplicaba a las tareas señaladas.

—Inspector Montes —ordenó Dávila señalándose el rostro—. Míreme bien a la cara. ¿En algún sitio ve algún letrero en que ponga «tonto»?

—No, señor.

—¡Pues claro que no! —gritó Dávila poniéndose aún más colorado—. Pero usted parece que lo cree así. Igual debería dedicar más tiempo a investigar y dejar la venta de pisos para cuando se jubile.

Montes se quedó lívido ante el exabrupto.

—Bien, vamos a dejar este asunto por el momento —dijo Dávila rebajando el tono al darse cuenta de que había metido la pata al admitir conocer las actividades extralaborales de Montes—. Bueno, subinspector Herrero, creo que le toca a usted.

El subinspector no se movió del sitio.

—No sé qué se ha creído usted qué es esto —dijo Dávila chirriando los dientes—. Tal vez sean esas películas americanas que ven ustedes los jóvenes las que le han hecho creer que se puede ir molestando a diestro y siniestro, a la vez que saltarse las normas, los escalafones y las órdenes.

Dávila miró a Herrero. Si por él fuera, le abriría un expediente para que lo echaran del cuerpo. No obstante, sería difícil de explicar cómo un recién licenciado de la academia se pasaba todas sus órdenes por el arco del triunfo y dejaba la autoridad de su jefe por el suelo.

—Por fortuna para usted, me gusta ser justo y cuidar de mis hombres como antes lo hacía de mis compañeros, algo que usted parece no entender en qué consiste. Por tanto, le voy a permitir que me explique el motivo de sus desvaríos. Tenga presente que se está jugando su carrera, así que no pretenda colarme un cuento chino. Llevo muchos años en esta profesión y soy capaz de darme cuenta de cuándo están tratando de llevarme al huerto.

Pineda miraba expectante a Herrero temiendo que repitiera la conversación que habían mantenido días atrás, lo que terminaría de cavar la tumba del inexperto subinspector.

Con calma, Herrero fue desgranando los pasos dados en la investigación de la viuda del joyero. Su conversación con la vecina y cómo esta lo había llevado a otra muerte repentina, en este caso la del señor Ríos Soria, atropellado por un vehículo que se había dado a la fuga, del que aún no se conocía su identidad.

Expuso, de manera sucinta, sus sospechas de que ambas muertes estaban relacionadas y cómo esto lo había llevado a examinar otras muertes en extrañas circunstancias, topándose con las del policía jubilado Manuel Quesada y la de sor Teresa en el convento de Santa Clara, entre otras más que había terminado descartando.

—Un asesino en serie —dijo Dávila echando el peso del cuerpo hacia delante y pasando la mirada de uno a otro de los presentes, como si no pudiera creer lo que estaba escuchando.

Pineda había dado un paso atrás y se masajeaba con una mano las órbitas de los ojos, temeroso de la onda expansiva.

—Aún no tengo pruebas, señor —añadió Herrero, sin perder la compostura—. Sin embargo, creo que todas estas muertes están relacionadas.

—Porque todos los finados tienen una edad similar...

—Ese sería uno de los indicios, señor.

Pineda movió la cabeza de un lado a otro discretamente, sin dar crédito a la estrategia del joven subinspector, que lo iba a llevar directamente a la cola del paro. Mientras, Montes observaba con satisfacción cómo se cerraba el nudo corredizo en torno al cuello de su joven compañero.

—¿Qué le parece, Pineda? —preguntó Dávila dando un golpe con la mano sobre el escritorio—. Tenemos aquí a Colombo y no me había enterado. ¿O tal vez se trata de Kojak? Colombo tiene mucho pelo, algo que le falta a nuestro intrépido detective. Al igual que el buen juicio.

Pineda se abstuvo de responder y miró compasivo al objeto de las burlas.

—Escúcheme bien, subinspector. Estamos en España, no en una serie de televisión. Puede que en los Estados Unidos tengan maniacos a los que les está permitido matar a diestro y siniestro. Allí todos van armados, es un país sin historia. Pero aquí somos españoles. Nadie va armado y a los criminales se los persigue y se los mete en la cárcel, ¿me explico?

Herrero asintió, sin desvelar su desacuerdo.

—Su deber es ajustarse a las órdenes —el tono del rostro del inspector jefe iba cambiando de rojo a granate—. Viene usted de la academia de policía, donde les llenan la cabeza de grandes ideas y, con su juventud, cree que va a revolucionar la ciencia policial, pero eso no va a ser así.

Dávila hizo una pausa para tomar aire.

—¿Sabe usted qué es la navaja de Röntgen?

El subinspector prefirió no corregir a su superior, que estaba confundiendo al descubridor de los rayos X con Guillermo de Ockham, el monje franciscano al que seguramente se refería.

—Veo que le suena. Bien. Entonces lo recordará: «En igualdad de condiciones, la explicación más sencilla suele ser la más probable». Así es este trabajo.

Herrero asintió de nuevo, evitando corregir a su superior por la errónea interpretación de la famosa teoría.

—Limítese a cumplir con su cometido. No quiero volver a recibir la llamada de ningún superior suyo en grado, con una reconocida trayectoria en el cuerpo, quejándose porque se esté cuestionando su labor, y mucho menos cuando me enorgullezco de haberlo tenido bajo mi mando y de contarlo entre mis amigos. No más llamadas del arzobispado preguntando sobre el motivo por el que la Policía molesta a una congregación de monjas y trata de enfangar su retiro espiritual. ¿Le queda claro?

—Sí, señor.

—De acuerdo. Tenga bien presente que esta es su última oportunidad. Me tengo por comprensivo y abierto a escuchar a mis subordinados, pero todo tiene un límite y usted lo ha traspasado con creces. Una nueva queja sobre usted y abandonará este despacho *ipso facto* con mi recomendación para que le expulsen del cuerpo. Creo que no podrá decir que no se lo he avisado. ¿Nos entendemos?

—Sí, señor.

—A partir de este mismo instante, usted formará equipo con el inspector Pineda y Montes pasará a hacerlo con Romero. Obedecerá las órdenes de Pineda como si de las mías propias se tratara. Con prontitud y pulcritud.

Herrero seguía mirando al inspector jefe, pero pudo ver cómo el rostro del que durante esa semana había sido su compañero entraba de nuevo en ebullición. Romero era un buen policía con dedicación a su trabajo y, con él de compañero, no se podría escaquear como acostumbraba.

—Una última cosa le voy a decir —dijo el inspector jefe apuntando con un dedo acusatorio a Herrero—. Ha dejado usted en muy mal lugar a su compañero. Eso es algo que no puedo perdonar: la falta de compañerismo. Somos policías y el compañero es sagrado. No sé si se lo han enseñado en la academia, pero eso es el abecé del manual del buen policía. Por un compañero se deja uno la vida si fuera preciso, y más aún si se trata de un veterano. Grábeselo a fuego en la cabeza.

Herrero asintió.

—Ahora vuelvan a su trabajo —ordenó Dávila dando por terminada la reprimenda—. Pineda, quédese un momento.

Montes no necesitó más para abandonar el despacho. Herrero lo siguió y observó cómo su ya excompañero recogía la chaqueta del respaldo de la silla donde la tenía colgada y, con ella bajo del brazo, salía en tromba de la oficina dando un portazo a sus espaldas.

Sin conocer el alcance que suponía el cambio de equipo, Herrero optó por sentarse en su antigua silla y aguardar acontecimientos. Ignoraba si seguiría con el caso de la viuda del joyero o se incorporaría a los casos que llevaban Pineda y Romero.

Diez minutos más tarde, Pineda dejaba el despacho del inspector jefe Dávila. Su rostro reflejaba seriedad y una mirada de paternal reconvención cuando se dirigió a Herrero, que lo observaba expectante:

—¿Bajamos a tomar un café?

Sin aguardar respuesta, el veterano cogió la chaqueta y se la puso mientras salía por la puerta de la oficina, dando por hecho que Herrero lo seguiría.

Bajaron las escaleras. En el portal, Pineda intercambió unas palabras sobre la marcha con el portero acerca de la posibilidad de lluvia para aquella tarde y salieron a la calle girando a la derecha. Al pasar por el quiosco de prensa, el quiosquero saludó a Pineda levantando un puño sonriente.

—Es del Atlético —dijo él como toda explicación devolviendo el saludo.

Herrero se imaginó que el equipo colchonero habría ganado su partido, pero no dijo nada. En la esquina, dos conductores enzarzados en una discusión por un golpe sufrido entre sus vehículos elevaban el tono conforme avanzaba.

Pineda los ignoró y se adentró en la calle Chinchilla con paso fatigado hasta llegar a una taberna en mitad de calle.

—Buenos días, Manuel. Un par de cafés, si eres tan amable.

—Buenos días, Paco. ¿Qué? ¿No ha tocado puente?

Herrero tomó asiento en una mesa y esperó pacientemente. La mesa de forja negra con tablero de piedra blanca veteada cojeaba ostensiblemente, y el subinspector calibró la posibilidad de calzarla con un par de servilletas bien dobladas, pero al final decidió que la conversación posiblemente sería corta y no sería necesario.

En la barra, Pineda y el tal Manuel, un hombre gordo y calvo, con un gran mostacho y la camisa blanca remangada, conversaban en un tono despreocupado mientras la cafetera filtraba el café.

Herrero los observaba tratando de imaginar al veterano inspector entrando en una farmacia al grito de «Alto, policía» y descerrajando dos tiros a un atracador que había escogido un mal momento para hacerse con el dinero y unos medicamentos con los que aplacar su adicción.

—La has montado buena —dijo Pineda llevando los cafés en equilibrio hasta la mesa—. Dávila está que trina.

El inspector no había preguntado qué quería tomar Herrero y había pedido café solo para ambos. A su nuevo compañero no le sentaba bien el café. Le alteraba el ánimo y el sueño. Además, estaba el tema de la dichosa muela que le latía con un dolor sordo. No era buena idea irritar aún más el nervio con la cafeína.

—¿Cómo se te ocurrió la brillante idea de llamar a Sanz un domingo por la mañana para preguntarle aspectos de una investigación que llevó a cabo? —preguntó Pineda con tono amistoso meneando la cabeza como si no pudiera dar crédito—. ¿De verdad pensabas que accedería a discutirlo contigo? ¡Si estabas poniendo en entredicho su labor!

—No puse en entredicho su trabajo.

—Pero lo insinuaste. Sanz tiene los huevos pelados como para que un novato subinspector lo moleste un domingo y le pregunte si había marcas de resbalón en la cocina de un domicilio donde se ha encontrado un cadáver, o si las salpicaduras de aceite estaban dispersas por el suelo y las paredes.

Pineda echó el cuerpo para delante, apoyando el peso sobre los codos y estos sobre la tambaleante mesa, pero enseguida tuvo que recular ante el peligro de volcarla.

—No me puedo creer que seas tan inocente —dijo Pineda realmente sorprendido, echando una mirada ansiosa a los ocupantes de otra mesa que se habían encendido un cigarrillo.

—He estudiado el expediente y creo que hay muchas lagunas en la investigación.

—Puede que sí o puede que no —respondió Pineda encogiéndose de hombros—. Pero no te corresponde a ti juzgarlo, ¿no crees? En cualquier caso, estarás conmigo en que no era la mejor manera de conseguir que Sanz hablara contigo sobre el tema.

Herrero se encogió de hombros sin dejar de mirar la taza.

—Quesada era un tipo desagradable. Un rastrero al que le gustaba babear a las mujeres, tanto si estaban casadas como si no. Ni sus antiguos compañeros han lamentado su desaparición. Pero era un donnadie, incluso cuando aún lucía su flamante placa. ¿Quién podría querer su muerte, hasta tal punto de montar todo un escenario para que pareciera un accidente tan complicado?

El subinspector no contestó nada. Sin duda Pineda tenía razón, pero lo mismo se podía decir del anciano atropellado. El asesino tendría sus razones.

—¿Y qué me dices de la monja? —preguntó Pineda sorbiendo un poco de su taza—. Por cierto, el viernes, cuando estuvimos hablando, no me comentaste nada de sor Teresa. ¿También crees que alguien se coló en el convento de clausura, llegó hasta la habitación de la pobre monja y la mató?

—Me parece más creíble que un accidente quemándose a lo bonzo.

—No intentes ir de listo conmigo, Pablo —repuso Pineda, poniéndose serio como con un hijo díscolo—. Sé que has considerado la posibilidad de un suicidio. A mi entender es lo que sucedió, pero sabes tan bien como yo que la Iglesia no podría admitirlo jamás. ¡Una monja que se inmola! Ni siquiera podría ser enterrada en tierra santa. Sería un escándalo inasumible.

—¿Por eso se han dado prisa en llamar a Dávila? ¿Porque eso es lo que creen que sucedió?

—A Dávila no —respondió Pineda mientras hacía un gesto con la mano señalando el techo del local—. Al señor ministro y, de ahí, bajando por el escalafón, hasta el comisario Avellán, que ha tenido una conversación con nuestro querido jefe y le ha preguntado quién cojones era ese subinspector que llamaba a un convento para interrogar a la madre superiora. Como comprenderás, a Dávila no le ha gustado un pelo.

Pineda echó otra mirada de envidia a la mesa de al lado, donde se encendían una nueva ronda de cigarrillos para acompañar una ardorosa disputa sobre la pasada jornada de liga.

—Si has contemplado la posibilidad del suicidio, como estoy seguro de que has hecho, ¿por qué piensas que tampoco es la correcta? ¿Crees que una monja no puede tener motivos para quitarse la vida solo porque es una religiosa?

—Imagino que puede tener los mismos motivos que cualquier hijo de vecino —repuso Herrero alzando las cejas—. ¿Pero quién se inmola a lo bonzo?

—¿Los bonzos?

Herrero sonrió por primera vez ante la respuesta.

—Quiero decir que hay muchas formas de suicidarse. Sor Teresa podría haber abierto el ventanuco de su celda y arrojarse al patio. Desde esa altura y con su edad, la caída hubiera resultado fatal. Podría haber ingerido matarratas. A buen seguro no faltará en un convento. Abrirse las venas con un cuchillo. No sé. Algo menos trágico que prenderse fuego.

—¿Sabías que esa monja tuvo un pasado muy turbio? —preguntó Pineda apurando la taza—. Niños robados y vendidos a familias de bien.

—Eso podría ser un buen móvil para asesinarla.

—Desde luego —convino el veterano inspector dejando la taza sobre el platillo—. Pero sor Teresa tenía un carácter egocéntrico y narcisista. He leído su expediente. No te molestes en buscarlo. Me lo ha dejado ver un antiguo compañero de la Brigada Político-Social. Tu monja estaba muy acostumbrada a llevar la voz cantante. Tenía grandes aspiraciones. Y, sin embargo, alguien decidió que resultaba peligroso dejarla seguir campando a sus anchas y la encerraron. Ella, obviamente, no se lo tomó nada bien. Sería un buen motivo para el suicidio, ¿no te parece?

—¿Todo eso es cierto? —preguntó Herrero, sorprendido por la información.

—Así lo asegura su expediente. Al menos, lo de su oscuro pasado y poder dentro de la Iglesia es de dominio público. Hace tiempo que está en el punto de mira de los periodistas por sus actividades en una clínica de Madrid de la que era directora. Su nombre ha salido hasta en la televisión. Está claro que la sacaron de la circulación para echar tierra al asunto del robo de recién nacidos.

—¿Os apetecen unos huevos con atún y mayonesa? —interrumpió el camarero acercándose con una bandeja de tapas recién hechas.

—No, gracias, Manuel —repuso Pineda dándose unos golpecitos en el estómago como si estuviera lleno—. Acabamos de desayunar.

—Pues nadie lo diría. ¿Qué estás, haciendo régimen? Te estás quedando en los huesos.

El camarero se volvió a la barra con la bandeja, dejando que Herrero diera vueltas en la cabeza a lo que Pineda había revelado. Nunca había oído hablar de sor Teresa, aunque sí del tema de los niños robados durante el franquismo. Ciertamente, una persona que hubiera ocupado un puesto de semejante responsabilidad, acostumbrada a hacer su voluntad, debería de sentirse como un león enjaulado en un convento del que no podía salir.

—¿Y qué hay del cura que la visitó esa misma tarde?

—¿Qué hay de él? —preguntó el veterano encogiéndose de hombros.

—Según aparece en el expediente, un sacerdote la visitó horas antes de su muerte. Una curiosa coincidencia.

—Sin duda. Pero la madre superiora vigiló toda la conversación. Según afirma, no se conocían entre ellos, sino que tenían un amigo en común. La charla debió de ser superficial, incluso aburrida. Después de eso, el cura se marchó del convento y allí solo quedaron las monjas.

—Pero ¿por qué nadie ha intentado interrogarlo? ¡Ni siquiera se conoce su identidad!

—Han descartado que mantenga ningún tipo de relación con lo ocurrido. Fue una visita insustancial; el cura se marchó del convento y al día siguiente salió del país. No quieren airearlo más. Indagar sobre él significaría que hay algo extraño detrás del *accidente* de la monja.

El subinspector no pudo sino reconocer la lógica de su veterano compañero, pero no se terminaba de convencer.

—Entonces, ¿la tesis del suicidio es la que defiende el arzobispado?

—Como comprenderás, no lo han reconocido así o, al menos, no nos ha llegado con semejante claridad. Pero está claro que no tienen dudas.

—Y una investigación en profundidad podría levantar ampollas...

—No solo eso —dijo Pineda marcando un suave ritmo con la cucharilla sobre el tablero de piedra de la mesa—. También podría atraer la atención de la prensa sobre el personaje de sor

Teresa. Nadie quiere remover aquella época. Ya sabes, con la Iglesia hemos topado, querido Sancho.

—Aquí paz y después gloria.

—Tú lo has dicho.

Los dos policías guardaron silencio. Herrero cavilando para sus adentros y Pineda aguardando con calma que las palabras fueran calando en el ánimo del joven subinspector.

—Bueno, pues parece que queda claro —concluyó Herrero con un suspiro de resignación.

—Eso parece —convino Pineda, que, perro viejo, no se tragaba la aparentemente sencilla rendición de su nuevo compañero.

El ruido de cristales rotos atrajo la atención de los dos policías. Un camarero había resbalado con una mancha de grasa y había tirado la bandeja donde llevaba unas cañas. Manuel, tras la barra, hizo un gesto de contrariedad y hartazgo. Enojado, salió armado con una escoba y el saco de serrín mientras el causante del desastre se justificaba maldiciendo.

—Pues nada —concluyó Herrero alzando los hombros—. Otro suicidio más.

—¿Sabes cuántos suicidios diarios se producen en España? —preguntó Pineda sin molestarse por el comentario cáustico—. Sin contar los que se quedan en grado de tentativa.

—Cuatro —afirmó resignado Herrero apretándose los ojos con los dedos pulgar e índice.

—Esa es la cifra oficial. La que se da a la prensa para no desanimar a la población —respondió Pineda sin dejarse engañar—. Tú sabes que son casi el doble. La muerte de la monja ha sido en octubre, mes en el que ha habido más de doscientos suicidios. El de sor Teresa es uno más entre doscientos, Pablo.

—Bueno. ¿Y ahora qué?

—Pues ahora vamos a seguir trabajando, es nuestra obligación. Pero no hoy. Ya hemos tenido demasiadas emociones para un solo día. Tú y yo nos vamos a coger el resto del día libre. Te vas a ir a casita con tu mujer y vas a aprovechar que hace un buen día para llevarla a dar un paseo y tomar unas racioncitas en alguna terraza. Te voy a enseñar un par de sitios donde sirven unos riñones al jerez que levantan a un muerto.

Herrero sonrió a su pesar ante la atención paternal de aquel inspector veterano al que no se le había olvidado qué se sentía siendo un novato en una comisaría.

—Venga, larguémonos.

Los dos policías salieron a la calle después de despedirse del robusto camarero, que estaba secando vasos con un trapo.

—Recuerda lo que te he dicho —dijo Pineda en la esquina con la Gran Vía, apuntándolo admonitoriamente con un dedo—. Nada de líos. El miércoles te veo en la oficina a las ocho.

Herrero le aseguró que se limitaría a subir al despacho un minuto para recoger su escritorio y el abrigo y que se marcharía para casa.

Se separaron en la esquina: Pineda viró hacia la calle Montera para tomar el metro y Herrero regresó al despacho, agradeciendo la suerte que había tenido con el cambio de compañero. Pineda le había ordenado que descansara y ni siquiera le había querido decir si se quedarían con el caso de la señora Torrecilla.

Sin embargo, su cerebro continuaba dando vueltas a los detalles. Seguía viendo flecos sueltos en aquellas muertes. Tal vez no existiera conexión entre el deceso de la viuda y el atropellado señor Ríos y, por el momento, no la había encontrado con Quesada y sor Teresa.

—¿Subinspector?

Herrero se dio la vuelta, mirando al interior de la sala de comunicaciones, donde una de las telefonistas le alargaba una nota.

—Han preguntado por usted —se limitó a decir la mujer, dándole el papel y enfrascándose de nuevo en sus tareas.

Examinando la nota, Herrero continuó por el pasillo hasta la oficina del Grupo de Homicidios. En el papel venía escrito un nombre que se le hacía conocido, un teléfono y la hora a la que habían llamado.

—Julián Gallego —masculló para sus adentros frunciendo el ceño.

Era el portero manco del edificio donde habían asesinado a la señora Torrecilla, en el barrio del Pilar. Se preguntó qué querría.

En su cabeza aún resonaba la orden impartida a modo de sugerencia, pero orden, al fin y al cabo, que había recibido en la cafetería respecto a dejar todo por ese día. Herrero estaba convencido de que el miércoles, cuando retornara a la oficina, Pineda le asignaría otras labores que no tendrían nada que ver con la muerte de la viuda. Tal vez era mejor hacer caso por una vez.

A pesar de ello, la cabezonería y la curiosidad pudieron sobre la prudencia y levantó el auricular del teléfono. Leyendo la nota, fue marcando los números y esperó el tono de llamada.

—¿Señor Gallego? Soy el subinspector Herrero.

—Buenos días, subinspector —contestó el portero desde el otro lado de la línea con tono servil—. Tengo una información importante que creo que le puede interesar. ¿Recuerda ese hombre del que me habló que visitó a la difunta señora Torrecilla? Pues ha vuelto por aquí preguntando por ella. Lamentablemente, no lo he visto entrar y se me ha colado hasta el piso, donde ha estado aporreando la puerta.

Herrero se puso rígido, apretando el auricular contra su oreja.

—¿Y sigue ahí?

—Le he dado largas, subinspector. Parece que no sabe lo sucedido. Le he dicho que la señora Torrecilla había salido pero que no tardaría demasiado en volver. Por supuesto, para que no sospechara nada, le he pedido que esperara fuera. Confío en haberlo hecho bien.

El tono obsequioso del portero alertó a Herrero. Tal vez pretendía simplemente ganarse su confianza para que intercediera ante los vecinos en el caso de que tuvieran pensado echarlo a la calle por lo sucedido. Sin embargo, algo le decía que aquel pájaro ocultaba algo. En cualquier caso, tenía que hablar con el misterioso amigo de la difunta.

—Ha hecho muy bien. Asegúrese de que no se marche antes de que yo llegue.

—Descuide, subinspector. Así lo haré.

Herrero colgó el teléfono y salió precipitadamente del despacho. Calculó que si pedía un taxi tardaría veinte minutos en llegar. Demasiado tiempo. No podía arriesgarse a que el hombre se marchara. Quién sabía si podría volver a encontrarlo.

—Necesito un coche que me lleve con urgencia a la avenida de El Ferrol, en el barrio del Pilar —solicitó a la telefonista que le había entregado la nota.

—¿Camuflado? —preguntó la mujer sin alterarse.

—No es necesario, pero tengo mucha prisa.

—Si quiere puede esperar en la calle y se lo envío —sugirió la telefonista tomando nota. Ni siquiera había mirado a Herrero.

El subinspector bajó hasta la calle sin correr. Por muy rápido que la mujer pidiera el vehículo, su transporte tardaría unos minutos en llegar, así que no era necesario bajar las escaleras de dos en dos.

Para su sorpresa, nada más pisar la calle, un vehículo de la policía armada, un Seat 124 familiar dotado de distintivos, luces y sirena, aguardaba en la entrada parado al lado del quiosco de prensa y entorpeciendo la circulación.

—¿Subinspector? —preguntó el agente que iba de copiloto llevándose la mano a la gorra.

—Sí, soy yo. Necesito que me lleven con urgencia al barrio del Pilar, avenida de El Ferrol.

—Enseguida. Suba, por favor.

Herrero se montó en el asiento trasero y, con las luces destellantes encendidas, salieron disparados. El coche apestaba a tabaco a pesar de llevar las ventanillas delanteras abiertas. Aferrado al asidero superior y dando bandazos de un lado a otro, el subinspector no tuvo tiempo para inquietarse por aquella forma de conducir. Su cabeza daba vueltas a la sorprendente casualidad que suponía la visita de aquel extraño al que llevaba toda la semana deseando encontrar.

Pasaron por la plaza de España, el palacio de la Moncloa y la Complutense, desiertos por el puente, y siguieron al noreste por la carretera de la Dehesa de la Villa, ya sin el estruendo de la sirena, hasta llegar a su destino.

Herrero les dio instrucciones para que lo dejaran una manzana antes de llegar a la finca donde se levantaban las casas de los militares y se apeó en cuanto el coche se detuvo. No quería que el tipo al que buscaba se alarmara al ver un vehículo policial.

—Disculpen —se dirigió a los agentes desde la acera a través de la ventanilla—. ¿No les sobrará un cigarrillo?

—Claro, subinspector, tome. ¿Necesita fuego? —se ofreció uno de ellos.

—No me vendría mal, la verdad.

El copiloto le entregó una sobada cajetilla a la que le quedaban tres cerillas.

—Quédeselas.

—Muchas gracias por todo —repuso Herrero con amabilidad.

—¿Desea que lo esperemos?

—No, no será necesario —dijo el subinspector. Cuanto antes se fuera la patrulla, menos riesgo de ser descubierto. Además, no tenía pensado volver a la oficina. Había recogido todo y en cuanto terminara en el barrio del Pilar tomaría el metro a Carabanchel—. Muchas gracias.

Esperó a que el coche se alejara y cruzó la carretera, encaminándose hacia la entrada a la finca. Lo detectó al instante. Se le notaba la ansiedad que provoca la espera.

Lo estudió unos instantes desde la distancia sin ser visto. Era un pobre diablo, esmirriado, de mediana edad, aunque parecía mayor y a simple vista se notaba que no le había ido bien en la vida.

Herrero se acercó al hombre, que andaba de un lado para otro sin alejarse del portal.

—Buenos días.

El tipo dio un brinco, como un conejo al oír un disparo de escopeta.

—Tranquilo, señor. Soy policía. —Herrero se dio la vuelta a la solapa para mostrarle la placa allí prendida—. Solo deseaba tener unas palabras con usted.

—¿Conmigo? ¿Por qué? Yo no he hecho nada.

—Por supuesto que no. No se asuste. Tan solo quería preguntarle un par de cosas. Pero puede estar tranquilo, ya sé que usted no ha cometido ningún tipo de delito.

Y era verdad. Herrero ya había intuido que el misterioso visitante de la señora Torrecilla no guardaba relación con el brutal asesinato. Presentándose en casa de la mujer demostraba ignorar lo que le había sucedido a la viuda. De ser el asesino, no tenía ningún sentido que regresara preguntando por ella, y mucho menos que la aguardara fuera del portal, como le había indicado el portero.

Además, no había más que ver al pobre diablo. Claro que podría resultar ser el compinche involuntario de alguien que lo hubiera utilizado, pero se antojaba difícil de creer. Aquel hombre era un perdedor. Un solitario. Era difícil imaginarlo maquinando un elaborado plan para entrar en un domicilio y torturar a una anciana. A buen seguro, en el caso de haber estado implicado en una reyerta, habría sido la víctima.

—¿Qué le parece si salimos de aquí y nos sentamos tranquilamente en un banco para charlar? —preguntó Herrero con amabilidad viendo que el tipo miraba con aprehensión a todos lados, como si temiera verse rodeado de pronto por más policías.

—Yo no he hecho nada —repitió el hombre, una octava más baja, encogido, mirando al suelo.

—Por supuesto. No se preocupe. Solo quiero charlar con usted.

El subinspector lo tomó con suavidad por el codo y lo fue guiando hacia el exterior de la finca. A lo lejos, desde el portal, Gallego hacía aspavientos para llamar la atención del subinspector, señalando al hombre, confirmando que se trataba de la persona a la que buscaba. Un par de vecinas que caminaban con carros de la compra los miraron con recelo. Finalmente, el hombrecillo claudicó y, como una res en el matadero, siguió obediente al subinspector hasta un banco al abrigo de impertinentes miradas.

—Soy el subinspector Herrero. ¿Le importaría decirme su nombre?

Le tendió el cigarrillo que había pedido a los agentes de la Policía Armada. El tipo lo aceptó con precaución. Herrero prendió una cerilla y se la acercó, aguardando a que el hombre diera una calada.

—Armando Guerra, para servirle —repuso el hombre echando el humo.

Herrero abrió los ojos. Por un instante se preguntó si el tipo se estaría burlando de él, pero lo descartó. Se le notaba que había sufrido toda su vida por soportar el peso de semejante nombre, que habría dado lugar a no pocas burlas. O sus padres no le habían tenido mucho aprecio al nacer o habían hecho gala de un extraño sentido del humor. En cualquier caso, no parecía que aquel pelele fuera a dar ninguna guerra.

—Está bien, Armando. ¿Me permite que lo llame Armando? Gracias. Me han dicho que ha venido a visitar a doña Dolores Torrecilla.

El tipo no levantaba la mirada de sus zapatos, sucios y desgastados, y se limitó a asentir, recogido como estaba, sentado en el borde del banco.

—¿Es usted familiar de doña Dolores? ¿Un amigo tal vez?

Guerra negó con la cabeza, sin abrir la boca.

—De acuerdo. Pero supongo que la conoce, ¿verdad?

Nuevo asentimiento y calada al cigarrillo.

—¿Y podría saber para qué quiere verla?

—Quiero que me devuelva mi collar. Era de mi madre.

—¿Qué collar? —se interesó el subinspector.

—El que le quitó a mi madre.

Herrero tenía que inclinarse hacia delante para poder escuchar, tan bajo era el volumen de las palabras de Guerra.

—¿Le importaría explicármelo? Desde el principio, si es tan amable.

Guerra, con la barbilla enterrada en el cuello de la camisa, fue desgranando una historia sorprendente que mostraba una faceta desconocida hasta el momento de la señora Torrecilla.

Según él, la viuda había sido funcionaria en una cárcel al término de la Guerra Civil. Además de las labores propias del cargo, Torrecilla había aprovechado para lucrarse a costa de las prisioneras, todas ellas enemigas políticas de la dictadura, a las que robaba o extorsionaba, además de tratarlas cruelmente.

La madre de Guerra, fusilada por su militancia política en las Juventudes Socialistas Unificadas, había sido una de esas prisioneras a las que la viuda del joyero, supuestamente, había expoliado antes de ser ejecutada. Ahora, su hijo pretendía que le devolviera una joya sustraída.

Herrero no tenía duda de que el hombre creía cuanto decía.

—Usted estuvo en su casa hace unas semanas, ¿verdad?

—Vine a pedirle el collar de mi madre —respondió el hombre, terco como una mula.

—¿Era la primera vez que había estado?

—No. Ya había ido alguna otra vez.

—¿Por qué ahora?

—Se lo pedí hace años —respondió el tipo con la mirada clavada en sus gastados zapatos—. Fui a la joyería y su marido me dio una paliza. Me dijo que no volviera a molestar a su esposa, que la próxima vez me arrancaría la cabeza.

Herrero se echó un poco hacia atrás. Una paliza. Estaba claro que aquel pobre diablo había sufrido unas cuantas.

—Y volvió a pedirle el collar cuando supo que se había quedado viuda.

Guerra asintió, apuró la colilla y la tiró al suelo.

—La señora Torrecilla quedó viuda hace años, ¿por qué ahora?

Armando, con la cabeza baja, murmuró algo inaudible.

—¿Cómo dice?

—He estado en la cárcel —repitió Armando un poco más alto.

—¿Por qué motivo?

—Por vago y maleante. Tres años en Puerto Santa María.

Herrero asintió, comprensivo.

—La señora Torrecilla está muerta —anunció sin entrar en detalles.

El tipo contrajo el rostro, confuso, y se rascó la cabeza hablando consigo mismo. No se daba cuenta, al parecer, de las implicaciones del hecho.

—Dígame una cosa —preguntó Herrero mientras se levantaba del banco—. ¿Conoce usted al portero del edificio?

—Sí. Quiero decir, no. No le conozco.

El policía sabía que en esta ocasión, al menos, el hombre mentía.

—Dígame la verdad, Armando. El portero le permitió la entrada aquel día, ¿no es cierto?

El tipo miró con desconfianza en torno suyo hasta que, finalmente, asintió.

—¿Y qué le pidió a cambio?

—Dinero. Una parte del valor del collar.

—¿Hoy ha hablado con usted?

De nuevo un asentimiento silencioso.

—¿Y qué le ha dicho?

—Que, si me preguntaban, negara conocerlo o, de lo contrario, me volverían a aplicar La Gandula por andar merodeando y molestando a los vecinos.

El tipo se refería a la Ley de Vagos y Maleantes por la que, según él, ya había pasado tres años en la cárcel, y que era conocida popularmente como La Gandula. Herrero repudiaba esa ley arbitraria, sustituida hacía ya más de un lustro por la de Peligrosidad y Rehabilitación Social, mismo perro con distinto collar.

Sintiendo lástima por el pobre desheredado, Herrero sacó la cartera y le dio una moneda de cien pesetas. Con aquello tendría para comer y comprarse algunas cervezas y cigarrillos.

Armando cogió la moneda sin mirarlo a los ojos, con temor, como esperando que se tratara de una broma y luego le llegaran los palos. Se la metió en un bolsillo del ajado pantalón y se alejó calle abajo.

Herrero observó cómo se alejaba. Los hombros hundidos por el enorme peso que le había aplastado a lo largo de tantos años. Una vida complicada que Herrero no conocía, pero que no era difícil imaginar. Hijo de una mujer fusilada por el régimen, señalado desde su infancia. Sin carácter para enfrentarse a una vida hostil, a buen seguro habría sido una hazaña para él llegar tan lejos, aunque no se tratara más que de seguir vivo.

Así que aquel era el secreto del taimado portero. Había intentado aprovecharse de la necesidad y desesperación del pobre diablo y, al precipitarse los hechos con el asesinato de la viuda, e imaginando que la extraña visita de un desconocido llamaría la atención, la había tratado de ocultar.

Seguramente, el inesperado regreso de Armando Guerra, a quien el portero no había visto llegar, habría llamado la atención de algún vecino, alarmado ante los golpes en la puerta. Alguien como, por ejemplo, la indiscreta señora Duval. El portero, entre la espada y la pared, adelantándose a que un vecino llamara a la policía, habría preferido ser él quien avisara de la presencia de Guerra, no sin antes amedrentarlo para que no se fuera de la lengua.

No había duda de que el portero era un sinvergüenza. Sin embargo, a Herrero no le pagaban por desenmascarar sinvergüenzas, sino por atrapar asesinos, y aquellos dos, tanto el portero manco como el desgraciado que se alejaba sin rumbo, difícilmente tendrían nada que ver con la violenta muerte de aquella mujer, cuyo pasado el subinspector se prometió investigar en profundidad.

10

Viernes, 28 de octubre de 1977.
Barrio de la Guindalera.
Madrid

Antonio Valenzuela se despertó aturdido y miró a su alrededor. Se encontraba en su habitación alquilada en una pensión en el barrio de la Guindalera, pero no recordaba cómo había llegado hasta allí la noche anterior. Se le había ido un poco la mano con la bebida.

Notaba la boca pastosa y tenía mal aliento. Palpó encima de la mesilla y encontró una caja de cerillas y el paquete arrugado de Ducados. Solo quedaba uno.

Sin incorporarse, ahuecó la almohada y encendió el cigarrillo. La dueña de la pensión tenía prohibido fumar en su casa, pero Valenzuela no tenía intención de acatar la orden. Aquella era su habitación y pagaba por ella. El hecho de que también fumara en el cuarto de baño, compartido por el resto de los residentes, tampoco parecía inquietarlo.

Se irguió un poco para buscar la lata de cerveza que usaba a modo de cenicero y se dejó caer sobre la almohada, de nuevo llevándose la mano que sujetaba el cigarrillo a la cabeza y llenando la manta de ceniza. Tenía una buena resaca.

No era ningún alcohólico, pero le gustaba beber. Normalmente paraba antes de emborracharse, pero la noche anterior le había parecido una buena idea tomarse un par de copas más.

Años atrás aquello hubiera supuesto un leve mareo al acostarse y un ligero dolor de cabeza al despertar, pero el tiempo no perdonaba y a sus sesenta y tres años empezaba a soportar peor las fiestas.

Puso el brazo detrás de la cabeza y fumó tranquilamente mirando el techo de la habitación, donde la pintura cuarteada tenía rastros de cadáveres de moscas y polillas.

Cuando terminó el cigarrillo, lo metió dentro de la lata y se incorporó con cuidado. Una vez pasado el primer embate, sentado sobre el costado del colchón, abrió los ojos despacio. Además de la cabeza, le dolía mucho el codo derecho. Ya lo había notado la tarde anterior. Sus brazos aún tenían fuerza, pero la falta de costumbre (últimamente apenas hacía ejercicio) le pasaba factura.

Se pasó la manaza por la cara, recorriendo aquel árido y anguloso rostro de grandes huesos y ojos pequeños y oscuros. Parecía haber sido tallado en granito, y ni siquiera el bigotillo mal arreglado suavizaba un poco.

Se levantó y empezó a vestirse. El tufo del tabaco impregnaba el pequeño cuarto sin ventana. Un armario viejo, el camastro y la mesilla de noche, que cojeaba y hacía ruido, eran cuanto contenía su habitación. Tampoco necesitaba mucho más. La poca ropa que poseía entraba de sobra en el armario, y en el cajón de la mesilla guardaba su cartera y los cigarrillos.

Estiró la espalda. La jaqueca era tolerable. Peor estaba el codo; parecía hinchado. Flexionó unas cuantas veces el brazo y abrió y cerró los dedos. Mañana estará como nuevo, se dijo.

Valenzuela nunca tomaba medicamentos y no iba a ser un codo lo que le obligara a cambiar sus costumbres. Lo cierto es que poseía un buen físico y, a pesar de lo poco que lo cuidaba, nunca caía enfermo ni tenía dolores que lo postraran.

Abandonó la habitación, cerró el candado que colgaba de la argolla para que la dueña de la pensión no entrara y bajó a la calle. El sol le hirió, obligándolo a cerrar los ojos. Mientras los acostumbraba al exceso de luz, se palpó los bolsillos de la chaqueta, en un vano intento de dar con algún cigarrillo olvidado.

Mala suerte. Los bolsillos estaban vacíos. Al salir de la pensión, frente a la plaza de toros de Las Ventas, había un bar que dispensaba cigarrillos. Se encaminó hacia allí. Entró sin intercambiar saludos con los pocos parroquianos que holgazaneaban por la zona. Pidió un paquete de Ducados al camarero, lo pagó y salió. Tal vez podría haber tomado un café para despejarse, pero no le gustaba aquel antro.

Miró la hora en su reloj de pulsera, un Citizen de esfera blanca, y echó a andar hacia la calle de los Toreros, donde había varias tabernas con buenas tapas, mientras abría el paquete y se encendía el segundo cigarro de la mañana.

A la hora de almorzar se metió en un callejón donde recientemente habían abierto un restaurante chino que no tenía mucho éxito, dado que era de los primeros del país y la clientela aún no había descubierto los exóticos sabores orientales, pero que a él le bastaba.

Entró en el local y al instante se le acercó el propietario, todo sonrisas y reverencias. Sin dejar de doblar el lomo, lo condujo a una mesa y le hizo sentar. No había nadie más en el local.

Cogió la carta. No tenía ni idea de qué eran aquellos platos, así que pidió lo más reconocible. Un arroz, unas gambas, pollo y ternera. El propietario recogió la carta, hizo dos o tres reverencias más y se fue para la cocina, dejando que Valenzuela encendiera otro cigarro mientras aguardaba a que le trajeran una cerveza.

Comió despacio y con apetito. En una esquina había un televisor con las noticias, pero no se molestó en dirigirle ni una mirada. No le interesaba cómo iba el mundo.

Cuando terminó, la sonrisa de oreja a oreja y las reverencias del propietario volvieron a hacer acto de presencia. Lo obsequiaron con un licor fuerte como digestivo y salió del local entre los agradecimientos de todos los empleados.

Con un andar pausado, bajó por la calle Cartagena hasta llegar al parque María Eva Duarte de Perón, la famosa Evita, política y actriz argentina a la que Valenzuela había conocido y estrechado la mano treinta años atrás, en una visita que la primera dama argentina había hecho a Madrid.

Entró en el parque, a esas horas poco concurrido, y buscó el banco que solía utilizar junto a la antigua Fuente de las Delicias, donde se sentó al abrigo de la sombra que ofrecían los árboles.

Últimamente andaban muchos yonquis por el parque buscando desplumar a incautos o abastecerse de sus dosis, pero a Valenzuela lo dejaban en paz. Con la mirada perdida en los chorros de la fuente, daba cuenta de otro cigarrillo.

—Buenas tardes, don Antonio —dijo una voz sacándolo de su ensimismamiento—. ¿Cómo se encuentra? ¿Ha venido a dar de comer a las palomas? Mire, le he traído media barra de pan para que les eche.

Valenzuela levantó la mirada para fijarla en el joven que lo saludaba. Se llamaba Mario y se conocían desde hacía años. Mario andaba por la treintena, pero la droga lo había envejecido.

Sin abrir la boca aceptó el pedazo de pan duro que le tendía el yonqui, dejó que este largara su diatriba e hizo un gesto con la cabeza cuando se alejó.

En el tiempo que había pasado desde que entró en el parque había llegado más gente. Mujeres con carritos de bebés, niños en pantalón corto con balones, más yonquis...

Una madre se había sentado en la otra esquina del banco que ocupaba Valenzuela y daba de comer una papilla a una niña de mofletes regordetes que regurgitaba cada cucharada.

Valenzuela se olvidó de la madre y de la cría con toda la ropa llena de papilla y encendió otro Ducados. De vez en cuando, el tal Mario, que deambulaba por el parque, se le acercaba, le comentaba alguna tontería y volvía a alejarse para charlar con otros heroinómanos.

Sobre las ocho, ya casi de noche, abandonó el parque y se encaminó hacia la parada de Manuel Becerra, donde cogió el metro. Había decidido que aquella noche tomaría algo por el centro, cenaría un bocado en cualquier sitio y después haría tiempo en algún cine. Tenía algo de dinero y se iba a dar un homenaje. Visitaría la casa de citas de Torre Madrid, uno de sus burdeles favoritos.

Solamente imaginarlo lo enardeció e hizo desaparecer el dolor del codo que lo llevaba molestando todo el día.

El hombre, escondido detrás de una palmera decorativa al fondo del pasillo, observó al tipo que salía del burdel. Lo identificó al instante. Antonio Valenzuela.

Conocía sus rutinas; no era la primera vez que lo vigilaba. Sabía a qué hora aproximada abandonaba la pensión, dónde solía alternar y sus visitas al parque de María Eva Duarte de Perón, que frecuentaba desde hacía un par de meses.

Se encontraba en su coche cuando Valenzuela se marchó aquel mediodía de la pensión. Esperó a que se alejara un poco y, tras verlo salir de la taberna donde había comprado el paquete de cigarrillos, comenzó a seguirlo desde lejos por la acera contraria.

Lo espió en la zona de la calle de los Toreros y aguardó pacientemente bajo una marquesina a que almorzara en el restaurante chino. Después lo siguió hasta el parque y lo vio hablar con aquel yonqui, sabiendo que Valenzuela permanecería allí hasta la caída de la tarde.

Al anochecer, se había anticipado a los movimientos de su víctima. En cuanto Valenzuela comenzó a incorporarse del banco, retrocedió entre las sombras, al abrigo del atrio de la parroquia Nuestra Señora de Covadonga, y esperó a que saliera.

Días atrás había llegado a plantearse llevar a cabo su plan en el propio parque. A las horas en que Valenzuela se marchaba, el parque estaba prácticamente desierto; la gente de bien no se atrevía a cruzarlo en medio de la tarde vencida y los yonquis ya se habían marchado.

Sin embargo, necesitaba tiempo para llevar a cabo su objetivo y no podía arriesgarse a que alguien lo interrumpiera. Lo malo era que, si bien la rutina de Valenzuela era bastante predecible hasta aquella hora, lo que sucedía después resultaba más aleatorio.

Aquel día la fortuna se le había presentado de cara. Después de seguirlo por el centro de la ciudad, habían entrado en un cine semivacío. Al término de la película, de la que el hombre, pendiente de los movimientos de Valenzuela, no recordaba nada, su víctima lo había arrastrado hasta un tugurio donde había cenado y tomado un par de copas antes de dirigirse a Torre Madrid.

La primera vez que había visto a Valenzuela entrar en el icónico edificio, se había sorprendido. ¿Qué podía hacer un tipo como él en un lugar tan elegante? No le había costado responder a su pregunta, pero se le planteó un nuevo interrogante. ¿Cómo podía un jubilado permitirse los precios que cobraban en el discreto puticlub?

Tampoco le costó mucho averiguarlo.

Se secó las palmas de las manos en el pantalón. El corazón le latía a toda velocidad. Debía tranquilizarse o, de lo contrario, abortar el plan. De todos los trabajos que se había impuesto, aquel era el más arriesgado. Sus otras víctimas habían sido viejos débiles, mujeres… y se había encargado de ellos en lugares más discretos.

Ahora, en cambio, iba a lidiar con un hombre mayor pero aún vigoroso, de hombros anchos, brazos fuertes y manos grandes. Alguien capaz de defender su vida.

Necesitaba calmarse para no cometer ningún error. Notaba un enorme desgaste que aumentaba con cada muerte. Últimamente no dormía bien. Comía mal y a destiempo, cuando no cedía a la tentación de no alimentarse. La titánica tarea que se había encomendado lo estaba consumiendo.

Consumiendo como a sor Teresa, a la que había dado fuego en el convento. Aún podía notar el olor a carne abrasada y a la parafina utilizada. Incluso alguna noche había revivido en sueños el momento en que la había rociado con el combustible del candil, ignorando los violentos pero débiles esfuerzos de la monja por evitar su implacable castigo.

Acabar con la religiosa había resultado sencillo. No obstante, ella tenía setenta y cuatro años y, aunque había sido una mujer fuerte, el tiempo la había ido marchitando.

Sin que le temblara el pulso, vació la parafina de la lámpara sobre la monja, rociándole el hábito. Claro que sor Teresa gritó, pero no hubo riesgo de ser descubierto. El resto de la congregación cantaba sus plegarias en la planta baja, en el ala opuesta, y los gritos de la monja carecían ya de fuerza.

Tras empaparla, la había empujado contra la cama, cerrándole la boca con una mano para que no continuara con sus alaridos y le prestara atención a lo que quería decirle. Porque él quería que entendiera. No bastaba con matarla. Tenía que saber el motivo por el que aquella sería su última noche y esa su forma de dejar este mundo.

La vieja había reaccionado como la sabandija que era. Ni un gesto de arrepentimiento. Rechinando los dientes, le había intentado morder y clavarle las uñas en los ojos, revolviéndose como si estuviera poseída.

El hombre consumó el sacrificio necesario para purgar tanta maldad. La cerilla prendida aplicada a la ropa empapada de parafina. El hábito cogiendo fuego y este propagándose rápidamente. La monja arreciando sus gritos ante la mordedura de las llamas, que se alzaban hambrientas.

Sabiéndose acabada, aún intentó aferrarlo a él para condenarlo a su vez. El asesino lo había previsto y la empujó con fuerza, reculando para ponerse a salvo y contemplar su obra. Un fuerte olor a pelo chamuscado, gritos, un calor intenso, el espectáculo hipnotizante del fuego. Después, el crepitar de la carne abrasada que se abría, la monja tirada en el suelo rodando de un lado para otro en su agonía.

Había contemplado aquella danza hasta el final. Sor Teresa yacía a sus pies, sin vida, la piel negra y sin facciones. Los labios se le habían retraído dejando ver la hilera de dientes que le quedaban en una sobrecogedora sonrisa.

Recogió el libro que le había llevado de regalo, *Las cantigas de santa Clara*, donde había escrito la cita evangélica de San Mateo «... y los echarán en el horno de fuego, allí será el lloro y el crujir de dientes», aquella sentencia que tanto le gustaba utilizar a la monja años atrás. Lanzó un último vistazo al cuerpo sin vida y abandonó la celda. Con sumo cuidado descendió hasta la planta baja. Las religiosas debían de estar terminando sus plegarias.

Deshizo el camino hasta la puerta de entrada, abrió las dos hojas y salió al exterior. Antes de encajar de nuevo las puertas, retiró el taco de papel que había incrustado debajo de una de ellas para mantenerla fija. Confiaba en que, cuando las monjas descubrieran que los pasadores estaban abiertos, lo achacaran a un olvido.

Sor Teresa se merecía aquella muerte horrible, como el hijo de puta de Valenzuela merecía lo que estaba a punto de sucederle. Todos se merecían lo que les había pasado o lo que les iba a pasar, y como había un Dios que se las pagarían.

Mientras observaba cómo Valenzuela abandonaba el piso de alterne, se palpó los bolsillos de la gabardina, donde portaba el par de objetos que habría de usar. Satisfecho de la comprobación, se fundió aún más con las sombras. Esperó a que su víctima avanzara hacia uno de los ascensores, pulsara el botón de llamada y aguardara su llegada.

Sonó un timbre y se abrieron las puertas. Por fortuna, el ascensor estaba vacío. El asesino había temido que la suerte le fuera esquiva y hubiera alguien en su interior, lo que habría dado al traste con sus planes. Se metió la mano en el bolsillo derecho de la gabardina y aferró su cachiporra.

El moderno ascensor ya estaba cerrando las puertas cuando el hombre adelantó una mano para evitarlo. Con un cortés «Buenas noches», ocupó el fondo evitando cruzar la mirada con su otro ocupante, como marcaba el manual de buenas costumbres.

El cubículo era amplio. Un ascensor de lujo para un moderno rascacielos. El homicida mantenía las manos en los bolsillos. No podía evitar mirar de reojo al cabrón que ahora se estaba encendiendo un cigarrillo ignorando el cartel sobre la botonera que prohibía fumar.

El hombre se sobresaltó cuando el ascensor, una vez se cerraron las puertas, empezó a subir. Alguien había pulsado el botón desde un piso más alto. Si ese alguien montaba, debería suspender su ataque, lo que resultaría peligroso ahora que su víctima ya lo había visto.

Irónicamente, fue el propio Valenzuela quien solventó el problema. Sin inmutarse, pulsó el botón para detener la marcha del aparato y después volvió a pulsar el botón de bajada.

El asesino sintió húmedas las palmas de las manos. Con el sudor, la cachiporra que empuñaba se le escurría entre los dedos. De reojo volvió a mirar a su víctima y este le devolvió la mirada.

Intuyó que Valenzuela había detectado su nerviosismo. Atacó. Sacó la mano del bolsillo blandiendo la cachiporra y asestó un brutal golpe con su punta en el plexo solar de Valenzuela, que en aquel momento terminaba de aspirar una calada profunda de su cigarrillo y se disponía a defenderse.

Valenzuela se desplomó en el suelo del ascensor junto a la cachiporra, que, empapada de sudor, se le había escurrido a su agresor. Sin perder un segundo, el asesino la recobró y asestó dos rápidos porrazos en la cabeza de su víctima hasta hacerle perder el conocimiento.

Apretó el botón de emergencia y detuvo el ascensor. Jadeando por el esfuerzo, pulsó el último piso y trató de relajarse un poco sin perder de vista a su víctima, que yacía en el suelo boca arriba.

Al llegar a la última planta, puso el cuerpo de pie y se pasó uno de los brazos por el cuello, cargando con todo el peso. Si la mala suerte tenía previsto que un vecino estuviera esperando, fingiría ser alguien llevando a su casa a un compañero de juerga.

Conocía bien el edificio. Una vez que supo de las andanzas de Valenzuela por Torre Madrid, comprendió las facilidades que podría ofrecerle el inmueble como centro de operaciones y se molestó en visitarlo un par de veces, siempre en horarios de máxima concurrencia para evitar que alguien le preguntara qué hacía por allí. El lugar era idóneo y no tardó en urdir su plan.

En el pasillo no había nadie. Las escaleras que llevaban a la terraza las tenía justo enfrente. Se recolocó el cuerpo de Valenzuela y comenzó a subir los escalones. Pesaba mucho. Con dificultad, abrió la puerta y salieron a la terraza.

Allí estaban a salvo de miradas indiscretas. Torre Madrid era más alta que cualquiera de los edificios circundantes, así que nadie los podría ver desde ningún otro punto.

Dejó caer el cuerpo sobre una lona embreada que tenía ya preparada. Le bajó los pantalones hasta los tobillos, y lo mismo hizo con los calzoncillos, que el muy guarro no debía de haberse cambiado en varios días. Le tenía reservada una sorpresa. Iba a conocer un nuevo dolor. Seguro que Valenzuela sabría apreciar su esfuerzo.

Se despertó bruscamente. Levantó la cabeza cuanto pudo, tratando en vano de llenar sus pulmones. Tenía la visión nublada. Boqueando como un pez fuera del agua, se agitó, atormentado, en busca de un poco de aire.

Se encontraba tumbado boca abajo con los brazos atados a la espalda y una bolsa de plástico en la cabeza. Su cuerpo, tenso como un cable de acero, se arqueaba dolorosamente. Sentía una enorme presión en la cabeza y en los ojos, que amenazaban con salirse de sus órbitas. Los pulmones le ardían a punto de estallar. Impotente, se dio cuenta de que iba a morir asfixiado.

No obstante, su agresor tenía otros planes. Justo antes de que perdiera de nuevo el sentido, le quitó la bolsa de la cabeza y dejó que su víctima se recobrara un poco antes de golpearle de nuevo con la cachiporra, ahora envuelta en una gamuza.

El torturador sabía dónde golpear para hacer el mayor daño posible sin dejar demasiadas marcas. Metódicamente, reprimiendo sus ansias de matarlo enseguida, fue propinando los golpes, dejando espacio entre uno y otro para que Valenzuela pudiera paladear cada uno de ellos.

Cuando se recuperó lo suficiente como para tratar de gritar, le volvió a ajustar la bolsa en la cabeza, cerrándola bien por debajo del mentón, y se sentó sobre su espalda para evitar que pudiera darse la vuelta. Le costaba un esfuerzo inmenso no acabar con él en ese mismo instante. Pero aún debía sufrir más.

Valenzuela sentía la sangre agolpándose en su cabeza y el doloroso latido en los oídos. Desprovisto de oxígeno, pataleaba desesperado luchando por zafarse, la boca abierta en un inútil intento de aspirar algo de aire.

El hombre no se permitió perder la concentración ni un instante. A pesar de la edad y del castigo recibido, notaba que su víctima era capaz de levantarle del suelo tan solo con los músculos de la espalda. Debía estar alerta para evitar que lo sorprendiera, pero también para que no se le muriera todavía. Que iba a viajar al otro barrio era una realidad, pero aún no.

—Patalea —dijo sonriendo siniestramente—. Sé que te gusta. Te pone cachondo, ¿no es cierto?

Valenzuela veía ante sí unos danzantes puntos negros que anunciaban la llegada de la noche definitiva. Intentó morder el plástico para agujerearlo. En vano. Con los músculos del cuello a punto de reventar, golpeó la cabeza contra las baldosas en un intento de romper la bolsa.

De nuevo, y justo antes de perder la consciencia, el hombre la retiró. Muy a su pesar, Valenzuela se sintió agradecido por las bocanadas de aire. Se encontraba cada vez más débil, no aguantaría mucho más.

El hombre volvió a darle una tanda de porrazos. Con precisión. Aquí y allí. Máximo dolor posible, pero sin matarlo. Todavía no.

De nuevo, la bolsa y la agonía. La rabia, la impotencia y, por primera vez, el sentimiento de derrota. Alguien iba a poder con él y sin llevarse siquiera un arañazo.

Allí estaban otra vez los puntos negros delante de él, bailando. Hacía rato que se había orinado encima. Se desvanecía. Sentía cómo se le iba la vida. Todo se iba apagando.

En esa ocasión, el hombre esperó a que Valenzuela perdiera el conocimiento y le quitó la bolsa de inmediato. Se aseguró de que aquel cuerpo inerte volviera a coger aire. Respiraba.

Se levantó de su espalda, dejándolo tendido boca abajo. Miró el cuerpo inerte. No pudo reprimirse y lanzó una patada a los genitales de Valenzuela, que gimió y se retorció, pero sin llegar a recobrar el conocimiento.

En cuclillas, el hombre le dio a Valenzuela un par de cachetes en la mejilla con el dorso de la mano y esperó a que recuperara la consciencia.

—Te he traído un regalito, espero que te guste —dijo con una sonrisa cuando su víctima se recobró, balanceando un extraño objeto metálico delante del rostro del hombre.

Valenzuela, aterrorizado ante lo que su torturador exhibía, se debatió como un salvaje. Como si el mismo diablo lo poseyera, se arqueó de forma antinatural, anticipando la ola de dolor que estaba a punto de descargarse sobre él.

Sin embargo, en esa ocasión, ni el propio diablo lo libraría.

11

Miércoles, 2 de noviembre de 1977.
Oficinas de la Brigada de Investigación Criminal.
Madrid

—¡Joder, chico! Estás hecho un asco. ¿Vienes de la guerra? —preguntó Pineda alarmado, levantando la mirada del periódico al ver entrar a su nuevo compañero.

Herrero apenas podía abrir la boca para responder. Se le estaban empezando a pasar el adormecimiento y la sensación de tener el rostro de goma, provocados por la anestesia. Sin embargo, las noches sin dormir y el dolor persistente habían hecho mella.

El día anterior no había conseguido probar bocado en todo el día. Ni siquiera un hueso de santo o un buñuelo de viento de los que su mujer, golosa, gustaba de traer para celebrar la festividad. Solo agua tibia durante toda la jornada.

Esa misma mañana había llamado a comisaría para avisar que llegaría más tarde, tras la visita al dentista. La telefonista había tenido dificultades para entender lo que se le decía por el teléfono, ya que al subinspector le costaba articular palabra y el algodón empapado en coñac alojado entre la inflamada encía y el carrillo no ayudaba.

La experiencia en el odontólogo resultó todo lo terrorífica que se podía esperar. El dentista, un hombre mayor con malas pulgas que consideraba a sus pacientes cobayas con los que experimentar y en quienes no toleraba muestras de debilidad, dictó rápidamente sentencia: la muela tenía que abandonar su cargo.

Armado de una jeringuilla de grandes dimensiones, fue lanceando sin miramientos la zona dañada, haciendo un chasquido de descontento con la lengua cada vez que Herrero, aferrado a los brazos de aquel trono de tortura, daba un respingo. Su manejo inmisericorde de los alicates hacía sospechar que, en realidad, su verdadera aspiración era extirpar la mandíbula del subinspector.

De vuelta a la parada de taxi, Amelia le había insistido en que se tomara el día libre y fuera a casa a descansar, pero Herrero no tenía intención de faltar a la oficina y, tras mentirle asegurando encontrarse mucho mejor, se había encaminado a la boca de metro más cercana, la de Núñez de Balboa.

—¿Está el inspector jefe? —preguntó Herrero tratando de no masticarse el interior del carrillo, aún flojo por la anestesia.

—Está en su despacho, pero no lo molestes ahora —respondió Pineda señalando la mesa que hasta el día anterior había ocupado Martín Romero—. Está al teléfono y tiene para un buen rato. Ya está avisado de que venías más tarde, así que por eso no te preocupes. Dime, ¿cómo estás? ¿En condiciones de trabajar? Tienes mala cara. ¿Por qué no te vas a casa? Le diré a Dávila que te he mandado a algún sitio.

—No, no. Estoy bien —mintió Herrero intentando mostrarse animado.

—¿Seguro? —preguntó Pineda, no muy convencido.

—Sí, sí, estoy bien. Es la anestesia, pero ya se me está pasando.

—Bueno, en ese caso, tenemos trabajo —repuso el veterano, que plegó el periódico *El País*, donde estaba leyendo una noticia bajo el titular «La izquierda reafirma su apoyo al Pacto de la Moncloa»—. Y creo que te va a gustar.

—¿Me va a gustar? —preguntó Herrero intrigado.
—Otro suicidio. Y de un excompañero.
—¿Qué ha ocurrido?
—Antonio Valenzuela Nieto. Policía jubilado —dijo Pineda echándose para atrás en su silla, sin necesidad de consultar el expediente, que empujó sobre la mesa para que lo revisara Herrero—. Según parece, se arrojó desde la azotea de Torre Madrid.

Herrero asintió. El edificio era uno de los más emblemáticos de la capital. Como titulado en Arquitectura técnica, el subinspector había estudiado la construcción del que, en su momento y durante años, había sido el edificio de hormigón más alto del mundo.

Torre Madrid estaba situada al final de la Gran Vía, al costado de la plaza de España y enfrente de otra construcción representativa de la capital, el edificio España, de manera que los dos rascacielos formaban un conjunto arquitectónico de gran valor para la ciudad.

Se trataba de un titán de ciento cuarenta y dos metros y treinta y siete plantas. Un edificio de lujo que no había cumplido aún la mayoría de edad, con amplios apartamentos y numerosas oficinas, además de un hotel y varias tiendas caras.

Una residencia fuera del alcance adquisitivo de un simple policía.

—¿Cuándo ha sucedido? —preguntó Herrero, que aún no se había sentado y ya recogía de nuevo su abrigo del perchero.

—¿Recuerdas la charla que tuvimos el viernes pasado? ¿Sí? Pues fue poco después de terminar nuestro pequeño concilio que el Arropiero decidió echar a volar.

—¿El Arropiero? —preguntó Herrero, sin querer darse por enterado de la falta de tacto del inspector.

—Así le llamaban.

—¿Tiene alguna relación con el famoso Arropiero?

—Alguna, sí —respondió Pineda, asintiendo con la cabeza sin querer entrar en detalles.

El inspector arrojó en un cajón el periódico y la edición barata de citas y refranes de gastadas tapas que ojeaba en cuanto disponía de un rato libre.

Daba la impresión de que algo relacionado con aquella muerte lo había disgustado, pero Herrero optó por no preguntar. Que el apodo de la víctima fuera el mismo que el de Manuel Delgado Villegas, el mayor asesino de la historia de España, un criminal confeso al que la policía le inculpaba al menos una veintena de muertes, no auguraba nada bueno.

—Nos han dado el caso esta mañana —dijo Pineda andando por el pasillo hacia la puerta—. El juez instructor se lo había dado al grupo de Martín Ojeda, pero Dávila le ha pedido al comisario Avellán que lo reclamara. Según el inspector que ha llevado a cabo las primeras averiguaciones, no parecía haber nada anormal, pero el forense ha debido de encontrar algo extraño y han decidido ahondar en el asunto.

Herrero seguía a su compañero en silencio escuchando los detalles. Torre Madrid estaba dentro de la jurisdicción del Sector Centro y parecía lógico que el comisario hubiera reclamado el caso.

A pesar de que el famoso edificio se encontraba a menos de un kilómetro de la comisaría, Pineda se metió por la calle de Mesonero Romanos con intención de ir al garaje donde se guardaban los vehículos camuflados.

Como de costumbre, Pineda se entretuvo unos instantes departiendo amigablemente con el policía a cargo de la seguridad del garaje, un veterano de la Policía Armada que ya no estaba para andar por la calle, y tomó las llaves de un vehículo Seat 124 azul que le ofrecieron.

Tras despedirse cordialmente, tomaron el coche y, con Pineda al volante, abandonaron el garaje, incorporándose sin prisas al tráfico.

—¿Y a dónde vamos? —preguntó Herrero, comprobando que Pineda giraba a la derecha por la Gran Vía en vez de a la izquierda, donde se encontraba su supuesto destino.

—Primero al Anatómico Forense, a hablar con el médico. A ver qué nos cuenta.

—¿Qué hacía Valenzuela en ese edificio? —preguntó Herrero al llegar a la plaza de Cibeles, contemplando la fuente de la diosa griega en su carro tirado por dos leones. Iba a gusto. La conducción del veterano era pausada y le ofrecía confianza.

—No tengo la menor idea —respondió Pineda, girando a la derecha en el paseo del Prado—. Tendremos que averiguarlo.

El semáforo estaba en rojo, y uno de los limpiacristales callejeros aprovechaba para pasar una bayeta húmeda y sucia al parabrisas de los coches detenidos. Tras embarrar todo con una solución jabonosa mezclada con la porquería del cristal, lo secaba ayudándose de una escobilla con la goma gastada.

—¿Qué tal, Alfredo? —preguntó sonriente el veterano inspector, viendo cómo el pedigüeño reclamaba el pago al conductor del vehículo antes de que el semáforo cambiara de color, preparado para escurrir la bayeta sucia sobre el cristal en caso de que no quisiera abonar.

—Hola, inspector, buenos días —contestó el sacacuartos, a la defensiva e intentando esconder la bayeta—. Aquí estamos, tratando de ganarnos la vida.

—¿Sí? No estarás manchando los parabrisas de quienes no aprecian tus servicios, ¿verdad?

—¡No, inspector! Por favor. Usted me conoce. Yo no hago esas cosas. Tiene el semáforo verde, inspector.

—Gracias, Alfredo —respondió Pineda. Subió la ventanilla y reanudó la marcha, sonriendo al ver por el retrovisor cómo el tal Alfredo maldecía su estampa y le dedicaba una peineta.

—Imagino que el hombre no viviría allí, ¿no? —preguntó Herrero retomando la conversación.

—¿Valenzuela? —preguntó sorprendido Pineda—. ¿Te has vuelto loco? ¿Sabes cuánto cuestan allí los pisos?

Al final del paseo del Prado giraron de nuevo a la derecha, hacia la calle de Atocha, y cinco manzanas después doblaron a la izquierda, metiéndose en la calle del Marqués de Toca, al final de la cual se levantaba el Instituto Anatómico Forense.

Pineda estacionó en el reservado de los coches fúnebres, sacó del parasol una tarjeta que identificaba al coche como policial y, seguido de Herrero, accedió al edificio, dirigiéndose al mostrador de la entrada.

—Hola, Ana. ¿Qué tal va todo por aquí? —saludó Pineda con alegría.

—Cuánto tiempo sin verte, Paco —respondió la recepcionista con una sonrisa, echando un vistazo a una tablilla de madera en la que estaba la hoja con los horarios de las intervenciones—. ¿Qué os trae por aquí? No veo que esté programada ninguna autopsia hasta la tarde.

Herrero se sorprendió un tanto de la confianza entre ambos. Había coincidido un par de veces con la recepcionista durante las prácticas de la academia y no la había visto levantar los ojos de sus papeles, salvo para lanzar una gélida mirada a quien osaba interrumpir su labor. Pese a ello, la mujer de hielo parecía derretirse ante su compañero. Estaba claro que el inspector tenía un don para ganarse el favor de la gente.

—Hemos venido a hablar con el doctor Serrano. ¿Sabes si está ocupado?

—Imagino que sí, pero vamos a ver si lo podemos *desocupar* —dijo la recepcionista guiñándole un ojo.

Cogió el teléfono, hizo la consulta y volvió a colgar.

—Enseguida viene. ¿Por dónde anda el inspector Romero?

—Pues por el momento lo he cambiado por este chaval —contestó Pineda con una sonrisa, dándole una sonora palmada a Herrero en la espalda—. Sangre nueva en la comisaría.

La mujer debió de encontrar muy graciosa la respuesta, pero el subinspector no participó en las risas. Por el pasillo asomaba el doctor Serrano, un hombre calvo con gafas redondas y una tripa que dificultaba el cierre abotonado de la bata blanca.

—Inspectores —saludó el forense, estrechando la mano de los dos policías—. Imagino que han venido por lo del señor Valenzuela, ¿es así? Si me acompañan, por favor.

Sin aguardar a ver qué hacían los policías, echó a andar por el pasillo en dirección a las salas frigoríficas y les tendió un tarro de VapoRub que llevaba en el bolsillo de la bata y que ambos policías se apresuraron a untarse debajo de las fosas nasales.

—Me temo que el espectáculo no va a ser muy agradable —comentó el médico en una letanía automática ampliamente repetida—. El cuerpo ha tenido que permanecer cuarenta y ocho horas fuera de la cámara porque no teníamos sitio.

Herrero observó el cadáver que, a causa de la putrescina y la cadaverina, hedía insoportablemente, a pesar del VapoRub.

—Aquí tienen los resultados de la autopsia —dijo Serrano tendiéndoles una copia.

Herrero cogió el informe y le dio un rápido vistazo. Lo leería más atentamente cuando regresaran a comisaría. Le llamó la atención la alta tasa de alcohol en sangre y la presencia de rastros de cocaína.

—En su informe mencionaba que había encontrado algunos detalles extraños —dijo Pineda observando el cadáver—. ¿Podría ser más explícito?

—Bien, para empezar, hay heridas que, de forma individual, podrían atribuirse a la caída. Por supuesto, no podemos obviar que el cuerpo se precipitó desde una gran altura y, a la vista del resultado, se puede inferir la dificultad para llevar a cabo el examen *post mortem*. No obstante, como decía, el conjunto de estas magulladuras me lleva a pensar que este hombre habría sufrido una paliza antes de caer desde el edificio.

Herrero echó un nuevo vistazo al cuerpo de color negruzco, hinchado por la acumulación de gases en aquellas zonas que la piel no había reventado. Presentaba un aspecto que recordaba poco a un ser humano, a pesar de haber sido lavado y preparado.

Al igual que el resto de sus compañeros de promoción, durante las prácticas con cadáveres el subinspector se había sorprendido al comprobar cómo los cuerpos precipitados al vacío, a pesar de los numerosos daños internos, con los órganos aplastados y las múltiples fracturas de huesos, no quedaban destrozados al impactar contra el suelo.

—¿Cree que pudo ser asesinado? —preguntó Pineda sin dejar de mirar el cadáver.

—Bueno, no me atrevería a asegurarlo. Como he dicho, individualmente las lesiones pueden explicarse como producto de la caída. No obstante, en conjunto, me cuesta llegar a esa conclusión. Y hay algo más. He encontrado lesiones internas en el recto que no concibo cómo podrían ser resultado de la caída. ¿Quieren verlo?

—No será necesario, confiamos en su experta opinión —repuso Pineda, al que aquel cuerpo parecía resultarle desagradable—. ¿Qué es lo que ha encontrado?

—El recto de este hombre está, literalmente, deshecho.

—¿Pretende insinuar que ha sido sodomizado?

—Yo diría que sí. Con las correspondientes reservas, dado el estado del cuerpo, creo que le ha sido introducido violentamente algún objeto por el ano. Y, puesto que el esfínter no presenta unas lesiones acordes a lo que debería teniendo en cuenta el estado en que se encuentra el recto, creo que el objeto que le ha sido introducido ha sido, de alguna manera, expandido brutalmente una vez dentro, hasta reventar los tejidos internos.

Pineda y Herrero se miraron estupefactos.

—¿Han oído hablar de la pera de la angustia?

Los policías volvieron a mirarse entre sí y negaron con la cabeza.

—Se trata de un instrumento de tortura que, supuestamente, se utilizaba en el medievo. También se la conoce como «pera veneciana». Es un objeto metálico cuya forma recuerda a la de la mencionada fruta, con un largo tornillo a modo de eje que la atraviesa longitudinalmente y cuya cabeza termina en su parte superior, la más estrecha. El artefacto tiene unos pétalos que se abren al girar el tornillo. Se introduce vía rectal, bucal o vaginal y girando el tornillo se expande, como si de una flor se tratara, causando una dolorosísima elongación de los tejidos. En ocasiones, y para infligir aún más dolor, los pétalos van provistos de unos pinchos que, a la tortura de la brutal dilatación, añaden desgarros internos.

Se quedaron los tres en silencio calibrado el tormento. A los policías les costaba dar crédito a lo que estaban escuchando.

—¿Y usted piensa que alguien utilizó ese aparato con la víctima? —preguntó Pineda rompiendo el silencio—. Ha dicho que es medieval. ¿De dónde podría sacar alguien un cacharro así? ¿De un museo?

—Bueno, no me atrevería a asegurar que se haya utilizado con este hombre, pero podría ser —contestó el forense quitándose las gafas y poniéndolas a contraluz para comprobar si estaban sucias—. Respecto a la procedencia del instrumento, no soy yo el investigador. De cualquier manera, deben saber que ese tipo de objetos aún se utilizan en el mundo, siempre con el objetivo de causar un gran dolor. Por mucho que nos pese, inspector, el ser humano es destructivo por naturaleza, aunque, por supuesto, usted eso ya lo sabe. Los sistemas de tortura eficaces han sobrevivido hasta nuestros días y lo seguirán haciendo cuando ya no estemos aquí.

Pineda alzó las cejas como si le costase esfuerzo admitir la posibilidad de que alguien utilizara un objeto medieval para martirizar a un semejante en pleno siglo xx y se rascó el cogote, nada convencido.

—¿Han localizado algún familiar?

—Nadie cercano —respondió el forense recolocándose las gafas sobre el puente de la nariz—. Hemos contactado con una sobrina suya, pero la mujer no quiere saber nada del finado. El juez ha ordenado su entierro, dado que ya se han llevado a cabo todas las gestiones y esta tarde o mañana será retirado por la funeraria.

—Muchas gracias, doctor. Creo que eso es todo. No le molestamos más —dijo Pineda al ver que el médico no tenía nada que añadir y parecía andar con prisa.

Salieron de la sala y recorrieron los tétricos pasillos en dirección a la entrada. Herrero se preguntó de nuevo si el arquitecto habría tenido en cuenta el macabro fin al que estaba destinado el edificio al diseñarlo. Todo era frío, oscuro, gris, vacío, estaba mal iluminado. El sonido de los pasos retumbaba en las paredes. Un lugar de sufrimiento, a pesar de que los cuerpos llegaran ya sin vida, para las almas en pena de quienes se habían despedido de este mundo abruptamente.

En la recepción no se encontraba la mujer que los había atendido y salieron a la calle. Pineda se quedó un instante exponiéndose al sol, como si necesitara calentar el cuerpo después de su paso por aquellas estancias de muerte.

—Debe de ser triste terminar tus días sin que nadie quiera saber nada de ti —reflexionó Herrero agradeciendo aquellos tibios rayos de sol.

Pineda no contestó. Se encaminó hacia el coche, arrancó, giró el cuello para ver si llegaba algún otro vehículo y se puso en marcha, ajustando de nuevo el retrovisor interior que estaba flojo y se había movido.

—¿A dónde vamos ahora? —peguntó Herrero. Habían vuelto a tomar por la calle Atocha en dirección oeste.

—¿Qué te parece si primero vamos a la pensión donde vivía Valenzuela? Sus pertenencias están en comisaría y la habitación ya habrá vuelto a ser alquilada, pero tal vez podamos sacar alguna información a la casera. Luego podríamos acercarnos a Torre Madrid, a ver si conseguimos averiguar qué estaba haciendo Valenzuela por allí.

La pensión se encontraba en los alrededores de la plaza de toros de Las Ventas, en un callejón por delante del cual pasaron de largo un par de veces antes de ser capaces de encontrarlo. Dejaron el coche subido a la acera, con el aviso de que se trataba de un vehículo perteneciente al Cuerpo General de la Policía a la vista. Cuando Herrero se dispuso a apearse, Pineda le advirtió:

—El doctor Serrano es un buen forense, pero le gusta demasiado fantasear. No es la primera vez que cree haber descubierto alguna conspiración. Te lo digo porque sé lo que estás pensando. Investigaremos a ver si hay algo turbio tras la muerte de Valenzuela, pero quiero que tengas la mente abierta. Nada de buscar similitudes con las muertes de la monja y demás a la primera de cambio, ¿de acuerdo? Mente abierta.

Entraron en el portal, que tenía la puerta entornada para que se secara el descansillo recién fregado. La casa no tenía ascensor y no les quedó más remedio que subir por las escaleras hasta el quinto piso, donde estaba la pensión. Pineda llegó jadeando y tuvieron que aguardar un par de minutos para que se recobrara antes de que Herrero pulsara el timbre.

Les abrió una chica joven, casi una niña, vestida con un delantal y una escoba en la mano. En cuanto se identificaron como policías, una mujer con la cuarentena rebasada ampliamente corrió a apartar a la cría y les preguntó qué era lo que deseaban.

—Venimos por el señor Valenzuela —explicó Pineda mostrando la placa prendida en la solapa—. ¿Podemos pasar?

—Ya le conté a la policía cuanto sabía —explicó la mujer hablando a la espalda del inspector, que, sin esperar respuesta, había entrado en el piso.

La casera se mostraba nerviosa, a juicio de Herrero. Claro que podía tratarse de algo innato en ella, ya que, enjuta, sin un gramo de grasa en el cuerpo, pero sí en el desordenado cabello, parecía encontrarse en estado de alerta permanente.

—¿Tiene alquilada la habitación del señor Valenzuela?

—Sus compañeros ya vinieron a recoger sus pertenencias y se las llevaron —se justificó la patrona—. Yo necesito la habitación.

—Pero le advirtieron de que tenía que permanecer cerrada hasta nueva orden.

—No me puedo permitir tenerla cerrada —protestó vehemente la casera, retorciéndose las manos—. Necesito el dinero. Ese desgraciado me dejó sin abonar las tres últimas semanas.

—Señora, un respeto —amonestó Pineda con gesto severo—. Está hablando de un fallecido. Un fallecido que fue policía.

—Por supuesto, inspector. Disculpe. No pretendía faltar al respeto a su compañero. Solo quería decir que necesitaba el dinero y por eso tengo alquilada la habitación. Pero no hay nada, de verdad. Los policías que vinieron se lo llevaron todo.

—¿Me permite ver el libro de registro?

—¿El libro de registro? —preguntó alarmada la mujer—. Sí, claro. Debo de tenerlo por aquí. Si esperan un momento...

Herrero miró en derredor. Un pasillo estrecho decorado con un feo papel pintado, levantado por las juntas. Un minúsculo recibidor, con una mesita donde la mujer fingía buscar el libro de registro y otros dos pasillos, a derecha e izquierda, con varias puertas cerradas con argollas y candado. Al fondo de uno de los pasillos, una puerta de cristal esmerilado. Herrero supuso que debía de tratarse del baño.

Tras la mesita en la que se afanaba la casera, llena de papeles y revistas, Herrero vio la foto enmarcada de un hombre, tal vez un marido, un pisapapeles con forma de bola de cristal, de esas que cuando se agitan parece que nieva en su interior, un vaso con una flor blanca y mustia y varias llaves con un llavero de madera cada una.

—¿No encuentra el libro de registro? —se interesó Pineda, solícito—. Bueno, tal vez aparezca luego. ¿Qué tal si nos habla del señor Valenzuela?

La casera respiró aliviada y se mostró más comunicativa. No obstante, poco pudo aportar debido al hecho de que Valenzuela, un hombre desagradable, apenas tenía relación ni con ella ni con el resto de los alojados en la pensión, y se refirió eufemísticamente a él como «poco conversador»

—Mis clientes suelen ser de larga estancia, inspector. Habitualmente pasan unos meses y luego se van. Algunos llevan años. Por un precio más que razonable tienen su propia habitación, que limpio cada dos días, un juego de sábanas y mantas que cambio semanalmente, el baño comunitario y un buen desayuno todas las mañanas. No se permiten visitas de ningún tipo, aunque el señor Valenzuela no parecía desearlas.

—¿Notó algo extraño en él los últimos días? —preguntó Pineda, cortando la propaganda que estaba haciendo la casera de su negocio. No había más que ver el papel viejo y sucio de las paredes que se caía a trozos para comprender que estaba exagerando las bondades de su alojamiento.

—Pues no —repuso la mujer, deseosa de colaborar—. A decir verdad, nunca lo veía mucho. Se levantaba casi a mediodía y se marchaba. No volvía hasta la noche, a veces muy tarde, casi de madrugada.

—¿Y dice que no tenía trato con ningún otro huésped?

—Con ninguno —respondió categórica—. Si quiere que le sea sincera, el resto de mis clientes no le tenía mucho aprecio. No seguía ninguna de las normas de la casa. Molestaba a todos, especialmente con el uso del baño. Solo tengo uno, ¿entienden? Y las normas de su uso son estrictas. Pero él no hacía caso. Se encerraba dentro y pasaba mucho tiempo. Cuando se duchaba, dejaba sin agua caliente a los demás. No se debe hablar mal de un muerto, pero realmente era muy desconsiderado, no respetaba nada ni a nadie.

—Y a usted le debía dinero —recordó Pineda—. ¿Era la primera vez? ¿Le confesó que tuviera algún apuro económico?

—¿A mí? —se sorprendió la mujer con un enfado mal disimulado—. ¡Quia! No era hombre que diera explicaciones a nadie, inspector. Y no era la primera vez, desde luego que no. Se retrasaba habitualmente y había que estar encima para que abonara lo que debía. Y, cuando por fin pagaba, parecía que te estaba haciendo un favor y exigía que no lo volviera a molestar más. Pero a la siguiente volvía a hacer lo mismo.

—¿Alguna vez le vio con alguien?

—Jamás —contestó tajante la mujer con gesto de que le resultaría imposible simplemente imaginar que el muerto pudiera tener algún amigo—. Nunca usó el teléfono ni recibió llamadas.

—¿Y algún paquete? ¿Alguna carta? —intervino Herrero.

—Nunca —respondió la casera negando con la cabeza.

—Así que no vio nada raro en él —insistió Pineda.

—No, señor, nada.

Quedaba claro que allí no iban a encontrar nada. Se despidieron de la mujer, que estaba aliviada de perderlos de vista, y bajaron a la calle.

—¿Qué opinas? —preguntó Pineda al salir del portal.

—Que Valenzuela no era muy apreciado.

—Eso parece, ¿verdad? Venga, vamos a Torre Madrid. A ver qué nos encontramos allí.

12

Miércoles, 2 de noviembre de 1977.
Torre Madrid.
Madrid

Volvieron hasta Gran Vía y pasaron por delante de la Casa del Libro, en el portal anterior al despacho. Herrero recordó que aún no lo habían llamado de la librería. Instantes después comenzaron a ver la silueta del colosal edificio, durante años el más alto del mundo, como no se cansaba de elogiar la prensa nacional.

La mole se agrandaba según se iban acercando hasta ocupar todo el campo de visión. Al pie de la torre, y a falta de un lugar mejor donde dejar el coche, Pineda optó por subirlo a la acera de la plaza de España y colocar la identificación de coche policial.

—Bueno, ya estamos aquí —dijo subiéndose los pantalones, que con el peso de la pistola se le habían bajado un poco.

El inspector parecía vestir siempre una talla de más, lo que lo obligaba a tener que remeterse los faldones de la camisa y a subirse el pantalón, que a pesar del cinturón se le caía cada dos por tres.

—Es ahí donde apareció el cuerpo —explicó el veterano frente al número 18 de plaza de España, un enorme portal con cuatro puertas dobles de latón al abrigo de un saliente, precisamente el punto que estaba señalando—. Sobre esa cornisa.

Por eso tardaron su tiempo en encontrarlo. El pájaro voló desde arriba y se estrelló contra el saliente.

Herrero miró donde le señalaba. El saliente, de gran tamaño, era un elemento ornamental de hormigón que cubría todo el portal a unos seis metros de altura. Un cuerpo que se precipitara desde las alturas e impactara contra la cornisa quedaría fuera de cualquier mirada. Solamente alguien que se asomara a una ventana del propio edificio y observara la calle justo a sus pies podría haber encontrado el cadáver. Que era precisamente lo que había ocurrido.

—Preguntemos al portero.

En la señorial portería, un acicalado y uniformado portero los atendió servicialmente. El ir y venir de gente era continuo, y los doce ascensores no daban abasto entre vecinos, oficinistas, clientes y usuarios del hotel

—Brigada de Investigación Criminal —se identificó Pineda mostrando la placa de su solapa—. Venimos por el asunto del fallecido.

El portero, sintiéndose importante y vital para la investigación, dio unas instrucciones a su ayudante, igualmente uniformado, para que atendiera la entrada «mientras yo platico con los señores inspectores» y los acompañó a su oficina, un cubil meticulosamente ordenado donde el hombre tenía sus accesorios laborales, además de una silla y un escritorio sobre el que en ese momento descansaba un bocadillo de chorizo de Pamplona.

—¿En qué puedo ayudarles, inspectores?

—¿Sería tan amable de decirnos su nombre?

—Ataúlfo Sánchez Muñoz, para servirles.

—¿Fue usted quien descubrió el cadáver?

—Sí, señor. Yo personalmente. Me encontraba supervisando la limpieza de las escaleras porque en ese momento estaban fregando y, al abrir la ventana para que se secaran y asomarme, me encontré sobre la cornisa del portal lo que parecía un cuerpo que…

—De acuerdo —cortó Pineda, que temía que la explicación no tuviera fin—. ¿Conocía usted a la persona fallecida?

—Dado el estado en el que, lamentablemente, se encontraba el finado, me resultó de todo punto imposible reconocerlo, inspector. Por supuesto, y a pesar del tamaño de este edificio, que a diario acoge a miles de personas, me enorgullezco de conocer a los más asiduos, como es mi obligación. Además, soy buen fisonomista, pero como le decía, el estado del...

—¿Le conocía o no?

—Bueno —respondió el portero, molesto por la brusca interrupción—. Cuando vi su foto en el periódico lo reconocí, sí. El caballero, sin ser de los más habituales, venía en ocasiones. Ya le digo que soy buen fisonomista y me quedo con las caras. Desde luego no vivía aquí. Es un edificio muy exclusivo y los precios no están al alcance de cualquiera, claro que...

—Ha comentado que le había visto en otras ocasiones —volvió a interrumpir Pineda, a quien la verborrea del hombre estaba exasperando—. ¿Sabe dónde se dirigía? ¿Tenía algún familiar que viviera aquí? ¿Algún conocido?

El portero abrió mucho los ojos, sorprendido por la pregunta.

—Como le he dicho, inspector, es un edificio muy exclusivo. Dudo mucho que ningún vecino pueda tener amistades como el fallecido, Dios le tenga en su gloria. Con todos los respetos, por supuesto.

—Entiendo. Entonces, ¿a qué venía?

—Es un poco delicado, inspector —dijo el portero bajando la voz, haciéndose el interesante, como si lo que tuviera que decir resultara un máximo secreto—. Hay un piso que acostumbra a tener visitas a deshoras. Ya me entiende...

—¿Una casa de citas?

El portero asintió con disimulo echando un vistazo a su espalda, donde estaba la puerta de la garita en la que se apretaban los tres.

—Creía que me había dicho que era un edificio muy exclusivo…

—Y lo es, inspector —respondió el portero indignado ante la duda—. Es uno de los edificios más importantes de todo Madrid. Hay multitud de oficinas. Las personas que trabajan aquí tienen muchísimas responsabilidades y llevan a cabo labores importantes…

—Y necesitan alguna distracción para relajarse —insinuó Pineda.

—Algo así, inspector —confirmó el portero tras una pausa—. Pero tenga la seguridad de que el negocio está en regla. Cumple con todas las ordenanzas y jamás ha sido objeto de un escándalo. Nunca un vecino ha tenido motivos de queja por ruidos o molestias.

Pineda, que ya estaba aburrido de aquel tipo, sospechaba que algún dinerillo se sacaba, habida cuenta de la defensa a ultranza que estaba llevando a cabo. O tal vez las atenciones ocasionales de alguna de las chicas.

—¿En qué piso está el puti?

El portero se horrorizó ante la grosería, pero farfulló la información: piso veinticinco, escalera derecha.

Los policías tomaron un ascensor y pulsaron el botón correspondiente. Cuando se abrieron las puertas, salieron y observaron el largo descansillo. El A y el B no se diferenciaban en nada del resto de las puertas. Tocaron el timbre del A y esperaron, pero nadie abrió. Probaron con el B. Tampoco contestaron. Insistieron. Por fin, escucharon el ruido de unos pasos y el chasquido del cerrojo al descorrerse.

—¿Qué deseaban? —preguntó la mujer que les abrió. Ya no era joven y, aunque iba bien vestida, se maquillaba en exceso. Vestía una bata de seda estampada que le llegaba a los pies y fumaba un cigarrillo encastrado en una larga boquilla de nácar manchada con el carmín con el que se había pintado los labios, de rojo chillón.

—¿Podemos pasar?

—Imagino que será por el muerto del otro día —dijo la madama franqueándoles el paso y conduciéndolos a una salita—. Yo no sé nada.

Los policías no habían tenido tiempo aún de identificarse. Que la mujer fuera directamente al grano solo podía significar dos cosas: que poseía una magnifica intuición, algo más que probable dada su profesión, o que el portero se había dado prisa en prevenirla.

—Veo que le gusta hablar sin rodeos —dijo Pineda llevando la voz cantante—. Me parece muy bien, porque así ninguno de nosotros pierde el tiempo. El portero nos ha dicho que el fallecido había visitado su casa en alguna ocasión, aunque imagino que se lo habrá comentado él mismo cuando la ha avisado de nuestra llegada.

—Vale —admitió la mujer con un gesto de fastidio—. Es cierto que ese hombre había venido en un par de ocasiones, pero no tenemos nada que ver con lo sucedido. Tal vez tenía problemas y decidió cortar por lo sano.

Herrero se preguntó si la forma de expresarse de la mujer era la que utilizaba habitualmente para tratar con su clientela o solo la reservaba para dirigirse a la policía.

—La noche de su muerte estuvo aquí, ¿no es cierto? ¿Nos puede decir qué ocurrió? —intervino Herrero intentando mostrarse conciliador.

No convenía que la mujer se pusiera en su contra. Estaban tratando con una persona que con toda seguridad habría vivido de todo. No se iba a asustar por un muerto, aunque este hubiera sido policía.

—¿Qué va a ocurrir? —preguntó la madama con un tono irónico, como si aquel joven policía fuera tan tonto que no conociera las actividades de una casa como la suya—. El hombre vino, estuvo con las chicas y después se marchó. Y ya está.

—¿Solo eso? —preguntó Pineda con voz seca. No estaba dispuesto a que aquella mujer tratara de jugar con ellos—. ¿No hubo ningún tipo de problema?

La mujer se puso a la defensiva.

—¿Qué tipo de problema iba a haber?

—Mire, señora. A pesar de lo que usted pueda llegar a creer, no somos tontos. El fallecido tal vez no se suicidó, como usted piensa que sospechamos. Quizá fue arrojado desde la azotea. ¿Por qué no nos dice si ocurrió algo que nos pueda ayudar en la investigación? De lo contrario, nos la llevaremos y estoy seguro de que en comisaría cantará usted como María Callas.

Pineda estaba utilizando un tono agresivo que Herrero no había escuchado antes en boca de su habitualmente afable compañero.

—Está bien. Sé que ese hijo de perra era compañero de ustedes —dijo la madama con irritación mal contenida—, pero era un mal nacido.

La mujer les explicó cómo Valenzuela se hacía valer de su condición de policía para visitar su casa. Les detalló la brutalidad con la que trataba a las chicas, en especial aquella noche, en la que casi había asfixiado a una de ellas.

—¡Roberta! —llamó de repente.

Instantes después una chica de pelo largo, morena y un poco regordeta entró en la sala con aire asustado.

—Roberta, estos señores son policías. Cuéntales lo que pasó el otro día con el viejo degenerado.

La chica tomó asiento en un puf que le señaló su jefa y, mirándolos alternativamente a los tres, comenzó a relatar lo sucedido, al principio de forma dubitativa y, luego, según iba rememorando lo que había sufrido, con más energía.

Valenzuela había llegado pasadas las diez de la noche. Se había tomado unas copas examinando a las chicas como si se tratara de ganado. Roberta no llevaba mucho tiempo en el oficio y pensó, equivocadamente, según comprobó luego, que el viejo sería un cliente fácil.

Tras intentar camelarlo infructuosamente para que le pagara una copa, la chica, temiendo que el viejo perdiera el interés, le había empezado a frotar la entrepierna. Había dado un respingo. Debajo de la bragueta, aquel tipo tenía un enorme falo, duro como una piedra. Asustada, había tratado de retirarse, pero era tarde. El viejo le había metido mano bajo el corpiño agarrándole un pecho con una mano y una nalga con la otra, apretando dolorosamente.

La cosa tomaba un cariz inquietante. Ella había confiado en que, dada su edad, el viejo sería más fácil de satisfacer que otros clientes más jóvenes y ardientes, pero empezaba a entender que no sería así. No encontró escapatoria y se tuvo que llevar al viejo a uno de los reservados, pensando que tal vez no hubiera nada que temer. Con unos trucos aprendidos de las compañeras más veteranas, quizá acabara con él en unos minutos.

—Nada más entrar en la habitación —decía Roberta—, me tiró de la coleta y me obligó a arrodillarme delante de él. Sin una palabra, se abrió la bragueta, sacó aquella cosa y me la metió en la boca, hasta el fondo. Yo sentí arcadas, pero me tenía atrapada con sus manazas por la nuca y no podía sacármela.

Herrero, incómodo, miró a su compañero. Pineda y la madama asistían impávidos al relato.

—Cuando me soltó —continuó la chica con lágrimas en los ojos—, le rogué que me dejara. No quería continuar, me había hecho mucho daño y creía que me asfixiaba. Pero no dijo nada, se limitó a sonreír. Aquella sonrisa helaba el alma. Intenté ponerme en pie. Él me agarró y me empezó a arrancar la ropa. Traté de gritar, pero me tapaba la boca con una mano mientras me aplastaba contra la pared y seguía arrancándome el corpiño y el pantalón. Lo empujé y fui hacia la puerta. No pude llegar. Aquel cabrón tenía mucha fuerza. Me dio dos tortazos que me atontaron y me dejaron un pitido en el oído y me tiró encima de la cama.

—Tal vez no sea necesario continuar —terció Herrero al ver cómo las lágrimas le corrían por la cara a la desgraciada, que se apretaba el estómago con las manos reviviendo el suplicio pasado.

—No, escuche —intervino la madama—. Aún no ha terminado.

Herrero volvió a mirar a su compañero, pero Pineda seguía quieto como una estatua.

—Aquel bestia se subió encima. Yo trataba de mantener cerradas las piernas, pero con las rodillas apretó en el interior de mis muslos. Era muy doloroso. No pude evitar abrirme y el cabrón se puso a hurgarme por dentro. De repente sacó sus asquerosos dedos y me empaló.

Herrero era capaz de sentir el dolor sufrido por aquella pobre chica, doblada sobre sí misma mientras relataba el martirio.

—Mientras me embestía, me cogió del cuello y empezó a apretar. He tenido otros clientes a los que les gusta el juego de la asfixia, pero les juro que esta vez creía que me iba a matar. Traté de zafarme, pero era imposible. Estaba como poseído. No podía respirar y me sentí morir. Y ya no recuerdo más.

—Yo sí —dijo la madama tomando la palabra—. Ya habíamos tenido anteriormente problemas con ese tipo. Estaba advertido, pero no me fiaba de él. Le gustaba elegir chicas nuevas que no lo conocieran para hacerles todas las barbaridades que se le ocurrían. Así que escuché a través de la puerta. No se oía nada y me dio mala espina. Llamé a la puerta y nadie contestó. Volví a llamar más fuerte y, finalmente, abrí la puerta. Roberta estaba inconsciente y ese bastardo la abofeteaba para despertarla.

Roberta enterró la cara entre las manos y se puso a llorar.

—Lo quitamos de encima. Roberta no respiraba. Llamamos a un médico y le hicimos el boca a boca. Sabemos hacerlo, no es la primera vez que nos pasa algo parecido. Hay tipos que solo llegan a correrse provocando la asfixia. Por suerte, Roberta empezó a respirar. Aquel bestia sonreía, como si le pareciera muy gracioso.

—¿Y qué pasó después? —preguntó Pineda volviendo a la vida.

—Nada, se lo juro. Los chicos querían darle una paliza, pero yo se lo impedí. Sabía que ese cabrón había sido policía y que lo habían jubilado, pero no me fiaba. No quería líos. Le dije que no podía volver por aquí nunca más. Sin embargo, él no dejó de sonreír, desafiante. Se creía que no nos atreveríamos a ponerle una mano encima. Decía que no había sido para tanto y volvía a sonreír.

La madama les señaló los verdugones amoratados que Roberta tenía en el cuello.

—Les juro que de aquí salió sin que nadie le tocara un pelo —concluyó—. No volví a saber nada de él hasta que el portero me enseñó su foto en el periódico. Y siento decirles que me alegré de lo que le había pasado.

—Está bien, señora —dijo Pineda mientras se ponía en pie y le tendía una tarjeta de visita—. En caso de que recordara algo más, me gustaría que nos llamara a este teléfono.

La madama los acompañó en silencio a la puerta y cerró tras ellos, sin despedirse.

—¿No interrogamos a más vecinos? —preguntó Herrero siguiendo a su compañero hasta el ascensor.

—¿Quieres hablar con todos los vecinos? Necesitaríamos un mes. No. Pediremos que vengan agentes de la Policía Armada. Si encuentran algo, ya nos avisarán. Por ahora no hay indicios de que se haya cometido un crimen, y como perdamos mucho el tiempo Dávila nos cuelga por las pelotas.

Minutos más tarde salían a la calle. Pineda se quedó mirando el edificio España situado enfrente, otro coloso parecido al de Torre Madrid. Se palpó los bolsillos de la americana, pensativo.

—¿Qué te parece, Pablo?

—Tenían un buen motivo para deshacerse de él —contestó el subinspector refiriéndose a las declaraciones de la madama.

—Pero tú no crees que hayan tenido nada que ver.

—La mujer parecía sospechar que Valenzuela aún mantenía algún tipo de relación con el cuerpo de policía. Aunque deseara acabar con él, no se habría atrevido y mucho menos aquí, en su club. En todo caso, habría mandado a sus matones hacerlo en otro lugar, donde no pudieran relacionarlos.

—Tal vez le estaban dando un correctivo y se les fue de las manos.

—¿Y para disimular la paliza lo tiran desde la azotea? —preguntó Herrero, nada convencido—. Era cuestión de tiempo que averiguáramos qué hacía aquí, con quién estuvo y qué fue lo que sucedió. Hubiera sido más sencillo meterlo en el maletero de un coche y tirarlo en un vertedero o en cualquier solar abandonado.

—Quizá pensaron que lo catalogaríamos de suicidio —sugirió Pineda haciendo de abogado del diablo.

—Muy arriesgado, ¿no cree? —rebatió Herrero, imaginando que el veterano lo estaba poniendo a prueba—. Si decidieron darle una paliza, sabían que no podían dejarlo con vida. Nadie da una paliza a un policía, jubilado o no, sin pagar por ello. Y si pretendían asesinarlo, hacerlo en el edificio donde tienen el negocio...

—Donde se come, no se caga.

—Algo así —asintió Herrero obviando la vulgaridad—. Si lo hubiesen querido muerto habrían podido seguirlo hasta la calle y, en algún sitio más alejado, haberlo matado. Por otro lado, si el doctor Serrano tenía razón, no me imagino que la dueña de una casa de citas posea una herramienta de tormento medieval.

—¿Por qué no? Según Serrano, esos cacharros aún se usan. ¿Qué mejor lección para un bestia que trata mal a las chicas que darle de su propia medicina?

Herrero no estaba convencido, pero siguió a su compañero hasta el coche mal aparcado, donde un policía municipal de rostro serio estudiaba la tarjeta que lo identificaba como vehículo oficial. Al verlos aproximarse, el agente hizo un gesto de saludo con la cabeza y se alejó.

Montaron en el Seat 124. El inspector Pineda arrancó el motor y se quedó un instante pensativo antes de volver a girar la llave del contacto.

—Valenzuela era un hijo de puta —dijo después de un espeso silencio en el que Herrero se preguntaba por qué habría apagado el coche—. Un psicópata. La reencarnación del mal más absoluto.

Herrero se quedó impresionado por la confesión y mantuvo el silencio a la espera de que su compañero ofreciera alguna explicación.

—Quería que escucharas de primera mano lo que esta pobre chica ha sufrido a manos de semejante bestia. Y no puede quejarse, ha salido con vida. Otras antes no tuvieron tanta suerte.

Herrero continuó sin decir nada.

—Valenzuela siempre fue un loco muy peligroso. Le gustaba infligir dolor, no importaba el motivo. Así se ganó el sobrenombre de Arropiero, como el de aquel asesino múltiple.

Pineda calló un momento, con la mirada perdida a través del parabrisas, como si no supiera hasta dónde contar.

—Antes de ser policía fue matón, extorsionaba a la gente, daba palizas por encargo... Le daba igual a quién y, si encima le pagaban por ello, miel sobre hojuelas. Cuando se instauró la dictadura, el régimen buscó policías duros, algunos auténticos criminales, que cercenaran cualquier atisbo de rebelión y que acabaran con los disidentes. No le costó mucho entrar en el cuerpo y pronto demostró ser un verdadero sádico.

—¿Usted le conoció?

—Por fortuna no coincidí. Estaba en otro nivel, por encima de los jefes. Era intocable, no rendía cuentas a nadie, solo a la Gobernación. Por los pasillos de las comisarías se escuchaban todo tipo de rumores, dichos en voz baja, sobre sus barbaridades. Cuando aparecía en una comisaría a reclamar a un detenido, los agentes desaparecían, no querían tener nada que ver con él. Incluso sentían lástima por sus víctimas.

—¿Para tanto era?

—No te puedes hacer una idea. Su nombre estaba maldito, incluso entre los policías más salvajes, y había unos cuantos.

Herrero levantó la mirada y vio una lástima infinita en el rostro de su compañero.

—Cuando había que interrogar a un sospechoso, Valenzuela no tenía piedad. Le daba igual de qué estuviera acusado, incluso si se mostraba cooperativo. Si le ponía las manos encima, estaba condenado. Conocía mil formas de tortura. A ese demonio le daba igual hombre que mujer, niño que anciano, aunque sus víctimas favoritas eran las mujeres jóvenes, cuanto más niñas, mejor.

Un escalofrío recorrió la espalda del subinspector.

—Se excitaba con sus gritos y sus llantos. Las violaba sistemáticamente. Disfrutaba asfixiándolas mientras las poseía. Roberta ha tenido mucha suerte, más de una mujer murió entre sus manos y no solo por la asfixia. Golpes, electricidad, ahogamientos... Todo tipo de salvajadas.

Herrero se miró las manos, turbado. Por lo que contaba Pineda, Valenzuela había sido el fiel ejemplo de lo que él odiaba en un policía.

—Campó a sus anchas. Siempre obtenía resultados, pero eso no le importaba. No protegía a la patria ni al régimen. Ni con Dios ni con Franco. No había ideales ni ansia de poder ni intención de enriquecerse. Solo causar el dolor por el dolor.

—¿Nadie se atrevió a pararle los pies?

—¿Quién iba a hacerlo? —exclamó Pineda—. Ya te he dicho que conseguía confesiones. Los sospechosos en sus manos denunciaban a sus padres, a sus hijos. Los jefes estaban encantados, aunque no quisieran coincidir con él en los pasillos. Lo mismo que los compañeros. A él le daba igual, le gustaba trabajar solo.

—La mujer ha dicho que lo jubilaron...

—Cometió un error. Una chica joven de diecisiete años que participó en una protesta. Nada grave, una chavala que se juntó con alborotadores por el impulso de la juventud, porque resultaba muy emocionante correr delante de la policía. Sin embargo, tuvo la mala suerte de ser detenida. La llevaron a comisaría. Ya sabes, unos tortazos, reprimenda y a la calle. Pero Valenzuela le echó el ojo y pidió interrogarla él mismo. Nadie se atrevió a oponerse.

Herrero ya podía imaginar el resto.

—La pobre chica, que no tenía ninguna vinculación con los subversivos, salió con vida. Alguien pasó la información sobre su detención y los peces gordos mandaron rescatarla de las garras de Valenzuela, que, enardecido por los gritos de dolor y angustia de la pobre chavala, ya le había hecho de todo menos matarla.

El policía municipal volvía de nuevo y miraba desaprobadoramente el estacionamiento del coche, que seguía sin moverse.

—La chica era hija de un empresario muy afín al régimen y con contactos en las altas esferas. Fue trasladada al hospital y allí la recompusieron, aunque ya no volvió a ser la misma. Al día siguiente, Valenzuela fue llamado al despacho y le quitaron la placa y el arma. Tendría una buena paga hasta su muerte por guardar silencio; no obstante, estaba fuera del cuerpo.

El policía municipal los estaba mirando, pero Pineda no parecía darse por enterado, absorto en sus recuerdos.

—Cuando se marchó, nadie quiso cruzarse en su camino. Era un apestado caído en desgracia. Quienes más renegaron de él fueron los que más lo habían protegido. Siempre es así.

—¿Llevaba mucho tiempo jubilado?

—Unos años —contestó Pineda encogiéndose de hombros, como si ese detalle careciera de importancia—. Volvió a lo que conocía. Las palizas por encargo, trabajar de matón, extorsión...

—¿Nunca fue detenido?

—¿Por quién? ¡La dictadura ha acabado, estamos en la nueva democracia! Nadie se atrevía a levantar la alfombra y fingimos no estar al corriente de lo que sucedía en aquellos calabozos. Si Valenzuela abría la boca, gente muy importante se iba a encontrar en apuros. No, no. Nos olvidamos de él y de otros como él. Como si nunca hubieran existido.

—¿Cree que podría tratarse de una venganza por lo que hizo en aquellos tiempos?

—O en estos. Ya te digo que ha seguido ejerciendo el mal más absoluto. Era su pasión causar dolor. —Pineda arrancó el motor de nuevo, volviendo a la realidad—. Nadie lo va a echar de menos. El daño que ha sufrido ha sido una ínfima parte del que él causó. Alimañas así sobran en este mundo.

Herrero no dijo nada, se giró hacia la ventanilla y miró el paisaje mientras su funesto compañero conducía de regreso a comisaría. Ninguno de los dos dijo nada hasta llegar al depósito de vehículos.

—Bueno, Pablo —dijo Pineda después de aparcar el Seat en el garaje y devolver las llaves al policía de la entrada. Parecía haber recuperado, al menos en parte, su habitual camaradería—. He quedado para almorzar con un viejo amigo. ¿Qué te parece si nos vemos después en la oficina?

Se despidieron y Herrero se encaminó hacia el portal de la comisaría. Sentía frío, pese a que la temperatura en la calle era agradable. Los relatos, primero el de la prostituta y después el de su compañero, le habían helado el corazón. No podía concebir tanta maldad.

Al pasar por delante de la administración de lotería Doña Manolita, tuvo que dar un pequeño rodeo para evitar la cola que aguardaba pacientemente frente al establecimiento. Por más que lo contemplaba a diario, no dejaba de sorprenderle aquel acto de fe de quienes depositaban sus esperanzas en el azar de un bombo. Como era puente, Madrid estaba lleno de turistas y muchos deseaban probar suerte con la popular lotera.

Entró en el portal y subió a la primera planta. Había poco movimiento a aquellas horas.

—Subinspector Herrero —avisó una telefonista cuando pasó por delante de la centralita—. Han llamado preguntando por usted.

—¿Y qué querían?

La telefonista se limitó a extender una hoja de un block de notas. En la hoja solo había tres líneas:

ANTES DE LA CLÍNICA, LA MONJA FUE DIRECTORA DE UNA CÁRCEL. BUENA PIEZA. SI TIENES ALGUNA OTRA DUDA, LLÁMAME.

ANTONIO

13

*Jueves, 3 de noviembre de 1977.
San Fernando de Henares*

Herrero sopló sobre la taza de café con leche. Con los codos apoyados sobre la mesa del restaurante Jarama, al lado del ayuntamiento, aguardaba a que Pineda terminara en el baño.

Llevaban toda la mañana en San Fernando de Henares, municipio hasta el que se habían desplazado para investigar una muerte violenta ocurrida la noche anterior que, según todos los indicios, se trataba de un suicidio.

El caso estaba bastante claro. El marido de la fallecida había regresado a casa ebrio y la había emprendido a golpes con su mujer. La aterrorizada esposa, desesperada por una situación que se prolongaba en el tiempo, había decidido terminar con su miserable vida arrojándose por la ventana del cuarto piso de la calle Arroyo, donde residía desde que se casó con aquel violento energúmeno.

Herrero, aún poco avezado en la condición humana, no daba crédito a las declaraciones de los vecinos a los que habían interrogado. «Es un hombre muy agradable..., algo habrá hecho ella..., no parecían llevarse mal..., discutían como todos...». Pocas muestras de simpatía con la fallecida y muchas actitudes de «Cada uno en su casa y Dios en la de todos», como había sentenciado Pineda muy enfadado.

El veterano inspector había dado por cerrado el interrogatorio puerta a puerta y había decidido buscar un lugar donde comer el menú del día a cargo del erario público. Nadie iba a aportar nada, y aquella gente insulsa y cobarde solo iba a conseguir que su enfado se acrecentara. Quedaba claro que la pobre mujer había encontrado en el suicidio la única vía de escape para acabar con su triste existencia.

El veredicto de suicidio sería el único que contemplaría el juez. A su señoría le importarían muy poco los motivos. Hablarían de crisis personal, locura transitoria o debilidad mental como posibles causas, y al marido maltratador lo único que le darían sería el pésame.

Tratando de no hacerse más mala sangre y de poder disfrutar del almuerzo, habían preferido cambiar de tema centrándose en otro suicidio: el de Antonio Valenzuela, el policía jubilado caído a plomo desde Torre Madrid. El tema estaba bastante verde. Ni siquiera habían sido capaces de dictaminar la altura desde la que había caído el fallecido. Tan solo habían podido constatar que las ventanas pertenecientes a la casa de citas no se encontraban en la perpendicular del lugar donde había aparecido el cadáver.

Por el momento solo tenían las sospechas del forense, el doctor Serrano, sobre las posibles torturas previas a la muerte. Por supuesto, el inspector jefe Dávila había mostrado las mismas reservas que Pineda sobre la opinión del imaginativo galeno, del que recordaba otras sorprendentes intuiciones que se habían evidenciado erróneas.

Herrero se inclinaba a pensar como el forense. Ya había conseguido establecer un vínculo entre el asesinato de la viuda Torrecilla y sor Teresa: ambas habían trabajado años atrás en una cárcel. Por ello, no le parecía nada descabellado suponer que dos agentes del Cuerpo como Quesada y Valenzuela pudieran haber tenido algo que ver en un tema relacionado con la prisión.

Sin embargo, Pineda estaba convencido de que se trataba de un suicidio, algo que compartían todos en comisaría. El Arropiero no gozaba del cariño de sus compañeros y nadie mostraba curiosidad por saber qué era lo que realmente le había ocurrido ni los motivos que le habrían conducido a arrojarse desde la emblemática torre.

—La vida de un policía es solitaria —reflexionaba Pineda con la vista clavada en el plato, del que apenas había probado una de sus albóndigas—. Cuando comienzas, el trabajo te absorbe. Sin darte cuenta vas sustituyendo a los amigos de toda la vida por tus colegas del despacho. Igual ya tienes novia, como tú, que estás casado. Luego llegan los hijos y tu mujer se aburre de cuidarlos y de que tú nunca estés en casa. Domingos, Navidades, vacaciones… Nadas a contracorriente y pronto te quedas al margen de familiares y conocidos. Pero tú no te das cuenta. El trabajo lo es todo.

Pineda echó un trago de agua y volvió a dejar el vaso sobre el mantel. A Herrero le llamó la atención el tono pesimista de su habitualmente alegre compañero, pero no dijo nada. Se limitó a escuchar, masticando su pescadilla a la romana con limón, sin untarla en el tentador montoncito de mayonesa.

—Entonces comienzan las cenas de trabajo, con su camaradería masculina, que terminan en un puticlub. Empiezas a beber más café para mantenerte despierto y más alcohol para estar a la altura de tus colegas veteranos y poder olvidar los horrores que la miseria humana te obliga a presenciar. Un día, de pronto, tus hijos han crecido. No sabes cómo. Y son unos extraños para ti. El día de su boda recuerdas la tuya y te preguntas a dónde se han ido todos esos años. Entonces, la persona a la que amas muere y tú te quedas solo.

Herrero bebió un poco de su vaso y aprovechó para examinar con disimulo el rostro triste del veterano. Se había dado cuenta de que aquellos cambios de humor en su compañero resultaban más habituales cuando se encontraban a solas.

—Para llenar esa soledad y recuperar el tiempo perdido —continuó Pineda, haciendo un chasquido de amargura con la boca mientras cortaba con el tenedor otra albóndiga que no tenía pensado comer—, tratas de participar en el mundo de tus hijos. Pero estos son mayores, tienen sus propias vidas y apenas te conocen. No saben nada de ti, pero se atreven a enjuiciarte. Sin darte cuenta te has convertido en uno de esos policías veteranos a los que, siendo novato, juraste no parecerte cuando llevaras treinta años en el cuerpo. Te sientes vacío, como un cangrejo ermitaño, y buscas una concha ajena a la que llamar hogar.

Herrero dejó de comer ante aquella visión apocalíptica. Estaba claro que Pineda estaba haciendo un resumen de su propia vida.

—Y, bueno, eso es la vida —dijo Pineda dejando a un lado sus reflexiones más oscuras y prendiendo una melancólica sonrisa en sus labios—. Tal vez, si esos veteranos de los que aprendí el oficio me hubieran contado todo esto, me lo habría tomado de otra forma. Aunque seguramente no. Ahora te lo estoy contando a ti y dudo que me vayas a hacer ningún caso. Nadie aprende de errores ajenos.

Herrero asintió con diplomacia. Trató de imaginarse a sí mismo con treinta años más.

—¿Sabes que tu querido compañero Montes tiene previsto detener al yerno de Torrecilla? —preguntó el veterano inspector de repente—. El pobre infeliz ha tenido la mala suerte de ser descubierto en posesión de alguno de los objetos robados del domicilio de la joyera asesinada.

Mientras esperaban a que les sirvieran el primer plato, Pineda había telefoneado a la oficina para poner a Dávila al corriente del resultado en la investigación que los había traído a San Fernando de Henares y Herrero supuso que habría sido el inspector jefe quien le notificara la inminente detención de Raimundo Martínez.

—¿Material robado?

—Eso parece. Unos relojes caros pertenecientes a una colección que según la hija de la viuda estaban guardados en la caja fuerte de su madre.

—¿Seguro que son los mismos?

—Ya sé qué opinión te merece Montes —dijo Pineda con una sonrisa—. Lo cierto es que siempre ha vivido a la sombra de su antiguo compañero, Fermín Caballero. Tampoco es que este fuera un gran investigador, pero era eficaz y tenía éxitos. A cambio, Montes propiciaba que Caballero ganara algún dinero extra con el tema de la inmobiliaria. Conseguía, de formas no muy ortodoxas, pisos a precio de saldo que luego revendía con un buen beneficio. —Pineda no quiso entrar en detalles sobre aquellas «formas no muy ortodoxas» y Herrero se abstuvo de preguntar—. Un buen negocio, porque ¿quién se iba a atrever a enfrentarse a dos inspectores del Grupo de Homicidios?

—¿Dávila lo permitía?

—Dávila, Dávila —repitió Pineda con un suspiro, como si de un soniquete se tratara—. Nuestro querido inspector jefe es mucho menos sagaz de lo que se cree. Bueno, no te estoy revelando nada de lo que no te hayas dado cuenta o, de lo contrario, me decepcionarías. Dávila es un tipo al que le gusta pensar que es el exigente pero comprensivo jefe de un grupo de investigadores de élite al que dirige con sabiduría. En realidad, lo que le gusta es rodearse de lameculos que no le hagan sombra, como Montes... o como yo.

Herrero se sintió un tanto incómodo ante el aluvión de confidencias y echó un vistazo a su alrededor. Casi todos los comensales se habían marchado y se encontraban prácticamente solos en el salón. Una camarera limpiaba las mesas desocupadas, retirando servicios y mantelería.

—Cumplo con mi trabajo, Pablo —advirtió Pineda apuntándole con el tenedor—. Simplemente trato de no asomar la cabeza y de vivir sin preocupaciones.

—Es una forma de hacer las cosas... —dijo Herrero recordando las palabras de su compañero Oriol sobre la falta de aspiraciones de Pineda.

La camarera les retiró los platos, el de Herrero sin finalizar y el de Pineda casi sin tocar, y les trajo el postre del día: flan.

—¿Sabes por qué nuestro querido inspector jefe ha logrado hacer carrera a pesar de su incapacidad manifiesta? Porque en su día aireó discretamente su apellido por los despachos necesarios. Asegura que es familia del general Fidel Dávila.

No hacía falta añadir más para saber de quién hablaba Pineda. El temido general al que Franco había concedido un marquesado por sus buenos oficios había sido un personaje muy influyente hasta su muerte, llegando a encabezar el Gobierno nueve días con ocasión de una visita del caudillo a Portugal.

—¿Y es cierto que tienen lazos familiares?

Pineda alzó los hombros en gesto de no tenerlo claro, pero su rostro lo delataba.

—En todo caso, supo lucirlo cuando tocaba el turno de los ascensos. Ahora se ha convertido en una figura útil. No da problemas y él se asegura mucho de que no se los den a él. Puede parecer terrible cuando se pone digno, pero delante de sus superiores es, digamos, *complaciente*, así que nadie tiene interés en joderle la vida. Pero no lo subestimes, Pablo. No tolera que nadie lo ridiculice ni que traten de pasar por encima de él. Y es muy rencoroso.

Terminado el postre, habían pedido café y Pineda se había excusado para ir al baño, donde llevaba un buen rato, dejando a un pensativo Herrero preguntándose si todas aquellas confidencias por parte del inspector no habían sido sino una manera de prevenirlo antes de que cavara su propia tumba.

—Listo, compañero. Ya nos podemos ir —dijo Pineda a su espalda, arreglándose la corbata.

Pagaron la comida. Pineda guardó en la cartera el recibo para presentarlo al Departamento de Compras y Gastos para que se lo reembolsaran y salieron a la calle, donde tenían estacionado el vehículo camuflado.

El viaje de regreso transcurrió en silencio. No obstante, Herrero percibió que su compañero estaba más pálido que de costumbre y parecía sufrir alguna indisposición.

—¿Se encuentra bien? —se atrevió a preguntar inquieto cuando ya llegaban a la Puerta de Alcalá.

—Pues lo cierto es que no estoy muy seguro —respondió Pineda haciendo un gesto de dolor—. Algo de la comida me ha debido de sentar mal. Me parece que me voy a ir para casa.

Herrero asintió comprensivo, aunque dudaba que fuera a causa de la comida: su compañero apenas la había tocado.

—¿Quiere que conduzca yo? Puedo llevarlo a su casa.

—¡No fastidies, Pablo! —exclamó Pineda riéndose nervioso—. No te preocupes. Dejamos el coche en el garaje, cojo el metro y cuando llegue a casa me acuesto un rato. Mañana como nuevo, ya lo verás.

Hicieron como el inspector había indicado y se despidieron en la Gran Vía. Herrero, un tanto preocupado, subió a la oficina. Trataría de aprovechar la ausencia de su compañero para su propia investigación. Además, quería saber qué había sucedido con Raimundo Martínez y la colección de relojes robados que supuestamente el yerno tenía en su poder. Si se demostraba la culpabilidad de Martínez, su teoría del asesino múltiple se tambalearía.

En el pasillo de entrada de la comisaría se encontró con María Pilar Andueza, la hija de la señora Torrecilla. Sin duda, habría ido a declarar por la detención de su marido. «¿Acaso la considera Montes cómplice del asesinato?», se preguntó Herrero.

La mujer aguardaba de pie frente a una puerta de cristal. Se abrazaba a sí misma como si tuviera frío y no levantaba la mirada del suelo. Herrero, que tenía que cruzar por delante, la observó unos instantes y se decidió a abordarla.

—Buenas tardes, señora Andueza. ¿Se acuerda de mí?

La mujer levantó un momento la mirada y asintió imperceptiblemente.

—¿Qué tal se encuentra? —se interesó Herrero.

—No muy bien. No entiendo qué está pasando. Han detenido a mi marido.

—Comprendo —asintió Herrero con simpatía—. Es una situación difícil. Me gustaría hacerle un par de preguntas, si es usted tan amable.

—¿Qué quiere? ¿Van a soltar a Raimundo?

—Lo cierto es que no lo sé, lo lamento.

La amabilidad del joven policía, en contraste con la brusquedad con la que había sido tratada hasta el momento, hizo que Andueza se relajara un poco.

—¿Recuerda si su madre trabajó en una prisión? —preguntó Herrero.

Andueza se puso roja y no contestó. El rubor suponía un reconocimiento tácito, pero Herrero necesitaba confirmarlo.

—¿En la prisión de Ventas?

Andueza asintió, a su pesar.

—¿Por eso sus padres pudieron vivir en el edificio reservado a oficiales del ejército?

La mujer volvió a asentir y su rostro subió un tono más de color.

—¿Recuerda en qué años estuvo allí?

Andueza movió la cabeza de un lado a otro. Estaba claro que el pasado de su madre la avergonzaba.

En ese momento, un policía abrió la puerta, saludó a Herrero e hizo entrar a Andueza a su despacho, donde le iban a tomar declaración.

Herrero se despidió y avanzó por el pasillo hacia su oficina. Desde fuera escuchaba voces alegres. Por si interrumpía algo importante, dio unos discretos golpecitos en la puerta antes de abrir y asomarse.

—Buenas tardes, subinspector Herrero.

El inspector jefe Dávila se encontraba sentado en el borde del escritorio de Pineda y se mostraba alegre y distendido. Frente a él, Montes, ufano, miró al recién llegado con una mezcla de desprecio y chulería. Los subinspectores Díaz y Garrido asistían a la distendida conversación como convidados de piedra.

—Bueno, ¿qué le parece, subinspector? —preguntó exultante Dávila señalando a Montes—. Parece que su compañero Pascual tenía razón y ha encontrado al asesino de la viuda.

Pascual. Ya no era *inspector Montes*. Herrero tomó nota de que su anterior compañero había conseguido la redención. Volvía a ser ese perspicaz inspector que había elogiado Dávila a su llegada.

—Enhorabuena —se limitó a decir, lo que debió de parecerle insuficiente a Montes, quien hizo un gesto de soberbia.

—Observe cómo una investigación a la vieja usanza da sus frutos. Por favor, Pascual, repita las partes más sustanciosas de su investigación para que estos jóvenes puedan aprovecharse de su experiencia.

Montes se hizo de rogar, pero no le quedó más remedio que aceptar.

—Estaba al tanto…

«Estaba al tanto», captó Herrero. *Él* estaba al tanto.

—… de que el yerno de la asesinada receptaba regularmente objetos y joyas robadas para venderlos sin que lo supiera la señora Torrecilla. Martínez necesitaba dinero fresco para sus chanchullos y se encontraba desesperado. Desde el primer momento resultó ser mi principal sospechoso. Tenía un motivo: la necesidad de dinero no controlado; el medio para obtenerlo: la caja fuerte de su suegra; y la oportunidad para hacerlo, ya que conocía perfectamente tanto las rutinas de la víctima como la disposición de la casa. Solo era cuestión de dar con sus cómplices para poder echar mano al yerno.

—¡Y lo consiguió! —dijo Dávila dando una palmada sobre la mesa.

—Así es. Hay que ser muy estúpido para cometer semejante error, pero Martínez se quedó con unos cuantos de los relojes robados para venderlos en la joyería y sacarse un buen dinero.

—Pascual, ¿cree que la señora Andueza podría estar involucrada?

—En principio pienso que no —contestó Montes haciéndose el interesante—, aunque por supuesto no se puede descartar.

—Bien, Pascual, bien —felicitó Dávila—. Continúe y cierre este caso con brillantez. Y ustedes tomen buena nota de lo que supone una investigación bien trabajada. Y sin tramas detectivescas de la tele —añadió echando una mirada significativa a Herrero—. Por cierto, ¿dónde se encuentra Pineda?

—Se encontraba mal y se ha marchado a casa. Algo que ha comido, según decía.

—Vaya, últimamente la parejita anda muy delicada —respondió jocoso Dávila refiriéndose también a Romero, que había cogido la baja—. Bueno, volvamos a nuestro trabajo, señores. El crimen nunca se coge una baja.

Montes, al igual que Díaz y Garrido, rieron la gracieta y aguardaron a que Dávila se metiera en su despacho para volver a sus cosas. Herrero se fijó en que nadie parecía muy interesado en averiguar cómo había hecho Montes para encontrar los relojes en manos del joyero.

Quedaba claro que no iba a recibir ninguna ampliación del informe, así que optó por salir del despacho y bajar a la calle. Esperaría a que Andueza abandonara la comisaría. Tal vez en la calle podrían hablar con más tranquilidad.

Sin embargo, la hija de la viuda asesinada había terminado muy rápido con las gestiones que la habían llevado hasta allí y ya estaba en la Gran Vía, al borde de la calzada con una mano levantada, reclamando un taxi en el que alejarse de aquel lugar.

—¡Señora Andueza! —llamó Herrero mientras un taxi se orillaba atendiendo al gesto de la mujer—. Permítame un segundo.

—¿Qué quiere ahora? —preguntó ella envarada con la mano en la manilla de la puerta trasera.

—Me interesaría saber más del paso de su madre por Ventas, si es tan amable —dijo Herrero alcanzándola y bajando la voz discretamente.

A pesar de ello, Andueza miró a ambos lados por si alguien hubiera escuchado.

—No tengo nada más que decir, inspector.

—Subinspector, señora —corrigió Herrero con una sonrisa—. Tal vez sería útil en la investigación sobre la muerte de su madre.

—No alcanzo a comprender qué importancia puede tener el pasado de mi difunta madre en el esclarecimiento de su asesinato. Eso fue hace muchísimos años. ¿No le parece que ya me han molestado suficientemente por hoy?

—Le aseguro que puede resultar una información relevante.

—Y yo le repito que no sé nada más —repuso irritada la mujer abriendo la puerta del taxi—. Si necesita más información pregunte a sus compañeros. O a esa loca de Mercedes Ortega.

—¿Quién?

—Mercedes Ortega, la periodista —escupió Andueza, montando en el taxi y cerrando de un portazo.

Herrero se quedó mirando cómo el taxi se adentraba en el tráfico y desaparecía a lo lejos.

—¿Qué deseaba?

—Buenas tardes —saludó amablemente Herrero a la mujer que había abierto la puerta. Andaría por la cuarentena, demasiado joven para tratarse de Mercedes Ortega—. Siento molestarla. Soy el subinspector Pablo Herrero de la Brigada de Investigación Criminal. Preguntaba por doña Mercedes Ortega.

El subinspector Herrero había seguido la sugerencia de Andueza y había indagado sobre la periodista. Lo que averiguó sobre aquella mujer, de la que había un amplio expediente policial, lo convenció de lo conveniente que resultaría hacerle una visita a su domicilio en la Chopera, frente al Matadero de Madrid.

—¿Para qué? —preguntó arisca la mujer—. Es muy tarde.

Eran las siete de la tarde pasadas. Un poco tarde para presentarse en un domicilio si no era para llevar a cabo una detención, pero el subinspector, después de leer el expediente de la periodista, había tenido que coger la línea 3 de Callao hasta la plaza Legazpi y, entre una cosa y otra, se le había ido el tiempo.

—Lamento las horas, pero deseaba hacerle una consulta, si es tan amable —repuso Herrero. La mujer sujetaba la puerta con el cuerpo, para que el resquicio no se agrandara—. Estoy llevando a cabo una investigación y tal vez doña Mercedes pudiera ayudarme.

La puerta se abrió un poco más y asomó una versión veinte años mayor de la mujer que lo había atendido.

—¿Señora Ortega?

—Soy yo. ¿Qué desea?

—Soy el subinspector Pablo Herrero, de la Brigada de Investigación Criminal —volvió a presentarse el policía sin mostrar la acreditación, sospechando que en aquella casa no acostumbraban a alegrarse de ver enseñas institucionales—. Si fuera tan amable, me gustaría consultarle sobre un caso que estoy investigando

La mujer escrutó sus ojos con calma un momento antes de tomar una decisión.

—Está bien —dijo por fin, y añadió, ante el gesto contrariado de su hija—: Pase, por favor.

Herrero entró en el domicilio y siguió por un pasillo estrecho a su anfitriona hasta una salita. La casa se veía aseada y ordenada. Un hogar acogedor y funcional.

—¿Puedo ver su identificación, por favor? —preguntó la señora Ortega mientras señalaba una pequeña butaca para que el policía se sentase.

Herrero mostró su carné, que lo acreditaba como miembro del Cuerpo General de Policía, y esperó a que la mujer terminara de estudiarlo con detenimiento.

—De acuerdo —dijo Ortega dándose por satisfecha y tomando asiento con cierta dificultad en otra butaca frente al subinspector—. Usted dirá.

El gesto de la mujer era de expectación. Posiblemente había accedido a recibirlo por lo que para ella suponía una sorpresa: un policía que la trataba con educación y solicitaba su colaboración *por favor*. Pero de ahí a un recibimiento caluroso mediaba un abismo. En aquella casa las fuerzas de seguridad no eran bien recibidas.

—Tengo entendido que usted estuvo internada en la prisión de Ventas.

—Figurará en sus archivos.

—Claro, por supuesto —repuso Herrero conciliador sin mostrarse nervioso ante la mirada inquisitiva de la mujer—. Verá, como le he comentado, estoy llevando a cabo una investigación. Se trata de unas muertes sobre las que hay indicios suficientes para pensar que pudieran guardar algún tipo de relación con el pasado de esa prisión.

Si la mujer estaba sorprendida, lo disimulaba de maravilla. Con las manos sobre los reposabrazos, las piernas cruzadas y la espalda bien apoyada en el respaldo, parecía relajada y ajena a aquello que hubiera traído a la policía de nuevo a su domicilio.

Sin embargo, Herrero no se dejaba llevar a engaños. El expediente remarcaba que Ortega poseía una mente muy dotada y una voluntad de hierro. Había sido colaboradora habitual de la revista de izquierdas *Triunfo*, desde la que había fustigado al régimen franquista hasta su jubilación. Sin duda, Ortega tenía que sentir curiosidad sobre el motivo por el que el policía había mencionado la cárcel de Ventas.

—¿Los nombres de Dolores Torrecilla y Teresa Redondo le dicen algo?

—Por desgracia —contestó Ortega sin inmutarse—. Torrecilla fue asesinada en su domicilio, según leí en la prensa. ¿Qué pasa con la monja?

—Ha muerto —repuso Herrero sin querer dar demasiados detalles.

—¿Puedo saber cómo?

—Murió a consecuencia de quemaduras en su habitación del convento.

—No puedo decir que lo lamente —admitió.

—¿La conoció personalmente?

—Desde luego.

Herrero alargó el silencio en espera de que la mujer se extendiera, pero viendo que no tenía nada que añadir, continuó:

—Una de las cuestiones que trato de establecer es si la señora Torrecilla y sor Teresa coincidieron en la prisión.

—Sí.

—¿Está segura?

—No conoce la historia de la cárcel de Ventas, ¿verdad? —preguntó Ortega con una sonrisa sarcástica—. Fue construida durante la Segunda República y cambió de utilidad varias veces a lo largo de los años. Fue cárcel de mujeres, pero luego lo fue de hombres. En el año treinta y nueve, en marzo, la cárcel cambió de bando y comenzaron a meter a quienes habían luchado en el de los republicanos. Cientos de mujeres comunistas, de la JSU… En abril llegó su directora, sor Teresa, al frente de las Hijas del Buen Pastor, una orden de monjas, para encargarse de la gobernabilidad del centro.

El tono, un tanto aburrido, revelaba que la periodista ya estaba cansada de repetir cientos de veces aquella historia que todo el mudo prefería ignorar.

—Ventas fue uno de los centros penitenciarios con peores condiciones para las reclusas, si no el peor, de la época de Franco. Fue construida bajo las indicaciones de la por entonces directora general de Prisiones, Victoria Kent. Estamos hablando del año 1931. Esta mujer quería un centro para rehabilitar a las presas y tuvo la ocurrencia de dotarlo de cierta humanidad. Así que se construyó un edificio luminoso y funcional con capacidad para quinientas personas. Cuando entraron los franquistas empezaron a llenarlo. Llegó a haber más de diez mil mujeres hacinadas en pasillos y váteres. Por la noche y a oscuras era imposible levantarse para ir al baño sin pisar a las compañeras que te rodeaban y sin despertar a quienes ocupaban los atestados y atascados retretes.

Al recordar aquellos duros tiempos, la actitud displicente de Ortega comenzó a cambiar, imprimiendo mucho más sentimiento a sus palabras.

—Las condiciones de insalubridad no preocupaban a las autoridades, que se contentaban con controlar los brotes de tifus o tuberculosis, sin importarles la altísima tasa de mortalidad que se daba entre las presas. A este hacinamiento tenemos que sumar los niños. Las mujeres podían estar con sus hijos en la prisión hasta que estos cumplían tres años. Después, si no habían muerto, eran entregados en adopciones obligatorias o forzados a ingresar en conventos. Esta densidad entre la población carcelaria solamente descendía con las sacas.

Ortega se refería a la extracción sistemática de presos de la cárcel para ser ejecutados por desafección al nuevo régimen.

—Para ser internada en prisión no hacía falta mucho. Una denuncia, aunque fuera falsa, caerle mal a alguien poderoso, pertenecer a un sindicato o partido político contrario al nuevo régimen. Ya sabe, esas cosas. Una vez encerradas, las reclusas eran rapadas y torturadas. Y, en muchas ocasiones, violadas.

Herrero guardó un respetuoso silencio antes de preguntar.

—¿Todos los funcionarios estaban implicados?

—Claro. No podría ser de otra manera. Éramos *rojas*. El enemigo. No había compasión.

Herrero asintió en silencio.

—Sor Teresa era la directora —continuó Ortega—. Con eso lo digo todo. Imagino que sabrá que está acusada de robo y venta de niños. Empezó a hacerlo en Ventas, con los hijos de las presas. Eran hijos de *rojas* o de madres solteras, que era igual que decir putas, y se los vendían a las buenas familias afectas al régimen. Las pobres *criaturas* merecían un hogar *decente y cristiano*. Era por una buena causa, dicen aún. Se les olvida mencionar las elevadas sumas de dinero obtenidas con ese tráfico de niños.

Ortega cambió un poco de postura.

—¿Y la señora Torrecilla?

—Era la jefa de las funcionarias. No conozco las fechas de ingreso y cese, podría consultarlo, pero coincidió con sor Teresa. Era su mano derecha. Una mujer despiadada, sin sentimientos, a la que le encantaba apalear y humillar a las reclusas. Como la monja. Dos auténticas hijas de puta.

—¿Hubo alguna denuncia contra esta persona por robar joyas a las reclusas?

Por primera vez, Ortega se mostró sorprendida.

—¿Alguna denuncia? ¿Y a qué instancia íbamos a denunciar? Los saqueos eran sistemáticos. Torrecilla, además, intercambiaba pequeños favores por joyas. Permitía visitas a cambio de dinero o cobraba por meter comida, tabaco, enviar cartas y cosas así. Su marido puso una joyería con lo que nos robaba a nosotras o a nuestros familiares. Tampoco fue la única. En Ventas, la que era lista no salía con una mano delante y otra detrás. Y Torrecilla, además de astuta, carecía de escrúpulos.

—¿Conocía a Manuel Quesada y a Antonio Valenzuela? Eran policías.

—Al Arropiero sí. El otro no me suena. ¿También han muerto?

—El señor Quesada sufrió un síncope en su domicilio —dijo Herrero sin querer mostrar sus sospechas—, y Valenzuela cayó de Torre Madrid.

Ortega guardó silencio. No hacía falta ser muy inteligente para saber lo que pasaba por su mente. Si se reservaba sus comentarios era por la presencia de un compañero de los fallecidos.

—¿Tuvo relación Valenzuela con Ventas?

—Directamente, no. Pero muchas reclusas pasamos por sus manos antes de ser internadas.

La mujer lo dejó ahí. Herrero no necesitó sino recordar las palabras de Pineda sobre el Arropiero para hacerse una idea de lo que significaban las palabras «pasar por sus manos».

—Imagino que habrá mucha gente que se alegre con estas muertes.

—Sin duda —respondió Ortega con frialdad, dando a entender que ella también se alegraba.

—¿Se le ocurre alguien que pudiera estar especialmente interesado en estas muertes? Alguien que deseara desembarazarse de estas personas o que quisiera vengarse por lo sucedido en aquellos tiempos.

—A estas alturas, no. Por supuesto que hay mucha gente a la que le hubiera gustado haberles cortado el cuello. Pero ha pasado demasiado tiempo. En su día, incluso al Gobierno le hubiera encantado poder quitárselos de en medio por lo que pudieran contar. Hemos tratado de llevar a la monja ante un juez, sin éxito, por supuesto, lo que ha resultado incómodo para quienes se beneficiaron con el tráfico de niños, que son muchos. Además, entre quienes los vendieron y los que los compraron están quienes, de alguna forma, taparon o promovieron este mercadeo. A la monja la callaron metiéndola en un convento de donde no pudiera volver a salir. Al Arropiero nadie ha conseguido meterle mano. ¿Querer verlos muertos? Por supuesto. Pero ahora ha pasado demasiado tiempo.

La postura de la mujer seguía siendo aparentemente relajada, pero la respiración se le había acelerado, el rostro encendido y las frases acortado. Herrero, consciente de cuánto dolor había en aquellas palabras, guardó unos instantes de respetuoso silencio.

—¿Le dice algo el nombre de José Ramón Ríos Soria?

Ortega entrecerró los ojos haciendo memoria, tratando de ubicar aquel nombre entre sus recuerdos.

—Moncho el Cojo —dijo por fin, ante la sorpresa del subinspector—. Hacía tiempo que no escuchaba ese nombre.

—¿Lo conoce?

—No personalmente. Pero en su día oí hablar de él —repuso Ortega arrastrando las palabras como si estuviera meditando a la vez—. El caso, subinspector, es que no sé si deseo continuar hablando con usted.

La mujer no se había movido un centímetro en su butaca y se limitaba a escrutar a Herrero, al que el último comentario había pillado por sorpresa.

—No puedo llegar a imaginar cuánto significa para usted recordar momentos tan dolorosos —dijo Herrero tratando de ganarse a la periodista—, pero me hago una idea. Sin embargo, ahora están muriendo personas y es posible que sigan haciéndolo. Si usted dispone de información que pueda evitarlo...

—Me halaga usted con sus palabras —respondió Ortega con ironía, esbozando una fría sonrisa—. Ojalá hubiera estado cuando me detuvieron en la calle por saludar a una vecina de la que no sabía nada desde hacía mucho tiempo. Pero, claro, usted aún no había nacido, así que, efectivamente, no puede saber lo doloroso que resulta abrir viejas heridas. Ni siquiera hacerse una idea.

Herrero no respondió, aceptando la crítica en silencio. Había oído historias como la de Ortega. Prácticas de la policía franquista, como aquella de soltar a un preso por la calle, al que seguían policías de paisano, para detener a quienes se le acercaban a saludar.

—¿Podría decirme, subinspector, por qué debería lamentar estas muertes? —preguntó Ortega en tono aséptico, ocultando las emociones que sin duda había despertado la noticia—. Al fin y al cabo, se está impartiendo justicia.

—«Nada se parece tanto a la injusticia como la justicia tardía» —respondió Herrero, lamentando de inmediato haberse mostrado tan condescendiente.

—¡Oh! Cita a Séneca —respondió Ortega irónica, ladeando la cabeza—. Muy bien, subinspector. Es usted un hombre instruido.

El subinspector no quiso mostrarse ofendido por la burla de la mujer. La duda implícita de que un policía pudiera haber estudiado quedó flotando en el ambiente.

—Debe entender, subinspector, que no puedo ver las cosas como el sabio cordobés. Yo no llego a su mismo nivel de estoicismo.

Ortega guardó silencio y se quedó mirando fijamente al policía.

—Moncho el Cojo fue quien delató al matrimonio García-Brisac para salvar su propio culo —dijo Ortega tras meditarlo un largo rato.

La mujer se levantó de la butaca y se acercó a la librería, de donde extrajo un par de álbumes de fotos, y pasó las páginas plastificadas con cuidado. En el segundo álbum encontró lo que buscaba y se lo tendió a Herrero.

—Esta es Blanca Brisac.

Herrero estudió la foto en la que se veía una joven sonriente con el pelo recogido, un vestido claro abierto y una cruz sobre el pecho. La fotografía de una novia el día de su boda.

—Blanca estaba casada con Enrique García. Aunque ella era de San Sebastián, se conocieron en el cine Alcalá de Madrid, donde Enrique tocaba el violín y ella el piano en una banda de música, amenizando las películas de cine mudo. El matrimonio se fue a vivir con un hermano de Enrique y su familia. Tuvieron dos hijos, un niño y una niña. El chico tenía diez u once años cuando detuvieron a sus padres en 1939. La niña ni siquiera habría cumplido los dos añitos.

Ortega hizo una pausa para coger aire.

—Blanca había dejado la banda de música y comenzado a trabajar en casa como costurera, arreglando ropa, mientras Enrique seguía con su violín de un lado para otro del país. Donde le contrataran. Por entonces, para poder trabajar como músico, era conveniente estar sindicado. Estamos hablando de tiempos anteriores a la guerra. Así que Enrique se afilió a UGT, aunque no tuviera convicciones políticas. Sin embargo, cuando venció el bando franquista y empezaron las purgas, muchos se asustaron y trataron de borrar su pasado en el sindicato o en el partido comunista.

—¿Él también?

—No, como le he dicho, no tenía inclinaciones políticas. Lo suyo había sido una afiliación por motivos prácticos, para conseguir trabajo. Pero Moncho el Cojo sí. La policía lo atrapó y le dio a elegir entre denunciar a sus compañeros o acabar en el paredón.

Herrero asentía absorto en el relato.

—Como imaginará, la delación era muy corriente. El único medio de garantizar adhesión al nuevo régimen y lealtad a Franco. La única forma de sobrevivir para quienes habían militado en el bando perdedor. Moncho accedió y se inventó una historia sobre reuniones clandestinas de madrugada en el domicilio del matrimonio García-Brisac en las que se confabulaba para preparar un atentado contra Franco.

Ortega, que había vuelto a tomar asiento en su butaca con los álbumes sobre las rodillas, contaba la historia de memoria, sin dudar un instante.

—¿Ha oído hablar de Aurelio Fernández Fontela? ¿No? Fue director de la Policía Urbana y furibundo enemigo del bando republicano. Fernández tenía un grupo de energúmenos responsables de detener a los «subversivos» e interrogarlos con medios brutales. Ya sabe, corrientes eléctricas en pechos y otras partes del cuerpo, palizas, la «bañera»... El Arropiero era uno de ellos y participó en la detención e interrogatorio del matrimonio.

Herrero no había oído nunca hablar de ese grupo ni de sus siniestros miembros.

—Un buen día, el Arropiero y sus secuaces se presentaron en casa del matrimonio y se llevaron a Enrique. Blanca estaba fuera con los dos niños, tal vez haciendo la compra o entregando la ropa arreglada. Cuando volvió, los vecinos le contaron lo sucedido. Blanca, en un mar de lágrimas, dejó a los niños con una vecina y corrió al centro de detención que los nacionales tenían en la calle Almagro para preguntar por qué su marido había sido arrestado. La detuvieron a ella también. A Enrique lo llevaron a la cárcel de Porlier y a Blanca a la de Ventas. Aquello sucedió a mediados de mayo del treinta y nueve.

Las piezas iban encajando, pensó Herrero. Las muertes de sor Teresa, la viuda Torrecilla, el atropellado Ríos y al menos uno de los policías, Valenzuela, quedaban ligados al pasado de la tal Blanca Brisac.

—Después de la farsa de los juicios contra todos los que no habían apoyado a los nacionales —Ortega continuaba su relato—, comenzaron las ejecuciones. En las primeras semanas de agosto, cientos de fusilados. Entre ellos Enrique, Blanca y el resto de las Rosas.

—Disculpe. ¿Ha dicho «rosas»? —preguntó Herrero alerta.

—Las Trece Rosas. ¿No ha oído hablar de ellas? No componían ningún grupo organizado, por supuesto. En realidad, algunas ni se conocían entre sí. Solamente eran trece mujeres a las que la fatalidad juntó en la cárcel y en el paredón, donde fueron fusiladas en la madrugada del cinco de agosto.

—¿Por qué se las llamaba así?

—No se las llamaba así. Fue un nombre que se les dio después, a modo de recordatorio. Imagino que por lo jóvenes que eran. Blanca tenía veintinueve años y era la mayor de todas. Nueve de ellas tenían menos de veintiún años, eran menores de edad.

—La señora Torrecilla recibió un ramo de rosas el día de su muerte —dijo Herrero despacio—. Una de ellas era blanca.

Ortega se limitó a asentir en silencio.

—Disculpe que le pregunte, ¿cómo sabe tanto sobre la vida de Blanca Brisac? Usted ha dicho que en Ventas había más de diez mil mujeres.

—Como puede imaginar, no me sé la vida de las diez mil —respondió Ortega alzando las manos con las palmas hacia arriba—. Pero sí la de las Rosas. Aquella barbaridad traspasó las fronteras del país, causando indignación. Cuando me liberaron y empecé a trabajar para la revista *Triunfo* me estudié la vida de aquellas pobres muchachas, unas niñas.

Durante un buen rato continuaron hablando de Las Trece Rosas y sobre lo sucedido en Ventas. Las prácticas brutales de las monjas, de las funcionarias como Torrecilla y, especialmente, de la directora, sor Teresa.

Fue una conversación triste y de las que dejan huella en el alma. Las palabras de la mujer se clavaban dolorosamente en el ánimo de Herrero, mitigando su satisfacción por haber obtenido más información de lo que había podido llegar a imaginar.

Cuando el subinspector abandonó aquel domicilio, lo hizo con un peso en el alma. Desde el descansillo del piso inferior, captó la mirada de la periodista. Sabía que nunca la olvidaría.

Caminó hacia la plaza Legazpi para tomar el metro. Tratando de recuperar el ánimo, se centró en el caso. No podía tratarse de una casualidad. Todas las víctimas convergían en la prisión de Ventas y en lo que allí sucedió con un grupo de mujeres jóvenes fusiladas, en particular con una de ellas, Blanca Brisac.

Mientras el vagón en movimiento lo sacudía con cada curva, recordó haber visto otra rosa blanca hacía muy poco. Una rosa en un vaso de agua, en la recepción de la pensión donde se hospedaba Valenzuela, el policía jubilado al que, ahora estaba convencido de ello, alguien había arrojado desde el edificio de Torre Madrid después de torturarlo.

14

Viernes, 4 de noviembre de 1977.
Oficinas de la Capitanía General.
Madrid

El reloj de pared marcaba las diez y media. Herrero pensó que iba bien de tiempo. Tenía que admitir que la mañana le estaba cundiendo.

Sobre las ocho, Pineda había telefoneado para decir que se encontraba mucho mejor, pero que casi no había dormido nada, así que se acostaría de nuevo y, más tarde, hacia las doce, estaría en la oficina.

El inspector jefe Dávila se había marchado porque tenía una reunión a las nueve y Montes había salido poco después sin dar ninguna explicación, dejando solo en el despacho a Herrero con Garrido y Díaz.

Ajeno a la labor de sus silenciosos compañeros, Herrero buscó el número de teléfono de la pensión que había visitado con Pineda, donde estuvo alojado Valenzuela. La propietaria de la pensión no se alegró de escuchar de nuevo su voz.

—Buenos días, señora. Soy el subinspector Pablo Herrero, de la Brigada de Investigación Criminal. Hablé con usted anteayer.

Ella lo miró de arriba abajo.

—Lo recuerdo, subinspector —contestó la mujer. Estaba a la defensiva.

—Cuando la visitamos, me fijé en una flor blanca que tenía en la mesita del recibidor. Una rosa. ¿Le importaría decirme dónde la obtuvo?

—Me la encontré en el buzón —explicó la mujer tras un titubeo y sin entrar en detalles.

—¿En el buzón? ¿Alguien la dejó allí, sin más? ¿A quién iba dirigida?

—No venía ningún nombre ni ningún distintivo. Simplemente, estaba en el buzón.

—¿Tenía alguna nota?

El tono de Herrero era formal. Con aquella mujer, las zalamerías no surtirían efecto. Al otro lado de la línea se hizo el silencio.

—Tenía una etiqueta —confesó la casera al final.

—Una etiqueta —repitió Herrero con tono serio, pero no intimidatorio—. ¿Y ponía algo en esa etiqueta?

—Solo una palabra, subinspector. Arropiero. No sé qué significa —dijo la mujer. No sabía qué importancia podía tener, pero ya estaba lamentando haber cogido la maldita flor—. Me gustó y la puse en agua. No creo haber hecho nada malo, ¿no?

—¿Llegó el señor Valenzuela a ver esa rosa?

—No creo —contestó la dueña de la pensión dubitativa—, la recogí el mismo día que murió. Cuando el señor Valenzuela abandonó la pensión por última vez, aún debía de tenerla en la cocina. ¿Hay algún problema?

—Ninguno, no se preocupe —la tranquilizó Herrero—. Muchas gracias por todo, me ha sido de gran ayuda.

El subinspector colgó el auricular y se quedó sentado en su escritorio, buscando una excusa que le permitiera ausentarse de la oficina sin que Díaz o Garrido pensaran que se estaba escaqueando. Al final, dado que no se le ocurría ninguna y que a sus compañeros parecía traerles sin cuidado lo que pudiera hacer, dejó el despacho con un sucinto «Hasta luego».

Salió a la calle y se acercó hasta la Casa del Libro. Preguntó a un dependiente por el encargo que había realizado. Tras revisar un cuaderno, el apurado dependiente avisó a su jefe. Los dos discutieron un momento en privado y enseguida el encargado, avergonzado, se deshizo en disculpas ante Herrero. Por supuesto, el libro había llegado. Lamentablemente, habían olvidado avisar al subinspector. No sabían cómo podía haber ocurrido el error. ¿Podría el señor subinspector aceptar sus más sinceras disculpas?

Sin abrir el paquete, retrocedió por la Gran Vía, pasó por delante del portal de la oficina y de la administración de lotería Doña Manolita, ya con cola de gente a la espera de que terminaran de abrir la persiana, y se metió por la calle de Mesonero Romanos. Su destino era la calle Mayor, donde se encontraba la Capitanía General del ejército.

La tarde anterior, había telefoneado para preguntar si podría revisar unos antiguos expedientes de los juicios militares del año 39. El archivero, un hombre mayor y agradable, le había comunicado que, por falta de sitio, los expedientes más antiguos habían sido trasladados a un depósito en el acuartelamiento Capitán Guiloche, en la carretera de Fuencarral a Alcobendas, al norte de Madrid, pero que, si le decía más en concreto qué buscaba, lo haría traer a la Capitanía para el día siguiente.

Herrero agradeció la deferencia y, para no pillarse los dedos, solicitó los expedientes de todas aquellas personas que habían sido fusiladas la mañana del cinco de agosto.

Mientras caminaba fue desenvolviendo el paquete recogido en la librería. Entre sus manos apareció un ejemplar de *Las cantigas de santa Clara*, el libro que el supuesto padre Javier había regalado a la malograda sor Teresa aquella tarde de domingo, horas antes de arder como una rama seca en la hoguera.

Era dar palos de ciego, desde luego, pero Herrero estaba convencido de que en aquel libro había algo relacionado con los asesinatos. Claro que podía ser algo ajeno al propio libro, como una flor entre sus páginas, por ejemplo, pero no estaba de más comprobarlo. Tal vez tuviera suerte y encontrara algún pasaje que pudiera conectarlo con Blanca Brisac, la mayor de Las Trece Rosas.

La viuda Torrecilla había recibido un ramo con trece rosas, una de ellas blanca, y en el buzón de la pensión de Valenzuela había aparecido una rosa blanca también. Por el momento, no había encontrado nada parecido en los casos del atropellado señor Ríos y del otro policía, Manuel Quesada.

Su teoría conspirativa sobre un asesino que mandaba presentes relacionados con aquella mujer ejecutada casi medio siglo atrás no precisó de un detallado examen. En la portada, sobre el título del libro, se podía leer el nombre de su autor: Juan José Rosa Blanca.

Convencido de estar sobre la pista correcta, llegó hasta la plaza de las Descalzas, cruzó el monasterio y siguió bajando por la calle San Martín hasta llegar a la calle Mayor, sin dejar de dar vueltas en la cabeza a todas aquellas coincidencias, que a cada paso lo parecían menos.

En la Capitanía tuvo que presentar su carné profesional varias veces más y recorrer un sinfín de pasillos antes de llegar a una sala llena de archivadores del segundo y último piso, donde personal uniformado se movía de un lado para otro, carpetas en ristre, y las máquinas de escribir alteraban el descanso de los legajos allí custodiados.

El cabo que lo atendió, tras comprobar que la solicitud estaba debidamente cumplimentada, le hizo entrega de una pesada caja de cartón, en cuyo interior se apilaban los expedientes solicitados, y lo condujo a una sala más pequeña donde poder consultarlos con calma.

Herrero abrió la caja, seleccionó los expedientes y comenzó por el que más prometía. El de Blanca Brisac. Con buena letra iba tomando apuntes en su agenda, ya que estaba prohibido hacer fotocopias, lo que hubiera agilizado su labor. Uno de los primeros nombres propios con los que se topó fue el de Ramón Ríos Soria. Tal y como le había dicho la periodista Mercedes Ortega, el anciano atropellado en Leganés había sido el culpable de la detención del matrimonio García-Brisac.

Ortega también le había hablado de dos hijos. Un niño que en el momento de la ejecución de sus padres tenía once años y una niña que tenía dos y que había permanecido en la prisión con su madre hasta el día de la ejecución de esta, cuando la arrancaron de sus brazos.

No obstante, en los expedientes de los padres solo figuraba el chico, Enrique. Ninguna mención de la niña. Herrero pensó que quizá Ortega no había llegado a conocer a Blanca Brisac tan bien como creía. Con tantas reclusas como había en la cárcel y después de tanto tiempo transcurrido, tal vez Ortega hubiera confundido sus recuerdos.

De los expedientes obtuvo una exigua lista de familiares y conocidos del matrimonio. Los investigaría. El primero de ellos, por supuesto, Enrique García Brisac, el hijo del matrimonio, que en aquel momento tendría cuarenta y nueve años. Si había en el mundo alguien que quisiera vengar la muerte del matrimonio, sería el huérfano.

Encontró también un cuñado de Brisac, Ricardo García, con el que el matrimonio había convivido durante una temporada antes de su detención. El hombre tenía dos hijos. También los investigaría. Siguió buscando. Dos hermanas de Blanca habían acogido a Enrique tras la detención de sus padres. Según un añadido más reciente en el expediente, solo debía quedar viva una de ellas.

Un rápido vistazo al reloj situado junto a un cuadro del rey Juan Carlos lo advirtió de la necesidad de ir terminando. Le hubiera gustado poder examinar más en profundidad aquellos expedientes, pero era mejor no tentar a la suerte y regresar a la oficina antes de que lo hicieran Dávila o Pineda.

Volvió a coger el metro, se bajó en Callao y caminó hasta la comisaría. El despacho estaba desierto. Al parecer aún no había vuelto nadie.

Antes de meterse con las notas que había tomado, quiso comprobar una idea vaga que le llevaba dando vueltas en la cabeza desde que Ortega nombrara a la hija robada de Blanca Brisac. Buscó en la mesa de Montes hasta encontrar el expediente de la viuda Torrecilla y fue pasando las hojas, confiando en que lo que buscaba, algo que había leído no sabía dónde ni sobre qué trataba, lo encontrara a él.

Echó un rápido vistazo. La inspección ocular. El informe pericial. Las declaraciones de los testigos. El informe redactado por Caballero y Montes sobre los hechos ocurridos...

Allí estaba. En el informe de la autopsia. Una frase que le había pasado desapercibida al principio, pero que ahora cobraba sentido.

Dejó el expediente tal y como lo había encontrado, buscó en su agenda el teléfono de la periodista Ortega y marcó el número.

—¿Mercedes Ortega, por favor?... Pablo Herrero... Sí, espero.

El subinspector había preferido dar su nombre en vez de su cargo. La voz que lo había atendido parecía pertenecer a la hija de Mercedes y no quería asustarla otra vez.

—¿Doña Mercedes? Buenos días. Soy el subinspector Pablo Herrero. Quería hacerle una pregunta, si no le importa... Sí, ¿recuerda que me comentó que Blanca Brisac había tenido a su hija consigo durante los meses en los que permaneció recluida y que la niña le fue arrebatada la mañana de las ejecuciones?... ¿Sí? Querría saber si está segura de eso. Quiero decir, ¿podría haber algún error? Tal vez la hija no fuera suya o usted la confundiera con otra presa; al fin y al cabo, había miles de mujeres en Ventas y han pasado tantos años... ¿No? ¿Está segura?... Bueno, he hecho algunas indagaciones y no he encontrado ninguna referencia a esta niña… ¿Quiere decir que no sería el primer caso?… Ya, borraban los registros… No siempre, claro… De acuerdo, doña Mercedes, me ha sido de gran ayuda. Sí, sí, descuide. Muchas gracias. Adiós.

El subinspector colgó el auricular pensativo. La periodista se mostraba absolutamente convencida de la existencia de una niña robada a la señora Brisac. Incluso recordaba que se llamaba Candela. No resultaba imposible que la mujer estuviera equivocada, pero Herrero estaba por la labor de darle credibilidad.

¿Era posible que alguien hubiera alterado los expedientes para borrar la existencia de la niña? Aquellos habían sido tiempos convulsos. La guerra acababa de finalizar y el país trataba de recuperarse. El acceso a aquellos archivos no habría sido tan complicado como en la actualidad.

En la mesa de Pineda el teléfono empezó a sonar, insistente y molesto. Por la luz que titilaba en la botonera, se dio cuenta de que se trataba de una llamada interna. Herrero miró la hora. Las doce. Con un suspiro pulsó el botón parpadeante:

—Grupo de Homicidios —dijo.

—Hombre, por fin —dijo Dávila desde el otro lado de la línea. Parecía contento, aunque ligeramente irritado por haber sido ignorado tanto tiempo—. ¿Ya están en la oficina?

Herrero estaba a punto de decir que se encontraba solo cuando vio por el cristal que alguien iba a hacer acto de presencia. El inspector Pineda, haciendo gala de una puntualidad británica, asomaba con una sonrisa.

—Sí, señor. Estamos aquí.

—Entonces bájense cagando leches a calabozos, que aún tenemos trabajo con el yerno de Torrecilla.

—Enseguida, señor —contestó Herrero a través de la línea que ya estaba muerta.

—Buenos días, Pablo —saludó Pineda animado—. ¿Qué ocurre?

—Dávila quiere que bajemos a los calabozos.

—Bueno ¿y a qué esperamos? —repuso Pineda abriendo la puerta de nuevo.

Recorrieron el pasillo hacia las escaleras internas que bajaban al sótano, donde se encontraban los calabozos, las salas de cacheos y las de interrogatorios.

—¿Qué tal se encuentra?

—Bien, bien. Ya te dije ayer. Un poco de descanso y como nuevo.

Herrero pensó que el aspecto del veterano inspector distaba mucho de ser considerado como bueno, pero se abstuvo de discutir nada. En cambio, comentó algo que Amelia le había vuelto a recordar aquella misma mañana.

—A mi esposa le haría mucha ilusión que viniera a casa a comer —dijo mientras seguía la estela de su compañero escaleras abajo.

—Ah, ¿sí? —repuso Pineda sorprendido, sin detenerse.

—Bueno, si le apetece, por supuesto. No se sienta obligado.

—¿Y por qué no? —repuso Pineda sin darle más importancia—. ¿Y cuándo sería?

—Habíamos pensado en mañana sábado. Claro que igual es demasiado precipitado. Tal vez tenga usted ya planes hechos.

—No, no. Mañana está bien. ¿A qué hora?

—¿Le parece bien hacia las dos? —preguntó Herrero cogido por sorpresa porque Pineda, a pesar de haber tardado unos segundos en contestar, hubiera accedido.

—¿A las dos? Perfecto —respondió el veterano entrando en la zona de calabozos—. No te olvides de darme luego la dirección. Y ahora vamos a ver qué se le ofrece a nuestro querido inspector jefe.

En el sótano, Pineda saludó jovialmente al agente que custodiaba el área de detenidos, un tipo mayor con buena barriga y enormes ojeras que estrechó la mano del veterano a la vez que le palmeaba la espalda con fuerza. Herrero se mantuvo

279

discretamente al margen de la breve pero amigable charla entre los dos veteranos.

Pineda prometió pasarse un día para charlar más tranquilamente y se dirigió hacia la sala de interrogatorios que les señaló el custodia. Tras anunciarse con unos golpecitos en la puerta, entraron.

—¡Hombre, Paco! Sí que os lo habéis tomado con calma —exclamó Dávila al verlos entrar.

Herrero notó que empezaba a sudar. Concentrado como estaba en sus propias reflexiones, no había caído en la cuenta de que su presencia en los calabozos no iba a ser para celebrar una fiesta.

Allí dentro, sin apenas ventilación, hedía. Se percibía una mezcla de tufos. Sudor, tabaco, alcohol, café, colonia barata, orines y, sobre todo, miedo.

Sentado, esposado por la espalda en una silla frente a una mesa y debajo de una bombilla que colgaba de un cable, se encontraba Raimundo Martínez, el yerno de Torrecilla. Medio desnudo, con el rostro marcado bañado en lágrimas y mocos, mostraba con su llanto unos dientes enrojecidos por la sangre, y el ojo derecho se le comenzaba a cerrar.

Frente a él, con la corbata ladeada, la camisa remangada y el pelo pegajoso cayéndole sobre el rostro, Montes recuperaba el aliento, mirando a su desgraciada víctima con una sonrisa torva, sin querer darse por enterado de la presencia de los recién llegados.

—Este cabrón no nos lo está poniendo fácil —dijo Dávila. Se había quitado la chaqueta, aflojado la corbata y remangado la camisa hasta los codos, pero no parecía que hubiera participado en la paliza—. No nos quiere decir quién lo ha ayudado.

—¿Sabemos seguro que es él? —preguntó Pineda con tono aparentemente despreocupado.

Herrero se dio cuenta de que su veterano compañero daba la espalda a Montes y al lloroso Martínez, como si la visión de lo que estaba ocurriendo en aquella estancia le molestara tanto como a él.

—¡Joder, Paco! ¿Estamos tontos o qué? Que Montes lo pilló con varios relojes de los sustraídos en casa de la viuda.

—¿Y qué dice él?

—¿Qué va a decir? Que le han tendido una trampa. Según jura y perjura, una yonqui a la que ya en alguna otra ocasión le había comprado alguna joya robada le ofreció los relojes a buen precio.

—¿Y ha aparecido la yonqui?

—Pues no. Ni aparecerá. Se lo está inventando todo. Chico, ¡pareces nuevo!

—¿Y qué quieres que hagamos nosotros? Me da la impresión de que aquí lo tenéis todo bajo control.

Si Dávila había captado la ironía, no lo reflejó. Pineda seguía evitando mirar a su espalda y parecía ansioso por salir de allí.

—Arriba está Andueza, la esposa de este. Quiero que la interroguéis a ver qué le sacáis. Con cuidado. Este terminará por cantar. Sabemos que no lo ha podido hacer solo. Pero terminará por hablar, ya lo verás.

—Está bien —respondió Pineda apresurándose a abrir la puerta de la estancia—. Hablaremos con ella.

—Venga muchachos, a trabajar —arengó Dávila recogiéndose de nuevo las mangas como si le fuera a ser necesario.

A pesar de que Herrero se dio prisa en abandonar la sala detrás de su compañero, no pudo escapar al aullido del detenido. Montes había vuelto a la carga, con sus reprobables métodos de una época oscura que el subinspector afortunadamente no había conocido.

Subieron de nuevo hasta la primera planta y preguntaron en la recepción por la señora Andueza. La recepcionista les señaló una sala, sin dejar de lado el auricular del teléfono.

La estancia que ocupaba la hija de la viuda asesinada estaba mejor ventilada e iluminada que la de su marido. Andueza, sentada en una incómoda silla, abrazaba su bolso con la mirada perdida. Pineda la saludó con amabilidad, le ofreció fumar, un poco de agua, incluso un café, pero la mujer solo accedió a lo primero y, con torpeza, sacó un cigarrillo de su bolso y aceptó el fuego de un mechero que Pineda encendió, gentil.

El veterano dio comienzo al interrogatorio haciendo gala de su experiencia; sabía llevar a la mujer a su terreno. Con delicadeza, fue desgranando preguntas, asintiendo comprensivo cuando la mujer respondía. Sin embargo, Andueza no parecía tener nada que aportar y al veterano no le quedó más remedio que rendirse.

Herrero captó el gesto de su compañero y lo siguió fuera de la sala.

—Escucha, Pablo —dijo Pineda en el pasillo, con una mano apoyada en el marco de la puerta y la mirada baja—. Creo que ella no sabe nada. No parece estar implicada en el asesinato de su madre ni conocer la relación que pueda tener su marido con el crimen. Por supuesto, está al corriente de la receptación de objetos robados, por mucho que lo niegue, pero la aparición de los relojes en manos de su esposo ha supuesto un shock para ella.

Herrero asintió sin hacer comentarios. El interrogatorio de la mujer tampoco parecía estar gustándole a su compañero.

—No creo que le saquemos nada más —continuó Pineda, negando con la cabeza—. Mira, ahora tengo que hacer unas llamadas importantes. Tenla aquí un rato y luego déjala marchar. ¿Quién sabe? Igual se abre ante alguien más joven. Además, te servirá para coger experiencia. Si me necesitas, estoy en la oficina, ¿de acuerdo?

El subinspector asintió con la cabeza y volvió a entrar en la sala. Movió su silla acercándola hasta Andueza, pero no tanto como para incomodarla.

—¿Se encuentra bien? —preguntó, amable, en voz baja.

La mujer negó sin mirarlo a la cara.

—Tuvo que ser terrible encontrar el cadáver de su madre —aventuró Herrero estudiando de reojo la reacción de la mujer.
—Sí. No fue agradable.

Andueza había perdido aquella altanería que Herrero detectó en las dos ocasiones en que había tenido la oportunidad de hablar con ella. Parecía otra mujer, más débil y acongojada. El subinspector se preguntó si sería por haber encajado por fin la muerte de su madre o por la situación en la que se encontraba su marido, al que, supuestamente, despreciaba. Algo le decía que esta segunda opción era la buena.

—Sabe que su marido es el principal sospechoso de su muerte, ¿verdad?

—Él no lo ha hecho —rebatió Andueza sin levantar la mirada—. Raimundo no mataría ni a una mosca. Ya se lo dije. Es un mindundi.

Herrero aguardó a que la mujer continuara.

—Ella lo tenía que controlar todo. A mi padre, al que amargó toda su vida, a su hija, a su yerno. No se conformaba con despreciarte. Necesitaba hacértelo saber. Humillarte. A Raimundo no tardó en anularlo y, cuando lo convirtió en un pelele, a mí se me abrieron los ojos. Ya no me parecía tan guapo. Empecé a despreciarlo yo también. Por ser mal marido. Por no tener redaños para defenderse ante mi madre. Por ser un perdedor.

Sin pedir permiso, Andueza abrió el bolso y sacó otro cigarrillo y un mechero.

—No tardamos en alejarnos uno del otro. Era injusta con él, lo reconozco. Pero odiaba que se doblegara y que permitiera que yo también lo hiciera. La casa era un regalo de mi madre, al igual que el negocio de la joyería, que nunca quiso dejar en nuestras manos. Éramos títeres y yo me aborrecía por eso. Y maldecía a mi marido por permitirlo. Veía en él mi propio fracaso. Qué ironía, ¿verdad?

Herrero no se atrevió a contestar a la pregunta retórica.

—Él empezó a ir de putas con sus amigos, unos mierdas como él, y yo me eché un amante —confesó Andueza dando una profunda calada a su cigarro y reteniendo el humo dentro de sus pulmones—. Raimundo no tenía acceso al dinero. Mi madre lo administraba a su antojo, así que, de vez en cuando, compraba género robado para revenderlo y poder pagar las putas y las juergas. Se pensaba que yo no lo sabía.

—¿Por qué compraría esos relojes?

—Porque no tenía ni idea de dónde habían salido. Raimundo no sabía qué había en la caja fuerte de mi madre y mucho menos la combinación. Prácticamente no nos hablamos. Él hace tiempo que solo es una sombra, siempre atemorizado ante mi madre y, mal que me pese decirlo, ante mí. Ni rastro del hombre del que me enamoré. No le dije qué era lo que habían robado y él no lo preguntó. Él no pudo matarla, inspector. Estaba en un puticlub. Por desgracia, hay un montón de personas que lo pueden atestiguar.

—Ya lo sabemos, señora Andueza. Pero siempre cabe la posibilidad de que tuviera un cómplice. Tal vez ignorara qué había en la caja, pero sabría que lo que fuera que su madre guardara allí tendría mucho valor. Es un buen motivo para atracar a alguien, ¿no le parece?

—Piense lo que quiera —repuso negando con la cabeza. Acababa de expulsar todos sus demonios y volvía a recobrar la calma—. Raimundo no tiene nada que ver con la muerte de mi madre.

Guardaron silencio un instante. Andueza, abstraída, dio otra calada, dejando caer la ceniza al suelo sin ser consciente de ello. Herrero estudiaba su semblante con atención.

—La señora Torrecilla no era su madre realmente, ¿verdad? —preguntó con suavidad.

La reacción de Andueza fue inmediata. Primero se sobresaltó y, después, sus mejillas, que hasta el momento habían mostrado palidez, se arrebolaron.

—¿Qué pretende decir, inspector? —preguntó con la respiración agitada, aferrándose a su bolso aún más—. ¿Qué insinúa?

—He revisado de nuevo esta mañana la autopsia de la señora Torrecilla. Padecía endometriosis. Mis conocimientos de medicina son escasos, pero he hablado con un especialista. Según se desprende del informe forense, es imposible que ella pudiera tener hijos.

Aquello era lo que había consultado en el expediente. Aquel término médico le había estado rondando por la cabeza hasta que dio con la relación.

—Además, no hace falta ser un gran fisonomista para darse cuenta de que entre ustedes no existe un gran parecido.

La viuda había sido una mujer bajita, enjuta, de rasgos faciales muy marcados, ojos azules y hundidos, pelo muy claro y ondulado. Su marido, Miguel Andueza, había sido poco más alto, rubio, de pelo muy fino, anchos hombros y ojos verdes. Un tipo atractivo de sonrisa fácil.

En cambio, la hija era alta y corpulenta, con el rostro relleno, ojos oscuros y saltones y el pelo lacio y negro. En realidad, se decía Herrero, de encontrarse un parecido sería con Blanca Brisac, la presa de Ventas, cuya fotografía le había mostrado la periodista Mercedes Ortega. Y su edad coincidía con la de la niña robada a Brisac.

—No sé a dónde pretende llegar, inspector, pero está poniendo en duda el honor de mi madre.

—No pretendo poner en duda nada, señora Andueza —repuso Herrero tratando de calmar a la mujer. Estaba claro que había dado en el blanco, pero ahora necesitaba su colaboración para tratar de avanzar—. Si la señora Torrecilla no podía tener hijos, tal vez usted sea una de esos niños robados en la posguerra.

—¡Eso es una calumnia! —protestó Andueza saltando como un muelle.

15

Viernes, 4 de noviembre de 1977.
Oficinas de la Brigada de Investigación Criminal.
Madrid

Se encontraban en la sala de interrogatorios y el subinspector Herrero aguardaba pacientemente a que la mujer se tranquilizara para proseguir.

—Usted sabía que no eran sus padres biológicos, ¿verdad? ¿Se lo dijeron ellos? —preguntó Herrero con tono firme.

Andueza hizo amago de mostrar de nuevo su indignación, se lo pensó un momento y, finalmente, se rindió.

—Como usted dice, no hacía falta más que mirarse en un espejo para saber que no teníamos nada que ver —confesó bajando la mirada.

—No tengo motivos para airear temas familiares que no me incumben mientras no repercutan en la investigación del crimen —dijo Herrero con calma—. Sin embargo, me gustaría contar con su colaboración. Creo que sería beneficioso para todos.

—No imagino en qué podría ayudarlo.

—Deje eso de mi cuenta. Dígame, ¿sabe quiénes fueron sus verdaderos padres?

—No, no tengo ni idea —contestó Andueza—. Nunca me lo dijeron y yo nunca lo pregunté.

—¿Nunca ha sentido curiosidad?

—¿Por qué? Mis verdaderos padres están muertos. Pertenecían al bando equivocado. Nada me une a ellos. No entiendo a esa gente que se empeña en revolverlo todo. Lo pasado pasado está.

La fría calma de la mujer desorientó a Herrero. El subinspector consideraba la curiosidad como uno de los atributos irrenunciables de la especie humana. Sin embargo, aquella mujer parecía creer de verdad en lo que decía. ¿Sería posible que se tratara de la hija de Blanca Brisac y Enrique García y que ella lo supiera? ¿Era todo aquello una venganza por la suerte que habían corrido sus verdaderos padres?

Herrero seguía examinando aquel rostro desapasionado que había vuelto a ocultar cualquier atisbo de sentimiento. ¿Era aquella mujer capaz de matar u ordenar hacerlo por venganza? No lo parecía, pero la condición humana siempre era impredecible.

En cualquier caso, allí había dos móviles sólidos. Venganza y dinero. Andueza acababa de confesar que su madre adoptiva había sido una mujer manipuladora y desagradable a la que le había gustado vejar a cuantos la rodeaban. Además, con su muerte, lo heredaría todo: la casa de sus padres, la joyería y el dinero. Nunca más volvería a estar sometida al capricho de su despótica madre. Buenos motivos para acabar con ella.

Y no tenía coartada, se recordó Herrero.

—¿Me puedo ir ya?

La mujer estaba recobrando la compostura y su agrio carácter. No se había percatado de que ya no era la hija desolada de una pobre viuda a la que habían asesinado despiadadamente, sino una sospechosa de ese crimen.

—Sí. Hemos terminado por el momento, señora Andueza —dijo Herrero tras pensarlo un poco—. Le agradezco su colaboración. La guiaré hasta la salida.

—¿Y qué hay de mi marido?

—Me temo que no podrá acompañarla.

—¡Él no la ha matado! —protestó Andueza implorante.

Herrero pensó que, tal vez, la mujer había empezado a recordar el motivo por el que se había enamorado de su marido. Quizá lo había despreciado, pero ahora se mostraba de su lado.

—Me temo que eso es algo que, por el momento, no hemos podido determinar. En cualquier caso, pesa sobre él la acusación por un delito de receptación de material robado.

Andueza volvió a protestar, pero se incorporó de la silla donde se encontraba sentada, siguiendo los movimientos de Herrero. El subinspector la condujo hasta el descansillo de la planta, llamó al ascensor y, mientras llegaba, trató de calmar de la mejor manera posible a la nerviosa mujer.

El subinspector cerró las puertas y vio a través del cristal cómo Andueza se enjugaba las lágrimas con un pañuelito sacado de su bolso. Incómodo, el policía volvió a comisaría, recorrió el pasillo y entró en la oficina.

Pineda estaba en su mesa al teléfono y le hizo un gesto con la mano para que aguardara un momento. Sobre el escritorio, el librito de refranes descansaba abierto boca abajo. El botón luminoso que indicaba que la línea estaba ocupada se encontraba apagado.

—¿Y bien? —preguntó el veterano colgando el auricular. Parecía haber recuperado el ánimo.

—Admite que sabía lo de las receptaciones de su marido para sacarse un dinero fuera del control de la viuda, pero está convencida de que su marido no tiene nada que ver con el asesinato.

—¿Y tú la crees? Puede ser que ella esté implicada.

—Lo sé. La verdad es que no parece asustada. O finge muy bien y está convencida de poder engañarnos o realmente no tiene nada que ver.

—No podemos descartarla, en cualquier caso. Escúchame. Dávila va a retener al yerno todo el fin de semana y ha dado vía libre a Montes para que le arranque una confesión. No quiero estar presente así que nos vamos a ir. Quiero que investigues a esa mujer, la hija de Torrecilla. Yo voy a buscar a esa yonqui que, según el yerno, le vendió los relojes.

—¿La conoce?

—Con los datos que ha proporcionado Raimundo Martínez, puede ser cualquiera. Hablaré con algunos de mis confidentes, a ver si alguien sabe algo. Venga, en marcha. Vámonos antes de que a Dávila se le ocurra alguna otra idea brillante. Mañana después de comer intercambiamos lo que hayamos averiguado.

Herrero le facilitó la dirección de su casa.

—De acuerdo. Me has dicho a las dos, ¿verdad? Pues hasta mañana.

Pineda tenía razón. Si continuaba en la oficina, corría el peligro de que Dávila lo encontrara, y tal vez el siguiente encargo que tuviera para él no sería muy agradable. Así que cogió su chaqueta y su cartera y abandonó la oficina con sigilo, tratando de llegar hasta la calle sin que nadie se percatara.

Alcanzó la Gran Vía y se quedó parado pensando. La calle estaba llena de ruido y humo del tráfico, lo que impedía reflexionar con serenidad. Los viandantes, como hormigas, se movían de un lado para otro. Herrero pensó que al menos parecían saber su destino. Más de lo que podía decir él, que no tenía claro cuál debía ser su siguiente paso.

Pese a que todo apuntaba a la hija y al yerno de la viuda como culpables, Herrero seguía convencido de que todas las muertes estaban relacionadas. ¿Tendrían algo que ver con los otros crímenes? ¿Era Andueza la hija de Blanca Brisac y estaba vengándose de quienes le habían arrebatado a sus padres?

Debía concentrarse en el caso de la señora Torrecilla. Era el que más flecos presentaba y en el que el asesino había corrido un riesgo mayor. A buen seguro, de existir un hilo del que tirar, sería en este caso. Necesitaba encontrar nuevas pistas, y tenía que hacerlo rápido si no quería que Montes continuara apalizando al yerno de la viuda. Culpable o no, esas prácticas de interrogatorio resultaban inaceptables.

En cualquier caso, Martínez no podía haber sido el autor material del crimen. Su coartada era sólida. Varias personas habían declarado haberlo visto en un bar de alterne lejos de la casa de su suegra aquella noche. No obstante, podría tratarse de un cómplice. Su colaboración para llegar hasta la viuda a cambio de quedarse parte del dinero y de las joyas. No se podía descartar.

Decidió empezar por el entorno de la familia García-Brisac. Por fortuna, la lista no era muy extensa. En primer lugar, Enrique García, hijo del matrimonio. Después su hermana, Candela García, que tal vez resultara ser la propia María Pilar Andueza.

Herrero había intentado dar con el paradero de ambos hermanos sin resultado. Enrique no figuraba empadronado en ningún municipio de España. Ninguna administración tenía constancia de él ni existía ficha policial.

Según la oficina del Ministerio del Interior, Enrique había solicitado un pasaporte a su nombre una década atrás, había salido del país y no había pruebas de que hubiera regresado.

Herrero había obtenido, a través de la embajada de Buenos Aires, una dirección en la ciudad de Rosario donde Enrique tenía su domicilio. Mediante fax había solicitado a la policía bonaerense, como favor personal entre compañeros, que comprobaran si el domicilio continuaba vigente y si el susodicho lo seguía habitando.

Sobre Candela, nada de nada. La única muestra de su existencia era la palabra de la periodista Ortega. No había ningún certificado de nacimiento con ese nombre. Ortega ya le había advertido de que aquello no era extraño.

También estaba el cuñado de Blanca, hermano de Enrique, Ricardo García Mazas. De este había logrado descubrir su domicilio. Calle de San Andrés en el barrio de Maravillas. Un lugar tan bueno como cualquier otro para comenzar su particular pesquisa.

Sobre la familia de Blanca Brisac había averiguado que la madre y una de las hermanas habían fallecido años atrás. Quedaba otra hermana de cuyo paradero no había constancia. Se le ocurrió una idea. Cruzó la calzada, se metió en la cabina telefónica de enfrente, echó unas monedas y marcó un número.

—Con el grupo de robos, por favor —dijo cuando contestaron y aguardó a que le fuera pasada la llamada—. Buenas tardes. Quería hablar con Antonio Oriol. Gracias. ¿Antonio? Soy Pablo... Sí, el mismo... Bien, bien, ¿y tú?... Me alegro. Te llamaba por si podías echarme una mano. Querría localizar a una persona... Concepción Brisac... Bueno, preferiría que no se enterara Dávila, ya me entiendes. No te preocupes... ¿Podrías añadir que me interesaría localizar a cualquier otra persona con ese apellido? ¿Sí? Pues te lo agradecería mucho... Vale, descuida... De acuerdo, espero tu llamada, adiós.

Herrero colgó y salió de la cabina. Oriol, a pesar de su manera desenfadada de ser, parecía estar preocupado de verdad por lo que estaba haciendo y le había advertido que se anduviera con pies de plomo. Pese a ello, había accedido a mandar un télex a todas las comisarías de España solicitando la averiguación del paradero de Concepción. Mientras aguardaba respuesta, comenzaría por el tío paterno de su principal sospechoso.

Media hora más tarde, se encontraba sentado en un excesivamente mullido sofá en casa de Ricardo García, el cuñado de Blanca Brisac. El hombre se había mostrado asustado en cuanto le enseñó el carné del Cuerpo General de Policía. Herrero había intentado parecer cercano para que García se abriera, pero la aprensión de aquel hombre ante la policía no le permitía bajar la guardia. Resultaba difícil creer que aquel tipo, temeroso de su propia sombra, pudiera tener nada que ver con un asesinato.

—Entonces, ¿no sabe nada de su sobrino Enrique? —preguntó Herrero, dejando sobre el reposabrazos del sofá la carpeta que había estado ojeando.

—No, señor. No he vuelto a saber de él desde que salieron de esta casa —aseguró García, un tipo pequeño, de poco pelo, con un recortado bigotito y la mirada huidiza.

—Vivían juntas las dos familias, ¿verdad?

—Sí, señor. Yo con mi mujer y mis cinco hijos y él con su familia.

—¿Dónde están su mujer y sus hijos?

—Tres de mis hijos murieron, señor. Al igual que mi esposa. De los otros dos, uno está casado y vive desde hace años en Alemania con su mujer y sus hijos, y el otro trabaja en Galicia. Precisamente viene mañana a pasar unos días conmigo.

—¿Está soltero?

—Sí, señor. No ha tenido tiempo de encontrar una buena mujer.

—¿Alguno de sus hijos mantiene relación con su sobrino Enrique?

—Ninguna, señor. No saben nada de él —aseveró García.

—¿Por qué se marchó su hermano de su casa?

—Yo no estaba de acuerdo con sus ideas, ¿me entiende? Enrique estaba afiliado a la UGT y yo le decía que eso solo le traería problemas. No quiso escucharme. Aseguraba que necesitaba estar afiliado para poder trabajar como músico y que solo lo hacía por esa razón. Pero yo no lo creía. Al final lo eché de mi casa. No quería *rojos* bajo mi techo.

El miedo cerval empujaba a García a no respetar la memoria de su hermano, ni siquiera llevando muerto tantos años. Temeroso de la opinión que pudiera formarse Herrero, parecía dispuesto a admitir que su hermano había sido el propio Santiago Carrillo.

—¿Cuándo se fueron de su casa?
—En enero del treinta y ocho. Les permití pasar las Navidades con nosotros, pero dejé claro que, si seguía adelante con sus actividades políticas, deberían salir de aquí en Reyes a más tardar.
—Su hermano tuvo más de un hijo, ¿verdad?
A García se le abrieron los ojos de espanto.
—¿Cómo dice?
—Su hermano Enrique y Blanca, la esposa de este, tuvieron una niña también.
—¿Una niña? —repitió García. Ahora el susto había dejado paso a la sorpresa—. No sé de qué me habla, subinspector.
Herrero hizo cálculos. La periodista le había dicho que Brisac tenía con ella en la prisión a su hija Candela. Resultaba posible que, si la familia había roto relaciones con Ricardo García, este no hubiera llegado a saber que su cuñada había tenido una niña. Pero, entonces, ¿por qué se había sobresaltado tanto al mencionarlo?
—¿No sabe que tuvieron una niña?
—No, no tenía ni idea. Desde que salieron por esa puerta, no volví a saber nada de ellos. Soy un español de principios, señor subinspector.
Herrero se quedó pensativo observando el patético orgullo de aquel pusilánime capaz de entregar a su propio hermano para salvarse. No creía que estuviera mintiendo. Realmente debía de desconocer la existencia de esa sobrina.
En la mente de Herrero se fue abriendo paso una sospecha. Había decidido visitar a García por pertenecer al entorno más cercano de la familia García-Brisac ante la posibilidad de que tuviera algo que ver, aunque fuera de forma indirecta, con aquellos asesinatos. No obstante, ahora estaba comenzando a pensar que, en realidad, Ricardo García no debería figurar en la lista de sospechosos, sino, más bien, en la de posibles víctimas. Si su teoría del asesino o asesina que se estaba vengando

de quienes habían arruinado la vida de Blanca Brisac resultaba cierta, Ricardo García podría estar en peligro.

—Bueno, pues no lo entretengo más —dijo levantándose con dificultad del sofá, que lo atrapaba—. Le quedo muy agradecido por su colaboración, señor García.

—Para mí es una satisfacción colaborar con la ley —repuso el dueño de la casa, visiblemente aliviado con la marcha del policía.

—Si se diera el caso de que su sobrino, por el motivo que fuera, se pusiese en contacto con usted o con alguno de sus hijos, me gustaría que me informara.

—Pierda cuidado, subinspector. Si llego a saber cualquier cosa, le avisaré. Venga por aquí. Le acompañaré hasta la puerta.

Herrero recogió la cartera de cuero y se dirigió hacia la doble puerta con paneles de cristal espejado, pasando cerca de la televisión que García tenía colocada sobre un carrito con ruedas, con el transformador sobre la bandeja inferior.

Sobre la tele, un modelo bastante nuevo de Telefunken, había una cajita de cartón con papel de regalo y un lazo, y dentro un platillo barato de porcelana blanca con una figura de color azul rojo y blanco.

—¡Vaya! Qué bonito —dijo Herrero inclinándose para admirar el platillo, que representaba un gallo orgulloso de cresta flamante y elegante cola de largas plumas rodeado de flores.

—¿Le gusta? —preguntó García con tono sorprendido.

—¡Me encanta! Estos platos de porcelana me chiflan, y este, en particular, me parece muy bonito.

—Pues si es así, permítame que se lo regale —dijo García obsequioso.

—Oh, no, no —se apresuró a protestar Herrero incorporándose—. No podría aceptarlo. Se ve que es un regalo de exquisito gusto.

—Me lo ha mandado mi hijo, el que vive en Alemania —explicó el hombre invitando a Herrero a cogerlo—. Ha estado en París de vacaciones, ¿sabe? Siempre me manda algún suvenir. Tengo la casa llena de cosas parecidas. Para mí sería un placer que se lo quedara, subinspector. No hay duda de que su gusto es más refinado que el mío.

—Me pone en un compromiso, pero ¡es que es tan bonito!

—Ningún compromiso, señor. Por favor. Me haría inmensamente feliz.

—¿De verdad que no le importa?

—En absoluto, subinspector. Por cierto, me parece que se le olvida la carpeta.

—¡Vaya día llevo! —repuso Herrero dándose una palmada en la frente y aceptando la carpeta que le tendía con las dos manos, a modo de ofrenda, el propietario de la casa—. No sé cómo agradecerle tanta amabilidad.

—Nada, por Dios. Siempre al servicio de la ley, subinspector —se despidió Ricardo García, y cerró la puerta en cuanto Herrero empezó a bajar las escaleras.

Instantes después, el subinspector estaba de nuevo en la calle buscando con la mirada una cabina de teléfonos. Encontró una de camino a la boca de metro. Se metió dentro con la cartera donde había guardado la carpeta que se le había «olvidado» en el sofá y que ahora tenía las huellas de Ricardo García y el envoltorio de papel de regalo con la caja de cartón y el plato del gallo en su interior.

La llamada fue muy breve. Diez minutos más tarde, un vehículo de la Policía Armada se detuvo delante.

—Soy el subinspector Pablo Herrero, del Grupo de Homicidios —dijo Herrero al agente que conducía el coche—. Necesito que lleve este paquete y esta carpeta al laboratorio. Por favor, no los toquen. Podrían contener huellas. Yo hablaré con el laboratorio para que los estén esperando.

Herrero vio cómo el vehículo policial se alejaba calle abajo para cumplir con sus instrucciones. Confiaba en que su corazonada fuera cierta. Aquella jornada había tenido varios golpes de suerte. Tal vez aún le durara y en aquel espantoso plato aparecieran las huellas de un asesino.

En la carrera universitaria había estudiado el origen de las figuras alegóricas, sus representaciones y sus significados. Sabía, por ejemplo, que el gallo representaba la luz y la fe. Su canto simbolizaba la victoria sobre la oscuridad y el mal.

En aquel plato que Ricardo García le había regalado, había un gallo pintado de rojo, azul y blanco, los colores de la bandera de Francia, origen del apellido Brisac, sobre un lecho de rosas rojas.

Menos una de ellas, cerca del pico del ave, que era de color blanco.

No podía estar seguro, pero le pareció que aquel paquete había sido abierto poco antes de su visita. Aunque el papel de regalo estaba terso y la cajita de cartón no tenía ni una mota de polvo.

La explicación de que su hijo se lo había mandado desde París debía de haber sido improvisada por García sobre la marcha. En realidad, el pobre diablo se estaría preguntando de dónde había salido aquel horroroso plato.

Volvió a entrar en la cabina telefónica, llamó al gabinete de pruebas científicas, se identificó y les dijo lo que pretendía. Debían sacar las huellas impresas tanto en el plato como en la carpeta y buscar en la base de datos posibles coincidencias.

Descolgó de nuevo el auricular y llamó a Amelia: ¿Qué tal se encontraba? ¿Más animada?... Herrero se alegraba de ello... ¿La herida de la encía? Muy bien, apenas la sentía ya... Claro, tendría cuidado con lo que tomaba... No, no iría a cenar. Por eso la llamaba, para que no lo esperara. Y era posible que tampoco fuera a dormir... Sí, un caso... No, no lo sabía seguro. Era mejor que ella fuera a casa de sus padres a pasar la noche... Sí, por la mañana la llamaría. No debía preocuparse, era una vigilancia rutinaria... Se abrigaría bien... Ningún peligro... Sí, el inspector Pineda iría a comer con ellos al día siguiente... No, no le había preguntado si había algo que no le gustara para comer. Se le había olvidado... Él también la quería.

Salió de la cabina y volvió al portal de la casa de Ricardo García. Saludó de nuevo al portero y, con tono oficial, dijo:

—Soy subinspector de la Brigada de Investigación Criminal, Grupo de Homicidios. Necesito su ayuda.

El portero era un hombre mayor, cetrino, con uniforme impecable, raya en el pelo aceitado y un bigote fino recortado con precisión, muy convencido de su autoridad. Sin duda, alguien al que le habría encantado ser subinspector de homicidios. Herrero apeló a ese sentimiento y solo faltó que el portero se cuadrara.

—Es una investigación muy delicada —le explicó Herrero en un tono grave y oficial que emocionó al bedel—. Necesito pasar la noche en su garita con absoluta discreción.

Al portero se le abrieron los ojos ante la confidencia.

—Por supuesto —se ofreció bajando la voz—. ¿Desea que lo acompañe? Paso las noches en vela porque sufro de insomnio, y tal vez le pueda resultar de ayuda.

Herrero tuvo problemas para controlar la verborrea del hombre. Le aseguró que no deseaba molestar, que se las apañaría solo y que no vendrían refuerzos porque se trataba de una investigación que precisaba de la más estricta reserva.

Al final logró que el portero regresara a su puesto a esperar la hora en la que abandonaba habitualmente la portería, y él se metió en un cuartito que había en la propia garita, una especie de trastero con útiles de limpieza y otros objetos propios de su labor.

A las nueve de la noche, el portero se retiró al piso de la portería, en el bajo, y diez minutos después salía con un pepito y una botella de agua de grifo para Herrero, que agradeció enormemente la contribución a la investigación, ya que no había probado bocado desde el desayuno.

Degustó con placidez el bocadillo de pan denso y filete nervudo pero apetitoso. Le supo a gloria. Después de tantos días sin poder masticar, aquello era un lujo. Se limpió los labios con la servilleta que había acompañado al bocadillo y aguardó a que el servicial portero se retirara.

Una vez a solas, se acercó a la puerta del ascensor y pegó con celo el cartel que había estado confeccionando durante la espera. En él se podía leer: AVERIADO, NO FUNCIONA. Si se daba la presencia de algún intruso, el cartel lo obligaría a subir por la escalera, permitiendo que Herrero pudiera seguirlo a una distancia conveniente.

Eran palos de ciego. Estaba convencido de que el plato con el gallo pintado lo había mandado el asesino. Por supuesto, Herrero no podía saber cuándo tenía pensado atacar. Sin embargo, en el caso de las otras víctimas, su agresor había actuado el mismo día que habían recibido el aviso. Si el criminal alteraba su rutina y no atacaba aquella noche, Herrero solo habría perdido sueño.

No obstante, algo le decía que no andaba descaminado. Se trataba solo de una corazonada, pero intuía que el asesino lo intentaría aquella noche.

El portal se encontraba mal iluminado, y la escasa luz de una triste bombilla no permitía ver el interior de la garita. Por si acaso, Herrero se pegaba a la pared cada vez que escuchaba ruidos en la escalera o veía que alguien accedía al portal. ¿Cómo saber si uno de ellos era el asesino?

Por fortuna, no eran muchos los que lo traspasaron. A pesar de ser viernes, día que la gente aprovechaba para salir a dar una vuelta o cenar fuera, tan solo un par de ancianos, una madre con dos niños y unos jóvenes, que entraron y volvieron a salir enseguida, cruzaron el portal, abriendo la puerta con su propia llave.

Si el asesino tenía previsto atacar esa noche, razonaba Herrero, no se podía arriesgar a llevarlo a cabo de madrugada, cuando cualquier ruido se multiplica. Actuaría antes de medianoche. Sin embargo, ya eran las once pasadas y aún no había visto nada extraño.

Un ruido en la puerta llamó su atención. Alguien trataba de abrirla y se le resistía. Herrero aguzó el oído. Lo que se escuchaba no era el ruido de una llave en la cerradura, sino algo como un roce, ris ras, ris ras.

Por fin la puerta se abrió. La figura entró y cerró tras de sí, acompañando la hoja con la mano para evitar hacer ruido. Sin encender la luz se dirigió directamente hacia la escalera y comenzó a subir a oscuras apoyándose en la barandilla. Las escaleras eran de madera y, a pesar de los esfuerzos del intruso por subir en silencio, de vez en cuando un crujido lo delataba.

Herrero no había podido llegar a verle el rostro. Ni siquiera podía adivinar su complexión ni si se trataba de un hombre o de una mujer.

Ricardo García vivía en el sexto. Herrero dejó margen al desconocido para que llegara al primer piso antes de comenzar a subir tras él. No quería utilizar el ascensor para no alarmarlo. Con sumo cuidado fue pisando en los laterales del escalón, evitando el centro, más ruidoso.

Quería atraparlo entrando en casa de García. No podía arriesgarse a que arguyera cualquier excusa para justificar su presencia allí. Esperaría a que abriera la puerta y entonces lo apuntaría con su revólver, el Astra de cañón de dos pulgadas con cachas de madera que empuñaba con mano sudorosa, y diría eso de «¡Alto, policía!».

Siguió subiendo, conteniendo la respiración. Cuarto piso. El intruso debía de andar ya por el quinto, aunque con el golpeteo de su desbocado corazón no alcanzaba a oír ningún ruido. Quinto piso. Con cuidado, no había que asustarlo. Sexto piso. El asesino tenía que estar ya frente a la puerta de García. Por muy ducho que fuera trasteando en la cerradura, tardaría como poco un par de minutos en abrir la puerta. Tiempo suficiente para que Herrero llegara al descansillo y lo apuntara con su arma.

Justo puso un pie en el primer escalón para subir al sexto piso cuando sintió un terrible golpe en la cabeza. Y, de pronto, se hizo la noche.

16

Sábado, 5 de noviembre de 1977.
Madrid

Tumbado sobre la cama, el hombre miraba al techo con las manos entrelazadas por detrás de la nuca. Aún no se le había pasado el susto. Aquella noche casi lo habían pillado. A Dios gracias, la fortuna se había vuelto a aliar con él, pero era cuestión de tiempo que le diera la espalda.

Lo había planeado bien y con tiempo. Se había familiarizado con el entorno y las rutinas de Ricardo García. Atacaría por la noche, forzaría la entrada del domicilio, mataría a Ricardo, revolvería todo y se largaría. Esta vez, sin florituras. La policía pensaría en un robo en el que el inquilino se había enfrentado al agresor.

En lo único en que había tenido que salirse de los planes había sido en la fecha. Con la policía pisándole los talones, debía darse prisa. Un viernes noche no era el mejor momento para llevar a cabo el asalto. Cierto era que las calles, con más bullicio y personal celebrando la llegada del fin de semana, ofrecían la posibilidad de pasar más desapercibido, pero también resultaría más arriesgado una vez que se encontrara dentro del portal.

Entrar en el inmueble fue sencillo. Un trozo de radiografía embutido en el quicio de la puerta hasta retraer el resbalón de la cerradura. Una vez dentro, nada de ascensores que puedan convertirse en una trampa. Despacio, intentando no hacer ruido, empezó a subir la escalera de madera. Dejó atrás los primeros pisos sin ningún contratiempo. Los escalones crujieron un par de veces, algo inevitable. Todo marchaba bien.

De pronto, escuchó algo que le puso los pelos de punta y aceleró su pulso. El crujido de un escalón. No lo había causado él. Continuó subiendo y lo volvió a escuchar. Alguien venía detrás tratando de no hacer ruido.

Al llegar al quinto piso se escondió en las sombras y aguardó. Su perseguidor estaba en el piso de abajo y seguía ascendiendo lentamente hasta llegar al descansillo. En medio de la oscuridad, el hombre apenas alcanzaba a ver una figura al acecho. El tipo se había detenido un instante para aguzar el oído. Solo se escuchaba el rumor de un televisor con el volumen demasiado alto. Sigiloso, el hombre salió de su escondrijo y con la empuñadura de su arma golpeó con fuerza la cabeza de su perseguidor.

El tipo se desplomó boca abajo, sin ruido. A oscuras, no lograba verle el rostro. Lo registró con rapidez. Alarmado, encontró un revólver y una placa en la solapa del abrigo. Sin salir de su sorpresa, se incorporó y se lanzó escaleras abajo hasta alcanzar la calle.

A salvo en su casa, el hombre meditaba sobre lo sucedido. Estaba claro que el policía lo estaba esperando, pero ¿cómo habría sabido que iba a ir? Era absurdo, nadie conocía sus planes.

Aquello lo estaba matando. A pesar de la legitimidad de su venganza, con cada muerte sentía que perdía años de vida. Al principio había experimentado un sentimiento de liberación. Por fin se estaba haciendo justicia. No obstante, el precio estaba resultando mucho más alto de lo previsto.

Y, por si fuera poco, el tiempo apremiaba.

Necesitaba calmarse, de nada serviría torturarse pensando en lo que podría haber pasado. Trató de apartar el riesgo corrido de su mente y volvió a rememorar lo sucedido con Antonio Valenzuela, el sádico expolicía al que había tirado desde la azotea de Torre Madrid. Aquel cabrón había sido el peor de todos ellos, y por eso su muerte resultó mucho más elaborada y gratificante.

Por descontado, no había tenido la más mínima duda al asesinarlo. La vigilancia a la que lo había sometido los días previos le había hecho estar más seguro de su decisión.

El día anterior a su muerte lo había observado dando una severa paliza con un garrote a un macarra que se dedicaba a robar en comercios. El macarra se lo tenía bien merecido, no cabía duda. Tenía aterrorizado a medio barrio, que a partir de ese día dormiría más tranquilo, al menos durante una buena temporada.

Sin embargo, no había sido la simpatía por los comerciantes lo que había motivado la somanta. Valenzuela tenía a un par de comerciantes chinos convencidos de que pertenecía al cuerpo de Policía y que en España era tradición «agradecer» a los agentes sus desvelos por el cuidado de sus propiedades.

Estos dos restaurantes, recién abiertos y cuyos propietarios no hablaban ni una palabra de castellano, debían de estar acostumbrados a este tipo de «impuesto» en su país, ya que no habían protestado y pagaban puntualmente la tasa establecida por Valenzuela, una fuente de ingresos que le permitía visitar burdeles elegantes.

El problema había tenido lugar cuando uno de los restaurantes fue atracado de noche. El propietario, aún sin conocer el idioma, no había tenido dificultad para mostrar su indignación en cuanto puso la vista encima de Valenzuela, que pasaba regularmente por el restaurante para almorzar gratis y recibir un sobre lleno de pesetas.

El expolicía había utilizado sus contactos para encontrar al atracador, lo había esperado en el portal de su domicilio y, sin cruzar palabra, había empezado a sacudirle salvajemente con el garrote hasta hacerse daño en el codo, momento en que le había propinado una última patada al guiñapo tirado en el suelo y se había largado.

Valenzuela había ido al día siguiente, el último que pasaría sobre la faz de la tierra, a almorzar al restaurante chino, donde a buen seguro el propietario se mostraría agradecido.

No obstante, la extorsión a estos negocios no era su única fuente de ingresos. En el parque de María Eva Duarte de Perón, que el expolicía visitaba a diario desde hacía unos meses, se había asociado con un antiguo confidente, un camello al que había convencido de la necesidad de repartir sus beneficios por la venta de la droga como buenos socios, aparte de una gratificación en forma de dosis de cocaína.

El camello no había tenido más remedio que acatar la sugerencia, pero tampoco le había venido mal. De esta forma no necesitaba tener las dosis encima, evitando que la policía le pillara con ellas, y contaba con un aliado si algún yonqui sin dinero trataba de atracarlo. Además, ¿quién iba a sospechar de un policía jubilado dando de comer en el parque a las palomas con una barra de pan en cuyo interior guardaban las bolsitas de droga?

Valenzuela era un hijo de puta, por eso para el hombre fue una satisfacción acabar con él. Ver su rostro de estupefacción, incredulidad y, finalmente, ira y desesperación cuando, tras golpearlo y asfixiarlo repetidamente, le había mostrado el objeto que había llevado consigo.

El sádico no había tenido dificultad en reconocerlo. La pera de la angustia. Valenzuela la había utilizado en diversas ocasiones con sus desgraciadas víctimas, y para el asesino era una cuestión de justicia que probara en sus propias carnes el sufrimiento que aquel artefacto diabólico ocasionaba.

A pesar de la vaselina untada, no resultó nada sencillo. El esfínter se mostraba reacio a la penetración y las convulsiones de su víctima no ayudaban. Tuvo que propinarle otro porrazo y dejarlo medio grogui para que se estuviera quieto y, por fin, el esfínter cedió y la pera quedó alojada en su sitio.

No quería que Valenzuela se perdiera ni un detalle, así que esperó hasta su completa recuperación para empezar a girar el eje que abriría los pétalos dentro del recto. La reacción fue inmediata. Presa de un bestial dolor, volvió a convulsionar, arqueando el cuerpo de forma inhumana. No obtuvo clemencia, como él no se la había ofrecido a sus víctimas.

En un momento dado, cuando Valenzuela mostró síntomas de estar al borde de desfallecer, aflojó el tornillo, otorgándole un momentáneo alivio que sirvió para explicarle el motivo de aquel tormento. Al cerrar un poco los gajos de la pera, un hilillo de sangre escapó de su ano destrozado.

Valenzuela se comportó como lo que era. Un hijo de puta. Incluso se envalentonó con chulería y lanzó vanas amenazas. Al asesino no le importó. Iba a prolongar aquella agonía todo lo que pudiera. Le hubiera gustado disponer de toda la noche, incluso de días, para quebrarlo, pero cuanto más tiempo se demorase en aquella azotea más riesgo corría de ser descubierto.

Finalmente lo había roto. Valenzuela era un despojo a sus pies, incapaz de sentir más dolor. No se habría recuperado ni aunque lo hubiera dejado con vida. Algo que no iba a suceder.

Le extrajo de un tirón el instrumento de tortura, le subió los calzoncillos y los pantalones, le arregló la ropa y, sin escuchar el galimatías sin sentido que Valenzuela balbuceaba, mientras un hilo de baba sanguinolenta le resbalaba por la comisura de la boca, lo agarró de un hombro y del cinturón del pantalón y lo arrastró hasta el borde de la azotea.

Sin una palabra, levantó los pies de aquella bestia inmunda y dejó que la gravedad hiciera el resto. Por desgracia, no pudo contemplar cómo se estrellaba contra la cornisa, ya que la oscuridad enseguida se lo tragó.

Con un suspiro de alivio, recogió todo, se aseguró de que no quedara nada que lo pudiera delatar y abandonó la terraza.

Echó un vistazo al reloj. Las siete y media. Sabía que no iba a volver a dormirse. Se levantó. Pensó en bajar a desayunar algo al bar de abajo. Tal vez se diera un corto paseo antes de volver y echarse un rato ante el televisor. Necesitaba estar en plena forma, así que descansaría hasta que fuera la hora de salir.

Tomó en un vaso una solución acuosa de morfina, se vistió, cogió las llaves y la cartera, y se miró en el espejo del baño. El desayuno le sentaría bien.

El subinspector Herrero también estaba en la cama despierto. Tenía un dolor de cabeza monumental y un chichón del tamaño de una ciruela en la cabeza allí donde le habían golpeado.

Se había despertado al poco de la agresión, zarandeado por el portero del inmueble. El acongojado hombre estaba empeñado en pedir una ambulancia, pero Herrero se negó. Se encontraba bien.

Con esfuerzo, se incorporó. Notaba el cuerpo helado. Debía de llevar un buen rato tirado en el frío suelo del descansillo, donde lo había encontrado un vecino. Se tanteó el cuerpo. La placa, la pistola y el carné estaban en su sitio.

Con amabilidad pero resolución, solicitó al portero que avisara a un taxi, le agradeció el trapo con hielo y bajó a la calle a esperar.

—No se olvide de ir al médico, subinspector —se despidió el portero, preocupado, después de ayudarlo a montar en el vehículo—. Los golpes en la cabeza, sobre todo cuando se pierde el conocimiento, son muy peligrosos.

Media hora después estaba en su cama, muy dolorido a pesar de las dos aspirinas ingeridas y con gran malestar general, Herrero repasaba los últimos acontecimientos. Había una pregunta que no dejaba de darle vueltas en la cabeza: ¿por qué el asesino no lo había matado?

A pesar del alivio que suponía seguir vivo, no podía obviar que había corrido un grave peligro. Había estado muy cerca del desastre y de dejar viuda a Amelia. Precisamente una de las primeras lecciones que se aprendía en la academia era que un policía siempre se tiene que apoyar en los compañeros. Toparse cara a cara con una imprevista situación de riesgo era algo de lo que nadie se encontraba exento: ir por la calle y ver salir corriendo a alguien de un banco o una pelea en un bar, un tirón de un bolso…

No obstante, aquello había sido premeditado. Había tenido tiempo para pedir ayuda o tomar medidas para minimizar el peligro. Sin embargo, como la investigación era contraria a las órdenes recibidas, había decidido actuar por su cuenta y riesgo.

Además de por su vida, podía dar gracias porque el asesino no le hubiera quitado el arma, que seguía debajo de su cuerpo cuando se incorporó del frío suelo, ni el carné profesional o la placa de la solapa de la chaqueta. De haber ocurrido tal cosa, Dávila le hubiese abierto un expediente y Herrero habría tenido que empezar a buscar un nuevo empleo.

Claro que aún podía suceder. Tendría que redactar un informe sobre lo acaecido dando todo tipo de explicaciones y esperar a ver cómo se lo tomaba el inspector jefe. Dávila le había prohibido expresamente ir por libre y saltarse las órdenes, y se lo haría pagar. No obstante, se consoló, ahora sus sospechas sobre la relación de los crímenes con la persona de Blanca Brisac, la rosa *blanca*, habían quedado definitivamente probadas.

¿Por qué no le había robado el revólver? En el mercado negro tenía gran valor. ¿Se habría asustado su agresor al comprobar que había atacado a un policía?

A su lado, Amelia se movió, sintió su cuerpo y le pasó un brazo por encima. No había ido a pasar la noche a casa de sus padres, como Herrero le pidió. Cuando despertara se llevaría un gran disgusto, así que se quedó quieto. Que descansara, ya que él no podría hacerlo.

Entre el dolor de muelas, la investigación, la preocupación por Amelia, que aún no había podido hacerse a la idea de no tener un niño, y ahora el porrazo que le habían dado, llevaba casi una semana sin lograr dormir más de cuatro o cinco horas. ¿Le estaría alterando aquello la percepción de las cosas?

¿Dónde estaba el hijo del matrimonio, el tal Enrique García Brisac? ¿Permanecía en Argentina? Claro que, por un buen dinero, siempre se podía encargar otro de hacer el trabajo. Sicarios no faltaban a ambos lados del charco. Pese a ello, Herrero pensaba que, si Enrique García se encontraba detrás de aquellos asesinatos, habría querido viajar a España. Y, quién sabía, tal vez no lo hubiera hecho con su pasaporte.

No cabía duda de que Enrique tenía motivos sobrados para cobrarse venganza. Pensando en el hijo de Blanca, le volvió a la cabeza la conversación mantenida con la antigua presa de Ventas, Mercedes Ortega.

La periodista le había desgranado con gran crudeza las extremas condiciones de hacinamiento en la prisión: los maltratos, las torturas y violaciones sistemáticas a las presas. Las enfermedades como el tifus, la sarna, la tiña. La presencia de piojos y enormes ratas que se paseaban durante las noches por encima de los cuerpos amontonados en pasillos y retretes, donde las madres tenían que velar el sueño de sus hijos pequeños para que las hambrientas alimañas no se ensañaran con ellos.

Herrero no podía hacerse una idea de la desgarradora agonía de aquellas madres el día que la directora del centro, sor Teresa, llegaba a arrancarles de los brazos a sus hijos para entregarlos, a cambio de un buen fajo de billetes, a familias de bien para que «los educaran cristianamente». Y tenían que ver, indefensas, cómo aquella mujer sin corazón se alejaba por el pasillo con la criatura llorando desconsolada, sabiendo que jamás la volverían a ver.

Y todo esto con el constante miedo a las temidas sacas, esas listas que las presas aguardaban cada día con el alma en vilo, temiendo figurar en ellas y ser elegidas para enfrentarse a los pelotones de fusilamiento.

Ortega le había contado cómo las reclusas llegaban a saber el número de ejecutadas al contar los disparos del tiro de gracia. Una, dos, tres, cuatro... Cada estampido era un alma que abandonaba este mundo. Para el resto, aquellas ejecuciones suponían un día más de vida, hasta la noche siguiente, cuando volvieran a nombrar unas nuevas seleccionadas para ocupar el puesto en la tapia del cementerio de la Almudena. De nuevo gritos, lamentaciones, lloros, risas histéricas, algunos insultos y amargas maldiciones. Y así día tras día. Toda la noche en vilo, durante el amanecer conteniendo la respiración y sintiendo el alivio de no haber sido escogida, siendo consciente de que ese día aún vivirías, aunque tal vez resultara el último.

La periodista le había hablado de aquella mañana del cinco de agosto, cuando en la lista de la saca vinieron escritos los nombres de Las Trece Rosas. Trece mujeres, varias de ellas menores de edad.

Aquella jornada habían sido ejecutadas cincuenta y seis personas. Y no había sido el peor día. El 24 de junio, los franquistas habían fusilado a ciento dos prisioneros, y el 14 de ese mismo mes, a ochenta. Ortega aseguraba que, entre el verano y parte del otoño, ochocientas cincuenta personas habían pasado por el cadalso.

Pasaron la noche en vela en la capilla, encomendando su alma y escribiendo cartas de despedida a sus familiares. Para que se les permitiera redactar esas misivas, las trece jóvenes habían tenido que confesarse previamente con el capellán de la prisión. Otra humillación más. Dándose ánimos las unas a las otras, habían sido llevadas en un viejo camión hasta la Almudena. Hombro contra hombro y de espaldas a la tapia, habían sido fusiladas y habían recibido de seguido el tiro de gracia mientras sus compañeras de Ventas iban contando, con el alma encogida, los estampidos que certificaban las muertes.

Herrero no había podido evitar un escalofrío al escuchar de boca de la periodista, a la que se le nublaban los ojos por los recuerdos, cómo la directora del centro, sor Teresa, había regresado en el camión que había trasladado a las ejecutadas hasta la Almudena y había referido al resto de las internas, quienes se habían acercado a escucharla, cómo habían sido los últimos momentos de las ajusticiadas:

—Según nos dijo la monja, con inhumana frialdad —le había contado—, las pobres muchachas, escoltadas en parejas hasta el camión por tres guardias civiles, estaban alegres porque pensaban que verían a sus maridos y novios, a los que iban a ejecutar también. Sin embargo, al llegar al lugar donde serían fusiladas, se dieron cuenta de que ni ese pequeño consuelo les iba a ser ofrecido, porque sus hombres ya habían sido ejecutados.

Ortega le contó cómo aquella monja, que la periodista veía como la encarnación del diablo, se había jactado de dejar sobre la mesa de su despacho, sin cursar, las solicitudes de indulto que cada una de las condenadas había redactado, apelando clemencia al caudillo. Nada habría cambiado la sentencia de ejecución, había aclarado Ortega, lo que aumentaba la crueldad de su innecesario acto.

Este desprecio por las reclusas llegaba al punto de que sus familias no fueron siquiera avisadas ni de la celebración del juicio ni de la ejecución. Los deudos tuvieron conocimiento del fallecimiento cuando fueron de visita a la cárcel y allí les entregaron las ropas de las ajusticiadas.

—¿Qué puede conducir a una monja, una sirviente de un Dios compasivo al que dedica de forma voluntaria su vida, a cometer todas esas tropelías y a hacerlo de una forma tan deshumanizada? —le había preguntado Ortega.

Herrero había sido incapaz de contestar. No alcanzaba a comprender cómo una mujer, por mucho que hubiera decidido voluntariamente renunciar a tener hijos, era capaz de ignorar el terrible dolor de una madre cuando le es arrancado de sus brazos el fruto de su sangre.

Lo mismo podía decirse de Dolores Torrecilla, la funcionaria de prisiones asesinada en su casa, que, además de participar en aquella barbaridad, no había tenido reparos en convivir toda su vida con una niña robada a una de estas presas a las que habían matado a tiros.

—¿Qué tal fue la noche? —preguntó Amelia, aún adormilada.

Herrero dudó sobre la versión que debería dar. Sabía que tarde o temprano Amelia se enteraría de lo sucedido. Decidió contarle la verdad.

Instantes después estaba en el salón, sentado en su sillón de orejas, con la persiana medio bajada, una toalla húmeda en la cabeza, el termómetro en la boca y un desayuno ligero en una mesita auxiliar. Amelia le había prohibido terminantemente levantarse de allí, ver la televisión, algo que a Herrero no le gustaba especialmente, o leer nada en absoluto.

Amelia insistió en tomar un taxi para acercarse a urgencias o llamar para que un médico se pasara por el domicilio. Coincidía con el portero que lo había auxiliado y porfiaba en la gravedad de los golpes en la cabeza, sobre todo cuando, a consecuencia de ellos, se perdía la consciencia. Sin embargo, el subinspector se mostró totalmente inflexible: estaba bien, nada de médicos.

Realizado el primer chequeo, lo había sentado en el sillón y, tras asegurarse de que no tenía ninguna necesidad vital que lo obligara a levantarse de allí, se había ido a la cocina a preparar la comida a la que habían invitado a Pineda, que, dadas las circunstancias, ella consideraba mejor posponer. No obstante, la opinión en contra de Herrero prevaleció por esa vez.

El día iba a resultar largo. Primero comida con Pineda, seguida de una larga sobremesa en la que el subinspector tenía pensado desvelar a su compañero todas sus andanzas de los últimos días. A saber cómo se lo tomaría. Y, para terminar, sesión de cine. Por supuesto, Amelia quería renunciar a la proyección, pero Herrero, deseoso de quitar hierro a lo sucedido, insistió en ir, aunque la cabeza le fuese a explotar.

A las dos en punto sonó el timbre. Herrero se levantó de la butaca y dijo que abría él.

—Buenos días, subinspector —saludó Pineda jovialmente—. Confío en no haber llegado tarde.

Herrero, por un instante, creyó descubrir en el rostro de su compañero un gesto de preocupación, seguido de un suspiro de alivio. Se preguntó si se encontraría bien. Tal vez se hubiera sentido obligado a cumplir con la cita.

—Para nada, para nada, inspector —repuso siguiendo la broma—. Adelante, esta es su casa.

Pineda restregó los pies contra el felpudo y entró. En una mano llevaba una botella de vino, y en la otra, un ramo de flores.

—Hola, inspector, soy Amelia, encantada de conocerlo —se presentó la anfitriona haciendo un gesto de coquetería con el cabello.

—Hola Amelia, el placer es mío —dijo Pineda, le tendió el ramo y, poniéndose serio, dijo—: Pablito, no me habías dicho que tu señora fuera tan guapa.

—Hala, pasemos al salón —repuso Amelia con un gesto de la mano, sin poder evitar ruborizarse.

La esposa de Herrero enseguida conectó con el inspector, que, a pesar de su rostro un tanto pálido, parecía estar disfrutando del encuentro.

La comida ya estaba preparada y se sentaron a la mesa. Amelia fue sirviendo los platos y la conversación discurrió alegre. Herrero le había pedido a su mujer que no tocara el tema de la agresión sufrida aquella noche, y solo trataron temas ligeros. Pineda se reveló como un divertido contador de chistes, algunos de ellos un tanto picantes, y estos fueron coreados por las desenfadadas carcajadas de Amelia, con las mejillas algo coloradas por el vino tinto.

—¡Esto está buenísimo! —decía emocionado Pineda mientras atacaba con apetito un plato de patatas a la riojana—. No comía así desde que murió Basilia, mi santa esposa, que Dios la guarde en su gloria.

El tono con el que hablaba restaba gravedad a sus palabras. Amelia se tomó las lisonjas con gran placer y Herrero con gratitud. Tras las patatas, Amelia sirvió lengua en salsa y, para terminar, manzana asada.

—Si como algo más, reviento —dijo Pineda echándose para atrás en la silla, pero de inmediato se levantó para ayudar a recoger, entre las protestas del matrimonio.

—Venga, sentaos ahí mientras friego, que seguro que tenéis un montón de cosas de las que hablar —ordenó Amelia quitando el último plato de manos de Pineda.

Obedecieron y tomaron asiento, uno en cada butaca. Pineda se arrellanó cómodo, como si realmente estuviera en su casa.

—¿Le apetece una copita? —preguntó Herrero—. Me temo que no hay mucho donde elegir. Pacharán o licor de hierbas.

—Nada, Pablo, te lo agradezco. Así estoy fenomenal. ¿Te importa si uso el baño?

Herrero le explicó dónde se encontraba el servicio y, mientras Pineda volvía, fue dándole vueltas a lo que quería contarle. Al rato apareció el veterano y se sentó de nuevo.

—Esta noche he tenido un percance —dijo Herrero.

—Ah, ¿sí? ¿Y qué te ha pasado?

—Alguien me atacó y me golpeó por la espalda en la cabeza.

—¡No jodas, Pablo! —exclamó Pineda incorporándose en su asiento—. ¿Quién? ¿Qué ha pasado?

Herrero le explicó cómo había estado agazapado en la portería de un portal, esperando la llegada del que se convertiría en su agresor, y cómo este lo había atacado.

—¿Y has ido al médico? —preguntó Pineda, insistiendo en echar un vistazo al chichón—. Mira que estos golpes en la cabeza son muy peligrosos. Perder la consciencia puede tener graves secuelas.

Era el tercero en pocas horas que le repetía lo mismo. ¿Se habrían puesto todos de acuerdo?

—¿Y se puede saber a santo de qué estabas escondido en la garita de una portería?

Había llegado la hora. De cómo se lo tomara Pineda podrían inferir las consecuencias de sus acciones. Explicó de forma pormenorizada las investigaciones que había llevado a cabo en los últimos días. Cómo el nexo de unión que parecían mantener las víctimas se encontraba alrededor de la prisión de Ventas. Le refirió la conversación mantenida con la periodista Mercedes Ortega, antigua prisionera de aquella cárcel, en la que ella había mencionado a Las Trece Rosas.

También le contó las actividades que habían llevado a cabo en el pasado sor Teresa, directora de la prisión, y la señora Torrecilla, funcionaria de la misma, implicadas también en el robo de niños. Explicó cómo había llegado a la conclusión de que los asesinatos estaban conectados directamente con la figura de una de Las Trece Rosas, Blanca Brisac, denunciada por la primera víctima de asesinatos en serie, José Ramón Ríos Soria, con la participación de Valenzuela y, tal vez, la de Quesada, el único al que, por el momento, no había conseguido relacionar.

Según iba avanzando el relato, los ojos de Pineda se fueron abriendo más y más, hasta casi salirse de sus órbitas. En silencio, cambiaba de postura en su sillón, moviendo sus anchos hombros de un lado para otro y cruzando y descruzando las piernas, sin terminar de dar crédito a lo que estaba escuchando.

—¿Y todo eso explica qué hacías ayer en la portería de esa casa? —preguntó Pineda cuando Herrero se calló un momento para coger aire. Sus hirsutas cejas le conferían una expresión que, a buen seguro, en más de una ocasión habría hecho temblar a los delincuentes.

—Sí. Después de hablar con la señora Ortega investigué el entorno de Blanca Brisac. Su marido, también fusilado ese mismo día en la Almudena, se llamaba Enrique García Mazas. Cuando los detuvieron vivían en compañía de unas hermanas y la madre de Blanca Brisac en la calle Goya. La madre y una de las hermanas murieron, pero de la otra no he podido encontrar ninguna pista hasta ahora. No obstante, antes de ir a vivir con ellas compartieron piso con un hermano de Enrique, un tal Ricardo García, del que sí encontré domicilio.

—Déjame que lo adivine. En el portal en el que te atacaron.

—Eso es. Cuando fui a visitarlo no se me pasó por la cabeza que pudiera tratarse de una posible víctima. Quería preguntarle por su sobrino, el hijo de Brisac, llamado Enrique, como su padre, pero el señor García no sabía nada de él. Cuando me confesó que los había echado de casa por miedo a las represalias, pensé que tal vez podía llegar a ser una futura víctima.

—Entiendo.

—¿Recuerda que le comenté que la señora Torrecilla había recibido un ramo de rosas? Ramo que luego alguien se había tomado la molestia de llevarse. Valenzuela también recibió, el mismo día en que lo asesinaron, una rosa blanca. La vimos en el pasillo de la casa donde estaba hospedado. Lo confirmé con la dueña.

—Y encontraste otra rosa blanca en el domicilio del tal García...

—Un plato con un gallo sobre una cama de rosas —contestó Herrero, haciendo una pausa—. Una de ellas blanca. El gallo estaba pintado de azul, rojo y blanco, los colores de la bandera de Francia.

—¿Y?

—Blanca Brisac nació en España, pero su familia provenía de Francia. El envoltorio lo abrieron ese mismo día y el señor García no tenía ni idea de quién se lo podría haber enviado.

—¿Y por eso pensaste que lo iban a tratar de asesinar esa misma noche? ¿El resto de los muertos recibieron algo también?

—No lo sé —reconoció Herrero—. Del señor Ríos, el atropellado en Leganés, se sabe poca cosa. Su familia lo tenía bastante abandonado y solo se aprovechaban de él, utilizándolo como niñera y obligándolo a trabajar en la carpintería, así que a saber. De cualquier forma, sigo pensando que su asesinato fue producto del oportunismo, en cuyo caso el criminal no habría mandado nada.

—¿Y la monja?

Herrero se levantó y se acercó a la mesita del televisor. De la bandeja de abajo tomó un libro que tendió a su compañero.

—Este es el libro que el supuesto padre Javier regaló a sor Teresa aquel domingo, horas antes de prenderse fuego.

Pineda tomó el libro y leyó el título: *Las cantigas de santa Clara*.

—Juan José Rosa Blanca —dijo leyendo el nombre del autor en voz alta y asintiendo con la cabeza—. Ya veo.

—De Quesada no he logrado saber si recibió algo o no.

—Un asesino que envía pistas a sus víctimas...

—Eso parece.

—Así que te quedaste en casa del tal Ricardo García para confirmar tu teoría...

—Pensé que, si estaba equivocado, lo máximo que iba a perder era el sueño.

—¿Y ya tienes algún sospechoso? —preguntó Pineda moviendo la cabeza, como si le costara asimilar lo que estaba escuchando.

—Dos.

—¿Dos?

—El primero es, obviamente, el hijo del matrimonio, Enrique García Brisac. Aún no he podido encontrarlo. Parece ser que hace años solicitó un pasaporte, viajó a Argentina y se asentó en la ciudad de Rosario. He pedido a la Policía argentina que lo compruebe. Si ya no vive allí, podría ser significativo. Aunque tampoco se puede descartar que, de ser el culpable, haya contratado a algún sicario para llevar a cabo los asesinatos.

—Desde luego, motivos tendría —aventuró Pineda, pensativo—. ¿Quién es el otro sospechoso?

—Una hija del matrimonio.

—¿Una hija?

—Sí. La presa de Ventas, Mercedes Ortega, me dijo que Blanca Brisac había estado encerrada con su hija y que sor Teresa se la había arrebatado de sus brazos la madrugada en que la fusilaron.

—¡Madre mía!

—No solamente eso —añadió el subinspector frotándose la nuca—. ¿Recuerda a María Pilar Andueza, la hija de la señora Torrecilla?

—Sí, una mujer desagradable.

—Ella es una de esas niñas robadas en la cárcel. Sor Teresa se la entregó en acogida a la viuda.

—¿Y cómo sabes tú eso? —preguntó Pineda, sin salir de su asombro.

—Me lo contó la propia señora Andueza. Verá, la difunta señora Torrecilla sufría de endometriosis. Aparece en el informe de la autopsia.

—¿Endometriosis? —Las cejas de Pineda subían y bajaban con cada revelación—. ¿Y eso qué es?

—Un trastorno del sistema reproductor femenino. Hay diversos grados. En el caso de Torrecilla, era lo suficientemente severo como para que no pudiera tener hijos.

—¿Cómo estás tan puesto en medicina?

—Amelia también lo padece —confesó.

—¡No me jodas! —dijo Pineda bajando la voz y mirando a la puerta. Desde el salón se podía escuchar el ruido de los platos en el fregadero—. ¿Y qué tal lo lleváis?

—No muy bien, la verdad. Amelia está muy afectada.

—¿Eso tiene cura?

—No. Hay mujeres que, a pesar de ese trastorno, consiguen ser madres, pero en nuestro caso el ginecólogo no es optimista.

—Vaya por Dios. Lo lamento de verdad, Pablo.

—Muchas gracias —dijo Herrero y desvió el tema—. El término endometriosis me estuvo dando vueltas por la cabeza hasta que recordé haberlo leído en el informe de la autopsia. Cuando se lo mostré a Andueza, ella me lo confirmó.

—No me digas que es la hija de Blanca Brisac...

—No lo sé —contestó Herrero, sonriendo por la cara de estupefacción de su compañero—. Pero no se puede descartar. Ella dice que no sabe quiénes son sus padres biológicos y que nunca ha sentido la tentación de averiguarlo. Pero vaya usted a saber.

—Y la periodista, la tal Ortega, ¿está segura de eso? Quedarían evidencias en las diligencias judiciales.

—Busqué en los archivos de la Capitanía General, pero creo que alguien se tomó la molestia de borrarlo —respondió Herrero encogiendo los hombros—. Estoy haciendo algunas averiguaciones a ver si consigo saber qué fue de la niña, pero, por el momento, sin resultado.

—Si resultara ser la hija de Torrecilla...

—Todo es posible —admitió Herrero volviendo a encogerse de hombros—. El asesino, o asesinos, han tratado de disimular sus crímenes como si de accidentes o suicidios se trataran. Salvo la de Torrecilla, claramente una muerte violenta. Si la señora Andueza estuviera tras el asesinato de su madre adoptiva, yo creo que hubiera intentado encubrirlo también. De lo contrario, se arriesgaba a una investigación en toda regla.

—Es cierto —respondió Pineda rascándose el mentón—. Pero tal vez quisiera cebarse en especial con la madre por algún motivo que desconozcamos. De todas las víctimas es con la que más relación ha mantenido a lo largo de toda su vida.

—Sí, lo había pensado. Hay otro detalle. El portero de la finca de la señora Torrecilla tiene la tarde de los domingos libre. Es frecuente entre los bedeles, pero, en cualquier caso, le sirvió al asesino para poder huir con más facilidad.

—Detalle del que la hija estaría al tanto.

—Imagino.

—Dices que la tal Blanca Brisac tenía otra hermana que puede estar viva, ¿no?

—Concepción Brisac —confirmó Herrero girando el cuello, agarrotado, para tratar de soltar los músculos—. Por entonces tenía treinta y un años, dos más que Blanca. Hoy tendrá setenta.

—Si no ha muerto —puntualizó Pineda apuntando a su compañero con un dedo—. Has dicho que no la encuentras.

—No se puede descartar, pero no aparece la defunción por ningún lado. La madre y la hermana están enterradas en la Almudena, donde fue fusilada Blanca. Allí tampoco tienen constancia de haber dado sepultura a Concepción.

—Quizá volviera a Francia. Su padre tendría familia allí.

—Es algo que tengo que averiguar. A la muerte de Blanca, Concepción acogió a Enrique, su sobrino, así que quizá sepa dónde encontrarlo. Es de suponer que no se trate de una posible víctima, aunque, después de lo ocurrido con su tío Ricardo, quién sabe. De todas formas, tengo que encontrarla. Creo que es quien puede ayudarnos más con el caso.

—Por cierto —dijo Pineda—. Hablando del tal Ricardo. ¿Crees que tu atacante podría volver a intentar atacarlo?

—Es posible, pero por el momento no me preocupa en exceso. Ayer, cuando hablé con Ricardo, me comentó que su hijo, el que vive en Galicia, iba a venir a visitarlo y que se quedaría unos días en su casa. Hasta ahora el asesino ha demostrado conocer los movimientos de sus víctimas, así que imagino que esperará a que vuelva a quedarse solo.

—¿Vive solo? ¿Qué edad tiene?

—Setenta. Pero se conserva bien —contestó Herrero—. Y en cuanto al resto del entorno del matrimonio García-Brisac, no he conseguido grandes avances. El marido, me lo confirmó su hermano Ricardo, no tenía más familiares. En cuanto a Brisac, dado el apellido, resultará más sencillo rastrearlo. Precisamente hace un rato he recibido una llamada. Había dos personas más con este apellido: el padre de Blanca Brisac, Gastón, y una hermana de este, Amélie. El padre murió bastante antes de que su hija fuera detenida y la tía hace cinco años. Soltera y sin hijos.

—¿Algo extraño en su muerte?

—No, parece. De todas formas, creo que ha transcurrido demasiado tiempo. Sigo pensando que la del señor Ríos es la primera de la serie.

—Vale. Entonces tienes dos sospechosos —recapituló.

—De momento.

—De momento, claro. Del hijo, el tal Enrique, no sabemos mucho. Se supone que está en Argentina...

—Está sin confirmar.

—De acuerdo, pero, de cualquier manera, podría haber encargado estos asesinatos. Hará falta dar con él e interrogarlo. La otra sospechosa es la hija, de la que no hay noticias, ni siquiera en el archivo de la Capitanía. Incluso podría darse la circunstancia de que se tratara de la hija adoptiva de Torrecilla.

Herrero asentía ante el resumen.

—Por otro lado, tenemos al marido de Andueza, Raimundo Martínez, que está detenido por receptación de material robado y es sospechoso de la muerte de su suegra. Muchas coincidencias, ¿no te parece?

—El marido tiene coartada para la muerte de su suegra —recordó Herrero.

—Cierto. Pero ella no. ¿Quizá todo tenga relación con ellos dos? No podemos olvidar que son los grandes beneficiados de la muerte de la señora Torrecilla. La hija lo heredará todo.

Pineda, sumido en sus pensamientos, hizo una pausa para cambiar una vez más de postura y continuó:

—Vamos a ver. La hija descubre que fue arrancada de brazos de su madre biológica y busca vengarse de Torrecilla y de quienes la raptaron y acabaron con su familia. Trama todo el plan con su marido. Este, que, como sabemos, no tiene coartada para el resto de los asesinatos, confiando en que nadie haya establecido la conexión entre ellos, los disimula como accidentes o suicidios. Sin embargo, la hija se reserva la muerte de Torrecilla, con la que quiere acabar personalmente.

—Podría hacerlo. Es fuerte, conoce las rutinas en el inmueble y sabe que el portero tiene la tarde libre. Sabe dónde está la caja fuerte...

—Él se busca una coartada firme para ese día —continuó Pineda, lanzado—, imaginando que nadie sospecharía de una mujer, la propia hija de la víctima.

—¿Pero para qué querría abrir la caja fuerte? Todo iba a ser para ella.

—No sabemos qué había dentro. De todas formas, dimos por sentado que la causa de las torturas era sonsacar la combinación a la mujer. ¿Y si lo hicieron para engañarnos y en realidad el objetivo era atormentar a la mujer?

—Y Andueza roba de la caja una colección de relojes que le entrega a su marido para que los venda en su propia joyería...

—Sí, suena un poco extraño, la verdad. Pero yo no descartaría que el matrimonio tenga relación con todo esto. Recuerda que la puerta del domicilio no estaba forzada. Torrecilla solía recibir la visita de su nieta los domingos. Si viera por la mirilla a su hija, le abriría pensando que venía con la pequeña. No, no lo descarto.

—¿Queréis merendar algo?

Los dos compañeros se sobresaltaron ante la interrupción de Amelia. Pineda miró su reloj.

—¡Las seis y media!

Fuera ya había oscurecido. La tarde se les había pasado volando, abstraídos en el caso. Incluso el dolor de cabeza de Herrero había amainado.

—Madre mía, qué descortesía —se lamentó Pineda poniéndose en pie a toda prisa—. No solo os he fastidiado la comida, sino también la tarde del sábado. ¿Me podrás perdonar, Amelia?

La esposa de Herrero se puso roja ante tanta galantería y negó que el veterano inspector le hubiera estropeado ningún plan. De hecho, el único plan que tenían era para esa noche, la sesión de cine. Pero, tal y como estaba Pablo, con lo que le había ocurrido…

El subinspector, que también se había levantado, se apresuró a asegurar a su esposa que se encontraba perfectamente y que aún estaban a tiempo de llegar al cine, apremiándola para que se preparara.

—Si me hacéis el favor de dejar que os acompañe —se ofreció en el acto Pineda—, os llevo hasta la puerta. Tengo el coche aquí aparcado.

Mientras Amelia, alborozada, se iba a su cuarto a vestirse, los dos policías se quedaron en el salón de pie conversando.

—Tendré que hacer un informe de lo sucedido anoche…

—Nada de informes —repuso Pineda, rotundo, agitando los brazos—. Si todo esto llega a oídos de Dávila, date por expedientado.

—Pero tendré que informar —protestó Herrero, que lamentaba haberse levantado tan rápido del sillón. Parecía que el dolor regresaba—. Si me llegan a quitar el arma o el carné…

—Pero no te los han quitado, ¿verdad? Mira, Pablo. Si Dávila se entera de que estás investigando en la historia más sórdida de la época franquista, a la que él tanto debe, te despellejará. Ni una palabra. ¿Entendido?

—En algún momento se tendrá que enterar.

—Cuando tengas la declaración firmada del asesino sobre todas y cada una de las muertes. No antes. Seguiremos adelante con la investigación, pero ni una palabra a nadie.

—Mientras, el yerno está en los calabozos.

—Sobre eso no podemos hacer gran cosa. Además, hemos dicho que no lo podemos descartar, ¿no? Tranquilo. Sigue con tu investigación, yo preguntaré por ahí. Tengo algunos contactos que tal vez puedan conseguirnos información. Venga, ahora vístete y vámonos, que si no Amelia me mata.

Muy agradecido a su compañero por el apoyo, Herrero fue a vestirse. Amelia ya estaba en el baño maquillándose ante los espejos del botiquín colgado sobre el lavabo y se la veía alegre.

En cuanto estuvieron preparados, bajaron los tres en armonía hasta la calle. Había bastante movimiento. Aún no hacía mucho frío y la gente estaba por la labor de aprovechar la tarde del sábado para tomar algo o juntarse con amigos.

En buena camaradería, con Amelia cogida del brazo de Herrero, llegaron hasta la plaza de Barragán, donde Pineda había estacionado su coche. Herrero observaba feliz a su esposa y daba la bienvenida a las risas de Amelia; hacía tiempo que no las escuchaba.

Entre bromas, sortearon a un ruidoso grupo de jóvenes que debía de estar celebrando una despedida de soltero y Amelia abrió mucho los ojos cuando Pineda le mostró su coche.

—¡Qué bonito! Me encanta ese color crema.

—Un Renault 7 —dijo Pineda orgulloso, abriendo galantemente la puerta del pasajero para que ella montara—. Fabricado en Valladolid. Cien por cien español. No como ese que compra todo el mundo, el Renault 5. Este solo se fabrica en España.

El veterano cerró la puerta cuidando de no pillar el vestido de Amelia y dio la vuelta al coche para ponerse al volante.

—Pablo, ¿montas o qué? Espabila o no llegamos.

Herrero, que se había quedado parado mirando el coche, se montó en el asiento de atrás y Pineda arrancó.

—No corras mucho, Paco, que Pablo lo pasa mal.

—No le gusta mucho ir en coche, ¿eh? —dijo Pineda guiñando un ojo a la encantada mujer—. Ya me había dado cuenta, ya. Bueno, ¿y a dónde vamos?

—Calle del Conde de Peñalver con Juan Bravo —dijo Herrero echándose hacia delante sin soltarse del agarradero del techo.

—Cine Peñalver. Entendido. ¿Y qué película vais a ver?

—*El sargento negro* —contestó Amelia disfrutando del viaje—. Es un poco antigua, pero tengo ganas de verla. Paco, ¿sería una grosería preguntar cuánto cuesta un coche como este?

—Trescientas mil del ala —contestó Pineda con alegría dando unas palmaditas en el salpicadero del vehículo.

—Pues me encanta.

—Ya sabes, Pablito. A ahorrar para comprar un cochecito.

Charlando de coches, de los que Herrero no quería saber nada, recorrieron todo Madrid hasta llegar al distrito de Salamanca. Amelia reía alborozada con cada comentario de Pineda, que tenía una ocurrencia para cada conductor o paseante con los que se cruzaba.

—Bueno, pues aquí estamos —dijo deteniendo el coche frente al cine Peñalver, a las puertas de una farmacia aún abierta.

—Ah, ¿pero no vienes? —preguntó Amelia un tanto decepcionada.

—No, no. Ya he molestado demasiado por hoy. Me iré a casa a ver qué echan en la tele. Amelia, encantado. La comida ha estado deliciosa y me lo he pasado en grande, de verdad. Pablo, te veo el lunes. No te metas en más líos, ¿eh?

Saludaron con la mano, vieron cómo el coche desaparecía entre el tráfico, bastante denso en ese momento, y cruzaron a la otra acera para ponerse a la cola.

A Herrero no le motivó demasiado la película. El noticiario previo al film arrancó con la reciente visita de los reyes a Arabia Saudí, que, según el entusiasta locutor, había constituido un éxito que se reflejaría en jugosos contratos para las empresas españolas. Tras otra noticia sobre los nuevos puestos de la Cruz Roja para auxiliar a los automovilistas que sufrieran accidentes de tráfico, el NO-DO dio paso a la película.

El subinspector volvía a tener un fuerte dolor de cabeza. Con las prisas, no se había tomado una aspirina antes de salir de casa. Además, la conversación mantenida con Pineda le había fatigado más de lo que podía haber llegado a imaginar. La película le pareció lenta y no tardó en desconectar; pronto empezó a dar cabezadas. Cada vez seguía con más dificultad la trama, en la que un sargento de color del ejército yanqui era acusado de violar y asesinar a una mujer blanca. Los ojos le pesaban una barbaridad. Incluso en un par de ocasiones su esposa le había tenido que propinar algún codazo porque roncaba.

Al término de la película, Amelia estaba enfadada. Mientras aguardaban a que el cine se fuera vaciando para poder salir, no quiso hablar y, en cuanto llegaron a la parada de taxi de Juan Bravo, empezó a recriminar a su marido que, si no estaba en condiciones para salir, mejor hubieran hecho quedándose en casa. Que para ver ella sola la película se podrían haber ahorrado el dinero.

Tomaron un taxi y Herrero le dio la dirección al conductor. Amelia, enfurruñada todo el camino, no quiso escuchar las disculpas de su marido. Una vez en casa, le hizo poner el termómetro de nuevo, tragarse un par de aspirinas y meterse en la cama. Herrero, resignado, obedeció. Estaba agotado. Su esposa tenía razón. Deberían haber dejado el cine para otro día. Pero le hacía tanta ilusión y se pasaba toda la semana tan sola…

Pensando que una vez más no había acertado, el subinspector se durmió. Soñó con intrusos que lo golpeaban por la espalda, un hombre negro con uniforme que lo miraba acusatoriamente, monjas robando niños, soldados yanquis a caballo, cárceles atestadas, indios, mujeres violentadas…

De pronto, en mitad de la noche, se incorporó, sobresaltado. Un chispazo de clarividencia, algo percibido en aquella película, lo había despertado.

Y no alcanzaba a recordar qué era.

17

Lunes, 7 de noviembre de 1977.
Barrio de Carabanchel.
Madrid

Herrero caminaba sofocado hacia la boca del metro de Carabanchel. Iba a llegar tarde a la oficina. Al menos el retraso tendría una buena razón. Sorteando a la gente que se interponía en su camino, principalmente madres llevando a niños al colegio y hombres en busca del transporte público, no pudo evitar una sonrisa.

Al final, el fin de semana había resultado un éxito, a pesar del enfado de su esposa la noche del sábado a la salida del cine.

El domingo por la mañana, después de misa, habían recibido la inesperada visita de unos primos de Amelia de Zaragoza y habían pasado el día con ellos en el parque de atracciones de la Casa de Campo.

Herrero no se había atrevido a montar en la famosa montaña rusa 7 Picos ni en la altísima noria, pero se había animado con los coches de choque, el laberinto de los espejos y el tren fantasma.

A mediodía, y para no hacer demasiado gasto, habían comido unos bocadillos sobre el césped y se habían quedado amodorrados tras el almuerzo. Por la tarde, habían dado una vuelta por el lago en una barca de alquiler, ya que Amelia, a la que le daban mucha pena los animales enjaulados, no había querido visitar el zoo.

Habían llegado a casa sobre las ocho de la tarde, exhaustos pero felices, mientras los primos de Zaragoza se marchaban para Alcalá de Henares, donde tenían una reserva en un hotel.

Cenaron un yogurt y unas magdalenas para matar un poco el hambre, y Herrero disfrutó observando el rostro radiante de Amelia. Entre la visita del día anterior del risueño inspector Pineda y la de los primos de Zaragoza aquel día, el ánimo de su esposa había mejorado.

Vieron un rato la televisión y después se acostaron, rendidos. Por primera vez en los últimos días, había sido Amelia quien le diera un beso a él de buenas noches y el subinspector durmió aliviado.

Sin embargo, si creía que el fin de semana había terminado ahí aún quedaba lo mejor.

Aquella mañana, Amelia lo había despertado acariciándole el pelo del pecho, algo inusual en su esposa, demasiado recatada para ese tipo de cosas. No había querido interrumpirla y se había dejado hacer. Una vocecilla interna lo había alertado de que llegaría tarde si continuaban, pero fue rápidamente acallada.

Amelia lo besó sintiendo las cosquillas de su bigote y empezó a contonearse sobre sus caderas. Él no se quedó atrás y recorrió con sus manos el cuerpo de su mujer. Ella trató de bajarle el pantalón del pijama, algo nada fácil con el revuelo de sábanas y mantas, y los dos estallaron en risas con el jaleo.

Herrero la tumbó sobre las sábanas boca arriba y se metió entre sus piernas. Se movió dentro de ella, cada vez más deprisa, a pesar de estar medio inmovilizado por el pijama que tenía arrebujado en los tobillos.

Con las mejillas coloradas y los ojos cerrados, Amelia se arqueaba para que él pudiera entrar hasta el fondo, gimiendo mientras trataba de arrancarse el camisón por encima de la cabeza.

No tardaron en alcanzar el clímax entre los gritos de placer de Amelia y los bufidos de Herrero, que se vaciaba. Saciados y enamorados, cayeron uno encima del otro y así permanecieron un rato, hasta que Amelia, viendo que su marido se empezaba a adormilar, lo empujó de la cama, advirtiéndolo de la hora que era.

Sin tiempo para ducharse, Herrero se había aseado como había podido y, al tiempo que se vestía, Amelia le había preparado un descafeinado en un vaso grande, que el subinspector fue sorbiendo por toda la casa mientras recogía la cartera y las llaves.

El metro estaba a punto de cerrar sus puertas. Herrero bajó los últimos escalones de un salto y corrió todo lo que pudo. Las puertas por poco no le pillaron la cartera de cuero.

Con esta sobre las rodillas, trató de recuperar el resuello. No podía borrar la sonrisa de su rostro. Lo que había pasado aquella mañana había supuesto una liberación para el matrimonio. Un reencuentro muy esperado. Una absolución para una pena de la que ninguno era culpable, pero que los sometía a ambos. Desde que el ginecólogo había dictado su sentencia sobre la imposibilidad de su esposa para tener hijos, Amelia no le había permitido acercarse.

Debía reconocer que habían sido días difíciles. Que la pobre Amelia se pasara sola desde primera hora de la mañana hasta después de caer el sol no ayudaba. Herrero tendría que haber estado con ella, pero ¿cómo? Acaba de entrar en el Grupo de Homicidios, resultaba impensable pedirse una licencia para estar con su esposa.

Amelia lo sabía y había tratado de poner buena cara, pero no podía engañar a su marido, que veía con gran preocupación cómo el rostro de su esposa, siempre tranquilo pero alegre, se estaba oscureciendo día a día.

Claro que una flor no hace la primavera. Tal vez Amelia se había despertado más animada aquella mañana o necesitada de cariño, nunca se sabía. No obstante, Herrero confiaba en que el deshielo había comenzado y en que pronto aparecerían los primeros brotes verdes.

Con la satisfacción en el rostro, el subinspector luchó por centrarse en lo que tocaba: aquella investigación que estaba dejando por el camino un rastro de cadáveres. Un rastro que, al parecer, solamente él era capaz de ver, aunque ahora contara con la colaboración del inspector Pineda. El veterano inspector, sin estar del todo convencido, al menos era capaz de seguir una lógica que a Herrero le parecía de claridad meridiana.

Se apeó en Callao, subió las escaleras del metro a la carrera y caminó todo lo deprisa que la compostura permitía hasta comisaría. Un par de minutos después de las ocho entraba en el despacho tratando de no llamar la atención. Díaz y Garrido, desde el otro lado de la estancia, le dedicaron un saludo con la cabeza al verlo llegar. Montes, que había bajado la cabeza al reconocer a quien había sido su compañero por muy pocos días, continuó machacando las teclas de la máquina de escribir con sus dedos gordezuelos. Pineda estaba al teléfono y le dedicó un simple gesto con la mano, enfrascado en una conversación en la que quien estuviera en el otro lado de la línea llevaba la voz cantante.

Herrero dejó la cartera apoyada en la pata de su mesa, colgó el abrigo y tomó asiento. Desde su mesa, Pineda le tendió una nota garrapateada a toda prisa en la que se leía que, sobre las dos de la tarde, la policía argentina iba a llamar preguntando por él.

Por fin iban a tener noticias de Enrique García, el hijo de Blanca Brisac. Quedaba toda la mañana por delante. De nada serviría aguardar impaciente la llamada y, además, tenía otras cosas importantes que hacer.

—Bueno, Pablo, ¿qué tal? ¿Se te han pegado las sábanas?

Pineda acababa de colgar y lo miraba risueño. Herrero se preguntó por un momento si su compañero habría sido capaz de interpretar en su rostro el motivo de su tardanza.

—Paco, ¿a qué hora tenías el juicio? —interrumpió Dávila asomando por la puerta de su despacho.

—A las diez. Pero tengo que estar antes con el fiscal. Había pensado llevarme a Pablo. Le vendrá bien coger un poco de experiencia en el juzgado.

—No. Lo necesito aquí. Romero sigue de baja y no sé cuándo volverá. Estamos en cuadro, como siempre. Quiero que trabaje con Pascual y conmigo con el yerno. Hemos citado a su esposa, la señora Andueza, a las once. Vamos a interrogarla.

Herrero pensó que Romero no había tardado ni un día en cogerse la baja desde que lo pusieron de compañero con Montes. Tal vez se tratase de una casualidad. Sin embargo, se preguntaba si habría una relación causa-efecto. De cualquier manera, y a pesar de no ser culpa suya, se sentía responsable.

—¿Quieres que lo haga yo? —le preguntó Pineda al inspector jefe.

—No vas a poder. Vendrá sobre las once o doce. Pascual seguirá con el yerno y yo me pondré con la mujer. Quiero saber si tiene alguna relación con los tejemanejes de su marido.

A Dávila le gustaba alardear de ser un gran interrogador al que le bastaba mirar a los ojos a un sospechoso para descubrir la verdad. Lo cierto era que en los casos difíciles siempre delegaba en Pineda, cuya pericia era ampliamente reconocida.

En realidad, el inspector jefe se mostraba abiertamente convencido de que la señora Andueza no tenía nada que ver. En su misoginia, estaba convencido de que, por naturaleza, una mujer no podía tener relación con ningún acto depravado ni con cualquier plan que precisara de cierta inteligencia.

Herrero captó la mirada socarrona de su compañero. El inspector parecía convencido de que la buena disposición de su jefe para llevar a cabo el interrogatorio tenía más que ver con la posibilidad de impresionar a aquella mujerona que con la de obtener algún tipo de resultado.

—Dejaremos que Pascual siga con su trabajo —dijo Dávila sin percatarse de que lo habían pillado—. Creo que Martínez está a punto de confesar. Yo me ocuparé de la señora Andueza. A Díaz y Garrido los quiero a lo que están. Herrero se quedará en la oficina ocupándose de las llamadas y cualquier otra cosa. Será nuestro enlace.

Qué pretendía decir el inspector jefe con lo de «enlace» era algo que se le escapaba a Herrero. Seguramente lo habría oído en alguna de esas series de policías americanas que tanto criticaba, pero de las que tanto parecía saber.

—¿Andueza vendrá hacia las once? —preguntó Pineda echando un vistazo al reloj, que marcaba las ocho y veinticinco—. Aún queda tiempo. Quería mirar unas cosas antes de ir al juzgado. ¿Te importa que me lleve a Pablo? Lo tengo de vuelta para esa hora.

—Vale, vale. Sin problemas. Bueno, ya sabemos qué debemos hacer cada uno. A trabajar.

Dávila dio un par de palmadas, se dio media vuelta y regresó a su despacho, satisfecho de sí mismo como si hubiera diseñado el plan para el desembarco de Normandía.

—Venga, Pablo. Nos vamos —ordenó Pineda cogiendo su abrigo del perchero.

Bajaron hasta la Gran Vía y Pineda se acercó al quiosco, compró *El País* e intercambió las últimas novedades del Atlético con el quiosquero. Guardó la vuelta en su cartera y se puso el diario bajo el brazo, bien doblado.

—Te he sacado de la oficina porque allí no pintas nada —dijo dirigiéndose a Herrero—. ¿Qué tal ayer? Te llamé a casa al mediodía.

—Vinieron unos primos de Amelia de Zaragoza y estuvimos en la Casa de Campo.

—Hablé con Romero —dijo Pineda sin escuchar lo que decía Herrero—. Le conté lo de la detención del yerno de Torrecilla y sobre la hija de esta. ¿Recuerdas que Andueza te aseguró que no sabía, ni tenía intención de saber, quiénes eran sus padres biológicos? Pues resulta que nuestra querida señora Andueza sí ha estado rebuscando en sus orígenes. Incluso contactó con una asociación que busca niños robados.

—¿Se lo dijo Romero? —preguntó Herrero, sorprendido de que el inspector veterano se encontrara al tanto de ese detalle.

—Su mujer, Matilde. Ella también es una niña robada y conoce de vista a Andueza. Pero no acaba ahí la cosa. Te confesó que tenía un amante, ¿verdad? Lo conoció en esa asociación de la que él también es miembro. Según Matilde, se trata de un buen elemento.

Pineda echó un vistazo a su reloj de pulsera.

—Tengo que ir a hablar con ese fiscal. Me habría gustado que hubieras venido para presentártelo. Es importante establecer contactos dentro del Palacio de Justicia. Lástima que Dávila quiera hacerse el importante con la señora Andueza. En fin, ¿qué pretendes hacer? Acuérdate de la llamada desde Argentina al mediodía.

—La tengo presente —respondió Herrero. Gracias a su compañero tendría unas horas para seguir con su investigación, lejos del inspector jefe—. Querría volver al archivo de la Capitanía General para revisar otra vez los expedientes de Blanca Brisac y Enrique García.

—No creo que vayas a sacar nada nuevo —dijo Pineda frunciendo sus pobladas cejas. La idea no parecía convencerlo—. Tal vez sería mejor continuar en otra dirección. De cualquier manera, vas a andar muy justo de tiempo. Como no estés aquí antes de las once, Dávila nos corta los huevos a los dos.

Pineda le prometió que estaría de regreso en la oficina cuando llamaran desde Argentina y caminaron hasta Callao, donde el inspector cogió el metro mientras que Herrero seguía por Postigo de San Martín de vuelta a la Capitanía General.

El archivero le había explicado que, una vez solicitados antiguos expedientes, estos permanecían en las dependencias de la calle Mayor durante quince días antes de ser restituidos al depósito de Fuencarral.

Mientras caminaba y sorteaba a pedigüeños, gitanas que vendían ramitos de romero y visitantes que querían acceder al monasterio de las Descalzas Reales, fue dando vueltas a algo que le rondaba por la cabeza desde el sábado. Uno de los objetos robados en casa de Torrecilla. Una pequeña cruz de plata que le habían arrancado a la viuda.

Esa fijación había sido consecuencia de la película que habían ido a ver al cine. Entre sueño y sueño, Herrero había seguido con dificultad la trama de aquel sargento negro del Ejército unionista americano que era acusado de violar y asesinar a una mujer blanca. En la resolución del caso había resultado determinante una cruz que la mujer asesinada portaba al cuello.

Era incapaz de aprehender la revelación que había tenido en sueños. Era algo importante que se le escapaba una y otra vez y que tenía que ver con aquel detalle visto en la película.

Llegó a la calle Mayor y torció a la derecha, hasta llegar al número 79, donde mostró su carné profesional a los soldados que custodiaban el edificio.

Subió a la segunda planta. En el archivo, solicitó los expedientes al mismo cabo de la vez anterior y se retiró a la salita para estudiarlos. Empezó de nuevo por el de Blanca Brisac. Fue pasando las hojas hasta llegar al listado de personas que lo habían revisado a lo largo de los años. En último lugar, como no podía ser de otra manera, su nombre, Pablo Herrero.

Buscó el que figuraba justo encima del suyo. El corazón le dio un vuelco. Abrió el de Enrique García. Encontró lo mismo.

Se echó hacia atrás en la silla y miró al techo. La última persona que había tenido acceso a los expedientes sobre Blanca Brisac y Enrique García era el inspector Martín Romero

Navascués. A Herrero le vino a la mente la imagen del agradable inspector Romero, calvo y con una cabeza un tanto desproporcionada. El ornitólogo con título de abogado del que le había hablado su compañero de academia Oriol. El amable inspector que se encontraba de baja.

Por si acaso, tomó nota de todos aquellos que figuraban en la lista, que no eran muchos. Sin demasiada sorpresa, comprobó que allí estaba el nombre de sor Teresa, la directora de la cárcel de Ventas. Había también más policías, con el número de placa al lado de su nombre.

No obstante, sus ojos no podían apartarse de aquella firma, la de su compañero Martín Romero. La fecha que se reflejaba era de agosto de 1966, once años atrás. ¿Qué había llevado a Romero hasta el archivo a consultar aquellos expedientes que llevaban casi tres décadas cogiendo polvo en los estantes? No podía tratarse de una coincidencia.

Con el cerebro hirviendo, Herrero echó un vistazo al reloj que había en una de las paredes. Se hacía tarde y tenía que regresar a la oficina. Recogió los expedientes, los metió en la caja de cartón y se los devolvió al archivero.

Mientras recorría los pasillos de la Capitanía, no podía dejar de darle vueltas al asunto de Romero. ¿Qué pintaba en todo aquello? Tratando de buscar una respuesta, el camino de regreso a comisaría se le hizo muy corto.

El despacho estaba vacío. Herrero tomó asiento en su mesa, abrió el expediente de Torrecilla y buscó el listado de objetos denunciados como robados. Buscaba algo que había visto en una de las fotos del expediente militar en la Capitanía General. Allí estaba. Una cadena con una cruz de Caravaca de plata. Según la hija, María Pilar Andueza, su valor no era muy elevado.

La cruz de Caravaca era singular porque encima del travesaño horizontal clásico lucía un segundo cuadral, algo más corto. Según la tradición, su origen estaba en el pueblo de

Caravaca de la Cruz, municipio de Murcia, cuando la Vera Cruz apareció en el Real Alcázar, hacía ya setecientos años.

La cruz solía ser de oro y estar profusamente decorada. En cambio, en esta ocasión no solo era de plata, sino que, además, carecía de adornos, lo que reducía su valor económico. Casualmente, y eso era algo que había llamado su atención, era muy parecida a la que Blanca Brisac lucía en la imagen que la periodista, Mercedes Ortega, le había mostrado en su casa. Herrero recordaba la conversación con Armando Guerra, el hombre que había estado molestando a la viuda y que, según había confesado, lo hacía por un collar de perlas que Torrecilla le había robado a su madre, también presa en Ventas.

¿Sería aquella cruz otro producto de los expolios cometidos por la exfuncionaria de prisiones? Tal vez el atacante supiera que Torrecilla estaba en poder del colgante y se lo hubiera arrancado del cuello antes de matarla para recuperar lo que, según él, le pertenecía.

¿Había en aquella caja fuerte otros objetos robados por la señora Torrecilla a sus legítimas propietarias, aprovechándose de su condición de celadora en la prisión? Eso podría explicar la extrema saña cometida sobre la mujer, algo que siempre había preocupado a Herrero. Un vulgar ladrón de casas no se habría tomado tantas molestias, a no ser que supiera que dentro de la caja fuerte, de la que en principio no debería de tener constancia, había objetos de muy alto valor para él.

Herrero había sospechado desde el primer momento que, en realidad, la apertura de la caja fuerte no había sido más que una maniobra para desviar la atención sobre la verdadera intención del criminal: asesinar a la viuda.

Ahora se volvía a cuestionar su hipótesis. Seguía convencido de que el principal motivo había sido la venganza. Sin embargo, todavía se preguntaba qué habría ocurrido de no haber existido aquella caja ni su contenido ¿El asesino se habría ensañado de semejante forma o se habría limitado a acabar con la vida de su víctima de una manera más discreta, como había hecho con el resto? De todos sus asesinatos, aquel era el único que no había intentado camuflar como un accidente o un suicidio. ¿Se encontraba en esa caja fuerte la explicación?

¿Y serían aquellos objetos de la lista que sujetaba en la mano los únicos robados? Probablemente, dado lo desconfiada que había sido la viuda en vida, su hija adoptiva no conociera en profundidad cuánto atesoraba Torrecilla en aquella caja.

Por si acaso, Herrero repasó una vez más la lista. Nada que le llamara la atención. Claro que ni siquiera sabía qué buscaba. Lo que la viuda guardaba con tanto celo no tenían por qué ser necesariamente joyas. Quizá se tratase de documentos. Documentos que podrían incriminar a alguien, por ejemplo. ¿Tal vez un listado de niños robados?

Eso contando con que Andueza fuera inocente, algo que estaba lejos de poder confirmarse y más desde que Pineda le habló del amante de esta, otro niño robado y «buen sinvergüenza», a decir del inspector. Si la señora Andueza tenía alguna implicación en lo sucedido, no podrían dar por ciertas sus declaraciones, incluyendo la relación de los objetos robados en casa de su madre. Si fuera ella la interesada en el contenido de esa caja, a buen seguro no habría denunciado el robo de según qué cosas.

Cada pequeña respuesta que encontraba abría un sinfín de preguntas, a cada cual más difícil. Empezaba a pensar que jamás sería capaz de llegar al meollo de la cuestión.

Se le hacía imprescindible averiguar el papel que jugaba María Pilar Andueza en todo aquello. ¿Era víctima o verdugo? ¿Podría ser que finalmente resultara ser la hija robada a Blanca Brisac y que, gracias a la asociación en la que había conocido a su actual amante, hubiera llegado a saber quién era en realidad su madre biológica?

Martínez, su esposo. ¿Era cómplice? ¿O él era culpable y ella no tenía ni idea? ¿Cómo llegar a saberlo? Desde luego, no con un simple interrogatorio, como pretendía Dávila.

Debería comenzar por saber de quién era hija la señora Andueza. No sería sencillo bucear a escondidas en el pasado de una niña robada, pero al menos era algo tangible que podía llevar a cabo. Si al final resultaba que era la hija natural de Blanca Brisac, la pondrían en el punto de mira de la investigación. ¿Serviría de algo interrogarla antes de averiguarlo?

El inspector jefe Dávila asomó por la oficina en ese mismo momento, facilitando involuntariamente la decisión.

—¡Ah! Subinspector Herrero, ¿ya ha llegado?

Herrero estuvo tentado de contestar que llevaba un buen rato esperando. Sin embargo, se contentó con observar a su superior. Dávila llegaba hecho un pincel en medio de una densa bruma de perfume. Buen traje, bigote recortado, zapatos lustrosos. Todo un galán para recibir a una dama en apuros cuyo marido tenía todas las papeletas para pasar una buena temporada en la cárcel.

—La señora Andueza ya está aquí —dijo Dávila, asomándose al interior de su despacho y comprobando si el ambiente cargado se había disipado convenientemente.

Herrero guardó silencio, esperando instrucciones.

—Vamos a hacer una cosa —continuó, dando por buena la inspección de gases tóxicos—. Tengo que hablar un momento con el comisario Avellán. Para no tener más tiempo esperando a la señora Andueza, quiero que empiece usted el interrogatorio. Bájala al sótano, eso la ablandará. Yo, en cuanto termine aquí, ocupo su lugar.

Así, pensó Herrero. Sin ningún tipo de instrucción sobre qué preguntar o cómo hacerlo. ¿Tal vez debería preguntarle sobre la moda de la primavera próxima? ¿O sobre el precio del oro? Andueza no tenía pinta de estar al tanto de la clasificación en la liga de fútbol, así que eso quedaba descartado.

Sin permitir que su rostro reflejara extrañeza, dejó el expediente de Torrecilla bien colocado sobre el escritorio antes de abandonar la oficina y acudir a la sala de espera de la entrada, donde se encontraba, cada vez más irritada, la hija de la viuda a la que habían asesinado.

—¿Señora Andueza? Buenos días. ¿Sería tan amable de acompañarme?

La mujer bufó y se puso en pie sin dignarse a mirar al policía. Sin saber hacia dónde debía encaminarse, avanzó por el pasillo en dirección a la sala donde le habían tomado declaración la vez anterior. Herrero, a sus espaldas, tuvo que corregirla.

—Por aquí, por favor.

Andueza se giró y vio las escaleras que le señalaba el subinspector. Estaban mal iluminadas y la barandilla no era de madera bruñida, sino de hierro pintado y descascarillado. Su altivez comenzó a agrietarse al notar la falta de luz natural y el fuerte olor a desinfectante.

Bajaron en silencio. El agente de custodia saludó formalmente a Herrero, ignoró a la mujer y los acompañó hasta una pequeña sala con tres sillas y una mesa.

—¿Quiere un vaso de agua? —preguntó Herrero, solícito.

—No. Solo quiero que me digan por qué me han hecho venir. No sé qué pinto en este sitio. Me estoy asfixiando. Padezco de asma. Confío en que no me tengan demasiado tiempo. Ya he perdido toda la mañana. Y ni siquiera me han permitido ver a mi marido. No me han querido decir cómo se encuentra. Lo que está pasando es de locos. Pero no se preocupe, cuando todo esto haya terminado, mis abogados estarán encantados de ponerse en contacto con sus jefes. Tengo amigos en el Gobierno.

Herrero dejó que la mujer se explayara. En silencio, la miraba con sus ojos somnolientos de perro pachón. Los cambios de humor de aquella mujer no dejaban de sorprenderlo. De pronto, parecía una pobre mujer a la que la vida había golpeado con dureza y, minutos después, se asemejaba a una insensible arpía egocéntrica a quien la suerte de su esposo no parecía importarle demasiado.

—Su marido está bien, señora Andueza —dijo con tono neutro cuando la mujer se hubo desahogado. Lo cierto era que dudaba de ello, vistas las maneras reprobables de Montes—. Lamento las molestias, pero entenderá que la situación es delicada.

—¿Situación? ¿Qué situación? Mi marido no tiene nada que ver con la muerte de mi madre ni con el robo. ¿Por qué no buscan a los verdaderos culpables?

Herrero hizo caso omiso de los exabruptos de la mujer y aguardó a que se tranquilizara antes de hablar.

—Usted me mintió, señora Andueza.

—¿Cómo se atreve?

—Me aseguró que nunca había tenido interés en descubrir quiénes eran en realidad sus verdaderos padres —dijo Herrero manteniendo la compostura—. Pero no es cierto. Incluso buscó la colaboración de una asociación que ayuda a poner en contacto a los padres biológicos con sus hijos. Allí conoció a su amante.

Andueza se había puesto roja y se agitaba nerviosa en su asiento. Podría ser que se mostrara temerosa ante su madre, cuando vivía, pero desde luego no estaba acostumbrada a que nadie más se le dirigiera en semejantes términos.

—No alcanzo a ver qué interés puede tener para usted mi vida privada y menos para encontrar al asesino de mi madre. Si esto es lo mejor que la Policía puede conseguir...

Andueza se aferraba a su papel de hija de viuda brutalmente asesinada. Toda su vida había tenido que soportar a su madre adoptiva y ahora, liberada de aquel yugo y a la espera de una jugosa herencia, no estaba por la labor de perderla.

—Sabe que tendremos que interrogar también a su amante, ¿verdad?

—Él tampoco tiene nada que ver —repuso indignada Andueza con palabras cargadas de odio—. Ustedes quieren arruinar mi vida. ¿No les parece suficiente con lo que ya he sufrido? ¡Han matado a mi madre!

—Usted denunció el robo de varios objetos —dijo Herrero cambiando de tema—. Uno de ellos era una cadena con una cruz que, según usted, su madre llevaba siempre al cuello. ¿Recuerda? ¿Qué me puede decir de esa cruz?

—Era una cruz de Caravaca sencilla, de plata, con una cadena. Regalo de mi padre cuando eran novios. Su valor no era alto, pero mi madre no se la quitaba porque era un recuerdo de él.

—¿Está segura de que se la regaló su padre?

—Eso me contaron. ¿Por qué iban a mentirme?

—Su madre —dijo Herrero dando un giro a la conversación— recibió, al menos en un par de ocasiones, la visita de un hombre que le reclamaba una joya.

—Sí, ya me comentó algo usted el día que vinieron a mi casa. ¿Pudo averiguar quién era ese hombre? ¿Tenía algo que ver con la muerte de mi madre? ¿Y qué es eso de que le reclamaba una joya?

—Es un pobre hombre ya mayor. No tiene ninguna relación con lo que le pasó a su madre. Yo tuve la oportunidad de hablar con él personalmente. Me contó una historia sucedida en la prisión de Ventas cuando su madre, la señora Torrecilla, trabajaba allí como funcionaria de prisiones. Según este hombre, su madre acostumbraba a quedarse con las joyas de las presas y...

—¿Está insinuando que mi madre era una ladrona?

Herrero no perdió la calma y aguardó pacientemente a que Andueza, que se había envarado en el sitio, se tranquilizara y volviera a sentarse, sin preocuparse por sus aspavientos. La actuación histriónica sugería que Andueza ya conocía las actividades de Dolores Torrecilla en la prisión.

—Creo que el asesinato de su madre pudo tener algo que ver con esa cruz.

—¿Qué está diciendo? ¡Esa cruz no valía nada! El único valor que podía tener era sentimental.

—Precisamente por eso. Creo que quien la robó quería recuperarla a toda costa y, seguramente, vengarse por algún motivo.

—No puedo creer que esté escuchando semejante sarta de memeces.

—¿Había algún otro objeto del que usted no nos haya hablado dentro de esa caja fuerte?

Herrero sabía que, en el caso de que lo hubiera, Andueza no lo confesaría, pero quería comprobar su reacción.

—Mi madre era muy celosa de sus cosas. Lo que les dije es lo que sé. Si había algo más o no es algo que desconozco.

Andueza había recobrado el control de sí misma y parecía estar diciendo la verdad.

—¿Su jefe está al corriente de esas calumnias que usted ha vertido sobre mi pobre madre? Porque le aseguro que mi abogado estará encantado de saberlo.

—Por el momento, solo lo sabemos usted y yo —respondió Herrero ignorando la amenaza—. Lo que quiera y a quien se lo quiera contar es cosa suya.

Andueza bufó indignada, pero el subinspector sabía que la mujer no podía arriesgarse a que se aireara el pasado de su madre.

—Imagino que preferirá que no comente nada de esta conversación ni a su jefe ni a mi abogado —dijo, despectiva, tratando de mantener la dignidad—. Debería hacerlo por cómo ha manchado el nombre de mi difunta madre, pero yo no soy así.

—Gracias —contestó Herrero sin permitirse mostrar ironía. La mujer estaba reculando. Debía aprovechar el momento—. ¿Le importaría decirme...?

La puerta del cuarto de interrogatorios se abrió bruscamente y entró el inspector jefe Dávila con cara de no creer lo que estaba viendo.

—Señora Andueza, pero ¿qué hace usted aquí? —preguntó acercándose solícito a la mujer—. Lamento profundamente esta equivocación. Este no es lugar para una dama. Acompáñeme, por favor. Le pido disculpas por este tremendo error.

Andueza se puso en pie de inmediato. Miró rabiosa a Herrero y se encaminó a la puerta seguida por Dávila. El inspector jefe también miró a su subordinado, con un gesto que decía: «Muy bien jugado, has hecho de poli malo y ahora yo haré de poli bueno».

Herrero se quedó tranquilamente sentado en la sala de interrogatorios un buen rato. Al fin había entendido la maniobra. Por eso lo había mandado Dávila. Para que la mujer se indispusiera en su contra y se mostrara accesible a los supuestos encantos de su salvador.

Con un suspiro de resignación miró el reloj. Las doce y veinte. A la una y media tenía que estar en la oficina para atender la llamada de la policía argentina. No le quedaba mucho tiempo. A paso ligero, subió a la primera planta y solicitó un vehículo patrulla con urgencia. Mientras la operadora daba instrucciones por la radio, entró en la oficina, se acercó a su mesa, la que hasta entonces era de Romero, y sacó de un cajón un cuadro que el veterano inspector, ahora de baja, solía tener sobre el escritorio.

En el retrato se veía a Romero con una mujer, a buen seguro Matilde, con un paisaje soleado al fondo y sonriendo a la cámara, disfrutando de un día de fiesta.

Tomó su cartera, metió la fotografía dentro, se puso el abrigo y corrió a la calle. El coche patrulla estaba llegando. Sin perder un instante, montó en el asiento trasero y facilitó la dirección al conductor. Avenida de El Ferrol dieciocho, en el Barrio del Pilar. Llevaba prisa. ¿Podría acelerar?

En esta ocasión no puso objeciones al uso de las luces ni de la sirena, aunque pidió a los agentes que las apagaran cuando ya se encontraban cerca del domicilio, algo que el copiloto se apresuró a cumplir.

Entró en el edificio y en el descansillo de los ascensores se topó con el portero, que lo reconoció al instante, alarmado, pensando que el policía iba a por él. Para su alivio, Herrero se limitó a saludarlo de paso y coger el ascensor, pulsando el botón de la sexta planta.

Salió al rellano e, inconscientemente, echó un vistazo a la puerta donde se había producido el drama. ¿Qué había supuesto para la señora Andueza encontrar maniatada, asfixiada y atormentada a quien la había adoptado? ¿Se había agrietado, aunque fuera por un instante, aquella gélida coraza? ¿Había sentido rabia, dolor, pena? ¿O simplemente alivio? Incluso alegría, si había formado parte del horrendo crimen.

Cerró el ascensor a sus espaldas y tocó el timbre del sexto izquierda. Un segundo después, la señora Duval abría la puerta. A pesar de la edad, debía de tener buen oído y mantenía su costumbre de curiosear cuanto sucedía en el edificio. A buen seguro había oído el ruido del ascensor y corrió a ver quién era el que llegaba.

—¿Señora Duval? Soy el subinspector Herrero. No sé si me recordará. Me gustaría hacerle unas preguntas, si no está usted demasiado ocupada.

La mujer hizo un gesto dando a entender que, efectivamente, se encontraba muy atareada, pero que, por respeto a la ley, accedería a concederle unos minutos de su precioso tiempo.

Herrero la siguió hasta la cocina por el estrecho pasillo. Reconoció el mismo olor a coliflor que la vez anterior.

—No sé si se acordará de nuestra conversación del día pasado, señora Duval —empezó Herrero aceptando una taza de aquel horroroso café—. Me contó que ya habían venido a interrogarla, ¿recuerda?

—Por supuesto, inspector. Pero llámeme María Eugenia, por favor.

—Gracias. Verá, en el departamento ha habido bastante movimiento. Ya sabe, cambio de destinos, ascensos, compañeros nuevos, pero qué le voy a explicar a usted, siendo su marido militar…

La mujer hinchó el pecho y asintió, complacida.

—El caso es que no tengo claro qué inspector fue el que la entrevistó. Tal vez usted recuerde su nombre.

—Un tal Montes —afirmó Duval con rotundidad.

—Estupendo. ¿Y cree que podría recordar también su rostro si le muestro una fotografía?

Herrero le mostró a la mujer la imagen sustraída del escritorio del inspector Romero.

Duval, deseosa de demostrar a aquel policía tan simpático sus dotes detectivescas, se ajustó las gafas sobre el puente de la nariz, tomó el cuadro entre sus manos y lo estudió con atención.

—Sí señor. Es este. El mismo.

—¿Está segura?

—Segurísima. Este es el inspector que no me dejó hablar y que me trató de una manera tan poco cortés. En los buenos tiempos, mi marido lo hubiera puesto firme, pero…

Herrero recogió el retrato desconectando de la verborrea de la mujer. Aquello no cuadraba. Romero, persona amable por naturaleza, y buen policía por lo que había escuchado, mostrándose desagradable y poco receptivo ante un testigo que podía resultar vital. Y, además, identificándose con el nombre de un compañero.

Echó un vistazo a su reloj de pulsera. ¡La una y diez! Tenía que correr. Ante la sorpresa de la decepcionada señora Duval, se despidió bruscamente y salió corriendo hacia el ascensor. Mientras descendía hasta la planta baja, iba rezando para que el vehículo patrulla que lo había acercado hasta allí no se hubiera marchado, obedeciendo órdenes de su central. Si tal era el caso, no llegaría a tiempo a la oficina.

Por fortuna, los agentes continuaban allí. Se habían bajado del vehículo y aguardaban recostados sobre el capó fumando un cigarrillo, que tiraron apresuradamente al verlo llegar.

De vuelta a la carretera, el conductor hizo gala de sus temerarias dotes y a la una y media en punto, con el corazón en un puño, el subinspector descendía del Z y se encontraba con Pineda, que llegaba en ese momento.

—Hombre, Pablo. ¿De dónde sales tan acalorado?

Subieron juntos y Herrero le explicó de forma simplificada sus andanzas en la sala de detenidos con la señora Andueza y las malas artes de Dávila, dejando para el final el tema de su visita a la vecina curiosa de la viuda.

—Le pedí una descripción del policía que la había interrogado —mintió sin decir nada del retrato robado que llevaba en su cartera.

—¿Y?

A Herrero le pareció extraño que el veterano no se sorprendiera por haber vuelto a visitar a la vecina metomentodo para pedirle la descripción de un policía.

—No coincidía en absoluto con Montes, sino con Romero.

—¿Y? —volvió a preguntar Pineda, echando un vistazo al reloj de pared, impaciente por recibir la llamada desde Argentina—. Pues sería Romero. Todos estuvimos en aquellos apartamentos interrogando a los vecinos.

—¿Y por qué daría el nombre de Montes?

—Pues seguramente porque el caso era de Montes y de Caballero. Se trataba de un puerta a puerta y, hasta donde sé, la mujer debió de mostrarse bastante desagradable y poco comunicativa. No es tan raro. No sería la primera vez que echamos un cable a unos compañeros saturados de trabajo.

Herrero, un tanto sorprendido, estaba a punto de contarle lo que había encontrado en el archivo de la Capitanía General, donde Romero figuraba como la última persona que había examinado los expedientes de Brisac y García Mazas, pero justo en ese momento el teléfono comenzó a sonar.

Los dos policías se pusieron en tensión y Herrero, obedeciendo el gesto imperativo de Pineda, descolgó el teléfono.

—Grupo de Homicidios.

El subinspector hizo un gesto a su compañero de que era la llamada que estaban aguardando y escuchó un par de minutos.

—Muchas gracias —dijo antes de colgar. Mirando a Pineda, añadió, desanimado—: Enrique, el hijo de Brisac, está en Argentina. Lo han identificado en su domicilio. Tiene testigos de sobra para asegurar que no ha salido del país en los últimos meses. No es él.

18

Martes, 8 de noviembre de 1977.
Oficinas de la Brigada de Investigación Criminal.
Madrid

—¡Manda huevos! —exclamó el inspector jefe desde el interior de su despacho—. Éramos pocos y parió la abuela.

Herrero, sorprendido, levantó la mirada de los papeles que tenía sobre el escritorio y miró a su compañero, que hacía lo propio en la mesa pareada. Estaban solos en la oficina. Montes aún no había aparecido y Garrido y Díaz acababan de salir.

—Hoy tiene el día sociable —dijo Pineda en voz baja, riéndose.

—¿Habéis visto lo que pone en el periódico? —preguntó Dávila rojo de indignación plantándose ante ellos—. El cabrón de Líster ha vuelto a España. ¿Os lo podéis creer? Maldito rojo de los cojones.

Herrero se giró hacia Pineda, que le devolvió la mirada con un gesto de no tener ni idea de a quién se refería Dávila.

—Esto es lo que tiene la... democracia —continuó Dávila golpeando la noticia del periódico con un dedo—. Empiezas por legitimar a los socialistas y terminas permitiendo que regresen los rojos. En dos días tendremos otra Guerra Civil, mirad lo que os digo.

Herrero asintió con la cabeza ante la mirada escrutadora de Dávila. En realidad, al subinspector la política le resultaba bastante indiferente. Carecía de grandes ideales y, como en el resto de las cuestiones de la vida, se mostraba moderado en sus opiniones. Consideraba que la democracia, sin ser perfecta, era el mejor de los posibles regímenes políticos, aunque era consciente de la volubilidad de los votantes y de lo fácil que resultaba manipularlos.

—Ahora vengo, voy a hablar con el comisario.

Dávila salió de la oficina camino del despacho del comisario, donde se dedicó a hacerle la rosca y a maldecir a los «rojos de los cojones».

—Bueno, ya estamos solos —dijo Pineda echándose para atrás en su silla una vez se hubo cerrado la puerta—. ¿Has logrado digerir lo de ayer?

El inspector se refería al jarro de agua fría que habían supuesto las noticias llegadas desde Argentina descartando la posibilidad de que Enrique García Brisac, el hijo de Blanca Brisac, fuera el autor material de los asesinatos. No por esperada había resultado menos desmoralizante. El hijo del matrimonio fusilado era el mejor sospechoso con el que contaban.

—¿Ha podido confirmar que fuera Romero quien entrevistó a la vecina de la señora Torrecilla?

—Lo llamé ayer por la noche un par de veces, pero no me lo cogió.

Herrero se quedó callado mirando a su compañero.

—Ya sé qué estás pensando —dijo Pineda negando con la cabeza—. Lo llamé tarde. Igual se habían ido a la cama. Luego lo volveré a llamar. De cualquier forma, yo no le daría demasiada importancia a lo de esa vecina cotilla. Ya te digo que todos hemos hecho eso alguna vez. Romero daría el nombre de Montes porque era su investigación y así se agilizaban trámites. Lo que me sorprende es que la mujer no le contara lo que te ha contado a ti.

—Según la vecina, el trato que recibió fue bastante desagradable.

—Por lo que me has contado de ella, no sé si darle mucho crédito. Parece una cotilla a la que le gusta mangonear. Si Romero no le hizo mucho la rosca, debió de sentirse herida en su orgullo. Tal vez en aquel momento tampoco recordara gran cosa y a posteriori ha ido formándose su propia película, recordando cosas como lo de aquel hombre que había visitado a la viuda.

Herrero convenía en que su compañero podía tener razón. Al menos en eso. Sin embargo, ¿cómo explicar lo que había descubierto en el archivo de la Capitanía General el día anterior?

—¿Sabe quién fue la última persona que revisó los expedientes, tanto de Blanca Brisac como de su marido, Enrique García?

—¿Se supone que lo tengo que saber?

—Romero —espetó Herrero.

—¿Romero? —repitió Pineda más que sorprendido, irguiéndose en su asiento—. ¿Martín Romero? ¿Mi compañero?

—El mismo —respondió Herrero comprendiendo la sorpresa de Pineda. Era la misma que había experimentado él al encontrarse aquella firma en la lista.

—¿Y qué podría buscar Romero allí? —preguntó Pineda sin salir de su asombro.

—No tengo ni la menor idea. Fue hace once años. Sí, su nombre aparece en la lista de ambos expedientes —aseguró Herrero viendo la cara de incredulidad del veterano.

Se disponía a añadir algo más, pero justo en ese instante el teléfono cobró vida y el molesto timbre rompió el silencio. Pineda, aún sin poder creer lo que había dicho Herrero, alargó el brazo y descolgó el auricular.

—Inspector Pineda —se limitó a contestar con la mirada perdida antes de extender el brazo con el auricular—. Es para ti.

Herrero tomó el aparato.

—Subinspector Herrero.

—Hay una persona que pregunta por usted —le dijo el agente que custodiaba la entrada.

—¿Ha dicho cómo se llama?

—Ricardo García —contestó el policía—. Le he preguntado por el motivo de su visita, pero dice que es confidencial. Asegura que usted le conoce.

—Dígale que espere un minuto —dijo Herrero poniéndose en pie—. Enseguida voy.

—¿Algún problema? —preguntó Pineda volviendo a la realidad.

—Ricardo García está aquí.

—¿Al que intentaron matar el otro día? —preguntó Pineda. Las sorpresas se estaban acumulando.

—El mismo. Quiere hablar conmigo.

—¿Y ha dicho sobre qué?

—No, solo eso. Iré a ver. ¿Le gustaría acompañarme?

—Será mejor que vayas tú solo. Si es tan asustadizo como dices, igual sale corriendo si nos ve a los dos. Mientras, trataré de contactar con Romero, a ver si conseguimos aclarar todo este embrollo.

Herrero salió de la oficina. Sentía curiosidad por lo que pudiera querer el cuñado de Brisac. ¿Traería noticias de su sobrino, Enrique?

—Está en la sala de espera —dijo el policía de la entrada al ver llegar al subinspector.

—¿Señor García? —dijo Herrero asomándose a la sala.

García se encontraba solo, encogido en una silla mirando al suelo, y saltó como un ciervo al escuchar su nombre.

—Buenos días, inspector —saludó poniéndose en pie precipitadamente.

—Subinspector —se apresuró a corregir Herrero, dejándolo claro ante el policía de la entrada, atento a lo que se decía—. ¿Qué deseaba? ¿Ha sucedido algo?

—Me gustaría hablar con usted. A solas —contestó García mirando por encima del subinspector con desconfianza, como si de alguna de las puertas que flanqueaban el pasillo fuera a surgir quién sabe qué peligro.

—De acuerdo. ¿Qué le parece si pasamos a mi oficina?

Con solo escuchar la idea, el temor de García se acrecentó.

—Se me ocurre algo mejor —dijo Herrero, tomando del codo con suavidad a su visitante—. Aún no he almorzado. ¿Le apetece tomar un café? En la cafetería de abajo hacen uno exquisito.

Lo cierto era que el café del Zahara no le gustaba demasiado, pero la mera idea de abandonar aquella comisaría consiguió que Ricardo se relajara un poco.

Bajaron a la calle, entraron en el recinto y tomaron asiento en un rincón discreto.

El local estaba concurrido, como de costumbre. La primera hornada de oficinistas y empleados de banca había dejado paso a las damas, que quedaban para desayunar tras dejar a los niños en el colegio antes de empezar con las compras y regresar a casa a preparar la comida.

—Bueno, usted dirá —dijo Herrero amigablemente tras ponerse cómodo en uno de los sillloncitos. El olor de los cruasanes recién hechos llegaba hasta ellos y de buena gana se hubiera pedido uno.

—¿Qué tal el golpe en la cabeza? —preguntó García con voz un tanto desmayada sin atreverse a abordar el motivo que lo había llevado hasta allí.

—Bien, bien. Un chichón, nada más. Gracias por preguntar.

—Me alegro. Los golpes en la cabeza son muy peligrosos, sobre todo cuando se pierde el sentido.

Herrero suspiró para sus adentros. De nuevo la misma cantinela. Sin duda, el solícito portero se lo habría contado.

—¿Tiene relación su visita con su sobrino Enrique? —preguntó Herrero con tono relajado.

—No, no —se apresuró a aclarar García sin dejar de mirar a la mesa de al lado, desalojada por las tres mujeres que la ocupaban y que ahora uno de los camareros se aprestaba a despejar y limpiar—. No sé nada de Enrique. Ya le dije que nunca más he vuelto a saber de él desde que se fueron de mi casa. Tal vez debería de haberme preocupado un poco más, pero en aquellos tiempos...

Herrero hizo un gesto de simpatía para animar a aquel pobre diablo a seguir hablando. No era quién para juzgar lo que García había hecho o dejado de hacer.

—Me dijo el portero que alguien lo atacó —insistió García dando un respingo. Acababan de entrar en el local dos policías armadas, con su severo uniforme gris, para sacar a un mendigo que andaba molestando entre las mesas—. ¿Cree que lo que sucedió tenía algo que ver conmigo?

—Es probable —respondió Herrero alzando las cejas. No pretendía asustarlo más de lo que estaba, pero necesitaba su colaboración.

—Sí, ya me imaginaba. Le he contado todo a mi hijo, ya le dije que venía de visita. Ha insistido en que lo acompañe a Galicia, a su casa.

—Me parece buena idea.

El alboroto en la barra subía de tono. El mendigo no quería marcharse y uno de los policías lo agarró por un brazo mientras su compañero sacaba la porra.

—¿Ese hombre fue el que me envió el plato de porcelana con el gallo pintado?

—Seguramente.

—Usted no me dijo nada —reprochó García con la mirada fija en el mendigo, al que sacaban de la cafetería a empellones.

—Me mintió. Usted dijo que el plato era un regalo de su hijo, ¿recuerda? Mentir a la policía en una investigación no está bien.

—¿Todo esto guarda relación con mi sobrino? —preguntó García tratando de desviar la conversación para no meterse en líos.

—No lo sabemos seguro. Su sobrino Enrique lleva muchos años viviendo en Argentina. No ha salido del país en los últimos meses, así que la persona que intentó entrar el otro día en su casa no era él. Aunque tampoco podemos descartar que viniera de su parte.

—Pero ¿por qué? Yo no le he hecho nada. Llevo casi cuarenta años sin saber nada de él —preguntó García casi sollozando.

El pobre hombre se mordió nervioso la uña de un dedo mientras el camarero les ponía sobre la mesa los cafés.

—Lo ignoro —dijo Herrero cuando el camarero se hubo ido—. Lo que sí sé es que todo está relacionado con lo que les sucedió a su hermano y, en especial, a su cuñada, Blanca Brisac. Los detuvieron y fusilaron.

García, muy nervioso, parecía librar una batalla en su interior. Herrero lo observaba con atención. Aquel hombre ocultaba algo. Tal vez no tuviera demasiada importancia, pero era mejor no atosigarlo y ver de qué se trataba.

—Mi cuñada, Blanca, tuvo otro hijo —dijo por fin García con un hilo de voz.

—Una niña, ya lo sé.

—Yo no sé nada de esa niña —repuso García negando con fuerza—. No. Otro chico. Era mayor que Enrique. Se llamaba Ignacio. Por entonces tendría dieciséis años, si no recuerdo mal.

Herrero soltó el aire que mantenía retenido. ¿Otro hijo? Hizo unos cálculos de memoria.

—Su cuñada tenía veintinueve años cuando la detuvieron.

—Ya lo sé —repuso García incómodo—. Se trata de un secreto de familia, ya sabe. Mi cuñada tuvo el crío con trece años.

—¿Con su hermano Enrique?

—No. Por entonces no se conocían. Es un asunto un poco turbio. Nadie parecía saber quién era el padre. Eran otros tiempos, subinspector. El caso es que el chaval nació y, para evitar el escándalo, los padres de Blanca adoptaron a Ignacio como si fuera propio. Por eso sus apellidos eran Brisac Vázquez.

—¿Se lo contó su hermano?

—No —respondió García avergonzado—. Ella misma. Cuando vivían en mi casa. Teníamos una buena relación. Luego, ya sabe...

—Así que lo hicieron pasar por hermano de su propia madre, ¿no?

—Así es. Sin embargo, la madre y las hermanas de Blanca la culparon a ella de aquel embarazo y nunca la perdonaron. Eran muy religiosas, ¿sabe? Estaban obsesionadas y acusaban a Blanca de haber cometido un gravísimo pecado.

—¿Qué fue de ese muchacho? —preguntó Herrero levantando la taza, pero sin llegar a probar el café.

—Vivió en mi casa con sus padres y con su hermanastro Enrique hasta que se marcharon. Tampoco volví a saber nada de él. Cuando detuvieron a mi hermano y a mi cuñada, Ignacio no estaba con ellos. De haber sido así, lo hubieran detenido también.

—¿Por qué no me lo contó cuando fui a su casa?

—Usted me preguntó por Enrique —dijo García, exasperado, alzando la voz sin querer—. No me explicó el motivo. ¿Cómo iba yo a imaginar todo esto? En aquellos tiempos todos callamos sobre Ignacio. ¿Para qué mezclarlo en todo aquello? Ya había demasiadas ejecuciones y el chaval no había hecho nada.

Herrero contempló a García, que se retorcía las manos hecho un manojo de nervios.

—Ignacio tenía el mismo oído que su madre para la música —continuó recordando García—. Cuando Blanca dejó de acompañar a mi hermano con la banda en los teatros o de pueblo en pueblo tocando en las fiestas, Ignacio ocupó su lugar. Era un chaval tranquilo y agradable. Saltaba a la vista que mi hermano no era su padre, claro. No era alto, pero sí fuertote, con un rostro y unos hombros anchos.

—Y ahora le tiene miedo...

—¡Sí! No sé lo que está pasando, pero estoy acojonado.

Herrero trató de calmar al hombre sin hacer caso del exabrupto. Estaba claro que temía por su vida y no se le podía culpar por ello. De no haber estado el subinspector escondido en el portal el viernes anterior, a esas horas Ricardo García ocuparía una mesa en el anatómico forense o un nicho en el cementerio.

—Está bien, no se preocupe. Vuelva a casa y márchese con su hijo un par de semanas. Le prometo que cuando vuelva todo esto habrá acabado.

Ricardo García se estrujaba las manos. No estaba a gusto allí sentado. Estaba claro que había soltado lo que tenía que decir y deseaba marcharse. Herrero se levantó de la mesa y salieron de la cafetería. Fuera trató de calmarlo, pero García lo único que quería era esfumarse.

Observando cómo el hombre se escabullía entre los viandantes, el subinspector volvió a la oficina. Nuevas preguntas se abrían en el horizonte. ¿Dónde se había escondido todos aquellos años el tal Ignacio? ¿Por qué no había aparecido su nombre cuando buscaron el apellido Brisac en los bancos de datos oficiales? ¿Habría muerto? ¿Quizá había sido finalmente apresado y fusilado?

Herrero se dijo que, como en el caso de Enrique, Ignacio tenía motivos más que sobrados para buscar venganza. Un muchacho joven que ve destruida su vida cuando detienen a sus padres y los ejecutan. Repudiado por el resto de su atemorizada familia. Un chico asustado que, de haber caído en manos de la policía y teniendo cumplidos los dieciséis años, hubiera corrido la misma suerte que sus progenitores.

Dando vueltas a todas aquellas cuestiones entró en la oficina, donde Pineda aguardaba impaciente.

—¿Qué te ha contado?

Herrero tomó asiento y le detalló la conversación con Ricardo García.

—¡Otro hijo! —resopló Pineda echándose las manos a la cabeza—. Joder, cada vez se embrolla más la madeja.

Herrero no podía estar más de acuerdo. Aquello parecía una hidra. Por cada cabeza que cortaban aparecían dos más.

—¿Ha podido dar algún dato sobre él? Una foto, no sé. Algo.

—Nada de nada. García dudaba mucho que, de encontrarse cara a cara con él, pudiera llegar a reconocerlo.

—Pues no sé cómo vamos a poder hacerlo nosotros. Ni siquiera sabemos si está vivo. ¿Qué edad tendría hoy?

—Cincuenta y cuatro.

—Los mismos que Romero —repuso Pineda con una sonrisa desmayada. Que su compañero de tantos años pudiera ser considerado sospechoso de semejantes crímenes parecía revolverle el estómago.

—¿Ha conseguido hablar con él? —preguntó Herrero al cabo de un momento.

—Sí. No tenía muy claro cómo tratar el tema sin que se sintiera atacado, ¿entiendes? No le podía soltar de repente algo así como: «¿Por qué examinaste los expedientes de dos personas fusiladas hace casi cuarenta años?». Está convencido de que no tiene nada que ocultar, pero parecería que lo estamos acusando de algo. Y Romero de tonto no tiene un pelo.

Herrero obvió el comentario fácil de que, en realidad, el inspector no tenía ni un pelo de nada en aquella cabeza grande despoblada.

—¿Y qué ha dicho? —preguntó.

—Pues, como imaginaba, tenía una explicación —contestó Pineda encogiendo los hombros—. Ya te dije que Matilde, su esposa, también había sido una niña robada, ¿no? Durante años ha estado buscando a sus verdaderos padres. Por eso había conocido a Andueza y a su amante. Romero me ha confesado que la pobre lo lleva mal. Incapaz de verla afligida, llevó a cabo algunas investigaciones por su cuenta y comprobó varios nombres que por edades y fechas pudieran coincidir con su mujer.

—Y dos de ellos eran Blanca Brisac y su marido.

—Exactamente. Sin embargo, ahí no encontró ninguna niña y cerró esa posibilidad.

—¿No sospechó que el archivo podría haber sido modificado?

—Claro, sabe que esas cosas sucedían. Pero no tiene datos suficientes para sospechar que en realidad aquellos sean los padres biológicos de su mujer, ¿comprendes? Eran palos de ciego, como otros muchos. Fue a buscar un nombre y se encontró con que no existía ningún registro. De haber tenido pruebas, habría continuado indagando en otros sitios.

—Así que eso es todo.

—Eso parece —contestó Pineda con otro encogimiento de hombros—. Creo que no te convence, ¿me equivoco? Si he de serte sincero, a mí me resulta plausible.

—Romero tiene un Renault 5, ¿no?

Pineda enarcó las cejas y echó el peso del cuerpo para adelante sobre el escritorio, sorprendido ante el inesperado giro en la conversación.

—Pues sí, ¿por?

—¿De qué color es?

—¿De qué color? Creo que blanco...

Una luz se encendió en el cerebro del inspector, que se echó para atrás bruscamente en su silla.

—¿Estás insinuando que consideras a Romero sospechoso de estas muertes? —exclamó levantando la voz sin querer.

—Bueno, es una posibilidad que se me ha pasado por la cabeza —se justificó Herrero y se dispuso a enumerar las pistas que lo habían conducido a esa sospecha—. Tiene un coche Renault 5 de color claro...

—¡Como otros tantos miles de españoles! —lo interrumpió Pineda escandalizado, agitando los brazos por encima de la cabeza—. Es uno de los modelos más vendidos. Todo el mundo tiene un Renault 5.

—Además de eso ha estado investigando los expedientes de quienes están directamente relacionados con las muertes. Sí, ya sé que la explicación que ha ofrecido tiene sentido. Pero es mucha coincidencia. ¿Cuántos años tiene su esposa?

—¿Matilde? —preguntó Pineda haciendo memoria—. ¿Cuarenta?

—Como la señora Andueza. Y también es una niña robada.

—¿Estás tratando de insinuar que la mujer de Romero puede ser la niña robada a Blanca Brisac?

—Es una posibilidad. Fue Romero quien se entrevistó con la vecina de la viuda, ¿no? Con muy malos modos, según esta, algo que no concuerda con su forma de ser.

—Vamos a ver. De ser Romero quien asesinara a la viuda, habría sido muy arriesgado para él interrogar a quien más posibilidades tenía de reconocerlo. ¿Se te ha ocurrido pensar en ello?

—Sí. Pero vamos a imaginar que estuviera relativamente seguro de no poder ser identificado, bien porque llevaba el rostro cubierto o porque iba disfrazado...

—¿Disfrazado? ¿Pero quién te crees que es? ¿Mortadelo?

Herrero no pudo contener una sonrisa ante el comentario.

—El caso es que, de tener la certeza de no ser reconocido, lo mejor para él sería llevar a cabo la entrevista personalmente. De esta manera podría llegar a saber qué información tenía la mujer y se aseguraba de no reflejar en la declaración ningún dato que pudiera delatarlo.

Pineda bufó, para nada convencido.

—¿Por qué está de baja? —preguntó Herrero.

—Según me ha dicho, tiene una hernia en la espalda que lo está matando, aunque sospecho que el motivo real es que no soporta a Montes.

—Tal vez tenga necesidad de tiempo libre —se atrevió a sugerir Herrero en tono neutro.

Los dos investigadores se quedaron en silencio meditando sobre las graves implicaciones de lo que estaban hablando. Se acercaba la hora de comer, y del resto de los componentes del Grupo de Homicidios no había noticias.

—Habrá que comparar las huellas de Romero con las que aparezcan en el paquete que recibió Ricardo García —aventuró Herrero, sintiendo la desazón que había creado a su amable compañero.

—Sí, de eso no cabe duda. ¿Sabes algo de los resultados?

—Nada. Tienen bastante trabajo y no podía relacionar el estudio de huellas con ningún caso abierto, así que lo tuve que solicitar a título personal...

—Y, siendo un novato como eres, sin contactos, te habrán relegado al final de la lista. Entiendo. Veré qué puedo hacer. De cualquier manera, es posible que no encuentren nada. Tal vez nuestro misterioso criminal utilizara guantes para manipular el plato. Y, en cuanto al paquete de cartón, podemos descartar que se encuentren huellas. El envoltorio es demasiado poroso y a saber cuánta gente lo ha tocado en Correos. No sé, no te quiero desanimar, pero no tengo muchas esperanzas de que ese gallo cante.

Herrero sonrió ante el chiste malo.

—Bueno, necesito digerir todo esto —dijo Pineda, a quien las sospechas de Herrero lo habían trastornado—. Creo que será mejor que nos vayamos a comer. Yo he quedado con un amigo. Igual la cosa se alarga. Después me pasaré por el laboratorio y veré si han conseguido algo. Digamos que sobre las cinco aquí, ¿te parece bien? Así tienes tiempo de ir a comer a casa. Por cierto, ¿qué tal Amelia? Tienes una mujer maravillosa. No sabes cómo te envidio. Cuídala.

Herrero miró su reloj. Faltaban cinco minutos para la una del mediodía. Le daba tiempo de sobra para llegar a casa, comer con Amelia e incluso echar una pequeña siesta que, tal y como habían ido las últimas noches, no le vendría nada mal.

Había otra posibilidad. Coger de nuevo el marco con la fotografía en la que se veía a Romero y a su esposa y acercarse hasta el convento de Santa Clara, donde había muerto abrasada sor Teresa, la directora de la prisión de Ventas en la que Blanca Brisac había estado recluida. Si en el convento reconocían a Romero…

Lo cierto es que se podía meter en un buen lío. Dávila había sido muy claro. No debía volver a tocar ese tema. El caso estaba cerrado y, por el buen nombre del convento y de la Iglesia como institución, no debía investigarse nada, y mucho menos llamar la atención de la prensa sensacionalista deseosa de morbo sobre el tema.

En la cabeza de Herrero todavía rondaba el nombre del padre Javier, el cura que casualmente había visitado a la monja aquella misma tarde. Insólita coincidencia en un convento poco acostumbrado a que las internas recibieran visitas.

Aquel sacerdote tenía necesariamente algo que ver con el «incidente», como gustaba de llamarlo el inspector jefe. Incluso si finalmente se había tratado de un suicidio, la extemporánea visita habría tenido que influir. ¿Algo en la conversación mantenida podría haber traído recuerdos dolorosos? ¿Tal vez la había amenazado de alguna manera? En cualquier caso, resultaba muy extraño que la monja decidiera quitarse la vida un par de horas más tarde de haber recibido al padre Javier, si es que ese era su nombre verdadero, y que este no tuviera ninguna relación con esa muerte.

Hasta el momento no había tenido nada que mostrar a la rectora del convento, pero ahora podía llevarle el retrato de

Romero. Si lograban identificarlo como aquel padre Javier, podría no ser definitivo, pero al menos le permitiría concentrar sus esfuerzos en el sospechoso y buscar más pruebas y testigos.

Le costaba admitir que el amable inspector resultara ser un despiadado asesino. Tanto si su verdadero nombre era Ignacio Brisac, el misterioso hijo de Blanca Brisac, de cuya existencia acababa de tener noticia, como si su esposa Matilde era la hija robada de aquella, se le hacía muy difícil imaginar a Romero, de naturaleza plácida, llevando a cabo tamaña venganza.

Sin embargo, la condición humana era tan compleja...

Decidió visitar el convento de Santa Clara. Volvió a coger la fotografía enmarcada de Romero, la misma que le mostró a la señora Duval, pidió un coche patrulla para que lo trasladaran y bajó a la Gran Vía para esperarlo.

Cinco minutos después apareció un Seat 1430 familiar de la Policía Armada. Herrero saludó a los agentes, tomó asiento atrás y les indicó a dónde debían ir, insistiendo en no poner las luces del coche ni la sirena y cumplir con todas las señales de tráfico.

Atravesaron Madrid hacia el sur y tomaron la carretera de Toledo, cruzando el río Manzanares por Arganzuela. Al llegar a Getafe cogieron la M-419. Poco a poco, las construcciones a ambos lados de la vía se fueron espaciando hasta dejar un horizonte inabarcable de plantaciones, rasgado únicamente por la rectilínea cinta de asfalto.

El policía resultó ser un buen conductor y, al igual que su compañero, poco conversador, ambos atributos que Herrero, con muchas cosas en las que pensar, agradeció tanto o más que el monótono paisaje, que también invitaba a la reflexión.

Se metieron en una carretera de un único y estrecho carril en cada sentido, sin arcenes, y llegaron a Cubas de la Sagra. Pasando de largo el ayuntamiento entre las miradas curiosas de los vecinos, atravesaron el pueblo y se adentraron en un camino de tierra pisada hasta llegar al convento, a través de un sendero con marcas de rodadura de carros y de algún esporádico tractor en el que el vehículo policial se agitaba incómodamente.

Herrero miraba al frente a través del parabrisas. En el horizonte, el campanario del convento crecía ante sus ojos. Minutos después el conductor detuvo el coche patrulla ante el muro de adobe que rodeaba el terreno.

El subinspector se apeó y respiró profundamente. Hacía frío. En invierno, vivir en aquellos parajes tenía que ser duro.

Estiró de la campanilla y aguardó. Como se temía, el acceso al recinto no resultó sencillo. La hermana portera se mostraba reacia a facilitarle el paso y solamente el nombre de sor Teresa y la promesa de tener información relevante sobre su muerte consiguieron que accediera a consultar con su superiora.

—¿Es usted periodista? —preguntó con tono seco sor Lucía cuando le hicieron pasar al adusto despacho.

Herrero no tuvo dificultad en reconocer aquella voz, la misma que le había colgado el teléfono y había organizado el lío que acabó con la reprimenda del inspector jefe Dávila.

—No, madre. Soy policía y tengo información que le interesará conocer sobre la muerte de sor Teresa.

—¿Es usted el policía que llamó por teléfono?

—Así es, madre.

El subinspector aguardó pacientemente a que la monja tomara una decisión. Ambos sabían que, si finalmente optaba por despedirlo y llamar de nuevo al obispado, Herrero se encontraría en serios problemas.

—Bien, le escucho —dijo la monja después de un buen rato.

—Gracias, madre. Tengo motivos fundados para sospechar que la muerte de sor Teresa no fue un accidente.

Sor Lucia pegó un brinco en su silla.

—No se alarme. Creo que tampoco fue un suicidio, como usted se teme.

—¿Entonces? —preguntó la monja relajando un poco la tensión de los hombros.

—Creo que sor Teresa fue asesinada.

El anunció causó una gran conmoción en la religiosa. Se puso en pie, llevó la mano al auricular del teléfono y Herrero precisó de todo su poder de convicción para evitar que sor Lucía llamara al arzobispado. Cuando por fin se calmó un poco y tomó asiento, Herrero le explicó sus sospechas.

Como imaginaba, sor Lucía no conocía de antes al padre Javier, su principal sospechoso del crimen, pero accedió a echar un vistazo a la fotografía que Herrero había traído en su maletín.

Sin embargo, la monja no reconoció al hombre que posaba en la instantánea. Se mostraba bastante segura al respecto. Por si acaso, hizo llamar a la monja que estaba en la portería aquella tarde y esta, muy convencida, coincidió en que no se trataba del cura que había visitado a sor Teresa.

Las monjas, a instancias de Herrero, facilitaron una vaga descripción del supuesto cura que, lejos de servirle de ayuda, aumentó su confusión. Viendo que la entrevista no daba para más, les agradeció la colaboración y abandonó el despacho tras sor Lucía, que se ofreció a conducirlo hasta la salida del convento.

Por los pasillos cavilaba tratando de sacar conclusiones sobre su visita. A pesar del alivio que suponía saber que el inspector Romero no había sido el asesino de sor Teresa, aquello lo devolvía a la casilla de salida. Si no era Romero, ¿quién había asesinado a la monja?

—Inspector... —dijo sor Lucía, rompiendo su ensimismamiento, al llegar al portalón del muro.

—Subinspector, madre.

—Claro. Subinspector. Verá, querría pedirle un favor.

—Usted dirá.

—Desde la muerte de sor Teresa no he conseguido dormir bien. Sé que fuera tenía muchos enemigos. No es esa, precisamente, la labor de una monja, pero tampoco soy yo quién para juzgarla. Sin embargo, lo sucedido fue terrible y ha causado un gran daño a nuestra congregación. Las hermanas están asustadas. Por supuesto, no les contaré nada de un asesino recorriendo estos pasillos. Eso quedará entre usted y yo.

—Desde luego, madre —prometió Herrero comprensivo.

—Si resultara finalmente que sor Teresa no cometió pecado mortal quitándose la vida, sería bueno para la paz espiritual de nuestra congregación saberlo. Le quedaríamos muy agradecidas, subinspector, si pudiera aligerar el alma de las hermanas que, desde ese fatídico día, viven en zozobra.

—Lo comprendo —aseguró Herrero, y estrechó la mano de aquella mujer que, una vez desprovista de su coraza, demostraba tener un buen corazón—. Esté segura de que trataré de hacer cuanto sea posible.

A las cinco y diez Herrero entraba por la puerta de la oficina. Los subinspectores Díaz y Garrido trabajaban en sus escritorios al igual que su compañero Pineda. De Montes y Dávila, ni rastro.

Pineda vio en el rostro del subinspector que traía noticias. Se levantó, agarró su chaqueta y comentó que necesitaba un café. Sin cruzar palabra, Herrero y él volvieron a bajar a la calle, se metieron en la cafetería Zahara y se sentaron en la única mesa que quedaba libre.

—Bueno, Pablo. Veo que tienes cosas que contarme. Yo también, pero empieza tú.

Herrero tuvo que esperar porque llegó el camarero a preguntar qué iban a tomar. Cortado para Pineda y descafeinado con leche para él.

—He estado en el convento de Santa Clara —anunció Herrero cuando el camarero se hubo alejado, echando una triste mirada a una mesa cercana donde un hombre merendaba un bocadillo de calamares. A él no le había dado tiempo a comer ese mediodía—. Llevé el retrato que Romero tiene sobre la mesa, el que le mostré a la vecina de Torrecilla...

—¿Y? —preguntó Pineda ansioso.

—Nada. Ninguna de las monjas lo había visto antes. Pensaba que tal vez lo reconocerían como el misterioso padre Javier que visitó a sor Teresa el día de su muerte, pero no ha sido así.

Pineda soltó el aire, aliviado.

—Si llegas a decirme lo contrario, me matas. No soy capaz de creer que Romero pueda tener nada que ver con estos desquiciados crímenes.

—Tampoco es definitivo. Recuerde lo que comentamos. Quizá el padre Javier fuera un sicario.

—¿Te dieron alguna descripción del cura?

—Estatura media o alta, edad entre cincuenta y sesenta, moreno o con el pelo cano, complexión normal tirando a corpulento. En lo único en lo que parecían ponerse de acuerdo las religiosas es en que se trata de un hombre fornido, de manos grandes y rostro ancho.

—O sea, que puede ser cualquiera.

—Así es. Les pregunté si habían detectado algún acento especial, pero tampoco obtuve nada claro. Las monjas no recordaban nada extraño. La identidad del tal padre Javier sigue siendo un misterio.

—Eso dando por hecho que tuviera algo que ver con este asunto. Sí, sí, ya lo sé. Mucha casualidad. Pero las casualidades existen. No podemos cerrar ninguna posibilidad.

—¿Qué ha averiguado usted? —preguntó Herrero cambiando de tema.

—He hecho unas averiguaciones sobre nuestra estimada señora Andueza y su amante. El domingo llamé a un antiguo colega que está en la Brigada y le conté un poco por encima el tema.

Con «Brigada», Pineda se refería a la temida Brigada Político-Social, el perverso e intocable organismo creado por el caudillo para defender el régimen franquista de sus detractores.

—Conocía de oídas el asunto del asesinato de Torrecilla y me prometió echar un ojo —continuó Pineda echándose hacia atrás, permitiendo que el camarero pudiera colocar las tazas encima de la mesa—. Hoy hemos comido juntos para que me contara lo que había averiguado.

—¿Y? —apremió Herrero. Ahora le tocaba a él mostrarse impaciente.

—Pues, según parece, la señora Andueza tiene bastantes deudas…

—Como su marido.

—Cierto, como el señor Martínez, al que se está trabajando Montes. Y escucha esto: han intentado hipotecar la joyería para cubrirlas.

—¿La joyería? Si era de la madre. Nunca se hubiera prestado a ello…

—Precisamente —respondió Pineda con un brillo de victoria en los ojos.

19

Miércoles, 9 de noviembre de 1977.
Oficinas de la Brigada de Investigación Criminal.
Madrid

Sentado ante su mesa, Herrero revisaba el expediente sobre Amancio Casavilla, el amante declarado de María Pilar Andueza, al que, por orden del inspector jefe Dávila, habían interrogado la tarde anterior.

A Dávila le había dado mala espina desde el primer momento, pero Casavilla tenía una buena coartada para la tarde del domingo en la que habían asesinado a la viuda Torrecilla. Se encontraba en el Santiago Bernabéu viendo al Real Madrid junto con unos amigos con los que había alargado la tarde yendo después a cenar.

Como no tenían nada contra él, no les había quedado más remedio que dejarlo marchar. A Herrero no le había importado. No coincidía en absoluto con la descripción que las religiosas del convento de Cubas de la Sagra habían facilitado del tal padre Javier, y bastantes sospechosos tenía para investigar por el momento. No obstante, no lo iba a descartar.

Releyendo el expediente quedaba claro que, tal y como había dicho Pineda, el tipo debía de ser un buen elemento. La carpeta era gruesa y constaba de muchos cargos, casi todos por estafa.

El tal Casavilla era especialista en vender apartamentos que no eran de su propiedad. Actuaba en pueblos costeros, que en verano se llenaban de turistas a los que engatusaba con su labia: «Una ganga. Un veraneante francés que ha fallecido. Sus hijos quieren quitárselo de encima y repartirse la pasta. No tienen ni idea de cuál es el valor real de la propiedad. Es muy goloso, se lo van a quitar de las manos. Esta zona va a subir como la espuma».

Cuando el incauto picaba y entregaba una buena suma de dinero a modo de señal, Casavilla tomaba las de Villadiego y dejaba a su presa sin apartamento y sin dinero.

Herrero cerró la carpeta y la dejó sobre la mesa. Realmente se trataba de un buen sinvergüenza, el tal Casavilla, aunque había que reconocer que los casos de estafa eran antiguos. Tal vez se hubiera reformado. En cualquier caso, se trataba de un tipo sin escrúpulos. ¿Sería un asesino?

El inspector jefe se mostraba plenamente convencido de que Casavilla estaba en el ajo, al igual que la hija de Torrecilla. Un cambio de parecer que Herrero achacaba a la mala disposición de la señora Andueza para aceptar los galanteos de Dávila.

En cualquier caso, habían dejado marchar a Casavilla. El yerno de la asesinada, Raimundo Martínez, no había tenido tanta suerte y continuaba alojado en los calabozos de Gran Vía. Dávila había tenido que ir a hablar personalmente con el juez que instruía las diligencias para que le permitiera prolongar la detención más allá del tiempo estipulado por la ley.

—¿Qué te parece? —preguntó Pineda señalando el expediente con el bolígrafo que tenía en la mano.

Hablaban en voz baja, acercando su silla todo lo posible al escritorio, para que Dávila, con la puerta de su despacho abierta, no pudiera oírlos.

—Está claro que no es trigo limpio. Sin embargo, no tiene antecedentes violentos. No veo nada en el expediente que facilite una pista.

—Tal vez Andueza sea la verdadera hija de Blanca y Casavilla la esté ayudando a vengarse —apuntó Pineda.

Herrero ladeó la cabeza, reticente.

—Yo creo que tendría sentido —insistió Pineda inclinándose aún más hacia Herrero—. Por un lado, ella obtendría su venganza asesinando a la persona que la arrancó de los brazos de su verdadera madre y, por otro, heredaría una buena cantidad de dinero con la que pagar sus deudas y ser dueña de su vida. Además, obtendría lo que fuera que la joyera custodiaba en aquella caja fuerte, que, a buen seguro, se trataba de algo de gran valor para ella.

—Si el móvil de todas esas muertes es la venganza, ¿por qué se implicarían su marido y su amante?

—Por dinero. Lo que se repartieran por la venta de la casa de Torrecilla, la joyería, el contenido de la caja... Es un buen pellizco.

—¿No es un poco complicado? —cuestionó Herrero con un chasquido de la lengua—. Mezclar la venganza con el robo. No sé. Podían salir tantas cosas mal.

—Nadie ha caído en la cuenta de la relación entre los crímenes —razonó Pineda—. Solo tú. Llevaron a cabo un plan cuasi perfecto. Si tú no hubieras llegado a sospechar, les hubiese salido redondo.

—Y casualmente el crimen más truculento y menos disimulado es el de su propia madre —adujo Herrero negando con la cabeza, para nada convencido.

—Se imaginaría que nunca sospecharíamos de ella. Vete a saber. O tal vez tuvieran pensado cargarse a la mujer de una manera que no despertara sospechas y las cosas no fueron como querían.

Herrero asintió con la cabeza. La teoría que planteaba Pineda tenía una buena base. Que ninguno de los tres estaba limpio parecía evidente. Si finalmente resultaba que Andueza era hija biológica de Blanca Brisac, las piezas del puzle podrían encajar, a pesar de lo enrevesado de la situación. Incluso cabía la posibilidad de que hubiera algún otro implicado.

—Si el marido, el tal Martínez, está metido en el ajo, ¿cómo fue tan estúpido como para tratar de vender los relojes robados de la caja fuerte? Tenía que saber que lo investigaríamos tarde o temprano.

Pineda no tenía una respuesta para esa pregunta.

—¡Lo tenemos!

Giraron la cabeza hacia la puerta, donde asomaba un exultante inspector Montes.

Dávila salió de su despacho como una exhalación.

—¿Ha cantado?

—Como un mirlo.

—Vamos para abajo —repuso Dávila excitado.

Pineda y Herrero los siguieron hasta la sala de interrogatorios, donde aguardaba un lloroso Martínez sentado frente a la mesa, con la cabeza cubierta por las manos y los codos apoyados en las rodillas.

—Dígale al inspector jefe lo que me ha contado a mí antes.

La euforia de Montes le llevaba a tratar de usted al detenido, con una educación que no había mostrado en la larga semana que aquel diablo había ocupado los calabozos.

—Sé quién mató a mi suegra —confesó Martínez con un hilo de voz, bajando las manos con las que se ocultaba el rostro.

Dávila tomó asiento en el quicio de la mesa y Montes lo hizo en la silla que quedaba libre, ignorando a sus otros dos compañeros, que se situaron en un discreto segundo plano.

—¿Por qué no me cuenta lo sucedido? —preguntó Dávila poniendo lo que consideraba un tono profesional, cruzado de brazos y con el ceño fruncido—. Desde el comienzo.

—Este verano hice un par de malos negocios —comenzó a explicar Martínez con voz monocorde—. Necesitaba dinero y tuve que pedírselo a un tipo. Pensé que me recuperaría, pero no fue así. El tipo me pidió que se lo devolviera, pero yo no tenía con qué. Amenazó con matarme. Yo no sabía qué hacer. Entonces le hablé de la joyería y de mi suegra. Pensé que tal vez podría atracarme un día que estuviera yo solo y recuperar lo que me había dejado y algo más por las molestias.

—Y tal vez quedara también algo para usted —sugirió Dávila sintiéndose muy sagaz—. Imagino que su idea sería cobrárselo al seguro.

El hombre asintió sin levantar la mirada.

—El tipo no aceptó. Dijo que no era suficiente. Últimamente en la joyería no vendemos grandes piezas. No va demasiado bien el negocio.

—Y le dijo que la señora Torrecilla tenía una caja fuerte en su casa en la que guardaba las joyas más valiosas —intervino Dávila.

El hombre volvió a asentir.

—Hacía tiempo que mi esposa había averiguado la combinación de la caja de su madre. La vio configurarla en una ocasión. Mi suegra se había hecho mayor. En otros tiempos no hubiera cometido semejante descuido. Le dije a mi esposa que, si me daba la combinación, simularíamos un atraco. Satisfecha la deuda que tenía contraída con el tipo ese, lo que sobrara sería para ella, que también tenía sus propios problemas económicos por culpa de su amante.

—Siga.

—Se negó. Tuve que implorarle. Ese tipo me iba a matar. Le supliqué por mi vida. Iba a dejar huérfana a nuestra hija. Al final la ablandé y me dio la combinación con la única condición de que no le hicieran daño a su madre.

—No podían entrar en el piso cuando no estuviera la señora Torrecilla, porque levantaría sospechas encontrar la caja fuerte abierta limpiamente —apuntó Montes.

—La idea era que el tipo entrara en la casa, amordazara a mi suegra y fingiera ser un especialista en cajas fuertes, abriéndola delante de ella. Si mi suegra volvía a casa y se encontraba la caja fuerte abierta, sospecharía de inmediato de nosotros.

Pero de esta forma pensaría que el ladrón la habría abierto gracias a su destreza.

—¿Y qué pasó?

—La vieja había cambiado la combinación. El tipo no tenía ni idea de cajas fuertes, así que necesitaba la combinación correcta. Pensó que no sería difícil arrancarle la clave, pero la mujer era muy tozuda. Al final se le fue de las manos. Por fin consiguió que mi suegra confesase. Abrió la caja y se llevó todo. La vieja estaba muy débil y a ese loco no se le ocurrió mejor idea que rematarla. Me dijo que si la dejaba viva estábamos jodidos.

—Así que la matasteis...

—¡No fui yo! —gritó desesperado Martínez, enfrentándose por primera vez a la mirada de Dávila y luego a la del resto de los policías—. No tendría que haber pasado nada. Iba a ser un atraco limpio.

—Pero se torcieron las cosas.

—¡Sí!

—Entiendo —dijo Dávila simulando reflexionar mientras Martínez se retorcía de ansiedad en la silla—. ¿Quién es ese tipo?

—¿Si le doy su nombre me...?

—No está en situación de negociar nada, señor Martínez. Tenemos material incriminatorio de sobra como para que el juez lo condene por asesinato.

—¡Yo no la maté! Ni siquiera estaba allí.

—Es posible —repuso Dávila cayendo en la cuenta de que había metido la pata—. Pero también podemos seguir reteniéndole aquí hasta que me diga quién es su cómplice. Si hablo con el juez y le cuento todo lo que me ha explicado usted, estará encantado de concederme la autorización.

—Yo ya estoy jodido. ¿Qué más me da? Si quiere el nombre de ese tipo me tendrá que dar algo a cambio.

A Dávila esa repentina valentía de aquel tipo al que consideraba un guiñapo lo pilló desprevenido.

—¿En qué está pensando? —preguntó el inspector jefe con una sonrisa socarrona, tratando de dar a entender que estaba jugando con el detenido.

—Mi mujer tiene que quedarse al margen. Yo iré a la cárcel, pero no quiero que mi hija se quede sola.

—¿Algo más? —preguntó Dávila tras meditarlo unos instantes.

—Que los cargos contra mí no incluyan el asesinato, premeditado o no. Yo no tengo nada que ver con la muerte de mi suegra. Era lo que había acordado con ese tipo.

—Bueno, eso igual es algo más difícil...

—Si no, no diré nada más.

Dávila vio la nueva determinación del detenido y se quedó descolocado. Miró a Montes. En los ojos del inspector se reflejaba su voluntad de sacar la información por la fuerza. Sin embargo, Dávila tenía prisa. El juez ya se lo había advertido al concederle la prórroga para mantener detenido a Martínez unos días más. Necesitaba avances significativos ya.

—Tendré que consultarlo con el juez.

—De acuerdo.

A un gesto del inspector jefe, se retiraron de la sala. Fuera, en el pasillo, Dávila celebró un rápido cónclave.

—Bueno, Pascual. El caso es tuyo. ¿Qué opinas?

—Yo pediría al juez que alargara un poco más la detención preventiva —contestó Montes, tal y como Herrero se temía—. A este gilipollas le saco a hostias el nombre de su cómplice y hasta el del cabrón que dejó preñada a su puta madre.

—¿Qué dices tú, Paco?

—Aceptaría. El tipo lleva aquí una semana. Si no tiene nada que ganar, no tendrá motivo para confesar nada más. No podemos retenerlo indefinidamente. Además, en el caso de su mujer, sería la palabra de él contra la de ella. Y ya nos ha dicho que su deseo es no dejar sola a la niña, así que se retractará de la acusación. Acepta pasar unos años en la cárcel y nos entrega al autor del crimen, que es lo que todo el mundo quiere. Si lo que cuenta es cierto, el matrimonio no tenía ni idea de lo que iba a suceder.

Dávila no se molestó en preguntar a Herrero su opinión y se quedó pensativo calibrando las opciones.

—Creo que será mejor que lo consulte con el juez —dijo por fin, dirigiéndose a las escaleras—. Esperad aquí, ahora vengo.

Montes se fue a por un café mientras aguardaban. El juez no debía de verlo tampoco demasiado claro, porque Dávila tardó más de media hora en volver a bajar. Sin comentar nada, entró directamente en la sala de interrogatorios.

—De acuerdo —dijo sentándose de nuevo en la esquina de la mesa—. Desembucha.

—Lo quiero por escrito —exigió Martínez, que no se fiaba—. Y quiero que esté presente mi abogado.

—Le vuelvo a decir que no está en condiciones de exigir nada —respondió irritado Dávila, viendo que el detenido había adivinado sus intenciones de traicionarlo.

Dávila amenazó con continuar el interrogatorio por la fuerza y Montes le atizó dos sopapos que restallaron en la sala, pero Martínez se mostró tozudo. No diría nada si no estaba su abogado y se firmaba el documento con sus condiciones.

Maldiciendo, el inspector jefe ordenó que se llevaran a Martínez a su celda y volvió a subir las escaleras hacia la oficina con el resto del equipo. Junto con Pineda y Montes se encerró en su despacho, de donde salió quince minutos después con un documento firmado y sellado.

El abogado de Martínez, telefoneado por Pineda, se hizo de rogar, y cuando por fin hizo acto de presencia, el humor del inspector jefe había variado de malo a pésimo.

En tropel, bajaron de nuevo a la sala de interrogatorios y trajeron a Raimundo Martínez. El abogado no hizo ningún comentario sobre los evidentes signos de malos tratos, habló un momento con su cliente a solas y, tras revisar el documento redactado a toda prisa, dio su visto bueno.

—Y ahora nos dirá el nombre de su cómplice... —dijo Dávila exasperado.

—Avelino Angulo.

Los policías se miraron entre sí. A ninguno le decía nada ese nombre. Martínez les contó que el tal Angulo era un delincuente habitual y que tenía numerosos antecedentes. A una orden de Dávila, dejaron al abogado y a su cliente en la sala de interrogatorios, dándoles largas sobre cuándo podría salir de allí, y subieron de nuevo a la oficina.

—Quiero todo lo que tengamos sobre el tal Avelino Angulo. Y lo quiero ya. Consultad a los de Robos, a la Brigada Político-Social. ¡A todo Cristo, joder! Esta noche, el Angulo este tiene que dormir entre rejas como que me llamo José Antonio Dávila.

—Hablaré con los de Robos —dijo Pineda saliendo del despacho—. Si es cierto lo que cuenta Martínez, lo conocerán.

—Eso es. Herrero, vaya a Sol y traiga el expediente de Angulo. Y rapidito. Yo telefoneo ahora mismo a la Brigada para que se lo tengan preparado. Pascual, mira a ver qué tienen los de la Criminal de los sectores Norte y, especialmente, Sur sobre este tipo. Venga, en marcha, que no hay ni un minuto que perder.

Herrero salía ya a cumplir la orden cuando Dávila le gritó desde su despacho.

—En cuanto vuelva, que le hagan cuatro copias a la foto de ese canalla. Métales prisa a los del laboratorio.

Herrero bajó rápidamente a la calle y se metió por Mesonero Romanos hasta Preciados y de allí, en línea recta, hasta la Puerta del Sol, donde se encontraba la Real Casa de Correos, sede del ministerio, en cuya planta baja estaban las oficinas de la temida Brigada Político-Social.

Aquel edificio, y a pesar de ser parte de la Policía, le causaba escalofríos a Herrero. Las actividades que allí se llevaban, al menos una parte de ellas, se encontraban fuera de lugar y atentaban contra los más básicos derechos humanos.

Por fortuna, no tuvo que esperar. Dávila había hecho la llamada y en la puerta ya tenían preparado el expediente solicitado. Subió por Preciados otra vez y en menos de diez minutos entraba en el laboratorio de la comisaría para solicitar cuatro copias de la foto policial que acompañaba al expediente de Angulo.

Se apresuró a subir a la oficina. En el despacho de Dávila ya se encontraban este, el comisario Avellán, Pineda y Montes, que le arrancó el expediente de las manos sin una palabra.

—¿Qué sabemos de Angulo? —preguntó Dávila con aire serio, sentándose tras su escritorio mientras el comisario ocupaba una de las otras dos sillas.

—Avelino Angulo, nacido en Ferrol en 1930 —dijo Montes leyendo el expediente que les había pasado la Brigada—. Cuarenta y siete años. Hijo de un militar destinado en el Arsenal de Ferrol que no quiso saber nada de él y de una paisana que murió al poco de tenerlo. Conocido como El Gallego. Creció en la calle. Empezó con tirones y robos de coches. Ahora le da a todo. Hace años estuvo implicado en la muerte de un bujarra. La Brigada intervino para que se tapara el asunto.

Montes había dado una entonación despectiva al término «bujarra», como queriendo decir que cargarse a un homosexual carecía de importancia, lo que le había ganado una mirada furiosa por parte de Pineda que solo Herrero llegó a captar.

—¿Sigue protegido?

—He hablado con el comisario Ungría —intervino el comisario Avellán con su tono bajo y comedido, tomando la palabra por primera vez—. Dice que tenemos vía libre.

—¿Saben de qué va esta historia? —preguntó Dávila sin abandonar su gesto circunspecto.

—Lo suficiente —repuso Avellán, al que no le gustaba tener que repetir las cosas—. Ungría me ha asegurado que no hay problema.

—Muy bien. ¿Paco?

—Angulo es un viejo conocido para los de Robos —dijo Pineda apoyado contra la pared del despacho—. Siendo confidente de la Brigada consiguió irse de rositas en varias ocasiones sin que pudieran investigarlo. Robo en domicilios, naves industriales, atracos a joyerías, farmacias, butrones, escalo, alunizajes... A pesar de la protección con la que contaba, ha estado un par de veces en el talego. Por lo general trabaja solo y no se le conoce ningún compinche habitual. Es violento y suele ir armado.

Dávila echó un vistazo a la foto que le había entregado Herrero y se la pasó al comisario Avellán.

—Figura empadronado en Usera —continuó Pineda—, pero me han dicho que seguramente esté en Leganés. En El Candil. Tengo aquí la dirección.

El inspector se refería al barrio de Vereda de Estudiantes, que popularmente se conocía como El Candil debido a que, hasta no hacía demasiado, iluminaba sus calles con candiles, ya que carecía de alumbrado público. El barrio, situado al sur de Leganés, estaba formado por edificios construidos a finales de los años cincuenta para acoger a la gran afluencia de inmigrantes de población rural llegados a Madrid en busca de trabajo.

Herrero cruzó la mirada con Pineda y supo lo que estaba pensando el veterano inspector. Leganés era donde habían atropellado a Ramón Ríos.

Dávila echó un vistazo a su reloj. Ya eran más de las tres y aún no habían comido.

—Si nos ponemos en marcha ahora, podemos llegar para las cuatro. Tal vez lo pillemos desprevenido en la siesta.

—¿Va a pedir apoyo a la Policía Armada? —preguntó el comisario.

—No —contestó tajante Dávila antes de darse cuenta de que había sido muy brusco y añadió, más suave—: No creo que sea necesario. Si se ve un gran despliegue, tal vez intente escapar. Iremos los cuatro en un coche. Pasaremos más desapercibidos. Tenemos el factor sorpresa. Angulo no nos espera. Será rápido y limpio.

—Está bien —repuso el comisario acercándose hacia la puerta. A buen seguro sospechaba, como el resto de los presentes, de los temores del inspector jefe, que no quería compartir su momento de gloria con nadie—. De todas formas, quiero que algunas patrullas estén sobre aviso en la zona por si las cosas se tuercen. No sabemos qué nos vamos a encontrar y algunas áreas del barrio son peligrosas.

—Por supuesto, comisario —concedió Dávila sonriente, que se sintió pillado.

Avellán les deseó suerte y prometió estar en su despacho a lo largo de la tarde aguardando el resultado de la operación.

—Bueno, en marcha —ordenó Dávila, y tomó el auricular del teléfono—. ¡Señorita! Con el taller… ¿Hola? Homicidios. Al habla el inspector jefe Dávila. Necesitamos un coche. Uno grande. Sí, un 1500 está bien. Enseguida bajamos.

Herrero se puso la funda de su revólver Astra en el cinturón, cogió el arma, comprobó que el tambor estuviera lleno y la enfundó. Cuidadoso como era, sabía que el revólver se encontraba en perfecto estado, limpio y engrasado. Por si acaso, se metió una caja de balas en el bolsillo.

—¿Estamos? —preguntó Dávila, al que se le veía nervioso—. Poneos la placa bien visible.

La placa, que siempre se llevaba escondida encima del chaleco o debajo de la solapa de la chaqueta, en el lado izquierdo, precisaba de autorización del jefe de la operación para poder lucirse abiertamente, así que Pineda, Montes y Herrero se la colocaron a la vista. Dávila hizo otro tanto, pero los nervios lo traicionaron y se pinchó con la aguja.

Como si se tratara del Escuadrón de la Muerte, bajaron a la calle y se dirigieron al garaje. Allí el encargado les tenía preparado y arrancado un Seat 1500 de color negro con el depósito lleno.

—Pascual, conduce —ordenó Dávila sentándose en el asiento del copiloto—. Herrero, detrás de mí.

El subinspector hizo como se le ordenaba. No le costó entender el motivo. Dávila quería llevar a Pineda, el miembro del grupo al que más respetaba, en su diagonal para poder intercambiar opiniones con él durante el trayecto.

Como había predicho el inspector jefe, sobre las cuatro cruzaban los difusos límites del barrio de la Vereda de los Estudiantes en Leganés. A esa hora no había nadie por la calle. La gente estaba trabajando o durmiendo la siesta. Apenas algunos bares tenían unos pocos clientes jugando la partida de dominó, mus o chinchón, que se daban la vuelta al verlos pasar, poco acostumbrados a ver coches tan grandes y elegantes por allí, salvo algún esporádico taxi.

Herrero notaba cómo le sudaban las manos y se limpió las palmas en el pantalón, por encima de las rodillas. Observó que Dávila hacía otro tanto. Al menos, se dijo, no era el único que se encontraba nervioso.

Fueron buscando la calle donde residía Angulo tratando de leer los pocos carteles en los que venían los nombres. Al final tuvieron que preguntar en uno de los bares e interpretar el aluvión de indicaciones, algunas contradictorias entre sí, de los curiosos parroquianos.

Después de dar un par de vueltas más, llegaron a la calle en cuestión. En el barrio, casi todas las casas eran de dos alturas, pero la casa donde esperaban encontrar a Angulo y las colindantes era más modernas y tenían cuatro pisos.

—Aparca aquí —ordenó Dávila mirando a todos lados—. Bueno, lo dicho. Pascual y tú, Paco, subís al domicilio. Herrero y yo nos quedaremos vigilando el edificio por si no estuviera en este momento en casa y le diera por aparecer. No podemos dejar que se nos escape. En cuanto lo tengáis controlado, avisad por la radio y subimos.

Herrero no dijo nada. Saltaba a la vista que Dávila tenía miedo de subir y le daba vergüenza quedarse solo en la calle, así que mandaba a sus dos subalternos más experimentados a detener al sospechoso y él se quedaba fuera vigilando la calle con el novato.

Llevaron a cabo una última comprobación de las armas para asegurarse de que estuvieran libres de enganches peligrosos que impidieran desenfundar con rapidez. Encendieron los radiotransmisores y se separaron. Montes y Pineda hacia el portal, Dávila cubriendo la fachada que daba a la parte de atrás, menos expuesta, y Herrero en la principal, donde habían dejado estacionado el vehículo.

20

Miércoles, 9 de noviembre de 1977.
Leganés

Herrero echó otro vistazo a la fotografía que cada uno llevaba en el bolsillo. Se la conocía de memoria, pero prefería asegurarse. Si aquel tipo regresaba en ese momento del bar o de visitar a algún amigo o de cualquier otro lado, no iba a permitir que cruzase por su lado sin darle el alto.

Eso si es que pasaba alguien. El barrio estaba muerto. Desde que habían llegado, solo se habían cruzado con algunas mujeres que conversaban mientras cosían o limpiaban verdura sentadas a las puertas de sus casas, una furgoneta destartalada y un Seat 850 cuyo propietario lo conducía con indisimulado orgullo.

Herrero se soltó un poco el nudo de la corbata. Hacía calor. O eso le parecía. Estaba sudando. ¿Qué estaba ocurriendo en el domicilio de Angulo? ¿Se encontraba en casa? ¿Ya lo habían detenido sus compañeros? Él no tenía uno de aquellos modernos walkie-talkies para poder saber cómo iba la cosa.

Mientras el subinspector le daba vueltas a la cabeza, los dos veteranos habían subido hasta el último piso. Se suponía que Angulo vivía a mano derecha. Habían comprobado los buzones, pero algunos de ellos carecían de letrero que identificara al propietario, entre ellos el cuarto derecha.

Antes de tocar el timbre, Pineda pegó la oreja a la puerta para ver si se escuchaba movimiento en el interior. Montes se sacó un rollo de cinta de empalme del bolsillo, cortó dos trozos y los puso sobre la mirilla de las puertas de ambas manos.

Pineda hizo un gesto a su compañero indicándole que se escuchaba una televisión o, al menos, una radio. Tocaría el timbre y esperarían a ver qué sucedía. No podían tirar la puerta abajo sin estar seguros de que era Angulo el que allí residía.

Puestos de acuerdo, con las manos en las empuñaduras de los revólveres, Pineda pulsó el timbre un par de veces con brevedad. En el interior no se escuchó nada que indicara una presencia acercándose a la puerta. Volvió a tocar otras dos veces con más insistencia. Nada.

Montes golpeó la puerta con el puño cerrado. Pineda hizo gesto de disgusto. Empezaba a temerse que nada iba a transcurrir tal y como lo habían planeado. Pineda estaba por encima en el escalafón y además Dávila le había confiado el mando de la operación. Sin embargo, Montes consideraba que esta le pertenecía y no estaba dispuesto a que nadie le arrebatara la gloria.

—¡Angulo, abra! Es la policía.

Ahora sí. Pineda sintió que alguien apagaba la televisión o la radio y que unos pasos se acercaban a la puerta.

—¿Qué sucede? —preguntó de malas maneras el individuo que abrió.

El rostro coincidía con el de la fotografía que llevaban. Era Angulo, sin duda. El tipo no era muy alto, pero sí corpulento, con un rostro ancho y manos grandes. Llevaba los pantalones desabrochados y una camiseta interior blanca, el cabello corto negro y un tatuaje en el pecho, donde lucía una cadena dorada.

—¿Avelino Angulo? —preguntó a su vez Pineda, poniendo un pie en el quicio de la puerta para evitar que el hombre la cerrara. Seguía con una mano sobre la empuñadura de su arma y con la otra se señalaba la placa prendida en la parte externa de la chaqueta.

—Soy yo. ¿Qué quieren? —confirmó el tipo sin mostrar temor.

—Hablar con usted —contestó Pineda empujando la puerta para abrirla del todo y poder acceder al domicilio—. ¿Podemos pasar?

Angulo se echó para atrás. Aún se mostraba desafiante, aunque la sospecha asomaba a sus ojos.

—¿Quiénes son?

—Brigada de Investigación Criminal. Grupo de Homicidios.

—¿Homicidios? —preguntó Angulo. Ya no se mostraba tan retador.

Montes cerró la puerta a su espalda y avanzó por el pasillo haciendo retroceder al tipo hasta el salón.

—¿Conoces a Raimundo Martínez?

—¿A quién?

—Raimundo Martínez. Tu cómplice.

—Tranquilo, Pascual. A ver, ¿por qué no empieza por dejarme su carné de identidad, señor Angulo?

—Lo he perdido. ¿Qué quieren? Yo no he hecho nada. No conozco a nadie con ese nombre.

—Ah, ¿no? —repuso Montes sarcástico, echando un ojo a la casa.

El domicilio no estaba precisamente limpio, pero tampoco parecía una cuadra, como otros muchos de los que solían ver cuando entraban en un registro.

Le hicieron sentarse en el sofá del salón mientras Montes iba a la cocina y miraba un poco. Pineda se quedó revisando algunos papeles que el hombre le mostraba para certificar su identidad y no ser trasladado de buenas a primeras a comisaría.

—¿Te dice algo el nombre de Torrecilla?

—¿*Torre-qué*?

Montes bufó. Estaba perdiendo de nuevo la paciencia.

—¿Guardas armas aquí?

—¿Armas? No tengo ningún arma.

—No es eso lo que nos han dicho.

—Oigan, no sé qué pretenden. Yo no he hecho nada. Tengo amigos en la Brigada, ¿entienden?

—Sí, ya hemos hablado con ellos. Parece ser que ya no les interesas.

Montes abría cajones y revolvía violentamente su interior sin detenerse a mirar nada en especial.

—Señor Angulo —dijo Pineda con calma, dejando sobre una mesa los papeles que había estado examinando—, me temo que va a tener que acompañarnos a comisaría. Una persona le ha relacionado con el asesinato de una mujer. Allí podremos aclarar todo…

—¿Qué? Yo no pienso ir a ningún sitio. No he hecho nada.

—¿Y esto qué es, hijo de puta?

Pineda se giró. Montes sostenía en la mano un par de relojes de pulsera.

—¿De dónde has sacado esto? —preguntó Montes poniendo los relojes debajo de las narices de Angulo.

—No tengo ni idea —respondió agitado el hombre—. Los han puesto ustedes.

—¡Se los robaste a la vieja, cabrón!

—¿Son los relojes robados? —preguntó Pineda echándoles un ojo.

—Desde luego que lo son —contestó Montes mostrándoselos—. Estoy seguro. Estaban en ese cajón. Son iguales a los que le pillamos a Martínez.

—¡Yo no sé nada de esos relojes!

—Señor, va a venir con nosotros —dijo Pineda con tono tajante—. Ponga las manos en la espalda.

385

Angulo empezó a gritar y a revolverse. Pero los policías eran dos, estaban acostumbrados a aquellos forcejeos y no eran mancos. En poco tiempo lograron reducir al detenido, esposarlo y ponerlo en pie.

—¡Yo no he hecho nada! ¡Eso no es mío!

—Claro que no es tuyo, desgraciado —repuso Montes, propinándole un gancho de derechas que lo tiró al suelo.

—Pascual, tranquilo. ¡Déjalo!

—A este hijo de puta le gusta torturar ancianitas, ¿verdad? ¿Por qué no peleas conmigo?

Angulo se tambaleaba por el golpe recibido en el oído. Estaba esposado a la espalda y mareado. No era rival para Montes, un policía acostumbrado a golpear duro.

—Venga, cabrón. Vamos a ver si eres tan hombre como te crees.

Angulo no vio venir el golpe, un directo de derechas a la mandíbula que lo acertó de pleno, a pesar de la fuerza con la que Pineda tiró del cuello de la camisa del desgraciado, en un vano intento de evadir la trayectoria del demoledor puñetazo.

—¡Pascual! ¡Déjalo!

En la calle, Herrero continuaba su vigilancia solitaria. Seguía sin aparecer nadie. ¿Era posible que aún no se supiera nada de lo que estaba ocurriendo arriba? Llevaban más de veinte minutos. ¿Habrían comunicado algo por la radio a Dávila?

Herrero no tenía tan claro como sus compañeros la implicación del tal Angulo. Su edad no coincidía ni con la de Enrique ni con la de Ignacio Brisac Vázquez. En caso de tener alguna relación con los crímenes, debía de tratarse de un cómplice. Desde luego, su declaración podría ser de gran ayuda. ¿Identificaría Angulo a quien estaba tras aquellas muertes?

Según el expediente, su complexión coincidía con la descrita por las religiosas del convento y se trataba de un hombre violento, del que se sabía que ya había matado antes. Además, una de sus especialidades era el robo de coches. Podría haber sustraído fácilmente un Renault 5 para atropellar a Ríos Soria y conocía Leganés. También había participado en atracos a joyerías y en robos en domicilios, se recordó Herrero.

¿Era Angulo la pieza que cerraba el círculo? Si resultaba ser un cómplice, ¿quién lo había contratado? Seguramente, uno de los tres hijos del matrimonio, pero ¿cuál de ellos? ¿La hija? ¿Sería esta Andueza o Matilde, la mujer del inspector Romero? Tal vez la orden había llegado desde el otro lado del océano. ¿Enrique?

¿O tal vez la había dado Ignacio Brisac? ¿Acaso era este el inspector Romero? Coincidía la edad, tenía un Renault 5, había estudiado el expediente del matrimonio García-Brisac en el archivo de la Capitanía y fue quien entrevistó a la señora Duval, la vecina de la viuda asesinada, con un comportamiento muy extraño en él.

—¡Pablo!

Herrero, sorprendido, levantó la cabeza y pegó un brinco. Un cuerpo en caída libre se le echaba encima. El subinspector, sin dar crédito a sus ojos, contempló cómo impactaba contra el suelo con un estremecedor crujido. Incapaz de moverse, se quedó mirando aquel cuerpo sin vida del que empezaba a brotar un río de sangre. El cuello, girado hacia él en un extraño ángulo, mostraba un rostro deformado que le miraba como preguntándole qué tenía pensado hacer al respecto.

—¿Estás bien?

Herrero era incapaz de responder a los gritos que profería Pineda asomado al balcón del último piso. Solo tenía ojos para Angulo.

Instantes después apareció Dávila corriendo y hablando a la vez por la radio portátil, solicitando apoyo a los coches patrullas, que se encontraban a la espera. Muy alterado, solo atinaba a gritar por el aparato para que los vehículos se dieran prisa en llegar y acordonaran la zona antes de que comenzaran a aparecer los curiosos.

—¡Una ambulancia! Manden una ambulancia —repetía Dávila pulsando el botón del radiotransmisor.

¿Una ambulancia? No sería para aquel desgraciado, pensó Herrero, sin poder apartar la mirada del cuerpo sin vida. Angulo necesitaría un vehículo fúnebre.

Ahora sí, al reclamo de los gritos y del ruido que había hecho el cuerpo al estrellarse contra la acera, los vecinos iban asomándose a las ventanas y saliendo a la calle. Comenzaban a esparcirse los primeros rumores y cada vez se acercaban más y más. El inspector jefe, temiendo un enfrentamiento, gritaba por la radio preguntando cuánto les quedaba a las patrullas para llegar.

Apareció Pineda en la calle, agitado y sin resuello. Había bajado los cuatro pisos a la carrera.

—¿Estás bien, Pablo? —preguntó alarmado, con el rostro rojo.

Se escuchaban las primeras sirenas.

—Paco, ¿qué cojones ha pasado? —preguntó Dávila sin poder controlar los nervios.

—No lo sé. Lo teníamos esposado y sentado en un sofá mientras echábamos un vistazo por el piso. Ya habíamos encontrado parte del material robado en casa de Torrecilla. De repente se ha levantado corriendo hacia el balcón. No hemos podido detenerlo.

—¡Joder, Paco! Menuda cagada. ¿Cómo ha podido pasar? ¿Ninguno de los dos estabais atentos al tipo? Os había dicho que en cuanto lo tuvierais asegurado llamarais, coño.

Por el final de la calle asomó el morro de un Seat 1430 familiar con el rotativo girando y la sirena aullando. Sin terminar de detenerse, se abrieron las puertas y salieron dos agentes de la policía armada, porra en mano, conminando a la gente que se arremolinaba para que se dispersara.

—¡Joder, Paco! ¡Joder, Paco! —repetía una y otra vez Dávila con el rostro encendido mientras Pineda, aliviado al ver a su joven compañero indemne, tomaba asiento en un escalón—. Es que parecéis nuevos. ¡Siempre uno controlando al detenido, cojones! A ver qué le decimos ahora al juez.

Llegaron más vehículos patrulla y los vecinos se alejaron a regañadientes empujados por los policías. En la calle resonaban los gritos de los agentes, que ordenaban a los vecinos asomados a las ventanas que se metieran en sus casas y cerraran las persianas.

El inspector jefe Dávila ordenó al sargento al mando del contingente policial que destinara un par de agentes al domicilio, con órdenes de no dejar pasar a nadie hasta que llegaran los del Gabinete de Pruebas Científicas.

Apareció Montes con semblante tranquilo, abriendo y cerrando una de las manos como si le doliera. Herrero observó que tenía los nudillos enrojecidos y que ni siquiera se molestaba en echar un simple vistazo al cuerpo.

—Montes, ¿cómo ha podido pasar?

«Montes», pensó Herrero. Ya no era Pascual.

El inspector se encogió de hombros fingiendo pesar, pero no engañaba a nadie. Para él, el muerto bien muerto estaba.

—Bueno, vamos a tranquilizarnos —dijo Dávila sin parar de dar vueltas de un lado para otro—. Esperaremos a los del Gabinete y registraremos el piso. Con este ya no se puede hacer nada. Más vale que lo que habéis encontrado lo implique en la muerte de Torrecilla.

Herrero, aún recuperándose del susto, miró a Pineda. El inspector, sentado en un escalón, escondía el rostro entre las manos. En cambio, Montes aparentaba sentirse complacido por el fatal desenlace. Dávila seguía de un lado para otro hablando por la radio y soltando imprecaciones.

—Yo me voy —dijo Pineda, con voz apagada, poniéndose en pie—. Creo que iré a casa de mi hija. Necesito ver a mi nieta. Algo distinto a toda esta mierda.

—¡Joder, Paco! —parecía la única frase coherente que podía articular el inspector jefe—. Que llevamos mucho tiempo en esto. Que no es el primer fiambre que nos cae entre las manos.

Pineda se limitó a menear la cabeza, desanimado.

—Bueno, escuchad —dijo Dávila con los brazos extendidos y las palmas hacia abajo, tratando de calmar los ánimos—. Esto es lo que vamos a hacer. Pascual y yo nos quedamos a esperar a los del Gabinete. Paco, vete a ver a tu nieta y levanta ese ánimo. En peores situaciones nos hemos visto. Herrero, acompáñelo. A usted también le vendrá bien tomar un poco de aire. Esta prueba de fuego es dura para un novato. Cuando deje a su compañero, váyase a casa y descanse. Mañana nos vemos en el despacho.

Herrero asintió y siguió a Pineda, que ya montaba en uno de los coches patrulla. Ocuparon el asiento trasero y el veterano dio la dirección de su hija al conductor. El copiloto encendió el rotativo y la sirena, y momentos después dejaban atrás Leganés dirigiéndose hacia Puente de Vallecas, donde vivía la hija del inspector.

Viajaron en silencio. Pineda miraba por su ventanilla, los policías armados lo hacían hacia delante, rígidos como estatuas, y Herrero no quería molestar. Tampoco es que tuviera mucho que decir en ese momento.

Cuando llegaron a Puente de Vallecas, Pineda se apeó, se despidió lacónicamente y cerró la puerta. Los agentes del vehículo patrulla esperaron nuevas instrucciones y Herrero se las ofreció tras observar cómo su compañero entraba en el portal. Quería que lo llevaran de nuevo a la oficina. Tenía que recoger la cartera y prefería dejar el arma en comisaría.

Por el camino fue reviviendo lo sucedido. Tenía que darle la razón a Dávila en una cosa, al menos. Aquello era una durísima prueba de fuego para cualquiera que llevara solo un par de semanas en la Brigada de Investigación Criminal. El cuerpo desmadejado que le caía encima, el chasquido del cráneo al impactar contra la acera, la visión de la sangre y el gesto sorprendido de Angulo, ya sin vida.

También veía de nuevo el rostro de Montes, que apenas conseguía ocultar su satisfacción, y el de abatimiento de Pineda. Sin duda, como dijo el inspector jefe Dávila, su compañero se habría enfrentado a la muerte en diversas ocasiones, pero la muerte de Angulo lo había afectado hasta el punto de tener que abandonar el lugar.

—Hemos llegado.

—¿Cómo dice? —preguntó Herrero, sacado de sus ensoñaciones. Tenía el ceño arrugado dolorosamente.

—Que hemos llegado —repitió el copiloto del coche patrulla—. Estamos en la Gran Vía. La comisaría, subinspector.

—¡Oh! Claro. Muchas gracias.

Distraído, bajó del coche y, como en una nube, subió hasta la oficina. Al parecer, las noticias de lo ocurrido se habían difundido y todos estaban al tanto, aunque respetaron al recién llegado y lo dejaron en paz.

Herrero se encerró en la oficina. Sentado ante su escritorio, dejó vagar la vista. Qué triste era todo aquello. Paredes blancas, sucias y descascarilladas de tantos roces, el techo manchado por el humo del tabaco. Sillas y escritorios desvencijados. Tubos fluorescentes que proporcionaban luz gélida y antinatural, uno de ellos sin dejar de parpadear. Máquinas de escribir que redactaban diariamente todos los horrores de los que la condición humana era capaz.

Como única decoración, aparte del retrato del rey, el corcho donde colgaban con chinchetas fotografías de sospechosos, entre las que se habían colado recientemente Raimundo Martínez, marido de Andueza; Amancio Casavilla, amante de la misma, y el fallecido Avelino Angulo. Junto a ellas, una ampliación de un sonriente Grupo de Homicidios anterior a su llegada, en la que aparecían todos sus compañeros, incluido

Fermín Caballero, el inspector jubilado, anterior pareja de Montes, al que Herrero sustituía.

Dando vueltas a la cantidad de cosas que le habían sucedido en tan solo un par de semanas, guardó el revólver con la funda de cuero en su casillero del armero. Volvió al escritorio y cogió la cartera de cuero para marcharse a casa. Se quedó un momento de pie, pensativo, y volvió a tomar asiento tratando de limpiar la mente. Angulo, una cruz, la película *El sargento negro*, un Renault 5, la periodista Ortega, Las Trece Rosas, un libro de oraciones, Blanca Brisac, niños robados, la muerte de un homosexual...

De pronto, siguiendo una corazonada, buscó el número de teléfono del inspector Romero y lo marcó. Cuatro timbrazos.

—¿Dígame?

—¿Inspector Romero? Soy Pablo Herrero...

—¡Hombre, Pablo! ¿Qué tal estás? ¿Cómo va todo por ahí?

—Bien, bien. Quería comunicarle que hemos detenido al que asesinó a la señora Torrecilla. Sé que no me corresponde a mí darle la noticia, pero pensé que sería mejor que lo supiera antes de enterarse por la televisión o la radio.

—Muy amable por tu parte, Pablo. ¿Cómo ha ido todo?

Herrero le hizo un sucinto resumen de lo acaecido en las últimas horas y, tras un rato charlando, colgó. Después volvió a tomar el auricular y, consultando de nuevo el listín, marcó el teléfono del Gabinete de Pruebas Científicas. Una conversación corta.

Confiando en que a nadie le diera por entrar en la oficina en ese momento, se coló en el despacho del inspector jefe Dávila. Sobre el escritorio encontró el expediente de Avelino Angulo que la Brigada Político-Social les había prestado y al que apenas había podido echar un vistazo. Lo leyó con rapidez, sin saltarse una línea, y lo volvió a dejar donde estaba.

Por un momento se quedó mirando el archivador metálico que, junto a las sillas, el perchero de madera y el escritorio, constituía el mobiliario del despacho. Probó a abrir el cajón donde vio a Dávila guardar su expediente el día de su incorporación al Grupo de Homicidios. Estaba sin llave.

Fue pasando las carpetas hasta encontrar la que buscaba. Solo necesitaba un nombre y lo encontró enseguida. Volvió a poner la carpeta en su sitio y salió del despacho.

Por tercera vez descolgó el auricular y solicitó un coche patrulla:

—¿Están disponibles los agentes que me llevaron ayer al convento de Santa Clara? ¿Sí? Fenomenal. Aguardaré abajo su llegada.

Recogió varias fotos, las metió en su cartera de cuero y bajó a la calle. Tuvo que esperar diez minutos a que llegara el vehículo. Si a los agentes les extrañó ser requeridos por el mismo subinspector del día anterior, no lo comentaron. De nuevo en silencio, repitieron el itinerario de la víspera. Esta vez, a Herrero se le hizo más largo el viaje.

Cuando llegaron a Cubas de la Sagra, Herrero se apeó del vehículo y se acercó al portón. Hizo repicar la campanilla y aguardó impaciente ante la tapia del convento de las clarisas.

—¿Quién es? —preguntó al cabo de un rato una voz desde el otro lado del portón. No era la misma que la del día anterior. Esta era más grave y rota. Pertenecía a una monja mayor.

—Buenas tardes. Necesito hablar con la madre Lucía. Me llamo Pablo Herrero.

—Eso es imposible, señor. Necesita una dispensa.

—Le agradecería mucho si lo consultara con la madre Lucía, hermana. Hablé ayer con ella y sé que estará muy interesada en recibirme.

Se hizo el silencio al otro lado, pero al final la monja le pidió que aguardara. No tuvo que esperar mucho antes de que se abriera la puerta y la hermana portera le acompañara con gesto de reproche hasta el despacho de sor Lucía.

—Buenas tardes, subinspector —saludó sor Lucía, percatándose de la agitación del policía—. Gracias, hermana Verónica, puede retirarse.

En cuanto la puerta se cerró, Herrero sacó de la cartera una de las fotos que había traído.

—¿Reconoce a este hombre?

La madre superiora se caló sus gafas y echó un vistazo a la foto.

—Es el padre Javier —dijo sorprendida—. ¿Lo ha encontrado?

—¿Está segura? —preguntó Herrero sin contestar a la pregunta—. ¿Podríamos llamar a sor Begoña para que lo confirmara?

Sor Lucía hizo sonar su campanilla con energía y al momento asomó la portera, que no puso buena cara ante la petición. Sin duda, consideraba un escándalo la presencia de un hombre joven en el convento.

Minutos después escucharon unos golpecitos en la puerta, y a la orden de la madre superiora, hizo acto de presencia sor Begoña. Herrero le mostró la fotografía que tenía en la mano.

—Sí. Es el padre Javier —confirmó casi de inmediato.

—¿Está segura?

—Bueno, yo creo que sí —respondió la monja volviendo a mirar la fotografía con atención—. Sí, no tengo duda.

—Gracias, hermana. Ya puede retirarse —dijo sor Lucía, y aguardó a que la puerta estuviera bien cerrada antes de preguntar—: ¿Es él quien mató a la hermana Teresa? No tiene cara de mala persona.

Herrero tuvo que convenir que la monja tenía razón, pero se limitó a guardar la fotografía en su cartera y agradecer de nuevo su disposición para recibirlo. La religiosa insistió en acompañarlo hasta la entrada.

—¿Recordará su promesa, subinspector? —se despidió sor Lucía ante la tapia. Los dos sintieron que era la última vez que se verían—. ¿Me dirá algo para que podamos recuperar la paz y dormir tranquilas?

—Lo haré madre, no se preocupe —prometió Herrero estrechando la mano tendida.

—Que Dios le bendiga.

El subinspector montó en el coche patrulla y le pidió al conductor que lo volviera a llevar a la oficina. A la llegada a la Gran Vía, inmerso como estaba en sus pensamientos, se olvidó de dar las gracias a los agentes.

Se bajó del coche, entró en el edificio y bajó directamente a la zona de los calabozos, donde solicitó al policía que estaba de custodia que le dejara hablar con Raimundo Martínez en una de las salas de interrogatorio.

Mientras esperaba a que lo trajeran, Herrero se preparó para dar al yerno de la viuda la noticia de la muerte de su cómplice. Quería comprobar su reacción cuando supiera que ahora se encontraba solo ante el peligro.

21

Jueves, 10 de noviembre de 1977.
Oficinas de la Brigada de Investigación Criminal.
Madrid

En la oficina el silencio era opresivo. Herrero, sentado ante su escritorio, revisaba informes y notas relacionadas con el caso Torrecilla. Lo acompañaban los también subinspectores Díaz y Garrido, silenciosos como de costumbre e inmersos en sus propios asuntos.

El inspector jefe Dávila y los inspectores Pineda y Montes habían acompañado al juzgado a un no muy satisfecho comisario Avellán para tratar de maquillar la negligencia de la víspera, que había acabado con Avelino Angulo en la sala de autopsias del Anatómico Forense.

Por el pasillo se escucharon pasos y un murmullo de voces. Herrero miró el reloj de pared. Las once y cuarto. Una de las voces, la que sobresalía, pertenecía al inspector jefe.

—Bueno, ya estamos aquí, muchachos —irrumpió en la oficina Dávila con tono triunfal. Su euforia estropeaba la capa de dignidad con la que le gustaba cubrirse.

Detrás de él asomaron Montes y un serio inspector Pineda. El comisario Avellán había continuado pasillo adelante hacia su despacho.

Dávila preguntó sin mucho interés cómo iban las cosas por la oficina aquella mañana y se lanzó a explicar la reunión con el juez, que había intentado meterles un puro, pero al que finalmente habían conseguido ganarse. Montes fingía darle la razón. Sin embargo, Pineda se limitó a sentarse ante su escritorio, sacar hojas en blanco y papel carbón, ajustarlas y meterlas en el carro de la máquina de escribir.

—Venga, muchachos, vamos a almorzar, que ya va siendo hora —dijo Dávila sin poder estarse quieto, satisfecho por haber escapado indemne de las garras del juez en el tema de la inexplicable muerte de Avelino Angulo.

Díaz y Garrido se levantaron, obedientes, se pusieron las chaquetas y siguieron a Montes.

—Venga, Paco, que es para hoy —dijo Dávila desde la puerta.

—Id bajando vosotros. Quiero hacer el informe cuanto antes y con semejante barullo no me concentro.

—Joder, Paco. Que no lleva tanta prisa. Venga, subinspector.

—Estoy esperando una llamada importante, señor —repuso Herrero señalando el silencioso teléfono.

—Joder, cómo estamos. Pues menos mal que invito yo. Os esperamos abajo. Como tardéis mucho, os quedáis sin nada.

Los cuatro salieron de la oficina camino de la cafetería. En cuanto se cerró la puerta a sus espaldas, el silencio se volvió aún más pesado. Herrero miró a su habitualmente risueño compañero. Aquella mañana no parecía estar para muchas bromas. Con sus robustos dedos golpeaba las teclas sin conmiseración, deteniéndose de vez en cuando para dar forma en su mente a lo que pretendía decir.

Durante un rato, lo único que se escuchó en la oficina fue aquel monótono traqueteo. De pronto, sonó el teléfono. Pineda lo ignoró y dejó que fuera Herrero quien levantara el auricular.

—Grupo de Homicidios, subinspector Herrero.

La conversación resultó unilateral. Del otro lado de la línea alguien habló durante unos instantes, sin obtener respuesta.

—Muchas gracias —se limitó a decir Herrero—. Adiós.

Colgó con lentitud el auricular en la horquilla y se quedó sentado con las manos cruzadas sobre el regazo.

Al cabo de dos o tres largos minutos, Pineda pareció darse cuenta del extraño silencio de su joven colega y dejó de teclear.

—¿Todo bien?

Herrero lo miraba. Inmóvil, con gesto inescrutable.

Pineda le sostuvo la mirada un buen rato. Sin romper el hechizo, abrió el cajón inferior de su escritorio, sacó un paquete de tabaco que reservaba para soltar la lengua a detenidos y confidentes, se puso un cigarrillo entre los labios y lo encendió con un mechero que había dentro del paquete.

—No debería, pero a estas alturas qué más da, ¿no crees?

Se reclinó en el respaldo de la silla, dio una profunda calada y retuvo un instante el humo, disfrutando del momento antes de expulsarlo por la nariz.

—Cuánto lo echaba de menos —suspiró con deleite, dando otra placentera calada—. Llevaba años sin probarlo.

Herrero no dijo nada.

—¿Al final has adivinado quién soy? —preguntó Pineda con aquella sonrisa que Herrero había llegado a apreciar.

—Ignacio Brisac Vázquez.

—El mismo —contestó Pineda apuntándole con los dedos que sujetaban el cigarrillo—. Imagino que esa llamada te lo ha confirmado.

—Era del Gabinete de Investigación Central —confirmó Herrero con un asentimiento—. Los llamé ayer para pedirles que cotejaran las huellas halladas en el plato que me llevé de casa de Ricardo García con las de usted.

—Me figuro que habrá aparecido alguna, claro —dijo Pineda dando otra calada, despreocupado—. Habrán pensado que he tocado el plato accidentalmente.

Herrero asintió con un gesto triste.

—Bueno, imagino que tendrás muchas preguntas que hacerme, aunque seguramente la principal será: ¿Por qué ahora?

—Se está muriendo.

—¡Vaya! —repuso Pineda sorprendido, abriendo mucho los ojos—. Muy delicado no eres, pero supongo que estás en lo cierto. Me estoy muriendo. En realidad, todos nos estamos muriendo, ¿no es cierto? La diferencia es que yo conozco la fecha en la que estiraré la pata. ¿Tanto se me nota?

—Se dio cuenta Amelia el día que vino a comer a nuestra casa. Me comentó que la ropa le quedaba grande, como si hubiera adelgazado mucho.

—Gran mujer, Pablo. Cuídala —afirmó Pineda aplastando la colilla en un cenicero que también había sacado del cajón—. Yo también tuve una buena mujer, Basilia. Vaya nombrecito, ¿eh?

Herrero intentó no sentir lástima. El hombre que estaba sentado delante de él no era el amable compañero al que había conocido, sino un asesino que había matado a varias personas. Por mucho que le doliera, aquel individuo había sido capaz de torturar hasta la muerte a una anciana indefensa y quemar viva a una monja, entre otros espantosos crímenes.

—Cuando aún me llamaba Ignacio Brisac Vázquez —dijo Pineda poniéndose cómodo y ajeno al remolino emocional de su compañero—, viajaba por toda España con mi padrastro, Enrique García, un buen tipo que me quería como a un hijo. Yo había heredado el oído de mi madre, Blanca, y tocaba el acordeón. Por entonces tenía dieciséis años y me gustaba aquella vida. Amaba la música. No tenía más pretensiones. Lo mismo les sucedía a mis padres.

Pineda hizo un alto para aplastar la colilla en el cenicero y encender otro cigarrillo.

—Le prometí a Basilia que nunca más fumaría. Creo que lo entenderá, ¿no te parece? —preguntó con otra sonrisa antes de continuar con su historia—. Cuando empezó a ponerse mal de verdad la cosa en Madrid, Enrique y yo estábamos en Santander. Tocábamos en los pueblos, en fiestas, alguna boda, y el resto del día paseábamos y poco más. Dormíamos en cualquier sitio. ¡Teníamos que ahorrar para llevar dinero a casa! Comíamos lo que nos daban y luego a improvisar: el monte, la playa, algún chamizo si llovía, y te aseguro que allí llovía mucho. Enrique me decía: dile a tu madre que hemos estado alojados en una pensión. Pero qué va. No gastábamos nada. Todo era para casa. Tenía dos hermanos, ¿recuerdas? Enrique y Candela, que por entonces era un bebé.

A Pineda se le iluminó el rostro con el recuerdo de su hermana, a la que apenas había llegado a conocer.

—Al terminar el contrato decidimos regresar a casa. Otros músicos con los que intercambiábamos noticias sobre la marcha de la guerra nos dijeron que las cosas estaban muy mal por Madrid. Los nacionales estaban deteniendo a todo el mundo: anarquistas, comunistas, socialistas, combatientes de la República… No hacía falta mucho para que te metieran en la cárcel. Enrique confiaba en no tener problemas, al fin y al cabo, él no se había mezclado nunca en esos temas, aunque estaba afiliado a UGT, requisito necesario para conseguir contratos como músico. Decidió que regresaría él solo a casa y vería cómo estaba la situación antes de llamarme. Entre tanto, yo debería ir a Irún, en la frontera norte con Francia, a casa de mi tía abuela Amélie.

Sonó el timbre del teléfono, pero no le hicieron caso.

—Las noticias que llegaron de Madrid no podían ser peores. Mis padres habían sido detenidos. A pesar de tener dieciséis años, yo era un crío. No conocía más que la música, mi acordeón y mi familia. No podía entender qué estaba ocurriendo.

Un velo de odio cruzó la mirada del inspector.

—A mis padres los condenaron injustamente y los asesinaron. A mi hermana, Candela, la vendieron y mi hermano Enrique se quedó con mis tías y mi abuela. Y suerte que no había cumplido los dieciséis, como le dijeron cuando fue a preguntar por nuestros padres, que, si no, también lo hubieran ejecutado a él. Lo que me hubiera sucedido a mí de haber regresado con mi padrastro.

Al inspector le entró un ataque de tos. Demasiado tiempo sin fumar.

—A mi tía abuela Amélie le entró el miedo de que fueran a por nosotros y quiso que nos volviéramos a Francia, donde teníamos familia. Sin embargo, su amante, Julián Pineda, un empresario franquista, no quería perderla y la convenció para que nos quedáramos, prometiéndole adoptarme y cambiar mi nombre y apellidos. Y así nació Francisco Pineda Rincón. No te voy a aburrir con mi vida en aquella casa con la cornuda de su esposa y sus hijos, que me hicieron la vida imposible. El caso es que, al poco tiempo, mi tía abuela murió y Pineda me mandó interno a los salesianos para que me hiciera seminarista.

Herrero entendió por qué no había podido encontrar la pista de Ignacio Brisac, el hijo mayor de Blanca. Su rastro había sido borrado por aquel empresario, a buen seguro mediante sobornos.

—Al cumplir los dieciocho fui llamado a filas. Como te conté, estuve en Zaragoza. Un día me soplaron que iban a reclutar soldados para ir al frente ruso y vi la posibilidad de evitarlo apuntándome a la Guardia Civil. Como ves, no te mentí demasiado. Además, no podía volver a Irún. El señor Pineda me lo había dejado muy claro. Así que estuve en la academia de la Guardia Civil y de allí, en cuanto se me presentó la ocasión, pasé al Cuerpo de Investigación y Vigilancia, que luego se convirtió en el actual Cuerpo General de Policía. No quería tener nada que ver con ninguna rama del ejército.

No era difícil entender que no deseara pertenecer a una institución que había ejecutado a sus padres, pensó Herrero.

—Por entonces, entrar en la Policía no era muy complicado. Era tal la necesidad de personal que ni se hacían oposiciones. Se cogía a dedo a cualquiera que pudiera demostrar afinidad al régimen: excombatientes, heridos de guerra y esas cosas. Gracias a los contactos de mi padre adoptivo, encantado de perderme de vista, logré ser admitido.

—¿Tuvo algo que ver en su decisión la posibilidad de encontrar a quienes habían participado en la ejecución de sus padres?

—Desde luego. ¿Qué mejor sitio para localizarlos? Yo los odiaba. No era justo. Aquellos hijos de perra me habían destrozado la vida, pero disfrutaban de las suyas. Familia, hogar, futuro… Lo tenían todo y a mí todo me lo habían quitado.

Pineda se quedó un momento en silencio rumiando su odio, permitiendo que el cigarrillo se consumiera entre sus dedos.

—Francis Bacon —reflexionó el veterano inspector—, un estadista inglés, dijo en cierta ocasión: «Una persona que quiere venganza, guarda sus heridas abiertas». Tenía toda la razón. Yo no supe guardar mis heridas abiertas. Los ardores de venganza fueron apagándose. La academia, el sueldo, los amigos. Mi carácter no era violento. Yo estaba hecho para la melodía de la música, no para el estruendo de las armas. Al final me eché novia, Basilia. Me casé, llegaron los hijos y, para cuando me di cuenta, ya peinaba canas.

—Sin embargo, fue a la Capitanía General a revisar los expedientes de sus padres…

—Así es. La verdad es que lo hice sin tener nada en mente. Solamente quería conocer sus nombres, saber quiénes fueron. Los seguía odiando, por supuesto, pero resulta difícil matar a alguien. O, por lo menos, me lo resultaba a mí. Ellos no tuvieron tantos escrúpulos.

Pineda apagó el cigarrillo en el cenicero aplastándolo con fuerza.

—Hace calor aquí y en cualquier momento pueden aparecer los demás. Vamos a otro sitio donde podamos charlar más tranquilos.

Herrero se envaró.

—No te preocupes, Pablo —se apresuró a decir Pineda con una sonrisa triste—. No me voy a escapar ni a hacer nada raro, aunque podría. A fin de cuentas, yo sigo armado y tú no.

Pineda dejó entrever la culata de su revólver. Herrero estaba convencido de que el inspector no lo empuñaría contra él.

—Venga, Pablo. Vámonos.

Bajaron a la calle y, para no cruzarse con sus compañeros, que estaban en el Zahara, cruzaron la Gran Vía y se adentraron en la calle del conquistador español Gonzalo Jiménez de Quesada hasta llegar a una pequeña avenida donde Pineda señaló una oscura tasca.

«Calle del Desengaño», leyó Herrero en la placa atornillada a la fachada. Sin duda el nombre no podía resultar más alegórico.

El local estaba prácticamente vacío. Solo había una barra, atendida por una mujer entrada en años, y cuatro mesas. Un solitario parroquiano daba palique a la camarera.

—Apúntate este tugurio, Pablo, para cuando tengas que interrogar a un confidente. Nunca hay nadie.

Pineda pidió dos cafés y se sentaron en la mesa más alejada.

—Dime, Pablo. Antes de que siga contándote mi triste historia. ¿Hace cuánto que sospechabas?

—Desde ayer por la tarde —confesó Herrero—. Cuando estábamos frente al cuerpo de Avelino Angulo usted dijo que quería ver a su nieta. Entonces recordé el día que mostró la fotografía de su primera comunión, aquí, en la oficina. En ella, la niña lucía una cruz de Caravaca muy similar a la que le habían robado a la señora Torrecilla.

Aquella era la fugaz conexión que Herrero había establecido en sueños la noche en que se había despertado de repente tras la sesión de cine. En la película *El sargento negro*, el verdadero violador y asesino de la víctima era descubierto por una cruz que tenía en su poder y que pertenecía a la chica.

De haber logrado relacionar antes la cruz que portaba la nieta de Pineda el día de su primera comunión con la que lucía Blanca Brisac en la foto mostrada por la periodista Mercedes Ortega, Avelino Angulo continuaría aún con vida.

—¿Quién era Marcelo Castro? —preguntó Herrero.

—Mi amante —contestó Pineda con naturalidad, sin mostrar sorpresa alguna porque su compañero hubiera llegado hasta ese nombre—. La persona a la que más he amado.

A Herrero le vino a la mente el soliloquio de su compañero, hacía justo una semana de ello, mientras comían en San Fernando de Henares, adonde habían ido a investigar el suicidio de la mujer que había saltado por la ventana, cansada de los malos tratos de su marido.

Entonces, Pineda, en una confesión melancólica y pesimista, había concluido su exposición sobre lo que era la vida de un policía con una frase que al subinspector le había llamado la atención: «Un día, la persona a la que amas muere y tú te quedas solo».

Herrero había dado por hecho que el veterano hablaba de Basilia, su esposa. Sin embargo, ahora comprendía que se refería a Marcelo Castro, su malogrado amante.

—Avelino Angulo y Sergio Maldonado lo asesinaron a golpes, como a un perro —dijo Pineda rechinando los dientes—. Por el único motivo de ser homosexual. Un bujarra, un muerdealmohadas.

El subinspector recordó la mirada de odio en el rostro de Pineda el día anterior al desvelar Montes en tono despectivo cómo el fallecido Avelino Angulo había participado en la muerte de un «bujarra», como si el asesinato de un homosexual careciera de importancia y se lo tuviera bien merecido.

Sergio Maldonado, como había comprobado en el expediente de Pineda sacado a hurtadillas del archivador de Dávila la tarde anterior, era el yonqui que había atracado una farmacia en Chueca. El mismo que Pineda abatió de dos tiros y por el que le había sido otorgada una condecoración «por intervenir fuera de servicio evitando la comisión de un grave delito con riesgo para su persona».

—¿Recuerdas que te comenté que estando en la mili en Zaragoza alguien me había dado el soplo de que estaban enrolando soldados para enviarlos a Rusia con la División Azul? Fue un teniente. Mi primer amante. Con él descubrí mi verdadera orientación sexual. ¿Qué te parece?

Era una pregunta retórica. Pineda removía su café con la cucharilla, con la mente perdida en tiempos pasados.

—Durante años luché contra mi homosexualidad. Me había librado de ser fusilado por rojo y no quería terminar realizando trabajos forzosos en Fuerteventura. Pero todo cambió cuando conocí a Marcelo.

—¿Tuvo algo que ver con la muerte de su esposa?

—Vaya, así que alguien te ha contado cómo murió —asintió Pineda con pesar—. Basilia era una buena mujer. Yo la quería, pero no estaba enamorado de ella. Me casé y tuvimos hijos. Era lo que se esperaba de un inspector. No sabes cuánto lamento el daño que le hice.

Herrero podía hacerse una idea.

—Conocí a Marcelo hace diez años. Te ahorraré los detalles. Como puedes imaginar, lo mantuvimos en el más absoluto de los secretos. ¡Imagínate el escándalo! ¡Un inspector de policía trucha! Sin embargo, mi hijo, no sé cómo, se enteró. Un día, al llegar a casa, me esperaba hecho una furia mientras Basilia lloraba sentada en una silla de la cocina y mi hija, de pie, la abrazaba.

Herrero trató de imaginarse la tensa escena.

—Mis hijos dejaron de hablarme —resumió Pineda—. Basilia no pudo superarlo, pese a que le prometí, y lo cumplí, dejar a Marcelo. Era demasiado tarde. Una noche, tremendamente herida y consumida por la vergüenza, se atiborró de pastillas. Ya no tenía esposa ni hijos. Así que regresé con Marcelo. Hasta que lo mataron.

—Y comenzó su venganza.

—Sí, ¿te sorprende? —repuso el inspector levantando la voz—. Me habían vuelto a arrebatar lo que más quería. Los mismos que lo habían hecho antes. Personas sin alma ni corazón que solo sabían sembrar la muerte. Primero mi madre y Enrique y después Marcelo. De nuevo estaba solo. Juré que esta vez no iba a quedar impune.

—Sin embargo, Angulo estaba protegido por la Brigada Político-Social...

—Así es. Pero Maldonado no. Lo seguí un tiempo. Un día me lo encontré con el mono. Necesitaba dinero para comprar un pico. Yo sabía que haría cualquier cosa para conseguir dinero. Cuando lo vi entrar en la farmacia, supe que había llegado mi momento. Aguardé un poco y entré. Allí estaba, con una navaja de mierda en la mano. Le disparé y puse una pistola en su mano. No me costó hacer creer a la histérica farmacéutica que aquel yonqui iba armado con una pipa y que la iba a matar.

—¿Qué sucedió después?

—Durante un tiempo, nada. Me limité a controlar a Angulo, aunque sabía que era intocable. Esperé. Estos confidentes dejan de ser útiles en algún momento y la Brigada los abandona a su suerte.

Herrero permitió que el inspector se tomara un momento antes de continuar.

—Dos años después me diagnosticaron cáncer. De páncreas. No operable. Demasiado extendido, me dijeron. Lo que parecía una simple gastritis me iba a matar en un plazo máximo de seis meses.

—Y decidió vengarse de todos.

—Algo así. Un día, mientras renegaba furioso por mi desgraciada vida, vi en la tele una noticia que me revolvió la sangre: una manifestación de unas mujeres delante de una clínica para exigir justicia. Eran madres y hermanas de niños robados durante el franquismo. De pronto, se abren las puertas de la clínica y ¿quién aparece con una sonrisa cínica, riéndose de aquellas mujeres? Sor Teresa. Por supuesto, protegida por un cordón de policías, algunos de ellos conocidos míos. Adivina contra quién cargaron porra en mano.

Los ojos del veterano inspector eran dos brasas.

—Mi vida había sido arruinada por gente como aquella monja y ahora yo iba a morir, mientras que ellos seguirían disfrutando de prebendas y beneficios mal adquiridos. Comprendí que nadie jamás se atrevería a enjuiciarlos.

Pineda miró desafiante a su silencioso compañero.

—En este país solo pagan los pobres, los desheredados. Son los que sufren las injusticias. Los ricos, los poderosos, los que son capaces de vender a su propia madre, esos nunca pagan. El sistema, ese del que yo soy parte, fusila a los desgraciados y protege a los hijos de puta. Como decía Antonio Machado, «los señoritos invocan la patria y la venden; el pueblo no la nombra, pero la compra con su sangre».

—Y decidió hacer justicia usted mismo.

—Exacto. Te parecerá mal. Lo entiendo. Te vuelvo a repetir que nadie iba a hacerlo por mí. Empecé a recabar información sobre todos los que habían estado implicados en la farsa del juicio contra mi madre. Los seguí. Ya había matado a Maldonado ¡y me habían dado una condecoración! Conocía la forma de actuar de la policía, así que sabía cómo llevar a cabo mi venganza sin despertar demasiadas sospechas. No fue difícil acabar con Ramón Ríos. Ese miserable pagó por acusar falsamente a mi familia para salvar su propio culo.

—No murió en el atropello.

—No. La verdad, no pensé que pudiera sobrevivir. Así que lo visité en el hospital y, después de explicarle quién era yo y cuál había sido su crimen, le puse una almohada sobre su cobarde rostro y apreté.

—Se identificó como policía para poder entrar en urgencias —dijo Herrero—. Corrió un gran riesgo.

—No tanto. Nadie pregunta nada a un policía. Increíble, ¿no crees? Esa es la sociedad en la que vivimos. La gente aún nos tiene miedo.

—Y luego fue a por Dolores Torrecilla.

—Cierto, pero primero quiero que me expliques cómo llegaste hasta mí. No sería solo por la cruz que llevaba mi nieta en la foto. Por cierto, no es una cruz de Caravaca, sino de Lorena, una zona en el noreste de Francia de donde proviene la familia de mi abuelo. Pertenecía a mi madre. Era un legado de la familia Brisac que Torrecilla le arrebató. Ahora vuelve a estar en manos de su verdadera propietaria.

—Fueron varios los indicios —dijo Herrero asintiendo—. No los tuve en cuenta hasta ayer, al recordar esa cruz. Entonces, todo empezó a encajar. El coche que había atropellado al señor Ríos se suponía que era un Renault 5…

—O un Renault 7, claro —terminó Pineda la frase—. Vistos de frente son prácticamente iguales. Me preguntaba si te darías cuenta. No parecen interesarte demasiado los coches.

—Y así es, pero había examinado ese modelo y descubrí el parecido el día que nos llevó a mi mujer y a mí al cine.

—Recuerdo que te quedaste ahí parado como una estatua —dijo Pineda riéndose.

—También me sorprendió la descripción que dio la vecina de la señora Torrecilla del inspector que la había interrogado —continuó Herrero—. No cuadraba con el carácter del inspector Romero. Pero lo había reconocido en fotografía. Así que, ayer, a última hora, me acerqué a su casa con el retrato del Grupo de Homicidios colgado en la oficina y se la mostré a la señora Duval. No tuvo vergüenza en reconocer que se había equivocado y señalarle a usted.

Pineda asintió en conformidad.

—Antes de eso había llevado la fotografía al convento de Santa Clara. La víspera, ni la madre superiora ni sor Begoña habían podido reconocer a Romero, uno de mis principales sospechosos. Tampoco ellas dudaron en identificarlo a usted como el misterioso sacerdote que había visitado a sor Teresa el día en que fue asesinada.

El inspector se mostraba impresionado.

—Ya con la convicción de la identidad de a quién andaba persiguiendo, se me ocurrió llamar al inspector Romero con la excusa de preguntarle por su salud y por el motivo de aquella revisión de los expedientes del matrimonio García-Brisac en el archivo de la Capitanía General. Por cierto, Romero no tiene problemas de espalda, es una rodilla la que le impide moverse. Pero usted no lo sabía porque no ha hablado con él.

—¡No me da tiempo para todo! —protestó con sorna el inspector—. Me tienes muy ocupado.

—Romero me confirmó lo que esperaba. Que él nunca había consultado esos expedientes y que la única vez que había estado en el archivo era para acompañarle a usted, aunque desconocía el motivo que los había llevado hasta allí.

—Romero ha sido un buen compañero. El mejor.

—Él piensa lo mismo de usted. Imagino que lo de la esposa de Romero, Matilde, eso de que es una niña robada, no es verdad.

—¿Quién sabe? Tal vez. Por desgracia, robaron muchos críos.

—Usted sabía que la señora Andueza era una de esas niñas robadas. Lo descubrió mientras investigaba a la señora Torrecilla, lo mismo que lo del amante y el hecho de que su hija adoptiva y el yerno tenían deudas que esperaban pagar con la venta de la joyería.

—Muy bien —aprobó Pineda francamente sorprendido.

—Cuando el inspector jefe Dávila nos pidió que bajásemos a los calabozos, donde Montes golpeaba al yerno de Torrecilla, me extrañó la reacción que usted tuvo. Ha tenido que ver cosas mucho peores a lo largo de su vida profesional. No obstante, se apresuró a abandonar la sala en cuanto Dávila nos ordenó que fuéramos a interrogar a la hija de la viuda asesinada, Andueza.

Pineda asintió bajando la mirada.

—Solo le hizo unas simples preguntas. Me dijo que estaba esperando una llamada y se fue. Cuando subí a la oficina, usted estaba con el teléfono en la mano. Sin embargo, la luz que indica que está en línea se encontraba apagada. Tampoco caí en la cuenta en ese momento. Creo que ya no soportaba estar frente a Martínez y sus torturadores. Se sentía responsable.

—No es fácil ver cómo otros pagan por tus pecados —dijo Pineda apesadumbrado—. A mí me ha tocado sufrir las maldades de gentuza y no es justo. Martínez fue un mal necesario. No pensé que Dávila y Montes se cebarían así con él, pero necesitaba desviar tu atención.

—Y lo consiguió —tuvo que reconocer Herrero.

22

Jueves, 10 de noviembre de 1977.
Madrid

—La tarde de ayer estuve leyendo su expediente —continuó Herrero con calma—. Su hijo se llama Ignacio, como usted, y su hija Blanca, como su madre.

—¿Quién iba a imaginar que alguien lo relacionaría? —confesó Pineda encogiendo los hombros—. Yo quería con locura a mi madre, ¿sabes? Era tan guapa y dulce. Nunca se metió con nadie. Ni siquiera tuvo que afiliarse al sindicato como Enrique. No lo necesitaba. Había dejado de tocar, cansada de ir de un lado para otro, y tenía dos niños de los que cuidar. Tendrías que haberla conocido. Era un ángel. Y esos hijos de puta me la arrebataron.

—A Torrecilla le envió un periódico con la noticia de la muerte de Ríos Soria, aparte del ramo de rosas.

—Sí. Trece rosas, una de ellas blanca. Pensé que tal vez comprendería el mensaje. Quería hacerla sufrir aunque fuera una fracción de lo que yo había sufrido. Torrecilla había sido la mano ejecutora de sor Teresa, la que aplicaba los correctivos a las presas, a las que robaba, maltrataba y les privaba de comida y agua. Fue la jefa de aquellas brutales funcionarias.

—¿Y lo comprendió? —preguntó Herrero sin poder evitar la curiosidad.

—No, creo que no llegó a captar mi mensaje. No sabía quién era yo cuando entré en su casa. Ni siquiera fue capaz de recordar cuál había sido el crimen por el que iba a perder la vida.

—¿Y el contenido de la caja fuerte?

—¿El contenido? Allí había muchas joyas. También documentos que no quise ni mirar. Me deshice de todo. De todo menos de esos relojes. Pensé que tal vez me hicieran falta, y así ha sido, para poder implicar a Angulo. Pero no me he quedado nada. Nada.

—¿Qué sucedió con Manuel Quesada? —preguntó Herrero, refiriéndose al policía jubilado al que supuestamente le había caído el aceite de una sartén tras sufrir un desmayo.

—Patones —dijo Pineda abriendo mucho los ojos—. El día que me enseñaste su autopsia, me dejaste helado. Yo no lo maté. No lo conocía. Claro que me vino bien que tú creyeras que estaba implicado, para enredar un poco más el asunto. Pero te aseguro que no tuve nada que ver con su muerte.

Herrero no respondió. Lo cierto era que no había conseguido establecer ninguna conexión con los otros asesinatos.

—La siguiente fue la monja —continuó Pineda—. Aquella mujer representaba todo el mal que puede existir sobre la faz de la tierra. Le dieron la plena potestad sobre la prisión de Ventas. Una prisión en la que almacenaron a miles de mujeres en condiciones infrahumanas. Retretes, pasillos, salas, enfermería... cualquier sitio era bueno para amontonarlas entre ratas, chinches, pulgas, cucarachas...

El tono gélido de Pineda erizaba la piel.

—Todas las prisioneras eran rapadas, torturadas y, en su gran mayoría, violadas. Antes de llegar a juicio, incluso. Lo que no importaba demasiado, ya que ninguna de ellas era declarada inocente. Aquella hija de puta dirigía la prisión con mano de hierro. Trataba a las presas peor que a los perros. Humillaciones, golpes, privaciones de todo tipo... Y les recitaba de memoria citas de la Biblia: «¡Serpientes, generación de víboras! ¿Cómo escaparéis de la condenación del infierno?» O también «... los echarán en el horno de fuego, allí será el lloro y el crujir de dientes». ¡Era una monja! ¿Qué hay del «Amaos los unos a los otros como yo os he amado» que tanto predican?

Herrero no supo qué contestar, pero el veterano inspector no aguardaba respuesta.

—El día que ejecutaron a mi madre las acompañó a la Almudena, donde las iban a fusilar. Cuando regresó, contó al resto de las prisioneras que las muchachas habían ido alegres pensando que se iban a reunir con sus novios y maridos. Pero que, cuando llegaron a la tapia, descubrieron sus cadáveres tirados en el suelo. Y lo describía con una sonrisa en los labios.

Herrero ya conocía la historia. Se la había contado la periodista Mercedes Ortega. No obstante, no dijo nada. Se le hacía complicado no empatizar con el sufrimiento de aquel hombre, derrotado por los recuerdos y la enfermedad.

—Me contaron que, cuando sacaron a las pobres desgraciadas de la prisión para llevarlas en un camión a ejecutarlas, la madre de una de ellas, que aguardaba fuera, sabía, no me preguntes cómo, lo que iba a ocurrir y empezó a gritar: «Canallas, dejad a mi hija que no ha hecho nada». Las funcionarias de la prisión salieron a la calle, la cogieron y la metieron dentro, donde se quedó detenida.

Escuchar historias tan atroces en labios de una víctima de aquella infausta prisión, aunque en este caso fuese indirecta, agudizaba su horror. Historias que corrieron de boca en boca por toda la cárcel, con un hálito de desesperación. Confidencias de mujeres que necesitaban contar sus temores y angustias a un oído amigo que en ocasiones no lo era, pues también allí dentro abundarían las soplonas.

—Esta «esclava del señor», como se autodenominaba, se lucró e hizo favores a personas muy influyentes con la venta de los críos. Imagino que ya sabrás que los niños podían estar allí dentro con sus madres, en espantosas condiciones, hasta cumplir los tres años. Entonces tenían que salir, si es que alguien se hacía cargo de ellos, o eran directamente robados y vendidos a alguna pareja de bien que tuviera posibles para pagar. Eso era el amor al prójimo que profesaba.

—¿Cómo hizo para entrar y salir del convento?

—Como ya sabes, me hice pasar por sacerdote. No fue difícil conseguir una sotana. En este país las hay de sobra. Logré que me permitieran la entrada y hablé con aquella perra. Tuve que hacer grandes esfuerzos para no vomitar al verla y estrangularla allí mismo delante de las demás. Después me marché, pero no me fui muy lejos.

Pineda se llevó la taza a los labios, pero la volvió a dejar en la mesa, sin llegar a probar el café.

—Esperé a la hora de la cena. Salté la tapia, abrí la puerta, que había dejado preparada para solo tener que empujar, acabé con aquella arpía y me fui por donde había venido. Fue arriesgado, lo sé, pero ¿quién iba a investigar un posible asesinato en un convento? Confiaba en que el arzobispado no quisiera verse envuelto en un escándalo, como efectivamente sucedió.

—Y el siguiente, Valenzuela...

—Exacto —exclamó Pineda echándose violentamente hacia delante y apuntando con un dedo a Herrero—. Y te voy a decir una cosa de ese hijo de puta. Si se supiera que yo lo maté, muchos me felicitarían. Incluso policías que tuvieron la desgracia de conocerlo. Aquello no era un ser humano. Era un demonio, un degenerado sádico.

Herrero se echó hacia atrás inconscientemente ante el odio que impregnaba aquellas palabras.

—Me hubiese encantado haberlo hecho sufrir más —confesó Pineda sin asomo de arrepentimiento—. Se lo hubiera merecido. Cualquier tormento que pudiera imaginar no habría podido igualar ninguna de las salvajadas que cometió ese cabrón. Pero no tenía tiempo. Para entonces, ya habías aparecido y comenzabas a hacer preguntas inoportunas. Así que intenté que pareciera un suicidio.

De no haber sido por el forense, se dijo Herrero, nadie se habría percatado de lo contrario.

—Aquel monstruo entró en la Policía para poder llevar a cabo unas depravaciones que de otra forma lo hubieran llevado al patíbulo. Para él no existían Dios ni patria ni Franco ni ley. Solo estaba allí para poder dar rienda suelta a sus más atroces inclinaciones. No quiero ensuciar el recuerdo de ninguna de sus víctimas, así que no te daré detalles. Si Dios existiera, nunca permitiría que naciera gente como él. Prefiero no imaginar lo que tuvo que sufrir mi madre en sus asquerosas manos.

Herrero respetó el doloroso silencio antes de volver a la carga:

—¿Y Ricardo García?

—El «maravilloso cuñado» —repuso Pineda con una sonrisa llena de ironía—. Así era como lo llamaba mi madre, ¿sabes? Incluso después de que nos echara de casa como a perros.

—Pero ¿por qué? No tenía nada que temer, ¿no? Enrique y Blanca no tenían nada que esconder, según usted.

—Y así es. No obstante, mi tío Ricardo, un cobarde sin paliativos, había estado tonteando con algunos miembros de la izquierda. En realidad, carecía de creencias o principios. Estuvo sondeando a los dos bandos hasta que se convenció de cuál iba a resultar vencedor. Entonces rompió con todos los lazos que pudieran relacionarlo con los socialistas. No olvides que, por motivos de trabajo, Enrique se había tenido que afiliar al sindicato. Ricardo lo presionó para que lo dejara, pero, si lo hacía, ya no obtendría más contratos. Así que Ricardo, cada vez más atemorizado, nos echó de casa. Imagina qué sucedió cuando se enteró de que Enrique había sido detenido.

Renegó de él y de mi madre, como si fueran unos apestados. Ella, que por entonces ya estaba embarazada de mi hermana Candela, lo perdonó. Yo no soy tan generoso.

—¿El plato con el dibujo que le mandó era una referencia al origen de su madre?

—Así es. No sé si se llegó a dar cuenta. A mi madre le encantaba coleccionar tonterías de esas. En especial, platos decorados. Ricardo lo tenía que saber. Mandé pintarlo expresamente para él. Quería que todos ellos supieran el motivo por el que los iba a matar. Necesitaba que sintieran, por un momento, aunque solo fuera una mínima parte de la angustia que sufrieron mis padres.

Pineda cogió la cucharilla del café, ya frío, y empezó a dar unos golpecitos con ella a la taza, ensimismado.

—Cuando vino Ricardo García a verme —dijo Herrero—, le ofrecí acompañarme para hablar con él. Usted me contestó que era mejor que fuera yo solo, por si el hombre se asustaba. En realidad, el que estaba asustado era usted, por si su tío lo reconocía.

—Ricardo, el cobarde —asintió Pineda—. Abandonó a su propio hermano y a toda su familia. ¿Qué tipo de hermano es este?

—La noche que fui a casa de su tío, usted podría haberme matado…

—¡Bah! Tú no me has hecho ningún mal, Pablo —respondió Pineda haciendo un gesto con la mano restando importancia al asunto—. No tenía nada contra ti. Cuando escuché unos ruidos amortiguados por la escalera, de alguien que me seguía, no pude imaginar que eras tú. Pensé que el portero, o igual algún vecino, había notado mi presencia y estaba tratando de averiguar qué me traía entre manos. Cuando te golpeé, cosa que lamento de veras, créeme, aún no te había reconocido. Por suerte, el golpe no fue grave.

—Perdí el conocimiento.

—No sabes cuánto lo lamento. Te lo digo de verdad.

—Ese fue su mayor error. Cuando el sábado vino a casa a comer y le conté lo sucedido, usted me preguntó si había ido a que me mirara un médico. Los golpes en la cabeza, sobre todo cuando se pierde el conocimiento, son muy peligrosos. Eso fue lo que me dijo.

—Y es cierto.

—Pero usted no podía saber que había perdido el conocimiento. Solo lo sabían el portero, que fue quien me encontró, y Amelia. Mi esposa no se lo contó y a mí no me dio tiempo a hacerlo.

—Vaya —repuso Pineda con una sonrisa—. Siempre he dicho que son los pequeños detalles los que permiten atrapar al culpable. Cuando te reconocí, me llevé un gran susto. Comprobé que seguías vivo y escapé con la intención de avisar a una ambulancia. Te repito que tú no me habías hecho nada.

—El yerno de la viuda, el señor Martínez, tampoco.

—Es cierto —contestó Pineda con gesto de fastidio—. Ya te he dicho que lo lamento.

—Usted hizo que le vendieran los relojes robados a la viuda.

—Aunque el robo en la caja fuerte de Torrecilla lo había cometido para encubrir su muerte, me llevé la colección de relojes sin más intención que guardarla por si acaso. Nunca se sabe. Cuando comprobé que te estabas acercando peligrosamente, convencí a una yonqui para que le vendiera parte de la colección al yerno, sabiendo que este compraba de vez en cuando objetos robados. Lo que obtuviera de la venta sería para ella, con la condición de que tendría que desaparecer durante una larga temporada.

—Y se lo chivó a Montes...

—En realidad se lo insinué a uno del grupo de robos que se lo sopló a Montes. Tu antiguo compañero estaba ávido de resultados inmediatos. Las ventas de sus inmuebles se estaban resintiendo por la dedicación que tenía que prestar a su trabajo como policía por culpa del entusiasmo que ponía el novato, o sea, tú. No hizo falta mucho para que corriera a la joyería y pillara a Martínez con los relojes en su poder.

—Y desde entonces lleva detenido, soportando malos tratos.

—Lo sé, lo sé. No hace falta que me lo recuerdes. Era necesario y te aseguro que a ese tonto no le vendrá mal. Será una lección que no se le olvidará. Por su ritmo de vida necesitaba receptar joyas que él sabía que estaban robadas, así que tampoco está limpio. Ahora igual endereza el rumbo, abandona a esa arpía que le ha amargado la vida y se comporta como un hombre.

—Se lo tendrá que agradecer a usted...

—No tires de ironía conmigo, Pablo. Te repito que soy consciente de lo que he hecho.

Herrero hizo caso omiso al comentario.

—Toda la historia de Avelino Angulo como cómplice se la dictó usted a Martínez...

—Imagino que te lo contaría ayer cuando bajaste a hablar con él a escondidas. Aquí todo se sabe, Pablo. Así fue. Necesitaba que dejases de mirar en la dirección correcta. Pensé que, si conseguía convencerte de que la muerte de Torrecilla no tenía nada que ver con la teoría conspirativa que defendías, quizá la abandonaras.

—¿Qué me dice de su tía, la hermana de Blanca? ¿Está muerta?

—No lo sé. No he conseguido encontrarla.

Pineda alzó los hombros, zanjando la cuestión.

—¿Y Angulo?

—Angulo era un hijo de perra. Un delincuente, un matón, un parásito que chupaba la sangre de esta sociedad débil y enferma —dijo Pineda sin mostrar arrepentimiento alguno—. Recuerdo que en una ocasión leí un artículo sobre lobos. Era muy interesante. Decía que, cuando nace un lobo pernicioso para la manada, su madre trata de corregirlo con severidad, pero que, si el lobato sigue reincidiendo, al final lo sacrifican. Para sobrevivir no pueden permitirse un elemento tóxico. Fascinante, ¿no te parece?

Herrero alzó las cejas, pero no contestó.

—Angulo era un individuo tóxico —continuó el veterano inspector—. Si su madre hubiera sido una loba, lo habría matado. Pero somos humanos y nos gusta creer que protegemos a los hombres, aunque no sepamos muy bien a qué se refiere esto. Angulo asesinó a sangre fría a mi amante. Lo mató a golpes. Solo porque era diferente. Porque podía y sabía que no habría consecuencias. ¿Quién osaría meterse con un soplón de la Brigada Político-Social? ¡Solo había matado a un desviado, a un depravado!

—Usted ignoraba que la Brigada ya no lo protegía...

—Así es —asintió Pineda pensativo—. ¿A que es difícil de entender? Es más sencillo matar a una buena persona que a un hijo de la gran puta. Sin embargo, cuando necesité proporcionar un cómplice al yerno de Torrecilla, vi la oportunidad y la aproveché. Una cosa es matar a un maldito bujarrón y otra cargarse a una pobre anciana, por malvada que esta haya sido. Así que la Brigada le retiró su protección.

—Y lo arrojó por el balcón.

—Y lo arrojé por el balcón. Con la ayuda de Montes, claro. A él le parecía bien. Menos trabajo y papeleo. Lo convencí de que Angulo era un asesino de ancianas y que sería más limpio si no salía con vida. Nadie lo echaría de menos.

Pineda hizo un gesto con las manos como diciendo: «Y eso es todo». Herrero lo miraba con atención. Sabía cuál era el siguiente paso. Tenía que detener a ese criminal y llevarlo ante el juez.

—¿Encontró a su hermana Candela? —preguntó en cambio.

—Me resultó difícil, pero conseguí dar con ella. No llegué a presentarme. Es lo más apropiado. Tiene una buena vida y es mejor no remover el pasado. Dudo que sepa siquiera quién es en realidad ni quiénes fueron sus verdaderos padres.

—¿Y su hermano Enrique?

—Le escribí una vez, cuando ya estaba en Argentina. No me contestó. También ha rehecho su vida. Me alegro por él.

—¿Cómo se siente? ¿Liberado?

La pregunta no parecía pertinente en un policía a punto de detener a un criminal, pero Herrero sentía curiosidad por las motivaciones y los anhelos de las personas.

—No lo sé —confesó Pineda con un largo suspiro—. No me arrepiento de nada, pero pensaba que iba a encontrar por fin la paz y no ha sido así. «Antes de empezar un viaje de venganza, cava dos tumbas». Creo que lo dijo Confucio, y tenía razón.

El inspector se quedó callado examinando la superficie de su taza, como si en el oscuro líquido pudiera encontrar fuerzas para seguir adelante.

—Con los primeros asesinatos llegó la euforia —dijo sin levantar la cabeza—. Se lo tenían bien merecido y yo necesitaba hacérselo pagar. Pero luego fue convirtiéndose en una pesada carga. Con cada muerte sentía que mi alma se iba fragmentando más y más. Donde debería haber restitución, solo encontraba dolor.

Pineda volvió a sumirse en otro pesado mutismo.

—Si puse sus planes en peligro —preguntó Herrero rompiendo el silencio—. ¿Por qué no convenció a Dávila para que se deshiciera de mí?

—¿Para un policía bueno que tenemos en la oficina? —dijo Pineda recuperando por un momento aquella alegría que el subinspector ya añoraba—. No, no podía hacer eso. Eres un buen investigador y no tenía derecho a destrozar tu carrera.

—¿Por eso le pidió al inspector jefe Dávila que me pusiera con usted?

El veterano hizo un amago de carcajada.

—Quería tenerte cerca para poder controlarte. Te estabas acercando demasiado. Me fascinaba cuánto habías conseguido avanzar en tan poco tiempo. Quizá veía en ti mis inicios en el cuerpo. ¿Quién sabe? Fíjate, cuando llegaste, le dije a Romero: «Este chaval nos jubilará». Y no me equivoqué. Nunca sentí que corriera peligro de ser descubierto con esa caterva que tenemos en la oficina. Hasta que te conocí.

Pineda dio un otro suspiro y se le aflojaron los hombros. El bar seguía igual de silencioso y desierto que a su llegada. La camarera y el parroquiano no se habían movido y continuaban con su conversación intrascendente. El inspector miró hacia la puerta de la calle, por donde entraba la escasa luz que iluminaba el local, y preguntó:

—¿Qué piensas hacer ahora?

—Mi trabajo —se limitó a contestar Herrero.

—¿En serio? ¿De veras crees que un juez aceptará toda esta historia sin ninguna prueba? Todo es circunstancial. La cruz que tú consideras una prueba no tiene ninguna característica distintiva. Habrá montones iguales a esa. ¿A quién piensas que van a creer? ¿A un novato con una historia fantástica o a un inspector veterano y con influencias?

En la mirada de Herrero, el inspector pudo leer la respuesta.

—Mira, Pablo. Un consejo. Debes aceptar las batallas que puedes ganar, no las que tienes perdidas de antemano. «Un ejército que se retira ante la derrota puede volver a combatir». No recuerdo quién lo dijo. Deteniéndome no conseguirías otra cosa que acabar con tu carrera profesional, a la que auguro un gran porvenir.

—Creo en la justicia.

—Ah, ¿sí? ¡Enhorabuena! Qué pena que no fueras el juez que juzgó a mis padres. Mira —dijo el inspector sacando unas manoseadas fotos de su cartera—. Son mis hijos, Ignacio y Blanca, cuando eran pequeños. Ahora, él pertenece a la Policía Armada. No ha querido seguir los pasos de su padre e ingresar en el Cuerpo General de Policía. No quiere saber nada de mí. Blanca es enfermera. Está embarazada de nuevo. Me da en la nariz que esta vez va a ser un chico. Al menos ella me permite ir a su casa de vez en cuando y ver a mi nieta.

—¿Saben que se encuentra enfermo?

—No, y no deben saberlo.

Pineda se guardó las fotografías y miró a su compañero.

—¿Tú crees que me preocupa ir a la cárcel? Antes de que se celebre el juicio ya estaré criando malvas. No, lo que me importa son ellos. ¿Te imaginas la vida que les esperará si estalla el escándalo? Ningún hijo tiene que purgar los pecados de sus padres, Pablo. Ya ha habido demasiado sufrimiento en mi familia. No puedo consentir que nada de esto los salpique.

Herrero asintió, pero continuó sin hablar.

—No te ofusques, Pablo. Nadie va a querer oír hablar de todo esto, ni jefatura ni los jueces ni los políticos. ¡Remover el pasado, con lo que tienen que ocultar! ¡Por Dios! ¡No llegaría a pisar el juzgado! Y, si lo hiciera, un buen abogado no tardaría ni cinco minutos en tirar el caso. —Pineda volvió a suspirar, siguiendo con el ritmo de la cucharilla en la taza—. Sí. Un buen abogado lo es todo. Por cierto, ¿sabes quién fue el abogado de mi madre?

El subinspector negó con la cabeza.

—Antonio Comorera. ¿Te dice algo ese nombre? ¿No? Es lógico. Era un abogaducho pariente lejano de Juan Comorera y Soler, un político comunista. Para que no los relacionaran y poder hacer carrera, se cambió el orden de los apellidos y adoptó un segundo nombre para dotarlo de mayor enjundia.

—¿Y cómo se llama ahora? —preguntó Herrero achicando los ojos.

—José Antonio Dávila Comorera. ¿Sorprendido? Pues sí. La casualidad quiso que su segundo apellido le abriera todas las puertas, pese a su innegable nulidad y a no tener nada que ver con Fidel Dávila. Así es tu jefe: repudia a los suyos y finge ser familia de otros.

—Usted también se cambió de nombre…

—Lo hice para sobrevivir, no para medrar.

En el ambiente quedó flotando la pregunta de si aquella razón lo justificaba, hasta que Herrero preguntó:

—¿Estaba Dávila en su lista?

—¡Bah! Dávila es un desgraciado, como otros muchos, pero es insignificante. Se limitó a hacer lo que le ordenaron. No merece la pena.

—¿Hay alguien más en esa lista?

—Podría ser —respondió Pineda, evasivo.

—No puedo permitir que haya más muertes.

—Claro, lo entiendo. No pasa nada. Los que quedan tendrán que responder ante Dios —respondió Pineda encogiéndose de hombros—. ¿Crees que Dios los condenará?

—No lo sé.

—¿Y a mí?

—Tampoco lo sé —respondió Herrero negando con la cabeza—. Soy policía, no teólogo.

Un silencio opresivo volvió a posarse entre ellos. Herrero sabía cuál era su deber, pero no encontraba forma ni momento para cumplirlo. En la barra, el parroquiano dio una palmada sobre la superficie tratando de cazar una molesta mosca.

—Bueno, Pablo —dijo Pineda, levantándose—. Me encanta charlar contigo y lo sabes. Llegarás a ser un gran policía. Lamentablemente, yo no estaré para verlo.

Herrero permaneció sentado con la mirada clavada en el veterano.

—¿Has encontrado alguna alternativa a la enfermería de la cárcel antes de que el juez me ponga en libertad sin cargos?

—¿Qué haría si le permitiera marchar?

—Irme a mi casa. Tengo lo suficiente para no volver a pisar la calle.

—¿Nunca más?

—Nunca más. Una cadena perpetua domiciliaria.

—¿No sentiría la tentación de acabar con lo que empezó?

—Tienes mi palabra. Quedarme en casa hasta que la Parca venga a por mí.

Pineda extendió la mano, pero Herrero no la estrechó. A pesar de su inexpresivo rostro de perro pachón, dentro de la cabeza del subinspector se agitaba un mar de emociones y principios que se estrellaban unos contra otros.

—Adiós, Pablo. Ha sido un placer trabajar contigo. En serio. Me has hecho rejuvenecer. Qué pena que ya no tengamos más tiempo. Saluda a Amelia de mi parte. Y cuídala. No permitas que te la quiten.

El inspector se dio la vuelta, saludó al parroquiano y a la camarera y se dirigió hacia la puerta seguido por la atenta mirada de Herrero. A punto de salir, se giró.

—Un favor te voy a pedir, Pablo. ¿Echarás un ojo a mi hijo Ignacio? Es un buen chaval, como tú. Tal vez algún día perdone a su padre y quiera ingresar en la brigada.

Herrero no respondió y vio cómo su ya excompañero se alejaba hasta desaparecer de su vista. Aún se quedó otros diez minutos sentado frente a las tazas de café sin tocar. Lo que acababa de hacer iba en contra del juramento que había llevado a cabo tan solo unos meses atrás. Su primer caso y permitía que un asesino confeso se marchara libre.

Suspirando, se puso en pie. Llevó las tazas a la barra y salió camino de la oficina. En las escaleras se topó con Díaz y Garrido, que salían. Le comentaron que Montes se había largado y que Dávila estaba cabreado porque ni Pineda ni él habían bajado a almorzar. Armándose de valor, Herrero avanzó por el pasillo y entró en la oficina.

—Por fin estáis aquí. ¿Dónde cojones os habíais metido? —exclamó Dávila nada más verlo asomar por la puerta—. ¿Y Pineda?

—Se ha marchado a casa, se encontraba mal —mintió Herrero con cara de circunstancias y señaló la máquina de escribir donde había estado realizando el informe Pineda—. De pronto le ha empezado a doler mucho el estómago y lo he acompañado hasta el metro.

—¿Otra vez?

Dávila agarró el teléfono e hizo girar el dial con violencia. Aguardó hasta que se colgó y dejó el auricular con brusquedad.

—No lo coge.

—No creo que le haya dado tiempo a llegar aún.

—En fin, para un día que hay algo que celebrar por todo lo alto... Me voy a casa. Mañana será otro día.

Herrero le dijo adiós y empezó a recoger su mesa. Y tanto que iba a ser otro día.

Epílogo

Miércoles, 30 de noviembre de 1977.
Oficinas de la Brigada de Investigación Criminal.
Madrid

Herrero entró en la oficina avisando de su presencia con unos golpecitos en el cristal de la puerta, como tenía por costumbre. En la desolada estancia solo encontró a los subinspectores Díaz y Garrido. Ambos respondieron a su saludo con un torpe ademán, bajando de inmediato la mirada sobre lo que estaban haciendo.

El inspector no pudo evitar notar aquella mirada mezcla de enfado, suspicacia y curiosidad. Sin abrir la boca, tomó asiento en su escritorio y echó un ojo al despacho del inspector jefe, de donde, aun con la puerta cerrada, se escuchaban las pulsaciones de una máquina de escribir.

Se puso la cartera de cuero sobre las rodillas y comenzó a meter dentro sus cosas. Tampoco eran muchas. Los escasos objetos personales que había podido almacenar en un par de semanas. Terminó rápido. Su escritorio quedó limpio, igual que lo estaban el resto de los escritorios de la sala, menos los de la joven pareja de subinspectores inmersos en su trabajo.

Alguien se había llevado todos los expedientes, incluso los más antiguos, dejando cercos de polvo en las superficies de las estanterías y mesas auxiliares. Aquello le dio lástima. Parecía que hubieran tratado de borrar todos los recuerdos allí almacenados durante años, algo que, posiblemente, estaba muy cerca de ser cierto.

Como era de esperar, el caso de la señora Torrecilla se había cerrado con todo el secretismo que imperaba en la institución. No se había divulgado nada y los únicos comentarios acerca de lo sucedido se susurraban lejos de oídos extraños, poblados de fantasías surgidas de cabezas calenturientas que pretendían conocer de primera mano los hechos.

Las últimas tres semanas habían resultado estresantes y habían dejado agotado a Herrero. La tempestad se había desatado el mismo jueves que vio por última vez a su compañero abandonando aquella tasca oscura y prácticamente desierta.

Esa tarde, Pineda había telefoneado al comisario Avellán para rogarle que lo visitara en su domicilio. La petición estaba fuera de lugar, entre otras cosas por no respetar el escalafón. En cualquier otra circunstancia, el comisario se hubiera negado en redondo, pero, tratándose de Pineda, Avellán había accedido.

No estaba preparado para lo que se le avecinaba. La improvisada reunión se había alargado hasta medianoche y continuó a primera hora del viernes, esta vez en compañía del comisario de la Brigada Político-Social, Rodolfo Ungría; un médico militar que llevó a cabo un diagnóstico sobre la salud de Pineda, y un alto cargo de la Subsecretaría de Orden Público al que casi le da una apoplejía al escuchar la confesión.

A mediodía de ese viernes, y aprovechando que la comisaría de Gran Vía estaba semidesierta, cuatro inspectores de la temida Brigada habían irrumpido en la oficina del Grupo de Homicidios para llevarse toda la documentación relacionada con los crímenes de Pineda.

Al inspector jefe Dávila se le había dado la baja por enfermedad indeterminada, sin que nadie supiera qué le ocurría, y se hallaba confinado en su domicilio a la espera de que se tomara alguna decisión sobre su futuro.

El sábado por la mañana, alrededor de las siete y media, un Seat 1500 de color negro había parado frente al domicilio del entonces subinspector Pablo Herrero y sus tres ocupantes habían subido hasta su piso para marcharse seguidamente en compañía del poco sorprendido subinspector, que ya se temía algo así, y dejando atrás a su más que asustada esposa.

Herrero pasó el fin de semana encerrado en la Real Casa de Correos de la Puerta del Sol, en las dependencias de la Brigada Político-Social. A pesar del aislamiento al que fue sometido, lo trataron bien, pero el interrogatorio resultó agotador.

El domingo por la noche, los mismos inspectores que lo habían sacado de su casa lo devolvieron a su domicilio con expresas órdenes de mantener la boca cerrada. Amelia, que no había sabido nada de él en dos días, lo recibió entre lágrimas.

A lo largo de la siguiente semana se dieron diversas reuniones del más alto nivel. En unas tomaron parte la fiscalía del Estado, la Audiencia Nacional y el Ministerio del Interior. En otras, miembros de la jefatura de la Policía y mandos del Ejército.

El asunto era peliagudo. El inspector Pineda amenazaba con publicar lo sucedido de no cumplirse alguna de sus condiciones. Varios de los implicados en la toma de decisiones se indignaron ante lo que consideraban una extorsión por parte de un criminal confeso; sin embargo, otros se mostraron más pragmáticos.

No podían obviar que un reputado inspector de policía había asesinado a sangre fría a varias personas y había sido condecorado por ejecutar de dos disparos a una de ellas, un vulgar yonqui, sin que nadie, aparte de un novato, fuera capaz de sospechar de sus crímenes. Para que el escándalo fuera aún mayor, el policía en cuestión era homosexual y sus padres habían sido fusilados por rojos, además de haber conseguido entrar en la Policía con una identidad falsa.

Pineda había puesto en ridículo a la institución y al propio sistema, y ahora sus dirigentes valoraban cómo enterrar aquel escándalo para que no saliera a la luz.

Durante aquellos días, la actividad en la oficina del Grupo de Homicidios se había detenido. Herrero, un Montes furioso y con la mosca detrás de la oreja y los subinspectores Díaz y Garrido se encontraron con sus mesas vacías y mano sobre mano en una incómoda situación.

Ahora ya habían pasado veinte días desde que estallara la bomba en los despachos. Esa mañana, último día de noviembre, Herrero había recibido dos llamadas. La primera le ordenaba pasar por la oficina para recoger sus cosas, recordándole que debía guardar absoluto silencio. La segunda fue de su compañero de academia, Antonio Oriol, para anunciarle la muerte de Francisco Pineda y tratar de sonsacarle, ya que el asunto se mantenía en el más absoluto de los secretos y ni siquiera su padre, el comisario Oriol, sabía qué estaba ocurriendo.

Sentado ante el que había sido su escritorio, Herrero tomó una hoja en blanco y sacó su bolígrafo del bolsillo de la chaqueta. Durante unos instantes pensó en qué debería poner para cumplir con la promesa hecha a sor Lucía, la madre superiora del convento de Santa Clara, sin tener que incumplir la tajante prohibición de divulgar nada de lo ocurrido. Al final se limitó a escribir con su letra clara y elaborada: «Puede dormir tranquila. Pablo».

Metió la hoja en un sobre y lo cerró. Aquello debería de bastar. La monja lo entendería. Puso la dirección del convento en el sobre, un sello y lo metió en la cartera para dejarlo luego en el buzón de Correos que había entre la oficina y la entrada al metro, en Callao. Pensó en si le quedaba algo por hacer.

Ya había hablado con Enrique Bejarano, el solícito cabo de la Guardia Civil que había colaborado tratando de encontrar, sin éxito, el vehículo que atropelló al señor Ríos Soria. Con medias palabras le había dado a entender que la investigación se había cerrado y habían encontrado al culpable. El cabo tenía la suficiente experiencia para saber que no debía preguntar más.

Miró a su alrededor y vio el escritorio de Pineda vacío. No pudo evitar evocar de nuevo al amable inspector. Se tenía que recordar que se trataba de un asesino. Sin embargo, no podía olvidar el trato amable y la acogida calurosa que el difunto veterano le había dispensado.

Pineda había fallecido aquella madrugada. Justo el día que cumplía cincuenta y cuatro años. Herrero se había tomado la noticia con una mezcla de pena y resignación. Su esposa, Amelia, se había mostrado afectada y cariñosa con él. No le había preguntado nada desde que volvió a casa tras el fin de semana de interrogatorio. Había cosas que era mejor dejar estar.

Para no cruzarse con demasiada gente y evitar preguntas incómodas, Herrero había decidido visitar la capilla ardiente por la tarde, con la esperanza de que los jefes y compañeros ya se hubieran retirado. No se equivocó. Aun así, se encontró con deudos dando el pésame a los hijos. Ignacio, el agente de la Policía Armada que llevaba años sin hablarse con su padre, estaba presente. Herrero se preguntó si habría llegado a tiempo de hacer las paces con su progenitor antes de su muerte.

Ver el cuerpo de Pineda en aquel féretro de madera oscura le entristeció. A pesar de haber coincidido apenas dos semanas, Herrero tenía la impresión de que había sido mucho más tiempo. Se acercó con cautela. Le costó reconocerlo. En sus últimas semanas se había consumido. Amortajado, con el rostro ceniciento y los ojos cerrados, era difícil ver en aquel cadáver al alegre veterano. En su rostro hierático no pudo adivinar si, en su último viaje, por fin había encontrado la paz.

Se había puesto en la fila para presentar sus respetos. A la hija de Pineda se le notaba el embarazo. En una esquina, muy formal y vestida para la ocasión, una niña con lágrimas en los ojos asentía a las palabras de una pareja mayor que trataba de confortarla. En el cuello lucía una cruz de plata, regalo de su abuelo el día de su primera comunión.

Pocas palabras. Un «los acompaño en el sentimiento» y un estrechar manos. Los hijos de Pineda apenas lo miraron. Supondrían que era otro compañero de su padre, uno de tantos. Miró por última vez a la niña, se arrebujó en el abrigo y salió a la calle, donde el alumbrado ya había sido encendido, en busca de una boca de metro que lo llevara a la oficina.

Ya lo había recogido todo. Se quedó dudando sobre si ir a la mesa de sus compañeros a despedirse, pero parecía que estos se encontraban muy incómodos en su presencia, así que decidió que mejor se despediría al salir, cuando abandonara la oficina por última vez.

Se acercó a la puerta del despacho del inspector jefe. Seguía escuchándose el irregular martilleo de las teclas de quien no ha aprendido taquigrafía. Golpeó con los nudillos y entró al escuchar el «Adelante».

—¿Inspector jefe?

—Pasa, Pablo, pasa —invitó Martín Romero dejando de lado la máquina de escribir—. Siéntate, por favor.

El antiguo compañero de Pineda, con su cabeza desproporcionada y su sonrisa amable, se puso en pie para señalarle una silla. Herrero se fijó en que el archivador metálico, de donde había cogido el expediente de Pineda para conseguir los nombres de su amante y del asesino de este, el atracador de farmacias, había desaparecido.

—Venía a despedirme.

El rostro de Romero perdió la sonrisa.

—Me da mucha pena perderte, Pablo —aseguró el nuevo inspector jefe tomando asiento—. Te lo digo en serio. He tratado de convencerlos, pero están muy inquietos. El comisario me ha dicho que me olvide del asunto y no lo vuelva a mencionar.

Herrero ya lo sabía. En realidad, habían tratado de deshacerse de él. Aquella había sido una de las condiciones que

Pineda había exigido para no irse de la lengua: que Herrero no solo no sufriera represalias, sino que fuera ascendido a inspector, lo que no les había sentado nada bien a Díaz y Garrido, que llevaban tiempo aguardando el ascenso.

Vana amenaza. Herrero sabía, porque se lo había dicho el propio Pineda, que este no tenía ninguna intención de montar un escándalo. A las puertas de su muerte no deseaba que sus hijos pudieran sufrir las consecuencias de sus actos. No obstante, nadie quería arriesgarse a que semejante embrollo llegara a la opinión pública.

El inspector jefe, José Antonio Dávila, no tuvo tanta suerte. Contra su voluntad, fue obligado a aceptar una jubilación anticipada y Martín Romero ocupó su lugar. Por supuesto, Dávila, al que no se le explicó nada de lo sucedido, se lo tomó como una humillante afrenta. Discretamente recogieron sus cosas, se las mandaron a su casa y le retiraron el arma y el carné de policía, que Dávila no tenía ninguna intención de entregar voluntariamente.

Algo parecido ocurrió con Pascual Montes, al que Herrero no había vuelto a ver en los últimos días. En una sucinta notificación se le comunicó su nuevo destino, con incorporación inmediata: La Coruña.

De esta manera, el Grupo de Homicidios quedaba en cuadro. Por fallecimiento, destierro, ascenso o jubilación, en el Grupo de Homicidios solo se mantenían los subinspectores Díaz y Garrido.

—Vaya jaleo, ¿eh? —dijo Romero con aquella sonrisa amable que le hacía parecer un cariñoso abuelo—. En mi vida había presenciado algo igual.

Herrero asintió. No estaba seguro de hasta dónde conocía Romero todo lo sucedido.

—Ahora soy inspector jefe por culpa de Paco, algo a lo que nunca he querido aspirar, y me encuentro sin personal.

—Imagino que le traerán más inspectores.

—Sí, los estoy esperando —repuso Romero echando un vistazo a una lista que tenía sobre la mesa—. Uno viene de Extremadura y otros dos del norte, más un subinspector del Grupo de Fronteras. Me quedaré con tres inspectores y tres subinspectores. Los emparejaré, un inspector con un subinspector. Ya verás la cara que ponen Díaz y Garrido cuando los separe. No les va a gustar.

Herrero convino en ello.

—Bueno, ¿y qué ha dicho tu esposa del nuevo destino?

—No la ha hecho muy feliz. Ya sabe, la casa, sus padres… Pero está contenta con el ascenso, aunque prefiere no saber cómo ha llegado. Nos adaptaremos. Mi abuelo era de allí.

—León no está nada mal, Pablo —dijo Romero, asintiendo rotundo—. Te lo digo de verdad. Es un buen destino. Estaréis a gusto.

—Claro.

—El comisario Avellán me ha pedido que me despida de ti de su parte —dijo Romero con delicadeza, alzando las cejas—. Me temo que está deseando perderte de vista. Él y algún otro de los que hoy han estado en la capilla ardiente. Creo que alguno quería asegurarse de que Paco estaba muerto de verdad.

Romero se mostraba realmente disgustado con toda aquella situación.

—Ahora solo quedas tú. Tendrás que andar con cuidado, Pablo. Más de uno aún no se ha recuperado del susto. No se pueden permitir un escándalo a estas alturas. La democracia está aún muy tierna, los políticos son gente nerviosa y todavía quedan muchos nostálgicos del viejo régimen. Un enredo de semejante calibre tendría consecuencias inesperadas. Por ahora, todos respiran aliviados. No obstante, no olvidarán. Eres un testigo incómodo.

Herrero asintió. Ya lo imaginaba. No les había quedado más remedio que doblegarse a las exigencias de Pineda, pero este ya no estaba.

—Por suerte, en León estarás suficientemente lejos —dijo Romero recuperando la sonrisa—. No te preocupes en exceso. Pasa página, Pablo. Que transcurra el tiempo. Es mejor así. Espero que sepas valorar el consejo.

—Desde luego, señor.

—Llámame Martín, por favor.

Herrero dudó por un momento en confesar al nuevo inspector jefe las sospechas que había tenido contra él, inducidas por Pineda, para alejar la investigación de su persona, pero decidió que no merecía la pena. Como había dicho Romero, había que pasar página.

El resto de los sospechosos ya lo habían hecho. Raimundo Martínez, el yerno de la joyera asesinada, que se había pasado una semana en los calabozos soportando los violentos interrogatorios de Montes, había sido puesto en libertad y había recibido disculpas extraoficiales y garantías de no ser encausado por receptación de objetos robados. Su esposa, la señora Andueza, también se había visto libre de desagradables interrogatorios y por fin había podido poner a la venta la joyería y el piso de su madre. Ambos podrían comenzar una nueva vida.

—Bueno, pues creo que eso es todo —dijo Romero, golpeando los reposabrazos con las palmas de las manos.

—Imagino que sí.

—Espero que te vaya bien en León y que demuestres el gran investigador que eres —dijo el inspector jefe poniéndose en pie y extendiendo la mano abierta—. Cuando pase un tiempo y las aguas se remansen, seguro que podrás volver a Madrid. Si es que por entonces así lo deseas.

—Muchas gracias —repuso Herrero levantándose y estrechando la mano de Romero por encima del escritorio.

El apretón fue cálido y largo. Una despedida afectuosa. Allí terminaba el fugaz paso de Herrero por el Grupo de Homicidios del sector Central. Dos semanas. Una vida.

El recientemente nombrado inspector jefe asintió con una sonrisa triste y el nuevo inspector hizo otro tanto y se dio la vuelta para abandonar el despacho.

—Pablo —llamó Romero cuando Herrero estaba a punto de abrir la puerta.

—¿Sí?

El inspector jefe había abierto un cajón de su escritorio y sacado un objeto que Herrero reconoció al instante. Se trataba del librito manoseado con citas, frases de gente famosa y proverbios vitales que Pineda solía leer en los ratos muertos de la oficina.

—Me pidió que te lo entregara —dijo Romero con tacto, mirando a Herrero a los ojos, en un ruego silencioso—. Tenía una gran opinión sobre ti.

Herrero se quedó inmóvil observando el librito que Romero había dejado frente a él sobre el escritorio.

—Le hubiera hecho ilusión que lo aceptaras —dijo el inspector jefe.

Dudó un momento, pero terminó por cogerlo. Vio que un trozo de papel sobresalía de entre las páginas y lo abrió por ahí. Leyó la frase subrayada en rojo.

La venganza nunca es buena,
mata el alma y la envenena.

Herrero asintió, cerró el librito y lo guardó en su cartera.

Agradecimientos

Es la sexta ocasión que redacto una página de agradecimientos. ¿Quién se habría atrevido a pensar que llegaría hasta aquí la primera vez que escribí aquel presuntuoso «Capítulo uno» en una hoja en blanco?

Claro que, como es más que evidente, no hubiera sido posible sin la ayuda, el apoyo y los ánimos de un buen número de amigos.

Mil gracias a Francisco Indias, Marian de Celis y Carlos García Roldán, por su desinteresado apoyo en el día a día. Una buena parte de la culpa de todo esto es vuestra.

A mi hermano Pablo, por su incisiva y acertada mirada correctora.

Gracias al inspector del Grupo de Delincuencia Organizada de Bilbao, Jonatan Rueda; al director científico del Oncológico de Donostia, Ander Urrutikoetxea, y al antropólogo forense Francisco Etxeberria Gabilondo. Todos ellos me han resuelto un montón de dudas.

Me gustaría hacer una mención especial para mi gran amigo Evaristo, que con este libro ha trabajado el doble. Gracias por su paciencia y sus sugerencias, y por mostrarse implacable con mis escritos.

Gracias a mi querida esposa, la doctora Rebeca Gómez, por su visión de la vida, sus opiniones y sus correcciones, por mantenerme los pies en el suelo y por... por todo.

Gracias a Luca, nuestro hijo, que ya protagoniza nuestra vida y también quiere ser el personaje principal de una futura novela. Gracias por pensar que tu padre es escritor.

Y mi agradecimiento a todos aquellos que han confiado en mí y me han abierto las puertas de la escritura sin conocerme. Sin ellos nada de esto hubiera llegado a las manos de los lectores. Montse Yáñez, Elena Ramírez, Penélope Acero...

Gracias a mi representante, Alicia González Sterling, que da palo y zanahoria, y a mi editor, Alberto Marcos, que me ha hecho sudar como nunca antes.

Deseo que, si hay una séptima ocasión, sigáis todos cerca.